メイエルホリドとブレヒトの演劇

The Theater of Meyerhold and Brecht

キャサリン・ブリス・イートン

谷川道子・伊藤愉 訳

Michiko Tanigawa + Masaru Ito

玉川大学出版部

THE THEATER OF MEYERHOLD AND BRECHT
by Katherine Bliss Eaton

Translated from the English Language edition of The Theater of Meyerhold and Brecht, by Katherine Eaton, originally published by
Praeger, an imprint of ABC-CLIO, LLC, Santa Barbara, CA, USA.

Translated into and published in the Japanese language by arrangement with ABC-CLIO, LLC through Japan UNI Agency, Inc., Tokyo.

メイエルホリドとブレヒトの演劇　目次

メイエルホリドとブレヒトの演劇　キャサリン・ブリス・イートン

付録

論考

凡例

一、本書は、Katherine Bliss Eaton, *Theater of Meyerhold and Brecht*, Westport; Greenwood Press, 1985 の全訳に、ヴァルター・ベンヤミンによる一九二七年の覚書「メイエルホリドをめぐる討論」の日本語訳（谷川道子訳）と、二名の訳者および鴻英良氏の論考を付して一冊にまとめたものである。

二、原文には見出しは付けられていないが、本書では訳者の判断で適宜、見出しを付した。

三、原註は、本文の該当箇所に番号を付し、各章末にまとめて掲示した。

四、「 」は、原文の" "に対応し、著者による引用、論文や作品の題名等を表す。『 』は、作品や著書の表題、新聞・雑誌名等を表す。（ ）および［ ］は、それぞれ原文の（ ）および［ ］に対応し、著者による補足を表す。〈 〉は、原文においてイタリック体で強調されている語を表す。傍点は、原文において大文字で強調されている語を表す。〔 〕は、訳者による補足を表す。

五、〔 〕で示されている訳者による補足は、原則として本文中に置き、長文の場合のみ、*を付して側注で示した。

六、原書に掲載されている八点の図版のほか、新たに七点の図版を内容にそくして掲載した。

七、原書の巻末に収載されている参考文献は、原註で示されている文献とかなり重複するため割愛した。

八、索引は、原書の索引項目を参考に、独自に作成した。

メイエルホリドとブレヒトの演劇

ヘンリー・L・イートンに

謝辞

まず、本書の契機となった「マヤコフスキーとブレヒト」に関する論文執筆を提案してくださったラインホルト・グリム教授に感謝したいと思います。

また、ウィスコンシン大学同窓会研究財団（WARF）、国際研究交流ボード（IREX）、イリノイ大学ロシア東欧センターの夏季フェローシッププログラムの各団体も、私の研究を支援してくれました。本書の最終稿をタイプしてくれたフィリス・エクレストンにも感謝を申し上げます。

なによりも、たえず私を励まし、具体的なアドヴァイスを寄せてくれた夫ヘンリー・L・イートンに心よりの感謝を。彼は本書の編集・校正に多くの時間を費やしてくれ、そして改稿のたびに原稿をタイプしてくれました。

本書第一章の一部は『比較演劇（*Comparative Drama*）』誌（一九七七年春）と『ブレヒト年鑑（*Brecht-Jahrbuch*）』（一九七九年）に掲載されています。

本文中に誤りがあった場合は、その責任はすべて著者個人にあります。

一九八五年

キャサリン・ブリス・イートン

序文

思想や文化の歴史の起源を探究すると、際限がない。主線と伏線はいつも並行して発展していく。アヴァンギャルド演劇の歴史も、一八世紀とレッシングやゲーテの演劇観にも、あるいはコロスから俳優を区分したといわれている古代ギリシアのテスピスにまでも遡ることができる。ベルトルト・ブレヒト〔一八九八―一九五六〕は、一九二〇年代のドイツに登場した演劇の「叙事的」様式に最も密接にかかわった演劇人であるが、彼もやはり先人や同時代人たちに多くを負っている。ブレヒトや当時のアヴァンギャルド演劇のパイオニアたちにとって、アイディアとインスピレーションの最も重要な源泉であったのは、なかでもおそらく、フセヴォロド・メイエルホリド〔一八七四―一九四〇〕の仕事であっただろう。メイエルホリドは演出家として知られているが、テクストを自分の目的に合わせてラディカルに改作していくその方法からすると、彼を劇作家とみなすこともできる。メイエルホリドにとっては、言葉はきっかけにすぎなかった。「テクストが耳に対するのと同様に、眼に語りかける」

動作やリズム、色彩を、彼は語彙として持っていた。(1)

一八九九年のこと、モスクワ芸術座の一員だった二五歳の俳優メイエルホリドは、ネミロヴィチ＝ダンチェンコの指揮下にある芸術座の俳優たちが、役に関する十分な情報を得る機会をもてないことに不満を覚えていた。ネミロヴィチ＝ダンチェンコとスタニスラフスキーは俳優たちと定期的に会い、芝居のあらゆる局面について討論すべきだとメイエルホリドは考えた。こうした話し合いは、作品の質を高めるのみならず、俳優の生活の知性や倫理の側面においても益するはずだ、というのだ。「われわれ俳優が、演じる〈のみで〉よいなどということがあり得るでしょうか？　こちらは演じつつ思考したいのです」と、メイエルホリドはダンチェンコに訴えた。この若き俳優は、「作家の思想の〈意識的な〉表現者となり、観客が〈意識的に〉戯曲と関係する」ためには、自分たちが戯曲と劇作家の社会と心理を理解する必要があると、懇々と説いたのだった。(2)

つまりメイエルホリドは、上演のはらむ社会的および心理的な意味あいに気づくことが演じ手にとって重要であると考え、その考えを最後まで棄てることはなかった。ブレヒトの親友で、かつ最も早い時期から彼を評価していたヴァルター・ベンヤミン〔一八九二‐一九四〇〕は、メイエルホリドの劇団の俳優は演じながら考えることができるという点で、実にユニークだったと書きとめている。(3)考える俳優から考える観客へという歩みは、相互の作用と創造の輪を完結させるほんのちょっとした、だが決定的な一歩だ。メイエルホリドがしばしば、観客にとってあまりにも「知的な」印象を与えるとしたら、それは、彼が自分と同等の創造的努力を観客に期待したからだ。

詩人マヤコフスキー〔一八九三‐一九三〇〕は、メイエルホリドの親しい友人で弟分、そして協力者だった。マヤコフスキーの戯曲『ミステリヤ・ブッフ』のプロローグ〔初版は一九一八年だが、以下のプロローグは一九二一年の第二版に付け加えられたもの〕は、メイエルホリドがすでに一九〇五年に掲げていた演劇上の信念を表明したものである。

今の舞台などというのは、
全体のせいぜい三分の一。
つまり、
面白い芝居を
全体的に作りあげれば、
あなたの満足は三倍になるというもの、
もしも、
芝居が面白くないなら、
たった三分の一だろうが
観るに価せぬもの。
よその劇場では
芝居を観せるものとは考えていない、
連中にしてみれば、
舞台とは、

鍵穴のこと。
おとなしく座って、
前から横から
他人《ひと》さまの生活を覗き込め、というわけ。
われわれがお観せしようとしているものだって、本物の生活だ、
ただし、それは、演劇によって、
このうえなく異常な見世物に変えられた生活だ。(4)

メイエルホリドが西欧のアヴァンギャルド演劇一般に、とりわけブレヒトに大きな影響を与えたという指摘は、今に始まったものではない。メイエルホリドが活躍した一九二〇年代と三〇年代、つまりスターリンによって彼と彼の名前が抹殺される以前は、これは周知のことだった。だが、それが否定された。たとえば、若きブレヒトの師であったエルヴィン・ピスカートア〔一八九三―一九六六〕はこう書いている。「もちろんわれわれはみな、あのころのロシアに注目していて、ソヴィエト連邦で起こっているすべてのことを知りたがっていた。だが、だからといってわれわれが、メイエルホリドやタイーロフの追従者だという烙印を押されてよいものか？……実際はどんな時代にも、ある種の事柄は空気に溶け込んでいるものなのだ」。(5)後年、ピスカートアの未亡人も、夫は一九三〇年まではメイエルホリドの作品を見たことがなく、そのころにはピスカートアは、すでに自分のスタイルを創り上げていたと、この否定を繰り返している。(6)もっとも、一九〇〇年から一九三五年のドイツの演劇界

における主導的な批評家で、おそらく誰よりも見識の深いドイツ演劇の編年史家でもあるユリウス・バーブは、メイエルホリドが西欧のアヴァンギャルド演劇の発展に直接的な作用を及ぼしたと確信していた。彼の一九二八年の同時代演劇研究にはメイエルホリドの作品の解説と写真が含まれているが、そこでバーブは、ピスカートアや、ブレヒトの仲間だったベルトルト・フィアテル、ゲオルゲ・グロス、カスパー・ネーアーらが、メイエルホリドとロシア・モダニズム演劇に多くを負っていることを指摘している。[7] こうした見方は決して、希望的な観測によるものではなかった。実のところ、このドイツの批評家は、視覚的な仕掛けを偏愛して心理主義を嫌うこうしたロシア人たちが、演劇を非人間的なものにするのではないかと、むしろ危惧さえしていた。

ドイツでメイエルホリドの出版をいち早く手がけたアンリ・ギルボーは、一九三〇年に、「ピスカートアがメイエルホリドの影響を受けたと言っても不当ではない」と述べている。ギルボーは、ピスカートアの演劇が「旧態依然の自然主義とメイエルホリドとプロレトクリト*」の混合物であると見ており、ベルリンのシフバウアーダム劇場での『三文オペラ』(一九二八)や『インゴールシュタットの工兵たち』(一九二九)の上演において、ブレヒトがメイエルホリドの仕事の恩恵を受けたことは「確実」であり、「そう言われて過小評価されたと感ずるのは見栄っ張りにすぎないだろう。……アクロ

*プロレタリア文化のこと。狭義には、独立団体として教育人民委員会の支援と資金援助のもとに一九一七年に設立されたプロレタリア文化機関の協会を意味する。一九二二年にその演劇部門は労働組合(プロフソユーズ)の管理に移され、プロの演出家を多く結集した。一九三二年、同組合は解散。

フセヴォロド・メイエルホリドの肖像画
（ビリー・ローズ劇場コレクション、
ニューヨーク公立図書館蔵）

バット、力動性、さまざまな情報のスクリーンへの投影など、いくつかの演劇的〈発見〉は、メイエルホリド主義に由来するものだ」と断言している。[8] ギルボーはさらに、メイエルホリドから何かを借用した者はだれもが、一九三〇年に西欧にやって来るまでその作品を見たことがなかったと抗議することに着目した。それに対してギルボーは、一九三〇年の彼の巡演のずっと以前に、ヨーロッパやアメリカの雑誌でメイエルホリド一座に関する報道はなされており、モスクワで上演された演出のほとんどに関して、すでに写真が掲載されていたことを指摘している。第二に、メイエルホリドの劇団が初めてベルリンにやってきたのが一九三〇年の四月であっても、タイーロフの劇団は一九二三年に二度ベルリンを訪れており、その「タイーロフを生んだのはメイエルホリドだ[9]」。第三に、「とりわけ口コミの情報があったことは大きかった。ロシアを旅したドイツ人の数も、メイエルホリド劇場の理念と発明の基本原理を詳しく報告する在外ソヴィエト人の数も、数えきれないほど多かった[10]」。ギルボーは謙虚にも、一九二二年という早い時期に書かれた、メイエルホリドに関する彼自身の予言的なドイツ語のエッセイには言及していないが、そこではメイエルホリドの衣裳やパントマイムの使い方、それにサーカスや中世民衆演劇に想を得た技術について、丁寧な記述がなされていた。また、メイエルホリドが『堂々たるコキュ』（一九二二）をいかに時間と空間から引き離し、普遍化しているかも示されていた(11)。

つまり、遅くとも一九二二年までに、ドイツはソヴィエト演劇についてのニュースを得ており、情報はその後、次第に増加していったのだ。はるか遠くのアメリカでも、一九二〇年代の半ばには、メイエルホリドの名前と業績は演劇人たちによく知られるところとなっており、かたやベルトルト・ブレヒトはそのころはまだまったくの無名で、知られるまでにはその後かなりの年月を要した(12)。それならば、ブレヒトの演劇理論とスタイルにおいて、どの重要な細部にもメイエルホリドの谺《こだま》がはっきりと聞こえてくるにもかかわらず、その全体がブレヒトの想像力から新しく生まれ出たかのように、あるいはギリシア演劇、ルネサンス演劇、中世演劇などの影響を曖昧かつ周縁的な形で受けて生じた現象であるかのように、言いかえれば、フセヴォロド・メイエルホリドの仕事の影響だけは受けていないかのようにみなすのが、今の流行なのはなぜなのか？　おそらく答えは、何百万という人々の命を奪ったのみならず、芸術家の場合にはその声望

ベルトルト・ブレヒト

までも抹殺しようとした、スターリンの粛清の力にあるのだろう。

メイエルホリドが逮捕された一九三九年から「名誉回復」の一九五五年まで、彼の名声はほとんど消されてしまった。メイエルホリドに関する重要な言及が新たに始まったのは、ジョン・ウィレットの『ベルトルト・ブレヒトの演劇』（一九五九）からである。ウィレットは、二〇世紀初頭から一九三三年までのドイツとロシアの密接なむすびつきと、ブレヒトとメイエルホリドの仕事の並行関係を人々に思い出させた。ウィレットはまた、ブレヒトの有名な「異化効果（Verfremdungseffekt）」の理論が、ロシア・フォルマリズムの批評家ヴィクトル・シクロフスキーによって展開された〈オストラネニエ（異化）〉の概念から得られたのではないかと、提議したのだった[13]。

メイエルホリドと一九二〇―三〇年代のロシアの芸術家や知識人たちの名誉回復は、この時代のソヴィエト芸術の注目すべき成果を遅ればせながら世界に思い出させた。のみならず、二〇世紀初頭のロシア芸術が西欧に与えた少なからぬ影響の再発見へと導いた。メイエルホリドとブレヒトの例に限っても、両者の仕事の類似性を、単に興味深い一致として退けようとする議論は、もはや許されるものではない[14]。理論的な基盤から小道具の使い方に至るまで、彼らの演劇における個々の重要な側面には、類似点があまりにも多い。ブレヒトがメイエルホリドの直接の影響を決して認めようとしなかったからといって、このことに関する考察の余地を閉ざしてしまうべきではない。芸術の理念は直行便で旅をするとは限らないからだ。また、本書の主要なテーマであるメイエルホリドがブレヒトに影響を与えたという主張も、ブレヒトを格下げする企てであると受け取られてはならない。ブレヒトの才能は多岐にわたっていたが、多くの偉大な芸術家たちと同様、彼は「偉大な」借用者だった。

もっとも、ここで私が弁護するのはメイエルホリドである。彼が二〇世紀の偉大な演出家の一人であること、彼が演劇のルネサンスの中心にいたこと、それが弾圧と殺害と追放を生きのびて、現代演劇の道筋を変えたこと、ブレヒトのものだとされている多くの発明は、メイエルホリドのより早い時期の演劇の仕事にすでに明らかに存在していたこと。

だが、この序文の冒頭で述べたように、起源の追求には重大な落とし穴がある。過去を遡ればきりがないのだ。ゆえに、だれが何を最初に行ったかという問題は、この研究の真の目的への口実にすぎない。本書の目的とは、メイエルホリドを芸術史においてしかるべき位置に戻すこと、そしてこの二人の演出家の研究を通して、メイエルホリドの理論と実践への基本的なガイドを作成することだ。私がそれほど間違っていないとすれば、それはブレヒトの演劇にも通用するはずである。

註

（1）Charles Dullin, *Souvenirs et notes de travail d'un acteur* (Paris: O. Lieutier, 1946)（邦訳はシャルル・デュラン『俳優の仕事について』渡辺淳訳、未來社、一九五五年）。引用はJohn Gassner, *Form and Idea in Modern Theatre* (New York: Holt, Rinehart and Winston, 1956), p. 197. による。

（2）Vsevolod E. Meierkhol'd, *Perepiska 1869–1939*〔往復書簡集　一八六九－一九三九〕(Moscow: Iskusstvo, 1976), pp. 20–21.

（3）Walter Benjamin, Understanding Brecht, trans. Anna Bostock (London: NLB, 1973), pp. 10–11.

（4）ヴラジーミル・マヤコフスキー『ミステリヤ・ブッフ』〔第二版〕のプロローグ。The Complete Plays of Vladimir Mayakovsky, trans. Guy Daniels (New York: Washington Square Press, 1968), pp. 45–47.（邦訳は『新版　マヤコ

フスキー・ノート』水野忠夫訳、平凡社ライブラリー、二〇〇六年、三二八－三三〇頁を参照）

（5）Erwin Piscator, *Schriften*, 2 vols., ed. Ludwig Hoffmann, (Berlin: 1968), 2:226. 引用は Marjorie L. Hoover, *Meyerhold: The Art of Conscious Theatre* (Amherst: University of Massachusetts Press, 1974), pp. 261–262. による。

（6）Maria Ley-Piscator, *The Piscator Experiment: The Political Theatre* (New Yourk: J. Heineman, 1967), pp. 74–75.

（7）Julius Bab, *Das Theater der Gegenwart: Geschichte der dramatischen Bühne seit 1870*〔現代の演劇――一八七〇年以降の演劇舞台の歴史〕(Leipzig: J. J. Weber, 1928), pp. 192, 219, 221–229.

（8）マリールイーゼ・フライサー作『インゴールシュタットの工兵たち』の公式の演出家はヤーコプ・ガイスだったが、舞台化を主導したのはブレヒトだった〔フライサーとブレヒトの関係は、谷川道子『聖母と娼婦を超えて――ブレヒトと女たちの共生』（花伝社、一九八八年）参照〕。

（9）アレクサンドル・タイーロフ（一八八五－一九五〇）は一九〇六年にメイエルホリドの作品に出演、一九一四年に彼自身の劇団であるカーメルヌイ劇場を「メイエルホリドに近い目的をもって」創設した。最終的に二人は不倶戴天の敵となったが。Hoover, *Meyerhold*, pp. 252–254. 参照。

（10）Henri Guilbeaux, "Meyerhold et les tendances du théâtre contemporain," *Les humbles* 15 (May–June 1930): pp. 21–23. フリッツ・ミーラウによると「ギルボー（一八八四－一九三八）はフランスの未来派ダイナミズムを代表する人物。……一九一九年にソヴィエト連邦へ赴き、一九二四年まで教育人民委員会のために働いた」。(Fritz Mierau, "Die Rezeption der Sowjetischen Literatur in Deutschland 1920–24,"〔一九二〇－二四年のドイツにおけるソ連文学の受容〕*Zeitschrift für Slawistik* 3 (1958): p. 622. 数多くの反証にもかかわらず、一九三〇年までメイエルホリドの理念が、ドイツそれにピスカートアまで届いていなかったという論が、C・D・イネスの *Erwin Piscator's Political Theatre: The Development of Modern German Drama* (Cambridge: Cambridge University Press, 1972), p. 186. において相変わらず主張されている。一九二八年にユリウス・バーブはピスカートアの『群盗』（一九二六）の上演について次のように述べている。「基本的に、それはロシア流の非常に才能ある作品の一つだった。共産主義的プロパガンダ演劇として上演されたが、そこにはメイエルホリドが宣言したのとまったく同様の、詩人の原作への軽視があった。」（Bab, 224）。ハーバート・マーシャル教授は、差出人がフォルクスビューネ同盟となった手紙（一九二八）の写しを筆者〔イートン〕に送ってくれた。そこでは、ピスカートアにおけるロシアの影響が議論されている（Herbert Marshall Archives; Huntry Carter Section）。ブレヒトがミュンヘンでの学生時代に講座に出席していた現代ドイツ文学の教授アルトゥール・クッチャーによると、「ロシア人たちが演劇から足枷を取り去った［これは一九二三年にドイツで出版されたタイーロフの『解放された演劇（*Das entfesselte Theater*）』への引喩である］。ピスカートアは彼らの方法を借用し、それを改良して技術や機械にまで拡大した」。“The German Theatre,” *Theatre Arts Monthly* 17 (February 1933): p. 129.

（11）Guilbeaux, “Der Cocu magnifique, der Regisseur Meyerhold und die neue Dramaturgie in der RSFSR,”〔堂々たるコキュ——演出家メイエルホリドとソ連の新しいドラマトゥルギー〕*Das literarische Echo* 24 (15 July) 1922: pp. 1217–1221.

（12）John Fuegi, “Russian ‘Epic Theatre’ Experiments and the American Stage,” *The Minnesota Review*, New Series 1 (Fall 1973): pp. 102–112. エフィーム・エトキンドによると、「一九二〇年代にはブレヒトがロシアでよく知られている時期があった」という。Efim Etkind, “Brecht and the Soviet Theatre,” *Bertolt Brecht: Political Theory and Literary Practice*. Ed. Betty Nance Weber and Hubert Heinen (Athens: The University of Georgia Press, 1980), p. 82. 参照。

（13）第三版（New York: New Directions, 1968）, pp. 110–112, 206–207, 209.

（14）メイエルホリドに関する著作のなかで、フーヴァーは「ブレヒトはメイエルホリドからの「借用」は行ってはおらず、彼の作品からはとくに何の感銘も受けていないように思われる」と主張している。しかし後年、彼女は「メイエルホリドは時代に先駆けていたのかもしれず、今では源泉を意識することなく人口に膾炙しているある種のメイエルホリド的な成果を、ブレヒトは彼なりに伝えていたということになる」と述べている。Hoover, *Meyerhold*, pp. 265–267.

第一章　ブレヒトのメイエルホリド演劇との出会い

フセヴォロド・エミリエヴィチ・メイエルホリドは一八七四年、ロシアに生まれた。両親は裕福なドイツ人である。演劇の革新者としての経歴は一九〇三年に始まり、*一九三九年の逮捕で終わった。ソ連十月革命〔一九一七〕のずっと前、「演劇の新形式のアインシュタイン」になろうとしたベルトルト・ブレヒトがまだ少年だったころに、メイエルホリドはサンクトペテルブルグの観客にはすでに「新しいアイディアを持つ男」として知られていた。[1]その新思想は、いくつかの点において、ブレヒトの理論と実践をつぶさに先取りするものであった。何より顕著なのは、筋を解釈したり告示したり

＊これに先立つ一八九八年、旗揚げしたばかりのモスクワ芸術座で、メイエルホリドはチェーホフ作『かもめ』のトレープレフ役を演じ、「必要なのは新しい形式だ。新しい形式をわれわれは必要としている。もしそれがないのなら、いっそ何もないほうがましだ」という台詞を語っている。

する映写幕や字幕、踊りや歌の挿入、グロテスクな衣裳、舞台動作や誇張された身振りの強調、抽象的あるいは極度に単純化された舞台装置、技芸的かつ社会的に意識の高い演じ手として俳優を訓練すること等々……、リアリスティックな舞台慣習を打ち破るために用いられた様式上の革新である。つまりはブレヒトとメイエルホリドは、同じ革命的な環境に条件づけられ、ともに非イリュージョン的な芸術が人間の役に立つことを信じて、東西の伝統演劇に共通する要素に惹かれていたという事実を超えて、そこには、この二人の演劇実践と理論の類似を説明するような、歴史的に重要な関連があった。

西欧の「黄金の二〇年代」と若きソヴィエト芸術

「黄金の二〇年代」と一九三〇年代初頭、西欧の芸術家や知識人は、若きソヴィエトとボリシェヴィキの実験に、ひとかたならぬ関心を寄せていた。政治的には必ずしも共感を寄せていなくても、同じような関心を、たくさんの在外のロシア人も共有していた。その数は、新しい移民の洪水で急速に増えていった。この新しい移民の主な目的地はベルリンだった。すでに一九世紀末から、ベルリンはロシア以外で最大の「ロシア人の都市」だった。カール・ツックマイアーは、友人のブレヒトとともに満喫した一九二〇年代のベルリンの文化的な雰囲気を、次のように記述している。「志を抱く若い作家たちはカフェで、エイゼンシテインやプドフキンといった人々のテーブルの周りに座って、〈畏敬の念をこめて〉彼らの話に耳を傾け、〈生産的で……刺激的な〉ロシアの空気を吸い込むことができた[2]」。

ロシア人は、世紀の変わり目までは、ドイツ人大学教授の足元にひれふすためにドイツにやってきた。一九〇〇年以降は、ツックマイアーが語るように、ロシア人は、美術や演劇、文学、音楽、科学における新思想を、しだいに西欧にもたらしはじめる。ロマン・ヤコブソンは、最近〔一九八四〕刊行された回想録で述べている。二〇世紀初頭のロシア文化は、「真に世界的な重要性をもっていた。西欧の発展を模倣するだけでなく、自分たち独自の線を打ち出して、その発展を促したのだ。のみならず、ロシア人は、〔絵画や文学の〕さまざまな問題を、理論的にヨーロッパ人よりもずっと大きな広がりのなかで考えて、科学的・哲学的な枠組みのなかに置きはじめていた[3]」。

第一次世界大戦と、一九一七年の革命から内戦へ至る現代ロシアの混乱の時代は、膨大な移民の群れをドイツに送りこんだ。一九一九年の末には約七万人のロシア人がベルリンに住んでいて、その数は毎月一〇〇〇人以上の割合で増え続けていた。大半はベルリン南西部のティアガルテンのあたりに住みついて、ノレンドルフ広場やクアフュルステンダムのカフェに集まっては、政治や哲学や芸術について語り合い、詩の朗読に耳を傾けた。ヴィクトル・シクロフスキー、アンドレイ・ベールイ、ヴラジーミル・マヤコフスキーも、ドイツ人の芸術家や知識人たちも好んで通ったロシア人カフェの常連だった。「バラライカやズルナ〔西アジアおよびカフカス地方の木管の民族楽器〕が響き、ジプシーがいて、ブリヌィ〔ロシア風パンケーキ〕やシャシリーク〔羊の串焼き〕があって、そしてもちろん、欠くべからざる特有の昂奮にも満ちていた[4]」、そういう場所が、いくつもあったのだ。ロシアの移民たちの寄席《カバレット》もあり、そのなかの一つ、ベルリンの有名なカバレット「青い鳥」の出演者たちはドイツ中を巡業して回った。演じ手たちは車輪のような帽子に、円錐形の袖の上着、円筒状のズボンという立体派《キュビズム》の衣裳を着ていた。一九二三年に、あるアメリカ演劇雑誌の特派員が「ベルリンはいまやロシア第二の大都市だ」と、ロシア・アヴァンギャルドの息吹が吹き込まれたベルリン演劇のすばらしい爆発ぶりを、熱をこめて報告している。(5)

ドイツ人やロシアの亡命者たちのソヴィエトへの関心に、部分的にせよ応えてくれたのが、「ソヴィエト友の会」のような、独ソ友好の組織だった。「ソヴィエト友の会」は一九二八年に設立されて、主として労働者階級の人たちを惹きつけていた。一九二三年に設立された「新生ロシア友好協会」のほうは、おもに芸術家や知識人を会員とし、ハンス・アイスラー、エルヴィン・ピスカートア、ヨハネス・ベッヒャーのように、その会員の多くがブレヒトの知り合いだった。この友好協会は雑誌『新生ロシア（*Das neue Russland*）』を刊行し、来独するソヴィエトの文化的な指導者たちの講演を支援した。演劇愛好家でソヴィエトの初代文化大臣だった（一九一七-一九二九）アナトリー・ルナチャルスキーもその一人で、『新生ロシア』誌にもしばしば寄稿し、メイエルホリドとブレヒトの友人でもあった。メイエルホリドの弟子であったセルゲイ・エイゼンシテインは、ソヴィエトの映画について講演した。タイーロフのカーメルヌイ劇場の俳優が「新しいロシアの演劇芸術」について語り、その友人でメイエルホリドの同僚であるセルゲイ・トレチヤコフ（一八九二-一九三七／三九）は、「社会主義における地方住民と作家たち」について報告した。この友好協会の文学・芸術部門は、ロシア音楽の夕べや、ロシア文学の朗読会、ソヴィエト映画の上映会も開催した。(6)

一九二五年に『新生ロシア』誌はソヴィエトの演劇について、とくにメイエルホリドの演劇についいて特集を組み、それが契機となって、ドイツの雑誌や新聞にソヴィエト演劇についての記事やインタビューが溢れるようになる。[7]『新生ロシア』誌が詳しく紹介したのは、メイエルホリド演出の『堂々たるコキュ』、『大地は逆立つ』、『トラストＤＥ』、『委任状』、『森林』、『ブブス先生』、『吼えろ、中国！』である。これらの舞台は、批評家も指摘するように、メイエルホリドの直近の革新を伝えるのに非常に重要なものだった。この雑誌は一九二六年に、メイエルホリドがドイツ公演の準備を託すために、ベルリンの友好協会を訪れたことを報告している。[8]

『新生ロシア』誌だけでなく、ベルリンやドイツの他の都市で刊行されていたたくさんの定期刊行物が、ソヴィエト演劇を含むソヴィエトの文化的な出来事について、つねに記事を掲載していた。一九二一年に書かれたアルトゥール・ホリチャーとマックス・バルテルの、ペトログラード*で上演された革命的な群衆劇に関する記事のように、きわめて詳細な記事も少なくなかった。一九二二年には『文学的反響（*Das literalische Echo*）』誌と『敵対者（*Der Gegner*）』誌にも、メイエルホリドの仕事に関する記事が出ている。一九二四年からはドイツの革命的な労働者の新聞、とくに『赤旗（*Die rote Fahne*）』紙と『労働者絵入新聞（*AIZ*）』紙が、頻繁にソヴィエトの演劇について報道をはじめる。[9]一九二六年には、信望の厚い政治週刊誌『世界舞台（*Die Weltbühne*）』がメイエルホリドの演劇革新について詳細な企画を組み、彼の仮面や即興を使ったコメディア・デラルテの技法の復活や、意識的に「演劇的な」

＊ロシア帝国の首都であったサンクトペテルブルグは、一九一四 - 二四年はペトログラード、一九二四 - 九一年はレニングラードと名称が変わり、ソ連崩壊後にふたたびサンクトペテルブルグに戻った。

演劇を褒め称えた。ブローク作『見世物小屋』での、「作者」のナレーションや小道具をおおっぴらに出し入れする単純な衣裳の「作業係《ステージハンズ》」、幕のない舞台のような、東洋の様式を使ったメイエルホリドの演出についても、また、舞台装置を演劇にとって最高の芸術にまで開花させ、「絵画的演劇でなく、絵画の演劇化」をめざすメイエルホリドの取り組みについても紹介している[10]。

ベルリンのドイツ座やミュンヘン室内劇場《カンマーシュピーレ》で演出家をつとめ、その後ソ連に特派員として渡った、ブレヒトの友人で仕事仲間であったベルンハルト・ライヒは、一九二八年に『文学世界（*Die literarische Welt*）』誌に、メイエルホリドの挿話《エピソード》的で身振り的な様式に賛意を示し、それが「ベルト・ブレヒトの見果てぬ夢であった一種のレヴュー的な演劇をすでに先取りしていた」と書いている[11]。同じ年、ベルリンの『シーン（*Scene*）』誌も、メイエルホリドの演劇革新についての論文を載せている。その書き手のベス・ブレンク＝カリシャーは、モスクワでメイエルホリド劇場の稽古と、『森林』と『吼えろ、中国！』の上演を観て、ベルリンに帰ってきたばかりだった。こうした記事や友人たちがロシアから持ち帰った情報によって、ブレヒトはすでに早くからソヴィエト演劇と接触していた[12]〔ブレヒトは一九二四年にミュンヘンからベルリンに移住していた〕。

スタニスラフスキーのモスクワ芸術座が最初のドイツ公演をした一九〇六年以降は、ロシアの劇団はドイツではかなり日常的なものになっていた。このときから戦争の時期を除いた一九三〇年代の初頭まで、ロシアやソヴィエトからの来客はあたたかく迎えられ、多くの批評や討論の契機となった。一九二三年八月三日は、ソヴィエトのアヴァンギャルドの演出家や劇団が相次いで来独する、その端緒の日となった。三日〜九日まではヴァフタンゴフの劇団がベルリンで公演し、連日満員御礼。つい

劇団「青シャツ」の公演を伝える『労働者絵入新聞（*AIZ*）』の
フォトモンタージュ（1927年）

でその年の終わりにタイーロフのカーメルヌイ劇場がドイツにやってきて、ベルリンや他の都市で公演。一九二七年の五月〜六月にかけてのマグデブルグでの演劇祭では、「現代ドイツ演劇の発展に多大な影響を与えた」一座として、このカーメルヌイ劇場がドイツ国外から唯一参加している[13]。

一九二七年には、ロシアの政治的なアヴァンギャルド演劇の直系である、「青シャツ（シーニャヤ・ブルーザ）」の名で知られるソヴィエトのアジプロ劇団が、ドイツの観客の前に登場した。この劇団「青シャツ」がドイツの政治的な劇団に及ぼした影響ははかりしれない[14]。「青シャツ」はベルリンでは、ブレヒトも作家として仕事をしていたピスカートアの劇場で公演した。ブレヒトのノートには、ベルリンのプロレタリア実験劇団のハリー・ワイルダーが書いた「青シャツ」についての一九二八年の記事が残されている。この記事の、ドイツとソヴィエトでの「青シャツ」の組織形態についての記述には、括弧とアンダーラインが付されている。その他の印やメモの付け方でも、ソヴィエトの「青シャツ」のテクストは、政治的な状況が異なるので、ドイツではそれほど役に立たない、というワイルダーの観察に、とくにブレヒトが関心を示したことがわかる。にもかかわらずワイルダーは、ソヴィエトの技術、なにより俳優の身体をおもな道具として、舞台装置を用いないやり方は、ドイツでも開発していけるのではないかと指摘しているのだ。このワイルダーの結論が、とくにブレヒトの関心を惹いたに違いない。「彼ら［ソヴィエトの「青シャツ」］は、われわれの理論的な要請であったものを、実践的に現実化している」(15)。

ドイツのメイエルホリド劇団

一九三〇年の春、メイエルホリドは劇団を引き連れて、最初の外国公演としてドイツにやってきた。ブレヒトは少なくともその一つ、トレチヤコフ作の『吼えろ、中国！』を観たと思われる。ドイツの保守的な批評に対して、激しい反論を書いているからだ。ブレヒトは、メイエルホリド演出に対するドイツの批評に驚いて、ドイツ人の批評家は、理性的で社会・政治的な演劇の理論と実践にメイエルホリドがいかに貢献したかを正しく認識していない、と考えた。メイエルホリド劇団の演目のなかでも、『吼えろ、中国！』は、ブレヒトによると、保守的な観客にとって最も苛立たしいもので、メイエルホリドやトレチヤコフを、植民地主義者の残忍さという偏った見方を示しているとして非難する

セルゲイ・トレチヤコフ作、メイエルホリド演出『吼えろ、中国！』（1926年）
（ビリー・ローズ劇場コレクション、ニューヨーク公立図書館蔵）

ような、ブレヒトに言わせればじつに滑稽な批評家もいた[16]。事実、このトレチヤコフの戯曲は、メイエルホリドの演目のなかでも最も評判のいい作品の一つだったし、その後、ニューヨーク〔一九三〇年に、ソヴィエトで何か月か過ごしたこともあるハーバート・ビアマンの演出で、演劇組合《シアター・ギルド》が上演している〕から東京〔日本での初演は一九二九年の劇団築地小劇場で、演出は青山杉作と北村喜八だった〕にいたるまで、世界中で上演されている。一九二六年にモスクワで初演されたこの戯曲は、トレチヤコフが一九二四年に中国に滞在したときに起こった血なまぐさい事件に基づいて書いたものである[17]。

この上演で主役の一人、他の人たちの命を守るために自ら志願して処刑される年老いた水夫を演じたのが、メイエルホリドの教え子のニコライ・オフロプコフだった。彼は、その後さまざまなアヴァンギャルド劇場の演出家として、師メイエルホリドの考えを実践するとともに、自分の考えも展開させていった。一九三五年にブレヒトがモスクワを訪問したとき、トレチヤコフはブレヒトにオフロプコフを紹介している。このときブレヒトはオフロプコフ演出の『貴族たち』と『助走』を観ている。観客席の真ん中に舞台を置いて、黒いタイツと仮面をつけた演出助手たちが舞台と観客に細かくちぎった紙の「雪」を降らすという、メイエルホリド風の演劇的な工夫を駆使した上演だった。黒装束で舞台に身をさらして小道具や装置を動かすという歌舞伎の黒衣の工夫を、メイエルホリドは少なくともすでに一九一四年に使っている。一九三五年にブレヒトは、モスクワのユダヤ人劇場で、ミホエルス主演の『リア王』も観ている。一九五五年に最後にモスクワを訪れたとき、ブレヒトはオフロプコフに『貴族たち』を再演するよう勧めている[18]。

メイエルホリド劇団がドイツを巡演した六週間の間に、数百という批評や記事が、ドイツの新聞・雑誌に溢れた。『吼えろ、中国！』やセリヴィンスキー作の『第二の軍司令官』（一九二九）の演出に見られるような、普通の労働者たちを無数に使ったメイエルホリドの群衆場面に、人々は度肝を抜かれた。逆に俳優たちがケルンでメーデーの行進に加わったときも、人々は同じように驚いた。これは、俳優たちは舞台の上でもそれ以外でも、知的、政治的に高い意識をもつべきだというメイエルホリドの信念に、呼応するものだった[19]。

カーメルヌイ劇場、ヴァフタンゴフの劇団、劇団「青シャツ」、メイエルホリド劇場のこれらの例は、ロシアから西欧へ、演劇芸術が比較的自由に訪れていたことを例証している。個人的な仲介者として重要だったのは、アーシャ・ラツィス、ベルンハルト・ライヒ、アナトリー・ルナチャルスキー、セルゲイ・トレチヤコフ、セルゲイ・エイゼンシテインらである。逆にドイツ人の芸術家や知識人たちも、ブレヒトやピスカートア、エルンスト・トラー、ヨハネス・ベッヒャー、フーゴ・フッペルト、ヴァルター・ベンヤミンらのように、新しい、よりヒューマンな社会と予告された国の芸術や生活の様子を、自ら体験するためにソ連に旅行した。ブレヒトは一九三二年、一九三五年、一九四一年、一九五五年と、四回もソ連を訪れている。一九二〇年代をソ連で暮らした、ウィーンの詩人でマヤコフスキー研究者であるフーゴ・フッペルトの言葉を借りると、それは、才気溢れる男性や女性たちとの出会いにも満ちた「聖なる年月」だった。[20]

こういう個人的なふれあいがブレヒトにとって新思想の供給源となり、メイエルホリドの演劇革新との生き生きとしたつながりをもたらしてくれた。たとえば一九三二年にブレヒトが映画『クーレ・ヴァンペ』〔脚本：ブレヒト、音楽：ハンス・アイスラー〕の上映のためにソ連に旅行したときは、この映画の監督スラタン・ドゥードフと一緒だった。ドゥードフは一九二二年にベルリンに亡命してきたブルガリア人で、一九二五年から二六年までベルリン大学の演劇研究所でマックス・ヘルマンの下で勉強し、レオポルド・イェスナーやユルゲン・フェーリングとともに演劇実践の経験を積む。一九二七年九月から一九二八年六月までピスカートアの下で仕事をした。ヘルマンの依頼でドゥードフは一九二九年四月、ソヴィエト演劇研究の資料を集めるためにモスクワに赴いた。モスクワではメイエルホリド劇場やボリショイ劇場、モスクワ芸術座、そしてタイーロフやヴァフタンゴフの劇場を訪れた。マヤコフスキーやトレチヤコフとともにエイゼンシテインにも会った。おそらくこのときの会合の結果、ブレヒトと『夜打つ太鼓』のロシア語訳について話し合うようにという指示を受けて、ドゥードドフは一九二九年の秋にベルリンに帰った。ドゥードフがマヤコフスキーに、彼の『南京虫』（メイエルホリド演出の初演は一九二九年）のドイツでの上演に「興味をもっている人たちがいる」という手紙を書いたのは、やはりこのころで、ブレヒトとの話し合いの結果だと思われる。一九二九年一一月には、シフバウアーダム劇場の人たちがソ連の出版社に手紙を送って、すでに『南京虫』のテクストには精通していて、その上演に「非常に関心をもっている」と伝えている。劇団は、ソ連がこの戯曲の正式な上演許可を与えてくれるかどうかを問い合わせ、楽譜のコピーを分けてほしいと依頼している。この『南京虫』の上演計画は実現しなかったが、これが、ブレヒトとドゥードフの長い協力関係の第一歩となった。映画『クーレ・ヴァンペ』のほかにも、一九三〇年から一九三八年までに、二人はブレヒトの六本の作品を一緒に製作しているのだ。[21]

ブレヒトとメイエルホリドの仲介者アーシャ・ラツィス

ブレヒトにロシア演劇とメイエルホリドをつないだもう一人の重要な人物がいる。ラトヴィア出身のアーシャ・ラツィス（一八九一‐一九七九）である。父親は工場労働者だったが、娘をどうにか、ラトヴィアの著名な芸術家たちも教鞭をとるリガ市の私立女子学校に入れることができた。一九一三年にはラツィスはサンクトペテルブルグに引っ越し、心理学のパイオニアであるV・M・ベフテレフ（一八五七‐一九二七）が設立した有名な精神神経学研究所に転校する。ベフテレフは優秀な教育研究者で、とくに児童教育と幼児教育に関心が深かった。[22]

サンクトペテルブルグでラツィスは、メイエルホリドが演出家をつとめる帝室劇場に足繁く通った。ラツィスの回想録〔『職業としての革命家』未邦訳〕にはメイエルホリドの実験演劇についての記述が数多く見られる。ソログープ作の『人生の人質』の舞台では（一九一三）、前舞台《プロセニアム》はすべて「青一色、舞台には無限にたくさんのドアが並んでいて、俳優たちが出たり入ったり、現れたり消えたり、まるで色とりどりのベルトコンベアーのようで、それが人生の不条理な混沌の象徴になっていた」。ピネロ作の『道半ば』の演出では（一九一四）、舞台は立方体だけで構成されていて、サンクトペテルブルグ市を挙げてのスキャンダルとなった。俳優たちでさえ舞台で動けず立ち往生する。批評家は、メイエルホリドがアカデミックな劇場を「未来派お得意の道化芝居小屋」に変えたと非難した。ラツィスはまた、メイエルホリドの初期の重要なオペラの仕事もいくつか観ている。そのころのメイエルホリドは、音楽や舞踊が演劇的な催しにどういう可能性をもち得るのかということに夢中だった。一九一三年のリヒャルト・シュトラウス作『エレクトラ』の演出は、轟々たる非難の渦を巻き起こした。進歩的な音楽劇として評価する批評家もいたが、「私たち学生はいつもそういう批評家の味方だった」とラツィスは書いている。(23)

アーシャ・ラツィス（1915年）

こういう上演や劇評だけでなく、ラツィスは雑誌『三つのオレンジへの恋』で、メイエルホリドの実験演劇についての論文も読んでいた。この雑誌はメイエルホリドの演劇スタジオ*の機関誌で、演劇理論や演劇史に関するさまざまな論文を掲載していた。[24] ラツィスが一九一四年に、フョードル・コミサルジェフスキーの下で演劇を勉強するために、首都〔サンクトペテルブルグ〕を離れモスクワに移ってからは、メイエルホリドの理念との結びつきは一層強まった。コミサルジェフスキーはメイエルホリドと一緒に仕事をしたこともあり、演劇理論や実践において、いくつかの点で共通項をもっていた。[25]

メイエルホリドの実験のなかでもとくにラツィスは、動作のドラマ的な使い方に興味をもち、そして、彼女の回想録によると、メイエルホリドが一九二〇年に打ち出した「演劇の十月」の思想にも深く共鳴した。アジテーションとプロパガンダの戯曲を新しい演劇形式に結びつけること。メイエルホリドは赤軍兵士の制服を着て自ら指揮官の役を演じ、労働者や兵士、農民に会いに出かけ、彼らを演劇のグループに組織していった。のちにラツィスは、自らの演出や演劇批評の仕事の多くが「メイエルホリドに負っている」ことを認めている。[26]

ラツィスがドイツに運んだ演劇の経験のなかにはしかし、メイエルホリドの仕事やロシア・アヴァンギャルドの仕事に関する知識だけでなく、彼女自身の児童演劇の経験と、ベフテレフの下での反射理論の研究も含まれていた。ラツィスはまずオリョール市で仕事をはじめたが、とくに国立孤児院の子どもたちを中心にして、人生への興味をよみがえらせる手段としての演劇活動に取り組んだ。のちに彼女は、ロシアのあちこちに出没していた戦争と革命と内戦の被害者でもある窃盗団の子どもたちも巻き込んでいったが、それはおそらく「浮浪児の更生に熱心に取り組んでいた」彼女の師ベフテレフの影響だったろう。[27]ライナー・シュタインヴェークは、ラツィスのベフテレフの下での研究と児童演劇の活動、ラツィスのブレヒトやベンヤミンとの友情（ベンヤミンはラツィスの児童演劇の活動についての理論的な分析を書いている）[28]、そしてブレヒトの教育劇理論のあいだには関連があることを示唆している。ブレヒトの〈教育劇〉はしばしば子どもたちに向けて上演され、そしてまたあるいは、彼ら自身の合唱やオーケストラとともに子どもたちが演じるように書かれていることを指摘し、ブレヒトの〈教育劇〉に対するラツィスの影響として、ベフテレフの研究所における彼女の研究まで遡っている。[29]ラツィスは、子どもたちが自分を取り巻く世界の鋭い観察者になれるような教育を考え、見聞能力の開発のために（ブレヒトの「観察術」）、彼女の行う演劇活動には、音楽や芸術のワークショップも取り入れられていた。そこで絵画とスケッチを教えていたのがヴィクトル・シェスタコフで、のちにメイエルホリドの舞台装置家になった人物だ。[30]

ドイツでのラツィスとライヒ、ブレヒトとベンヤミンとトレチヤコフ

一九二二年にラツィスはベルリンに向かい、そのころドイツ座にいた、その後に彼女の生涯の伴侶

＊一九一三年九月にメイエルホリドがペテルブルグのトロイツカヤ通りに開設した演劇スタジオ。翌一四年九月にスタジオはボロジンスカヤ通りに移り、コメディア・デラルテをはじめとする民衆的な演劇が広く研究された。

となるベルンハルト・ライヒと出会う。翌年ライヒがミュンヘン室内劇場の首席演出家の職を得たので、ラツィスもミュンヘンへ赴いた。ラツィスとライヒがブレヒトと知り合ったのは、このミュンヘンである。ブレヒトは同じミュンヘン室内劇場の演出家として、フォイヒトヴァンガーとの共作『イングランド王エドワード二世の生涯』[31]の計画を始めたばかりのときだった。ラツィスを紹介されたブレヒトは、彼女にロシア演劇について、またソヴィエト連邦について、ソ連の芸術政策についても尋ねた。[32]ブレヒトはラツィスに演出助手の仕事と、若きエドワードの役まで与えた。[33]

リハーサルの間、ブレヒトは俳優たちのドラマ的な動作を完璧なものにしようと努めた。ラツィスによると、「彼は身振りの一つひとつに性格の全体が表われるよう要求した。対話と台詞を、今まで俳優が習慣としてきたやり方とは違った風に作り上げた。曖昧で意味不明なもの、ありきたりなものは何であれ、避けるように要求した。それがブレヒトの〈身振り的な〉せりふ術の始まりだった[34]」。ラツィスはブレヒトの身振り的表現の展開とメイエルホリドによる類似の仕事との間に並行関係があることは指摘していない。だが、彼女が一九一三年にメイエルホリドの劇団に紹介された当時、このロシアの演出家は学生たちに身振りの芸術を教え、彼らが回し読みしていたさまざまな冊子には「動作のシナリオ」について書かれていた。メイエルホリドはそのころ、「動作が演劇表現のなかで最も力強い手段である」と書いている。[35]

ラツィスは一九二四年五月にベンヤミンと知り合い、その年の終わりころにベルリンで彼をブレヒトに引き合わせた。ベンヤミンが一九二六年から二七年にかけてソヴィエトに旅行したのは、主としてラツィスへの恋慕ゆえだったが、このモスクワ滞在の二か月間に（一九二六年一二月～一九二七年二月）、ベンヤミンはいくつかの劇場を訪れた。だが、感銘を受けたのはメイエルホリドの仕事だけだった。ライヒもラツィスもメイエルホリドと知り合いだったので、ベンヤミンは『査察官』や『森林』、『トラストDE』の切符も手に入れることができた。ラツィスは『トラストDE』の休憩時間に、ベンヤミンをメイエルホリドに紹介し、メイエルホリドはすぐに個人的な案内付きでメイエルホリド劇場資料室を観覧できるよう斡旋してくれた。ベンヤミンは日記に、「『堂々たるコキュ』の第一級の装置、『ブブス先生』のあの竹を使った有名な場面（竹の棒が俳優の登退場に合わせて、あるいは重要な瞬間に、大きな音、小さな音で合いの手を入れる）、『吼えろ、中国!』の、前舞台に水を張ってそこで船が弧を描く場面等々」[36]を含むメイエルホリドの舞台装置のひな形を、ラツィスとともに観たことを記している。

ヴァルター・ベンヤミン

ライヒとラツィスとベンヤミンがこの年に観た舞台のなかで、最も重要だったのが『査察官』だ。ゴーゴリの古典に対するメイエルホリドの改作と演出は、いつもの彼の革新ぶりに比しても、ひときわ挑発的だった。ソ連の劇評家はこぞって、国民の遺産に余計な手を加えたと抗議した。メイエルホリドはしかし、テクスト変更は演出家の権利だといつも主張していたし、『査察官』でもこの権利を十分に行使したにすぎない。ゴーゴリの他の作品から場面や人物、会話を付け加え、この戯曲が民衆のペシミスティックなものの見方や個人的な虚栄心、愚かさ、偽善を表現することで、この戯曲を純粋な笑劇《ファルス》とする伝統的な解釈を拒絶した。メイエルホリドは自分の考えを主張するために、この戯曲の演出をめぐる公開討論会を組織した。ライヒとラツィス、ベンヤミンもこの討論会に参加し、ラツィスは何十年か後になってから、ベンヤミンはその直後に、この討論会についての報告を書いている〔本書二〇一‐二〇五頁参照〕。このことはメイエルホリドにとって、その名声と影響力にかかわらず、芸術上の参政権の問題を超えて、公式批評との困難にかかわる危機となった。マヤコフスキーやルナチャルスキーなど、発言者の大半はメイエルホリドの側に立っていたのだが、この論争は、メイエルホリドにとっての致命的な打撃の開始の合図だったのだろうと、ベンヤミンは憶測している。「党とジャーナリズムは、メイエルホリドの仕事を拒否した……反対派が完全に勝利したのだ。……ルナチャルスキーもマヤコフスキーも、彼を救うことはできなかった。……このときから、反メイエルホリド戦線が形成されていった[37]」と。

ラツィスは一九二八年初秋に、ベルリンのソ連邦通商代表部・映画部門の顧問、およびソ連プロレタリア演劇同盟からドイツプロレタリア革命作家同盟（ＢＰＲＳ）への使節として、ふたたびドイツにやってきた。ＢＰＲＳの後援の下、その後ソ連で活躍していた著名な劇作家や演出家についての講演を行うとともに、三人のＢ、すなわちブレヒト、ベンヤミン、ベッヒャーとも頻繁に会って、ソヴィエト演劇について討論した。セルゲイ・トレチヤコフについてもしばしば話題になった。メイエルホリドの親しい仕事仲間であるトレチヤコフは、のちにブレヒトのよき友となった[38]。

セルゲイ・トレチヤコフは、ラツィス同様、ラトヴィアに生まれ、リガで教育を受けた。内戦では最初、白軍の側で戦ったが、のちにボリシェヴィキにつき、政府の役人として、芸術家として、献身的な働き手となった。一九二〇年代初めから未来派の運動の中核にいて、マヤコフスキーとともに未来派の雑誌『レフ（*LEF*）』とその続刊『新レフ（*Novyi LEF*）』の編集者、寄稿者として活躍〔マヤコフスキーが退いたあとは編集長を務めた〕。疲れを知らぬ政治の伝道者で、旅行家で社会活動家のトレチヤコフは、たとえば中国での、あるいはコーカサスの集団農場での経験を、大衆文学の形で書いて、その多くはワイマール共和国のドイツでも出版された。ブレヒトは一九二〇年代末か三〇年代初めにドイツではじめてトレチヤコフに会って、二人はすぐに親友となった。一九三二年にブレヒトとドゥードフが映画『クーレ・ヴァンペ』の公開のためにモスクワを訪れた際に、案内役をつとめたのはトレチヤコフだった。

私はブレヒトと親しく仕事をするなかで、同志としての親近感が強くなるのを感じます。彼の仕事を翻訳し、そのいくつかを受け入れ、多くに反論し、しかし彼の一歩一歩の歩みに最大限の注目を払っています。愛をこめてと言ってもいい。まさにそのような関係を、そのような文通を、あなた方一人ひとりにも願いたいと思います。

（一九三四年六月のソヴィエト作家同盟第一回大会でのトレチヤコフの演説より）(39)

のちに人民裁判でスパイの判決を受け、一九三九年にシベリアの強制収容所で銃殺されたというトレチヤコフの非業の死を悼む詩のなかで、ブレヒトはトレチヤコフのことを「私の師」と呼んでいる。

セルゲイ・トレチャコフ（1927年、アレクサンドル・ロドチェンコ撮影）

『人民は無謬か』と題された詩でブレヒトは、各節ごとに「彼は無実ではないのか」と問いかけている[40]。

トレチャコフとメイエルホリドとの交友は、一九二二年に始まった。トレチャコフは極東から帰ったばかりで、メイエルホリドは自分の劇場と俳優スタジオを作ったばかりのときだった。トレチャコフは、運営、企画、劇作といった面でその活動に深く関わっていく。二人はお互いの芸術を補い合った。トレチャコフは「戯曲言語の名手」として、メイエルホリドはそのころビオメハニカの理論〔人体力学的演劇訓練法〕を提唱し、「演劇的な動作の訓練に言葉の要素を加える」問題に取り組んでいた人物として、彼らは共同で、「言語動作」と呼ばれる講座を開設した。トレチャコフがビオメハニカの理論と実践の展開に多大な貢献をしたことは、メイエルホリドも証言するように明らかであり、「ほかのだれよりも」メイエルホリド劇場の仕事に理論的な土台を与える助けになったのがトレチャコフだった[41]。

一九三三年、ソ連の主要な文学系出版物の一つである『文学新聞（*Literaturnaya gazeta*）』の事務所で行われた作家の非公式の会議で、トレチャコフは、戯曲は焦眉の社会的な問題に関連しているだけでなく、未来の政治的・社会的な状態についての予測も示すものでなくてはならないと主張した。その例としてトレチヤコフは、彼自身の『吼えろ、中国！』を挙げている。また、ブレヒトの戯曲を三つ翻訳し、「原作とは根本的に異なるほどにまで」手を加えたと語っている。この改作は翌年に出版された。(42) 何年か後に、ブレヒトはお返しにトレチヤコフの戯曲『子どもが欲しい』を改作したドイツ語版を作っている。(43)

トレチヤコフ　芝居通は［ブレヒトの疑問形の演劇に］満足しきらないんだ。これがブレヒトが苦心したところだ。芝居通は気がかりなまま劇場を後にする……。
ウゾフスキー　芝居通は当惑するんですか。
トレチヤコフ　いや、考えるんだ。
アマグロベレス　芝居通はソフォクレスでも考えるんじゃないですか。
トレチヤコフ　この劇作家にとって問題は、芝居通を平衡のとれた状態から引き出して、じっと座っていられず、行動を起こしたいという気にさせることだ。(44)

トレチヤコフのこの「考える芝居通」についての観察は、ベンヤミンがメイエルホリドについて語った、あるエピソードを補足してくれる。それは次のようなものだ。

ロシアの演劇人メイエルホリドは最近［一九三〇年］ベルリンで、彼の俳優は西欧の俳優とどこが違うかと尋ねられた。メイエルホリドは答えた。「二つある。第一は考えるということ。第二は、観念的にでなく、唯物論的に考えるということ」。……叙事的な俳優は知識をめざすが、この知識が今度は、その演技全体の内容だけでなく、テンポや間やアクセントまで決定してしまうのだ。[45]

ブレヒトが一九三五年に二度目にソ連に旅行した際、彼と妻のヘレーネ・ヴァイゲルは、モスクワのトレチヤコフのアパートに泊まった。ライヒが初めて「異化（Verfremdung）」という言葉を聞いたのは、このときの演劇をめぐる議論のなかでだった。

われわれはきわめて非日常的な芝居の演技について話し合っていた。……私がある芝居［オフロプコフ演出のポゴージン作『貴族たち』］の些細なことに言及したら、トレチヤコフが、「そう、それが異化だよ」と応じて、ブレヒトに共謀者のようなまなざしを向けた。ブレヒトはうなずいた。これが私の異化という言葉との最初の出会いだった。だから、ブレヒトはこの術語をトレチヤコフから得たに違いない。思うに、トレチヤコフは、シクロフスキーの術語「オトチュジヂェニエ」[46]を、「距離化する」、「異化する」という語に作り直したのだろう。[47]

批評家は、ブレヒトの〈異化効果〉がロシア・フォルマリズムの理論に由来するという説をめぐってさまざまに議論を重ねてきた。ジョン・ウィレットは、フォルマリストの主導者だったヴィクトル・シクロフスキーの著作に直接由来しているのだと主張している。[48] ソ連や東ドイツの研究者は、フォルマリズムはソヴィエトでは一九三〇年ごろから下火になっていたと反論する。[49] ヨーロッパの研究者にも、証拠が不十分だとして、あるいは言語学的な理由から反対する人がいる。ヤン・クノップフは、ブレヒトが一九三五年にモスクワに滞在した折に、ロシア・フォルマリストの誰かに会った形跡はないし、それにそもそもフォルマリストたちは美学の問題以外には関心がなかったと公言している。この論拠はおかしい。未来派とフォルマリストの間には密接な結びつきがあった。シクロフスキーの回想録『マヤコフスキーとその周辺』にもその関係ははっきり描かれているし、『レフ』誌や『新レフ』誌のどの号を読んでも見てとれる。これらのアヴァンギャルド文学・芸術の雑誌は、シクロフスキーやトレチヤコフ、マヤコフスキー、ブリーク、テレンチエフらの未来派、フォルマリストを、あるいはその両者を自称する人々によってつくられていた。トレチヤコフによると、ブレヒトには、未来派・フォルマリズム運動の中核にいた友人もいたという。いずれにせよ、一九二八年まではフォルマリストのなかには、文学は文学以外のものと切り離して研究すべきだと考えるものは、皆無だった。[50]

一九三五年には、そのころ定住地をもたぬ亡命者だったブレヒトは、モスクワのロシア人やドイツ人の知識人・芸術家の集会や作家同盟の主宰する会合では、賓客だった。トレチヤコフはブレヒトの叙事的演劇について、その芸術的、政治的意義について語っていたし、キルサーノフはブレヒトの『死んだ兵士の伝説』の翻訳を読んだことがあったたし、カーメルヌイ劇場の俳優たちは『三文オペラ』の抜粋を上演していた。ヴィーラント・ヘルツェフェルデはドイツ詩におけるブレヒトの役割について語り、ラツィスは演出家としてのブレヒトを論じた。そのなかでもハイライトは、カロ－ラ・ネーアーの歌う『三文オペラ』のバラードの夕べだった。ブレヒトが、演劇にとって意味のある都市は世界で唯一モスクワだけだと言明したときには、[51]ロシア人を喜ばせただろうし、それは命にかかわる亡命のルートを確保する助けともなった。

やはりこのモスクワ滞在中に、ブレヒトはメイエルホリドやトレチヤコフ、エイゼンシテインらとともに、中国人〔京劇〕俳優梅蘭芳《メイ・ランファン》の一座の公演を観ている。ブレヒトがフォルマリストであるシクロフスキーの理論に、自分の思想を補足する、あるいは喚起さえするようなあるアイディアを見出したとするなら、梅蘭芳の何百年もの長きにわたってなお新しい芸に、その思想の具現化を見出したのだ。とくにブレヒトは、この中国の俳優が、感情において自分を役から切り離し、観客に舞台で起こっているのは演技であって、日常生活ではないのだということを忘れさせないようにする、その能力を称賛している。人間の身振りと日常の話し方が俳優によって芸術に転換されている。[52]中国の演劇が観客に理性的な姿勢を要求しているところがブレヒトは大いに気に入ったのだ。自分たちの国民演劇を十分に堪能するために、中国人は必要な約束事についての知識を身につけて劇場を訪れるに違いない。だから芝居通は自分自身の特殊な熟練をもっていて、それを上演に対置させる。しかもこの熟練は、知識人階級にだけ限られたものではなく、国民全体のものになっている。

梅蘭芳一座のモスクワ公演はブレヒトにとって、俳優に催眠術をかけられることを望んでも期待してもいない普通の観客を惹きつけるような、「非イリュージョン演劇」という彼の考えに確信を与えた。[53]

梅蘭芳のレパートリーには中国演劇の女形の役も入っていた。善良な貴婦人、老婆、だらしない女中、女兵士。エイゼンシテインはなかでも梅蘭芳の女兵士が気に入った。この役で梅蘭芳は、女形が男のふりをするという、いわば二重の異化を成立させた。この上演と、トレチヤコフの『吼えろ、中国！』や一九三〇年の小説『鄧惜華《デン・シファ》』に見られるような、中国文化への興味や経験が契機となって、ブレヒトにも『セチュアンの善人』の男女の一人二役のアイディアが生まれたのかもしれない。

メイエルホリドも中国の俳優の演技に深く感銘を受けて、「中国人一座の演劇的〈フォークロア〉から成る一連の特色[54]」を組み込んだグリボエードフ作『知恵の悲しみ』の再演を梅蘭芳に捧げた。梅蘭芳一座の公演についての公開討論会[55]では、メイエルホリドは梅蘭芳の芸術について、とくに身振りとリズミカルな動作の用い方について語っている[56]。

ブレヒト、メイエルホリド、エイゼンシテイン等々、演劇芸術の一流の指導者たちが、偉大な巨匠によって演じられる中国演劇の古来の芸術を目撃し、自由に討論するために一堂に会したのである。これは注目すべき出来事だった。しかもそれは、体制側からの苛烈な大弾圧が忍び寄る一九三五年のモスクワで行われたのだ。このときブレヒトとメイエルホリドが直接に意見を交換したという証拠はない。しかし、梅蘭芳の演技、何よりもその演劇性と民衆芸術《フォーク・アート》の革新的な使い方が、二人の演劇的原理の核心に触れるものであったのは確かだ。メイエルホリドの同志で、ブレヒトをモスクワに招いたトレチヤコフも、この討論会の企画者の一人だったのだから、二人を引き合わせたということは十分に考えられる。アーシャ・ラツィスの場合と同様、トレチヤコフがこの二人の演出家の間の仲介人だったのではないだろうか。

すでに一九二三年にトレチヤコフは、演劇に関するブレヒト的ないくつかの原理について書いている。もちろんこのころはまだブレヒトの演劇観も、演出家としてのキャリアも始まったばかりで、トレチヤコフは、彼の名前すら知らなかった。トレチヤコフが考えていたのは、メイエルホリドの演劇観のなかで最も重要だと思われる部分、つまり、伝統的な舞台をアジプロ演劇に転換すること、〈アカデミック〉な俳優を民衆の社会的な組織者に変え、観客を「偶然の寄せ集め」から、「上演に相互に作用し合う確かな集団に変えること。芝居の純粋に叙述的な側面から、芝居の構成の手法、共同作業を行う集団へと群衆を組織するための完成された形式の発明へと注意を向けさせること[57]」だった。

『子どもが欲しい』、『農場のヒーローたち』と『コーカサスの白墨の輪』

こうした考えは、演劇の目的の革命的な転換を意味する。これは、トレチヤコフとメイエルホリドが拓き、おそらくブレヒトへと受け継がれた演劇への革新的なアプローチの一部である。メイエルホリド―トレチヤコフ―ブレヒトのつながりが、ブレヒトの『コーカサスの白墨の輪』の、あのソヴィエトの生活のばら色の描写に見てとれないだろうか。

序曲の「谷をめぐる争い」は、第二次世界大戦後の復興期のコーカサスを舞台とし、二つのコルホーズが土地の分配を争う。一方は山羊飼育のコルホーズ、もう一方は果樹栽培のコルホーズ。ドイツ軍の占領期には谷を放棄せざるをえなかった山羊飼育のコルホーズが、谷の返還を要求する。しかし果樹栽培のコルホーズはその間にこの地に移り住んで、谷を灌漑してさらに豊かにする計画を立てている。この土地のさらなる有効利用を考えているのだから、山羊飼育のコルホーズの要求は却下されるべきだと主張する。

芝居がはじまると、モスクワから公式の調停者がやってきて、ただ一人の専門家として、両者の言い分を大きな声で読み上げ、両者の代表者に自分たちで議論して問題の解決策を見出すよう言い渡す。山羊飼育のコルホーズは議論のなかですぐに、果樹栽培のコルホーズの方が谷を有効に利用していくだろうと納得し、自分たちの要求を取り下げる。討論が終わって、その後の祝いの宴で、歌手が余興として舞台に登場する。歌手が謡う物語は、中世グルジアの話だが、今解決したばかりの事件の寓話にもなっていて、コルホーズの農民たちがそれを演じる。

主人公の若い女中のグルシェは、戦《いくさ》の危機のなかで母親が見捨てた領主の赤ん坊を救う。自分の安全も幸福もかえりみず、グルシェはその子を育てていく。やがて、勝敗の運の結果として、いまや未亡人となった領主夫人が帰ってきて、自分の子を要求する。子どもを愛しているからではなく、亡き夫の財産を手に入れるために、その子が必要なのだ。一方グルシェは、その子を育てるためにたいへんな苦労をしてきたから愛していて、手放したくはない。二人はこの一件を、裁判官アツダクに委ねる。アツダクはもともと賤しい生まれの狡猾な悪漢なのだが、戦さの浮き沈みと社会変動のどさくさのなかで、グルジアの高等法院の裁判官に成り上がっていた。この男が、「白墨の輪の裁き」という名案をもちだして、逆説的にひとひねりして、子どもの運命を決定することになる。ブレヒトが素材として用いた原作の中国劇『灰蘭記』では、子どもを輪の中から引っ張り出して痛い思いをさせるのに耐えられなかった、それゆえ本当に子どもを愛していたのは、産みの母だったのだが、『コーカサスの白墨の輪』では、子どもの手を離すのは、育ての母になっている。アツダクは、グルシェが〈本当の〉母親ではなく、法律的にはその子どもへの親権を与えられていないことを知っていたのだが、それでもグルシェに子どもを渡す。芝居は歌手の最後の語りで終わる。まずはアツダクの名裁きを称え、そして所有権のモラルについての一般的な解釈で締めくくる。貨車であれ、谷であれ、子どもであれ、それを最も愛する者に、最も資格のあるものに所有されるべきだと。

『コーカサスの白墨の輪』と、ドイツ語に訳されたトレチヤコフの二つの作品、戯曲『子どもが欲しい』と集団農場の生活を描いた小説『農場のヒーローたち』の間には、テーマにおいても設定においても、密接な関連がある。[58]『子どもが欲しい』も、正しい社会では子どもを育てるのに最もふさわしいのは誰なのか、生物学的な両親なのか、それとも誰か他の代理人なのだろうか、という問題を扱っている。子どもを共同体全体に役に立つように育てるには、どちらが条件としてよりよいのだろう。『コーカサスの白墨の輪』と同様に、所有をめぐる争いが、コルホーズつまり集団農場での生活を背景にして展開する。

このトレチヤコフの戯曲〔『子どもが欲しい』〕では、若い農学者ミルダが、夫も恋人もいないのに、子どもをつくる決心をする。ミルダはリトアニアの愛の女神に由来する名前だ。トレチヤコフのこの命名は皮肉だ。子どもを選ぶにあたって、彼女は（政治的な）優生学の知識を応用しようと考えた。そして労働者のヤーコヴを選ぶ。健康状態や家族関係、趣味などを訊ねたあとで、彼を自分の部屋に誘う。ヤーコヴはこの誘いに当惑するが、受け入れる。部屋につくと、彼女は自分の計画を打ち明け、ヤーコヴは驚くが、簡単に説き伏せられる。ヤーコヴが足繁く通ううちにミルダは妊娠し、ただちに彼をお払い箱にする。しかし本気でミルダを愛してしまった、しかも妊娠を知って父性愛にも目覚めてしまったヤーコヴは、びっくり仰天する。彼も子どもが欲しい。だがそんな非理性的な感情はミルダの計画には入っていなかった。彼女とすれば、計画通りに妊娠し、自分の身体のなかで大きくなったのだから、子どもは当然、自分だけのものだし、ふさわしいと思う通りに育てる権利がある。

ミルダは生まれた子どもを共同で育てられるように、農場の保育園に預ける。その子を訪ねてはいくが、自分が母親だとは決して知らせない。最後に、他の女性と結婚して何人かの子どもの父親となったヤーコヴが、保育園でミルダと再会する情緒的な場面がある。時間は経過していたが、ヤーコヴはまだ見ぬ子どものことがいまだに忘れられない。自分の妻に育てさせるから子どもを返してほしい、少なくとも保育園のどの子が彼の息子かを教えてほしい、そうすれば訪ねて行って愛情をかけてやれるからと、ミルダに懇願する。ミルダは、子どもは私有物ではなく、自分の子だけでなく、すべての子を愛さなくてはいけないという原則に基づいて、ヤーコヴの願いをはねつける。袋小路のままで芝居は終わる。『コーカサスの白墨の輪』のようなハッピーエンドも、正しい解決もない。

ミルダの抑えがたい母性への衝動が先例となって、それがグルシェの救った子への献身に、あるいは一九四一年の『母アンナの子連れ従軍記〈肝っ玉おっ母とその子どもたち〉』でカトリンがすべての子どもたちを救おうとして破滅する場面にも、反映しているのかもしれない。さらにフリッツ・ミーラウは、『子どもが欲しい』の第九場、これから父親になろうというヤーコヴが未来の子どもにやさしく日常生活への手ほどきをする場面（「電線のカラスが見えるだろう……おまわりさん、僕らのために車を止めてくださいな！」）と、ブレヒトの『セチュアンの善人』でシェン・テがまだ生まれていない子どもに愛情をこめて世界を見せる場面（「ほら、これが木、……あら、おまわりさんよ、挨拶しましょう」）の間の類似性を指摘している。ブレヒトは一九三〇年に『セチュアンの善人』を書きはじめたのだが、同じ時期にトレチヤコフのこの戯曲を手に入れているのだ。

トレチヤコフは、一九二六年のこの戯曲をメイエルホリド劇場に渡したとき、これが「弁証法的な戯曲」(この標語も一九三〇年代からブレヒトの著述にひんぱんに登場するようになる)[59]として上演されることを望んだ。社会的な問題が明らかになるように、ただし解決は示さないこと、観客が上演の間だけでなく、観終わったあとも、その問題と格闘するように仕向けることを。一九二九年には、トレチヤコフは『子どもが欲しい』の弁証法的な構成を、舞台をトランポリンや跳躍台に喩えて、戯曲はそこから跳びだして、らせんを描いて観客の討論のなかへ、非‐演劇的な生活のなかへと届くのだと書いている[60]。

『コーカサスの白墨の輪』の具体化の手掛かりとなったと思われるトレチヤコフのもう一つの著作は、芸術家は自分たちが生きている社会を実践的に知る必要があり、その洞察力を身につけるには、その社会的恩恵の消費者であると同時に積極的な生産者でなくてはならない、という作者自身の信念から生まれた。この確信に促されて、トレチヤコフは一九二八年にモスクワを離れて、北コーカサスの集団農場に働きに行く。そのときの経験を描いたのが、『農場のヒーローたち』だ。ヴァルター・ベンヤミンによると、この作品は「集団農場経済の将来計画に、決定的な影響を」及ぼした[61]。

トレチヤコフ自身と思われるこの作品の無名の一人称の語り手は、『コーカサスの白墨の輪』の専門家の調停者にあたり、いくつかの点では裁判官アツダクにも似ている。トレチヤコフの語り手も、モスクワからやってきた専門家で、もめごとの相談役、集団農場の労働者たちの間で争いが起こると、ときには調停人にもなる。あるいはアツダクのように、家族間の私的な喧嘩にも介入する。土地と子どもをどうすれば最上の形で管理できるかが、彼の関心事の一つだ。土地と子どもの「所有権」についての伝統的な考え方は、新しい社会秩序にふさわしくないことを農民たちに納得させるのが、彼の仕事である。

私は集団農場でさまざまな集会を開催し、トラクターと国庫積み立てのお金を集めた。ヤコブレフの論文を（ヤコブレフは農業人民委員だ）説明した。……個人の農民を集団農場に加わるよう説得し、託児所での母親たちのいさかいを調停した。収穫の分配に助言を与え、すべてが正しくおさまるように、農民たちの不満をあらゆる点から調査した。（『農場のヒーローたち』二〇頁）

土地と家畜の私有権を要求する習慣と、子どもを育てるのはその能力があろうとなかろうと生物学的な母親でなくてはならないという信念との間には、通底するものがある。農婦たちが小さな土地と骨と皮ばかりの牛馬を手放すことに示す抵抗は、子どもたちを国の託児所に預けたがらないのといい勝負だ。農民の一人は次のように言っている。「自分の農場をもっている女はコルホーズの農場から馬をとって来るし、集団農場の女は保育園から子どもを盗んでくる」（『農場のヒーローたち』二五九頁）。だが最後には、農場での重労働のせいもあって、女たちは、共同保育所が共同生活になくてはならない要素だと考えるようになる。

『農場のヒーローたち』のなかのあるエピソードが、とくに『コーカサスの白墨の輪』の最初の序幕の先例になっている。語り手が、農場経営の意見の不一致をとことんまでぶつけあうために、コルホーズのメンバーたちは集まって話し合う習慣がついている、と説明する箇所だ。そういう集まりの際に、あるとき、「新しい」メンバーと「古い」メンバーの二つのグループに分かれた。集団の体制に併合されて新たにこの土地へやってきた人たちと、以前からの共同体に住み続けている人たち。どの農場を最初に収穫するかという議論は、ますます激しくなる。「そういう喧嘩のあとで何か起こると思うだろうか、殴り合いか、罵り合いだろうか」と、トレチヤコフは読者に訊ねている。突然、理性と和解の声が、感情的になっていた雰囲気のなかに響く。「「古い」とか、「新しい」とかって、何のことだい、僕らはみなここでは新しいのだ」(『農場のヒーローたち』三六五頁)。この一声で、集まっていた農民たちは新旧争いはやめて、一丸となって問題に取り組んでいく。この場面でも、『コーカサスの白墨の輪』でも、問題を暴力や強欲によってではなく、共通の幸福を求めて解決していくのは、政府の役人ではなく、民衆自身である。

ブレヒトの『コーカサスの白墨の輪』の序幕の部分は、批評家からも演出家からもしばしば、完璧な作品への余計な添え物であるとみなされてきた。テーマ的にも、谷をめぐる争いと子どもをめぐる争いの関連は根拠が希薄で、わざとらしい。「非ロシア人スターリニストによるスターリンのロシアに対する考え方」[62]だと。そうではない、ブレヒトが描いている集団農場での生活の希望に溢れた光景は、トレチヤコフの現実の報告によるものなのだ。トレチヤコフは、『農場のヒーローたち』を基にした戯曲『大地を豊かに』を計画したが、完成しなかった。ブレヒトはこの戯曲に興味を示して、なんとか彼に完成してもらおうとした。『子どもが欲しい』と『大地を豊かに』へのブレヒトの関心ぶりから見て、おそらく二人はこれらの作品での論点を議論し、それが『コーカサスの白墨の輪』のなかに反映しているとも考えられる。トレチヤコフは、強制された集団化がソ連の現実においてどんなにひどいものだったのか知らなかったのかもしれない。だが彼は単純なユートピア的空想家ではない。『農場のヒーローたち』には、彼の農場での仕事の成功だけでなく、失敗や欲求不満も描かれている。芸術と芸術家の責任についての信念に従って、トレチヤコフは一九二〇年代から三〇年代初めにかけての社会的な実験に、精力的かつ積極的に関与していった。目前に迫っている底なし地獄にも気づいていなかったようだ。だが彼の洞察力は、ありきたりの社会主義リアリズムのキッチュをはるかに超えて、問題の切り口を鋭く見せてくれている。

ブレヒトは『コーカサスの白墨の輪』の最初の部分を一九四四年に書き、その場面を第二次世界大戦復興期のロシアにおいた。だがコルホーズの場面は、アツダクの話と同様、一種のフラッシュバックになっている。つまり、トレチヤコフのような理想主義者たちが、土地も子どもも最もふさわしい人によって育てられるような、新しい社会主義社会の創造をいまだ信じて、そのために働くことができた「黄金時代」を映し出している。

ルナチャルスキーの位置と役割

一九二〇年代にトレチヤコフのような文化使節によって、芸術の形で新しい思想を普及させていくことが部分的には可能だったのは、ソヴィエト文化省の長官がアナトリー・V・ルナチャルスキー

(一八七五‐一九三三)だったからだ。彼はブレヒトとソヴィエト演劇の間をつないだ人物でもあった。ルナチャルスキーはソヴィエトの初代教育人民委員(一九一七‐一九二九)で、幅広い教養と創造的エネルギーの持ち主だった。同時代人には、「〈スモーキング〉を着て、灰色のとがった顎ひげをはやし、目を細めて好奇心旺盛な注意深い眼差しをもった男」[63]と映った。一八九七年にロシア社会民主党に入党し、一九〇四年からはレーニンと革命前のボリシェヴィキの雑誌の仕事をはじめる。一九二五年から一九三一年前半までは『新しい世界(*Novyi mir*)』誌の編集委員だった。芸術へのアプローチは、全般に寛容で折衷的だった。政治的に評価されない思想や芸術形式に対して、擁護することも力で抑圧することも決してなかった。教育人民委員として、対立する考えが自由にぶつかりあえるようにし、ときにはその影響力を行使して、論争的な芸術作品が公の検閲に通るように計らったりした。ロシアの過去の芸術遺産を守り保護するよう努めたが、プロレトクリトや、公式筋には評判の悪い芸術組織も支援した。そういう組織の指導者たちは、過去の芸術との完全な断絶と、政治や政府によるすべての規制からの自由を主張し、様式においては、メイエルホリドのアヴァンギャルド芸術の影響を色濃く受けていた。そういう芸術におけるさまざまな実験を支持するだけでなく、ルナチャルスキーは餓えた芸術家や公的に追放された芸術家たちも助けたのだった。[64]

一九一七年の終わりごろ、ルナチャルスキーは一二〇人のおもだった芸術家たちに、芸術を国家の統制の下に組織化する問題を考えるための会議を呼びかけた。その誘いに応じたのは五人だけで、メイエルホリドの参加への決心は「危険な賭けに等しく」、翌年メイエルホリドはボリシェヴィキに入党することでこれを公言した。[65]芸術に関する会議のすぐあとで、ルナチャルスキーはメイエルホリドを教育人民委員会演劇局《テオ》ペトログラード支部の副責任者に任命し、一九二〇年には演劇局の全体を任せるにいたった。メイエルホリドは伝統的な芸術形式の徹底的な批判者だったから、しばしば二人の見解は激しく対立したが、それでも個人的には信頼関係が続いた[66]。メイエルホリドのような熱狂的な革命家たちの攻撃から伝統的形式を守り、かつ革新者たちを保守派から守ることによって、新旧の芸術の平和共存を図ったのは、ルナチャルスキーの大きな貢献である。

一九一七年以前、メイエルホリドの仕事が非政治的アヴァンギャルドだったころ、ルナチャルスキーは、メイエルホリドの仕事には「ブルジョワ的な本能とデカダンな感傷性」が強すぎると不満を漏らしていた[67]。しかしメイエルホリドがボリシェヴィキに加わるや、いくつかの「イデオロギー」上の留保はつけながらも、ルナチャルスキーはメイエルホリドを心から歓迎した。メイエルホリドの「左翼的な」行きすぎは非難しつつ、彼の演劇的な才能への評価は惜しまなかった。のみならず、メイエルホリドが政治的に成熟して、社会的に有用で、革新的で創造的なソヴィエト演劇への貢献をしてくれることを確信していた。音楽やダンス、仮面、サーカス的な工夫などを用いることが、演劇におけるリアリズムの地平を拡大するものであるとも考えていた[68]。ルナチャルスキーのリアリズム観は、一九世紀芸術の伝統に固く結びつくような狭いものではなかった。むしろ、ブレヒトやメイエルホリドの考えに近く、あるがままの世界、変化する世界を認識する助けになるものならどんな発明でも、様式でも歓迎しようというものだった。対立する考えでも展開と葛藤の機会が与えられれば、必然的によりよい形式が生まれてくる、という原則の生きた体現者として、メイエルホリドを考えていたように見える。メイエルホリドの『査察官』を非難した人たちに対して、ルナチャルスキーは、「もちろん、『査察官』についての議論は続くだろう。それがなんだ!? 議論しようじゃないか！」[69]と書いている。

未亡人のルナチャルスカヤ＝ロゼネリは、一九二八年にシフバウアーダム劇場で、『三文オペラ』上演の際に行われたルナチャルスキーとブレヒトの会合について語っている。二人は以前にも一度、ソヴィエト‐ドイツ友好協会の集まりで顔を合わせていた。『三文オペラ』上演のあとで、ルナチャルスキー夫妻は、ブレヒトやクルト・ヴァイルら上演スタッフ、ブレヒトの友人や仲間たちの集まりに招かれた。ドイツ人たちはルナチャルスキーに、ソヴィエトの最近の芝居についての最新情報を聞きたがったという。A・ファイコーの『ブブス先生』やN・エルドマンの『委任状』については、両者とも一九二五年にメイエルホリドによって上演されていたから、すでに知られていた。それ以外のソヴィエト戯曲を推薦してくれるよう求められたルナチャルスキーは、それよりも、ブレヒト演劇をロシアに紹介しよう、タイーロフやラドロフに話して、『三文オペラ』をモスクワやレニングラードで上演できるようにしようと約束する。[70] 事実ルナチャルスキーは、この戯曲のソヴィエトでの上演に熱心だった。彼が心に描いていたのは、ブレヒトとジョン・ゲイに基づきながらも、ただしヴァイルの音楽には手を加えずに（!）、この戯曲をソヴィエトの観客にとって意味のあるものに改作することだった。一九三〇年にタイーロフの演出によって最初のソヴィエト版が出来上がったが、「まったくの娯楽劇」になっていて、ルナチャルスキーもブレヒトも失望した。[71]

一九二八年のベルリンの『三文オペラ』評で、ルナチャルスキーは、ブレヒトの手法とソヴィエトの演劇組織TRAM《トラム》（青年労働者劇場）の手法との、両者の類似を指摘している。

もちろん、この一致は単なる偶然にすぎない。オペラの演出はきわめてリアリスティックだ……。だが、（やはりリアリスティックな）ＴＲＡＭの場合と同様に、音楽が突如舞台に響いてきて、人々は踊ったり、あるいはなにがしかの歌を歌い出す。リアリスティックなＴＲＡＭが好むのは、幕間狂言や映画のまねごと、表現主義的な荒唐無稽《ファンタスチカ》への突然の移り変わりである。こうした要素が、おそらく、もっと控えめに、しかし非常に洗練された形で、ベルリンの『三文オペラ』の上演にも用いられていた。(72)

この両者の類似性はしかし、おそらくルナチャルスキーが考えたような同時発生的な単なる一致ではなく、ブレヒトとソヴィエト演劇の接触に基づくものだったろう。ＴＲＡＭのなかでも最も有名なレニングラードのＴＲＡＭは、「メイエルホリド・システムの子宮から生まれたものだった」(73)。アーシャ・ラツィスはドイツの革命的な演劇を論じた本で、メイエルホリドが牽引した「演劇の十月」を受け継ぐ、ＴＲＡＭやほかのソヴィエトの演劇グループの様式と目的がドイツ演劇に与えた影響の大きさを強調している。一九三五年に刊行されたこの本でラツィスは、ピスカートアやブレヒトにメイエルホリドが直接の影響を与えたことは否定しているが、ソヴィエトの劇団「青シャツ」のドイツ公演が強烈な印象を与え、「〈青シャツ〉スタイルがその後ドイツで広く定着することになった」と指摘している。ドイツ演劇へのＴＲＡＭの貢献は、ラツィスによれば、なにより戯曲の「独創的な改作」と「報告形式」にあった。(74)

一九三三年の初頭にルナチャルスキー夫妻はふたたびベルリンを訪れ、ブレヒトのアパートでのパーティーに招待された。もちろん、ドイツのますます悪化する政治状況が話題となった。実際には亡命しか答えはないという者もいた。ルナチャルスキーは年季入りのボリシェヴィキとしての自分の例を挙げながら、たとえドイツにいようと外国にいようと、イデオロギーのバリケードに留まって、闘い続けるべきだと、ドイツ人たちを励ました。[75] だがこの年の終わりに、ルナチャルスキーは心臓発作のため南フランスで急逝した。教育人民委員の職を解かれて、スペイン大使に任命されていたのだが、この配置換えが、粛清への序曲だったのかもしれない。

ルナチャルスキー未亡人は、ブレヒトが一九三五年に『ダス・ヴォルト（*Das Wort*〔言葉〕）』誌[76]の編集の関係でモスクワを訪れたときに会って、夫の「ブレヒト演劇」への予言を思い出しながら、過ぎし日をともに偲んだという。[77] 一九三五年にはもう、ルナチャルスキーがかつて励ましたような芸術的な実験や思想の自由な潮流は、ロシアでもドイツでも、ほとんど消滅させられてしまっていた。ブレヒト自身が、一九三三年以来、亡命の身であった。今なおイデオロギーのバリケードに立つとはいえ、大劇場でブレヒトの作品を上演することは不可能だった。

トレチヤコフは一九三八年に逮捕され、人民裁判で日本のスパイとして有罪判決を受け、翌年シベリアの強制収容所で銃殺された〔トレチヤコフが逮捕されたのは一九三七年。おそらくその直後に獄中で処刑された〕。メイエルホリドは一九三九年に逮捕された。一〇年の独房監禁刑にしようというひそかな企てもあったが、一九四〇年の二月一日に判決が下され、翌日、銃殺された。メイエルホリドの逮捕の直後、彼の二番目の妻、女優のジナイダ・ライフもアパートで惨殺されている。おそらく、政府の周旋人の仕業であろう(78)。

ブレヒトは一九四一年に、アメリカ合衆国へ向かう途中で、ふたたびソヴィエトを訪れている。モスクワに到着したときブレヒトを出迎えたのは、多くの友人、仲間のなかで、ライヒだけだった。ブレヒトはラツィスが逮捕され、収容所に入れられていることを知っていて、ソヴィエトの外交官への影響力を行使して、ラツィスのためにとりなすことをライヒに約束した(79)。だがラツィスは一〇年間の収容所生活を送り、ライヒもついには収容されることになる。かくして、フッペルトのいう「聖なる年月」が、終わりを告げることになった。

メイエルホリドへのブレヒトのまなざし

レフ・コペレフは、一九三〇年代のブレヒトのモスクワ訪問は「多くの出会いと観察に恵まれ、それが長い間ブレヒトに影響を与え、ブレヒトの意識のなかで成長していった」と書いている(80)。これらの出会いが幾年かに及ぶソヴィエト芸術との接触の頂点だった。なかでも、メイエルホリドを師と仰ぐソヴィエトのアヴァンギャルド演劇についての情報が、ブレヒトの関心事だった。すでに指摘したように、ブレヒトとトレチヤコフとメイエルホリドをつなぐ結び目は、公刊された批評や報告、ソヴィエトの友人たちやソヴィエト演劇との出会い、ロシア人亡命者や、ソ連に亡命した、あるいはソ連を訪れたドイツ人たちとの交流など、いくつもあった。ブレヒトと芸術的・政治的な関心を共有し、メイエルホリドの仕事を実際に観て、評価をしていた人々のなかには、ラツィス、ライヒ、ベンヤミン、ルナチャルスキーも含まれていた。最も偉大な芸術家でさえ、その多くを時代や先駆者たちの考えに負っているものだ。ブレヒトがメイエルホリドの独創的な仕事からいくつかを自分の仕事のなかに取り入れたと考えても、それゆえこのロシアの演出家の考えが、たとえ銃殺されてその名が削除されたあとでも生き続けたと考えても、ブレヒトの業績を減ずることにはならないはずだ。「聖なる年月」の間、ロシアとドイツの知識人たちが共通の感覚を分かちもっていたとするなら、ブレヒトとメイエルホリドはお互いの仕事について、どのような態度をとっていたのだろうか。二人が会う機会は、たとえば一九三〇年にブレヒトがベルリンで『吼えろ、中国!』を観たとき、あるいは二人が一九三五年にモスクワで梅蘭芳の公演を観たときなど、考えられるのだが、直接の証拠は見つかっていない。

メイエルホリドがブレヒトについてなんらかの考えを述べたという記録は残っていないが、公刊・未公刊を含めたブレヒトの著述にはメイエルホリド演劇へのいくつかの言及が含まれている。最も古くて好意的なメモは、一九三〇年のメイエルホリド劇場のベルリン公演のときに書かれている。メイエルホリドに対するソヴィエトの公式筋の態度が冷たくなってゆくにつれ、ブレヒトのメイエルホリドへの公的な認識も冷めていったように見える。数少ない賛辞も、どちらかというとおざなりで、もっぱらメイエルホリドの仕事の形式的な側面にかかわるものだ。一九三〇年以降は、演劇についてのメイエルホリドの社会的な理論については、ブレヒトはまったく触れていない。それこそ、ブレヒトの言葉を借りるなら、彼にとって最大の関心事がメイエルホリド芸術の核心だったのにもかかわらず。

ジョン・ウィレットは一九五六年にブレヒトと対談して、いくつかの註釈を書いているが、そのなかで、「ブレヒトは一九三〇年代にモスクワで［そして／あるいは一九三〇年春のベルリン公演の際に］『椿姫』、『森林』、『吼えろ、中国！』などを観た。素晴らしい、意味のために上演されているのではない。真の虚構主義者《フィクショナリスト》だ、メイエルホリドは偉大な人物だ。もちろん殺されはしたが、と語った」と書いている。その後ブレヒトはウィレットにヴァフタンゴフへの賞賛を語り、ヴァフタンゴフ演出の『トゥーランドット姫』と『ディブック』を観たが、「異化効果が一番多く使われている」と感じた。(81)

一九三七年にブレヒトは、スタニスラフスキーの仕事をロシア演劇の最初のうねりだとする一連の記事を載せた『シアター・ワークショップ』誌の編集者に、抗議の手紙を書いている。ブレヒトを怒らせたのは、その記事が述べていることというより、その記事が述べなかったことのほうだった。

社会についても、経済についても、何もない、革命さえもなかったようだ。そのテクニックのすべてが、ロシア帝政時代のものだ。メイエルホリドは後に枝分かれした、一種のこぶのようなものにすぎず、その彼の仕事の実態をなす革命的な部分には、一言も触れられていない。アジプロやTRAMも存在しなければ、オフロプコフも存在しない。彼らは［これらの記事の著者たちのことだろう］まったく手のつけようのない知識人、根っからのブルジョワだ。(82)

この手紙はしかし、メイエルホリドの仕事に対するブレヒト自身の見解を教えてくれるものではない。のちの著述にも、一九三〇年に敵意に満ちたドイツの批評に抗してロシアの演出家を支持したようなブレヒトを彷彿とさせるものは見られない。メイエルホリドが逮捕された一九三九年ころにはブレヒトは、自分とピスカートアを叙事的演劇の先駆者とみなし、メイエルホリドの仕事は不備で形式的だが自分の仕事には先触れになったとは認めている。かくして、叙事的演劇は「技芸から芸術へと」進歩したのだと[83]。

映画や語りのコーラス、踏み車、エレベーター、「球形」の舞台、場面の一部として動く装置、舞台と観客をつなぐこと等々、ピスカートアが現代の政治的演劇を創造するために用いた工夫や技術は、すでにその一〇年も前にメイエルホリドが作り出したものだということは認識されていない[84]。ブレヒトが身振り的演劇の起源について議論した際にも、無声映画やことにチャップリンは挙げても、メイエルホリドの「前演技」の理論や「ビオメハニカ」のトレーニングなど、俳優により幅広い身体表現を可能とさせる訓練については言及していない。

ブレヒトはソヴィエト演劇の成し遂げた成果に通じていて、一九三五年に「世界で最も進歩している」と書いているにもかかわらず、それが自分の仕事に深遠な影響を与えたことは認めていない。たとえば、一九二三年の『バール』の初演から生まれたという叙事的演劇は、そのいくらかをドイツ労働者のアジプロ劇団に負っているとしながら、ドイツのアジプロ劇団を鼓吹した、それゆえブレヒトの〈教育劇〉にも刺激となったであろう、ソヴィエトのTRAMや劇団「青シャツ」については言及していない[85]。

一九三九年にはブレヒトは、現代演劇への貢献者として、メイエルホリド、スタニスラフスキー、ヴァフタンゴフ、オフロプコフらの名を挙げている。とくにヴァフタンゴフとメイエルホリドの、東洋演劇から採用した踊りの使い方、構成主義、舞台での俳優の集団化の方法を指摘する。同じ年に、メイエルホリドの方法のなかでもブレヒトが進歩的だと感じた要素として、「個人的なものへの反抗」、「技芸的なものの強調」、「舞台動作の職人たち」、「抽象的な装置」を挙げている。しかし、完全に非現実的な装置から離れて、ブレヒト自身の様式の核心でもある抽象的なものとリアリスティックなものの素晴らしい混交をめざしたメイエルホリドの発展への言及は、どこにあるのだろう。[86]

メイエルホリド劇場は一九三八年に閉鎖された。このとき、モスクワで発行されていた雑誌『ダス・ヴォルト』に、非共産党員のスタニスラフスキーが今なお公式筋のお気に入りという陽光を享受しているのに、共産党員のメイエルホリドがなぜ切り捨てられるのかを説明しようという記事が掲載された。[87]著者のベラ・バラージュは、メイエルホリド問題について、ベルンハルト・ライヒなど多くの人たちが掲げたのと同種の釈明をしている。つまり、メイエルホリドの仕事はもはや重要ではない、彼の様式は時代遅れになったのだと。動きの科学、マイムや身振りの使い方、リアルなものをグロテスクに強調すること、芸術的な装置、個人の心理よりも集団を重視すること等々、メイエルホリドを有名にしたこうした思想のすべてが、ソヴィエトの演劇や映画に寄与したことは確かだ。彼から多くの人が多くのものを学びはしたが、バラージュによると、師であるメイエルホリド自身がもはや教えるものがなくなってしまった。ソヴィエトの芸術や新しい社会に役立つものを差し出せなくなった。対して、心理的リアリズムの巨匠スタニスラフスキーは、ブルジョア芸術のなかの最良の要素を守り、それを社会主義社会のなかへ移し替えたために、今なお評価されているのだ、と。生活を心から楽しむ新しいソヴィエトの観客は、生が「直接に」再現されているものを観たいと欲していて、抽象的な装置やリズムには関心がないのだと。

「そういう環境の下で、首都の偉大な演劇が、専門家の幸せな実験崇拝のお愉しみとなった様式に身を任せていていいのか」。バラージュの問いかけはもちろん反語である。ブレヒトもこの暗黙の答えに同意したのだろうか。それとも、この未来のベルリーナー・アンサンブルの指導者は、彼の「『コイナさんの話』の」主人公のコイナさんのように、自分の答えを保留したままにしておこうと決心したのだろうか。

註

（1） Gorelik, Mordecai. "Brecht: 'I am Einstein of the New Stage Form …,'" *Theatre Arts* 41 (1957): p. 73; Weisstein, Ulrich. "From the Dramatic Novel to Epic Theater, a Study of the Contemporary Background of Brecht's Theory and Practice," *The Germanic Review* 38 (1963): pp. 270–271.（とくに後者は、ブレヒトが叙事的演劇を「発明した」という「神話」について、また「一〇年代のドイツとヨーロッパの傾向の多くを、目に見えるものも見えないものも含め、一つのものに統合した」というブレヒトの役割について、その背景を考察している。［pp. 257–271］）; Arbenina, Stella. *Through Terror to Freedom* (London: Hutchinson, 1929?), p. 70.

（2） Zuckmayer, Carl. *A Part of Myself: Portrait of an Epoch*, trans. Winston, Richard and Clara (New York: Harcourt, 1970), p. 233.

（3） Frank, Joshеph. "The Master Linguist"（ロマン・ヤコブソン『対話』の書評）, *The New York Review of Books* 31 (April 12, 1984): p. 29. 西欧、とくにドイツ近代美術の発展におけるロシアの影響については次を参照。Gray, Camilla. *The Russian Experiment in Art: 1863–1922*. 2d ed. (New York: Harry N. Abrams, 1970), pp. 94, 118–119; Williams, Robert C. *Culture in Exile: Russian Emigres in Germany, 1881–1941* (Ithaca, N. Y.: Cornell University Press, 1972), pp. 14–20. 思想の相互交流に関する優れた研究としては次を参照。Williams, R. C. *Artists in Revolution:*

Portrait of the Russian Avant-Garde, 1905–1925 (Bloomington: Indiana University Press, 1977); Nakov, Aadrei B. *Russian Pioneers: At the Origins of Non-Objective Art* (London: Annely Juda Fine Art, 1976), pp. 4–6.

（4）Ehrenburg, Ilya. *Memories: 1921–1941*, trans. Shebunina, Tatania and Kapp, Y. (New York: Grosset & Dunlap, 1966), p. 18.〔邦訳はエレンブルグ『わが回想Ⅱ　人間・歳月・生活〈改訂新装版〉』木村浩訳、朝日新聞社、一九六八年、二三三頁〕; Williams, *Culture in Exile*, pp. 131–133.

（5）Bab, Julius. *Das Theater der Gegenwart: Geschichte der dramatischen Bühne seit 1870*〔現代の演劇——一八七〇年以降の演劇舞台の歴史〕(Leipzig: J.J. Weber, 1928), p. 217; Dombrow, Sinclair. "The Russian Renaissance in Berlin," *Shadowland* (June 1923): pp. 22–24, 73.　同じ方向性で書かれた論文として次を参照。Seton, Marie. "Soviet Theatre Down Stream," *Theatre Arts Monthly* 15 (December 1931): pp. 1035–1037.　この号にはさらに、モスクワのメイエルホリド作品『南京虫』と『風呂』の二枚の写真が掲載されている。

（6）Murav'ev, IU. P. "Sovetsko-germanskie sviazi v oblasti literatury i isskustva v gody Veimarskoi respubliki,"〔ワイマール共和国時代の文学と芸術におけるソヴィエトとドイツのつながり〕in *Slaviano-germanskie kul'turnye sviazi i otnosheniia,*〔スラヴ-ドイツの文化的つながりと関係〕ed. Koroliuk, V. D. (Moscow: Nauka, 1969), pp. 180–181; Pachaly, Erhard et al., "Die kulturellen Beziehungen zwischen Deutschland und der Sowjetunion,"〔ドイツとソヴィエトの文化的なつながり〕in *Die grosse sozialistische Oktoberrevolution and Deutschland*, vol. 1, ed. Anderle, Alfred et al. (Berlin: Dietz, 1967), p. 450.　独露友好クラブとその機関誌およびその他の活動は、モスクワ主導の共産主義者戦線だったが、クラブに所属していたり、訪問者であったり、サポートを受けたりした芸術家や知識人の「招聘旅行者」がすべて、その事実を認識していたわけではない。これに関しては次を参照。Pike, David. *German Writers in Soviet Exile 1933–1945* (Chapel Hill: The University of North Carolina Press, 1982), pp. 22–24.

（7）Fiebach, Joachim. "Beziehungen zwischen dem sowjetischen und dem proletarisch-revolutionären Theater der Weimarer Republik,"〔ソヴィエトとワイマール共和国のプロレタリア——革命的な演劇におけるもろもろの関係〕in *Deutschland Sowjetunion*, ed. Sanke, Heinz (Berlin: Humboldt-Universität, 1966), p. 425.

（8）協会の会員のなかで最もよく知られた人物として、ハインリヒ・マン、トーマス・マン、アルベルト・アインシュタイン、またブレヒト作品の出版者であるエルンスト・ローヴォルト、それにケーテ・コルヴィッツが挙げられる。メイエルホリド作品の詳細な記述は、一九二四年から二六年の間『新生ロシア（*Das neue Russland*）』誌に掲載された。

（9）Fiebach, "Beziehungen," p. 425; Mierau, Frits. "Die Rezeption der sowjetischen Literatur in Deutschland in den Jahren 1920–24,"〔一九二〇－二四年のドイツにおけるソヴィエト文学の受容〕*Zeitschrift für Slawistik* 3 (1958): p. 622; Holitscher, Arthur. "Drei Monate in Sowjet-Russland," *Die neue Rundschau* 32 (Junuary 1921): pp. 1–32, 121–163, 236–262.　この論文のソヴィエト演劇に関する箇所は『文学的反響（*Das literarische Echo*）』誌第二三号（一九二一年三月一五日）七四三頁に再掲されている。ホリッシャーの論文は『新展望（*Die neue Rundschau*）』誌への掲載直後、一九二一年ないしは二二年に、より発展させた形でS・フィッシャー出版社から刊行された書籍に収載された。『労働者絵入新聞（*AIZ*）』も人気のある共産主義戦線のイラスト入り新聞で、国際労働者支援協会（メジュラポム）が運営する多数の事業のうちの一つだった。Pike, *German Writers*, pp. 22–23. を参照。

（10）Blum, Oscar. "Russische Theaterköpfe. II: Meyerhold,"〔ロシア演劇の巨匠たちII　メイエルホリド〕*Die Weltbühne* (June 22, 1926): p. 265.　メイエルホリドはこうした東洋的な趣向をブローク作『見知らぬ女』の上演でも用いている。『見世物小屋』と『見知らぬ女』は一九一四年に二本立てで上演された〔『見世物小屋』の初演は一九〇六年〕。

（11）Reich, Bernhard. "Meyerholds neue Inszenierung,"〔メイエルホリドの新演出〕*Die literarische Welt* 4, 18 (1928): p. 7.　U・ヴァイスシュタインによると『文学世界（*Die literarische Welt*）』誌は「ドイツでこの時期最も知的な編集で、最も広く読まれた文学雑誌」（"From the Dramatic Novel," p. 270.）であるという。

（12）Guilbeaux, *Les humbles*, pp. 22–23; Lunacharskaia-Rozenel', Nataliia. *Pamiat' serdtsa: Vospominaniia.*〔心の追憶——回想録〕(Moscow: Iskusstvo, 1962), p. 156.

（13）Murav'ev, "Sovetsko-germanskie sviazi," pp. 188–189.　エドワード・ブローンはメイエルホリドの象徴派戯曲の

演出における初期の実験によって、「彼は演劇芸術の新しい概念へと導かれた。それは彼自身の仕事における確固たる基礎を築き、のちにエヴレイノフ、タイーロフ、ヴァフタンゴフその他の演出家たちがたどる、露骨な仕掛けと意識的な演劇性という伝統を生み出した」とみなしている（*The Theatre of Meyerhold: Revolution on the Modern Stage*. N.Y.: Drama Books Specialists, 1979. p. 86.）。〔邦訳は『メイエルホリドの全体像』浦雅春訳、晶文社、一九八二年、九三頁〕。

（14）Kreilisheim, Eva. "Brecht und die Sowjetunion,"〔ブレヒトとソヴィエト連邦〕(PhD. diss., University of Vienna, 1970), pp. 12–13. 「青い鳥」の簡単な歴史とそのスタイルに関しては次を参照。Mailand-Hansen, Christian. *Mejerchol'ds Theaterästhetik in den 1920er Jahren*〔メイエルホリドの一九二〇年代の演劇美学〕(Copenhagen: Rosenkilde und Bagger, 1980), pp. 134–136.

（15）Wilder, Harry. "Die 'Blauen Blusen' und wir,"〔劇団「青シャツ」と我々の労働者劇団〕*Das Arbeitertheater* (1928), ms. ブレヒトの下線や書き込み入りで、ハーバード大学ホートンライブラリー所蔵ベルトルト・ブレヒト・アーカイヴ（1440/14, Reel 86）。このブレヒト・アーカイヴには、プロの劇団を扱った（労働者劇団の対極として）フリーダ・ルビナーのエッセイ「モスクワ演劇」のコピーも含まれている。この論文でルビナーはモスクワ芸術座とモスソヴィエト劇場について述べている。ハーバード大学ホートンライブラリー、ベルトルト・ブレヒト・アーカイヴ（1440/16, Reel 86）。

（16）Brecht, Bertolt. *Schriften zum Theater*（以下 SzT）1 (Frankfurt a. M.: Suhrkamp, 1963–1967) pp. 204–205. メイエルホリドは『吼えろ、中国！』を教え子のヴァシーリー・フョードロフと共同演出した。

（17）この戯曲の歴史的背景、および上演史に関してはMeserve, Walter and Ruth. "The Stage History of *Roar, China!*: Documentary Drama as Propaganda," *Theatre Survey* 21 (May 1980), pp. 1–13 を参照。Goldfarb, Alvin. "*Roar China* in a Nazi Concentration Camp," *Theatre Survey* 21 (November 1980), pp. 184–185 はこの論文への興味深い補足となる。Lozowick, Louis. "V. E. Meyerhold and His Theater," *The Hound and Horn* 4 (October-December 1930), p. 105 の編者注では「メイエルホリドと彼の俳優たちは一月からニューヨークでレパートリーのうち五作品を上演する予定

……上演作品には……『査察官』と、おそらく『堂々たるコキュ』も含まれるだろう」と予告されている。このアメリカツアーは実現されなかった。

(18) Velekhova, N. *Okhlopkov i teatr ulitsa.* 〔オフロプコフと屋外劇〕(Moscow: Isskustvo, 1970), p. 9; Hoover. *Meyerhold,* pp. 264–265, 276; Fuegi, John. *The Essential Brecht* (Los Angeles: Hennessy and Ingalls, 1972), pp. 122–123. 高度に様式化された東洋の方法とリアリズム的な衣装とダイアローグを組み合わせたオフロプコフの『貴族たち』に関するきわめて詳細な記述として以下を参照。Willett, John. *Brecht in Context: Comparative Approaches* (London and New York: Methuen, 1984), p. 93.

(19) 以下の文献にはメイエルホリド劇団のドイツにおける反響、および同地での劇団の活動についての情報が含まれている。Murav'ev. "Sovetsko-germanskie sviazi," p. 190: Abensour, Gérard. "Art et politique. La tournée du Théâtre Meyerhold à Paris en 1930," *Cahier du monde Russe et Soviétique* 17 (April–September 1976), pp. 217–220.

(20) Huppert, Hugo. "Das Taubenhaus," 〔鳩小屋〕 *Neue Deutsche Literatur* 20 (December 1972): pp. 6–34.

(21) Chistowa, Vella. "Vladimir Majakowskis Beziehungen zu deutsxhen Literaturschaffenden," 〔ヴラジーミル・マヤコフスキーのドイツ人文学者たちとのつながり〕 *Kunst und Literatur* 9 (1961), p. 385. この情報に関してチストワが依拠しているのは Knietzch, Horst. "Slatan Dudow, Lebensdaten eines sozialistischen Künstels," 〔スラタン・ドゥードフ、ある社会主義的芸術家の人生データ〕 *Neues Deutschland* (May 1958) である。ドゥードフは最終的に映画製作に専念した。戦後、彼は西ドイツに居住し、「リアリズム映画史上で最も重要な映画プロデューサーの一人……とみなされている」。(Aubry, Yves. "Slatan Dudow, 1903–1961," *Anthologie du cinéma* 6 (Paris: 1971), pp. 387–440)

(22) アーシャ・ラツィスの生涯と仕事に関する情報は、おもに彼女の回想録 *Revolutionär im Beruf: Berichte über proletarisches Theater, über Meyerhold, Brecht, Benjamin und Piscartor,* 〔職業としての革命家——プロレタリア演劇とメイエルホリド、ブレヒト、ベンヤミン、ピスカートアの演劇について〕 ed. Brenner, Hildegard (Munich: Rogner und Bernhard, 1971) に依っている。ラツィスの師であるV・M・ベフテレフは、二〇世紀初めのロシアにおける文化史および思想史上の重要な人物である。彼は心理の生理学においてパヴロフとともに研究のパイオニアとされている。のちの行動主義者たちと同様、ベフテレフは精神のプロセスに関して、その外的な現れを厳密かつ客観的に記録する方法で研究した。行動に対する決定論的な彼の見方は、人間の行為の社会的、生理的原因を強調していた。彼はロシアで最初の実験心理学の研究所を一八九五年に、ラツィスの母校である精神神経学研究所を一九〇七年に設立している。この研究所はすぐに類まれな教育機関として名を馳せ、影響力をもつようになった。これは、「［ベフテレフの］生涯で最も輝かしい業績の一つであった。……［皇帝側の］権力者たちは……研究所を革命の温床とみなした」（ラツィスは招聘講師の中にマヤコフスキーがいたと回想している）。教育、科学、社会の前線で活動したベフテレフは「ベイリス事件で［政府側の］陰謀者たちの期待を粉々に打ち砕くような専門家の証言」を提供しさえした。Bekhterev, Vladimir M. *General Principles of Human Reflexology* (1932; reprint ed., New York: Arno Press 1973), pp. i–ii, 5–13, 15–16. ベフテレフの反射の科学、あるいは客観的心理学は、メイエルホリドの創作と教育、とりわけ有名なビオメハニカの俳優訓練に強い影響を与えている。メイエルホリドとエイゼンシテインの理論、とりわけ一九二三年のエイゼンシテインのエッセイ「アトラクションのモンタージュ」に対するベフテレフとパヴロフの影響に関する詳細な議論は、Mailand-Hansen, *Mejerchol'ds Theaterästhetik*, pp. 197–208 を参照。

（23）Lacis, *Revolutionär*, pp. 12–13.

（24）「この雑誌の名前はカルロ・ゴッツィの「劇場のおとぎ話」の『三つのオレンジへの恋』から採られており、メイエルホリド、ソロヴィヨフ、ヴォガークによる自由な翻案が第一号に掲載された……一九一八年にプロコフィエフに、この翻訳に基づいた同名のオペラに関するアイディアを提供したのはメイエルホリドだった」(Braun, Edward. ed. and trans. *Meyerhold on Theater* [New York: Hill and Wang, 1969], p. 116).

（25）Alpers, Boris. *Teatr sotsial'noi maski*〔社会的仮面の演劇〕(Moscow: Gos. izd. khud. lit., 1931), pp. 116–117. 英語版 *The Theatre of the Social Mask*, trans. Schmidt, Mark (New York: Group Theatre, 1934).

（26）Lacis, *Revolutionär*, p. 21.

（27）彼女はメイエルホリドによる子ども向け戯曲（オスカー・ワイルドの短篇に基づく）『アリヌール』で大きな成功を博した（*Revolutionär*, p. 24）。Bekhterev, *General Principles*, p. 13.

（28）Benjamin, Walter. "Programme eines proletarischen Kindertheaters,"〔プロレタリア児童劇のプログラム〕in Lacis, *Revolutionär*, pp. 26–31.〔邦訳は『教育としての遊び』（丘澤静也訳、晶文社、一九八一年）、および『ベンヤミン・コレクション7』（浅井健二郎編訳、ちくま学芸文庫、二〇一四年）に岡本和子訳で所収されている。〕

（29）Steinweg, Reiner. *Das Lehrstück: Brechts Theorie einer politisch-ästhetischen Erziehung*〔教育劇――ブレヒトの政治美学的な教育の理論〕(Stuttgart: J. B. Metzler, 1972), pp. 148–149.〔一九七二年に出版されたシュタインヴェークのこの本は、ブレヒトの未来形の演劇構想として、〈教育劇〉の位相を一気に逆転させる契機となった。〕

（30）Lacis, *Revolutionär*, p. 22.

（31）*Ibid.*, p. 37.

（32）Reich, Bernhard. *Im Wettlauf mit der Zeit: Erinnerungen aus fünf Jarhzehnten deutsche Theatergeschichte*〔時代との競争の中で――ドイツの五〇年の演劇史の思い出〕(Berlin: Henschelverlag, 1970), p. 239.

（33）何人かの報告によると、『イングランド王エドワード二世の生涯』の初演は大失敗で、〔若きエドワード役の〕アーシャ・ラツィスに対して多くの非難を浴びせる人々もいた。回想録の中で彼女は、ある場面で、戯曲の上ではまったくそんなアクションは求められていないのに、文字通り頭から転んだことを告白している（*Revolutionär*, p. 39）。ライヒとともにミュンヘン室内劇場の主任演出家であったルドルフ・フランクは、才能の欠如を理由に彼女に役を降りるよう説得を試みたが無駄であったと、苦々しげに回想している。さらに彼は、ブレヒトが「変わっている」と称賛したラトヴィア語アクセントが、誰も意図していなかった喜劇的効果を生んだと感じていた。ラツィスが降板を拒否したため、フランクは彼女を口汚くののしる作戦をとった。それも失敗したとき、彼はブレヒトとオットー・ファルケンベルグにラツィスを降板させる彼の計画を訴えたが、二人は拒絶した（Frank. *Spielzeit meines Lebens*〔わが人生の上演時間〕[Heidelberg: Lambert Schneider, 1960], pp. 271–273）。ラツィスに才能がないというフランクの意見をヘルベルト・イェーリングも支持し、劇評で彼女を

「絶望的な女優」と称している（Ihering. *Von Reinhardt bis Brecht*, Vol. 2, *1924–1929* [Berlin: Aufbau-Verlag, 1959], p. 22）。また、ヴァイスタインは、ラツィスに関するあけすけな意見を受け入れ、初日の夜が開けた後に、才能の欠如ゆえに彼女は役を降ろされたとの推論を展開している（"The First Version of Brecht-Feuchtwanger's *Leben Eduards des Zweiten von England* and Its Relation to the Standard Text" (*Journal of English and Germanic Philology* 69 [April 1970], pp. 199–200)。しかしミュンヘン室内劇場を率い、ブレヒトの『夜打つ太鼓』（一九二二）を演出したオットー・ファルケンベルグは、ラツィスについてはるかに肯定的な印象をもっていた。「『イングランド王エドワード二世の生涯』の」これらの稽古に関しては、誰よりもまず挙げるべきは一人の〈ブレヒトが選んだロシアの演出助手、若く、途方もなく知的で、信じられないほど活力に満ちた若き女性である。彼女は狂ったように夜中まで働いた。ブレヒトがあきらめると、彼女がやってきて励まし、あらためて稽古を開始するのだった。彼女は若い男のように働いた〉」（Petzet, Wolfgang. *Theater: Die Münchener Kammerspiele, 1911–1972*〔一九一一－七二年のミュンヘン室内劇場〕[Munich: Verlag Kurt Desch, 1973], p. 153.）ラツィス本人の言によると、彼女が突然役を降りたのは政治的な理由によるもので、初日が開けてまもなく権力者たちにより、ミュンヘンを離れることを強いられたという。彼女によると、ミュンヘン室内劇場の「経営陣」は、劇場がコミュニストを雇うことに対して断固反対しており、ブレヒトに彼女を解雇するように命じたが、ブレヒトは拒否した。ラツィスの本には、彼女を追い出したいという経営陣の希望と彼女のミュンヘンからの追放は無関係ではないという含みがある（*Revolutionär*, pp. 38–39）。

（34）Lacis, *Revolutionär*, p. 37.

（35）Meyerhold, Vsevolod. *Liubov k tryom apelsinam*(1914):〔三つのオレンジへの恋〕pp. 4–5, quoted in Braun, *Meyerhold on Theater*, p. 147.

（36）Lacis, *Revolutionär*, pp. 41–42, 49, 54; Benjamin. *Briefe*, vol. 1. ed. Scholem, Gershom and Adorno, Theodor W. (Frankfurt a. M.: Suhrkamp, 1966), p. 440; Benjamin. *Moskauer Tagebuch*,〔モスクワ日記〕ed. Scholem, Gershom (Frankfurt a. M.: Suhrkamp, 1980), pp. 13, 85.

（37）Benjamin. "Der Regisseur Meyerhold – in Moskau erledigt?,"〔演出家メイエルホリド　モスクワで抹殺さる?〕*Die literarische Welt* (February 11, 1927), p. 3.〔本書二〇一－二〇五頁を参照〕ちなみに、この公開討論に関するベンヤミンとラツィスの証言を比較してみると、二人の記憶が非常にかけ離れているのが興味深い。ベンヤミンのこの報告によると、討論会は（非常に小さい）メイエルホリド劇場で行われ、世論を演出家メイエルホリドに集めるという目標に無惨な失敗を喫したという。ラツィスの後年の回想では、この催しは「巨大なホール」で開催され「何千人もの」人々が参加し、親メイエルホリド陣営の圧倒的な勝利に終わったという（Lacis, *Revolutionär*, pp. 54–55)。

（38）Lacis, *Revolutionär*, p. 58.

（39）*Pervyi vsesoiuznyi s'ezd sovetskikh pisatelei* (1934),〔第一回全ソ作家会議〕p. 345. "Bertolt Brecht und die sowjetische Kunst und Literatur,"〔ブレヒトとソヴィエトの芸術と文学〕*Gerschichte der russischen Sowjetliteratur 1917–1941*, ed. Jünger, Harri et al. (Berlin: Akademie-Verlag, 1973), pp. 610–611. この論考の筆者（おそらくグドルン・デュヴェルだろう）は、トレチヤコフの*B. Brekht: epicheskie dramy* (Moscow, 1934)〔B・ブレヒト――叙事的戯曲集〕への序文 (pp. 3–22) に、二人は一九二〇年代にすでに面識があった形跡が見られると指摘している。アーシャ・ラツィスは、ベルリンで一九二八年に、ブレヒトからトレチヤコフについて尋ねられたこと、メイエルホリドとタイーロフの演出方法について、マルクス主義批評と芸術理論について、「そしてもちろんソヴィエトでの生活について」ふたたび詳しく質問されたことを回想している（*Revolutionär*, p. 58)。トレチヤコフが書いた記事によると、ブレヒトとドゥードフの訪ソはソ連の雑誌・新聞協会の資金援助によるもので、二人は一週間滞在する予定であった（"Bert Brekht," *Literaturnaia gazeta* [May 12, 1932])。

（40）*Brecht, Bertolt: Poems, 1913–1956*, 2d ed., ed. Willett, John and Manheim, Ralph (London: Methuen, 1979), pp. 331–333.

（41）Fevral'skii, Aleksandr V. "S. M. Tret'iakov v theatre Meierkhol'da,"〔メイエルホリド劇場におけるS・M・トレチヤコフ〕Tret'iakov, Sergei. *Slyshish' Moskva?!*,〔モスクワよ、聞こえるか?!〕ed. Mokrusheva, G. (Moscow:

Iskusstvo, 1966), pp. 187–188. Mailand-Hansen, *Mejerchol'ds Theaterästhetik,* 〔メイエルホリドの演劇美学〕 p. 99.

（42） Tret'iakov, *B. Brekht: epicheskie dramy* (Moscow-Leningrad, 1934); *International Literature* 3 (Moscow, July 1933): pp. 139–140.

（43） Tretjakow, *Ich will ein Kind haben (Die Pionierin),* 〔子どもが欲しい〕 trans. Hube, Ernst. adapted by Brecht, Bert. (Freiberg im Breisgau: Max Reichard-Verlag), "als Manuskript vervielfältigt" (C. 1930). ブレヒトが一九三〇年に多様に翻案したこのトレチャコフの戯曲を自ら演出することはなかった。ライヒャルト書店の脚本はこの戯曲の第二版の翻訳であり、第一版よりも自由で、楽天的要素の減ったエンディングになっている。メイエルホリドとトレチャコフは一九二六年から三〇年までの四年間に上演化を試み続けたが、どちらの草稿も検閲を通ることはなかった〔条件付きで上演は認められていた。本書所収の伊藤愉の論考を参照〕。同じころ、ソ連の優れた演出家であるイーゴリ・テレンチエフも『子どもが欲しい』（ロシア語タイトル "*Khochu rebenka*"）の上演に興味を示していたが、やはり無理だった。私〔イートン〕の知る限りでは、この戯曲の唯一の上演は一九八〇年、カールスルーエのバーデン州立劇場で、フリッツ・ミーラウの翻訳により行われた。ミーラウは親切にチラシを送ってくれたが、それによると、ベルリンのゲアハルト書店で『子どもが欲しい』の二つのヴァージョンがともに収録された書籍が出版されているとのことである。

（44） *International Literature* 3 (July 1933), p. 140. ベルトルト・ブレヒト文庫には、トレチャコフがブレヒトの『屠場の聖ヨハンナ』の内容に対してさまざまな反対意見を唱えている書簡や、ピスカートアがソ連からブレヒトに宛てた、トレチャコフがこの『聖ヨハンナ』に多くの変更を加えたことを述べた書簡がある。Hoover, Marjorie. "Brecht's Soviet Connection: Tretiakov," *Brecht Heute / Brecht Today* 3, ed. Bahr, Gisela et al. (Frankfurt a. M.: Athenäum, 1973), p. 49 を参照。

（45） Benjamin. *Understanding Brecht*, pp. 10–11.

（46） ブレヒトの「異化（Verfremdung）」の源とされるシクロフスキーによる "ostranenie"（オストラネニエ）および "otchuzhdenie"（オトチュジヂェニエ）といった術語の使用の歴史と議論については以下を参照。Lachmann,

Renate. “Die ‘Verfremdung’ und das ‘neue Sehen’ bei Viktor Šklovskij,” Poetica 3 (January–April 1970), pp. 226–249. アヴァンギャルド演劇がブレヒトを経由して一九五〇年代、一九六〇年代のソ連において生まれ変わったという自論を支持するために、エフィーム・エトキンドは「喜劇的な ostranenie（オストラネニエ）」– Verfremdung（フェアフレムドゥング）– otchuzhdenie（オトチュジヂェニエ）の変遷の簡潔な歴史を示している（“Brecht and the Soviet Theater,” pp. 81–87）。

〔ベルンハルト・ライヒはここで、シクロフスキーの用語として otchuzhdenie を用いているが、シクロフスキーが用いた「異化」のロシア語は ostranenie である。この「異化」という用語の翻訳に関して、エトキンドは次のように述べている。

> ロシア語では ostranenie である Verfremdung という用語は、strano（不思議な、異様な）という用語から来ており、異質なものとする（to make foreign）を意味する。それゆえ、ostranenie と Verfremdung は同じものである。この用語は、友人のセルゲイ・トレチヤコフを介してブレヒトに伝わった。トレチヤコフはロシア・フォルマリストや未来派サークルのメンバーだった。しかし、ブレヒトの理論をロシア語に翻訳する際、この用語をふたたび訳し直さねばならなかった。どうするべきだったか。もしわれわれが ostranenie を使っていたら、ブレヒトはまるごと禁止されていただろう。「なるほど、君たちは似非フォルマリズム理論を再建させようってわけだな」と。そのため別の用語に翻訳する必要があったのだ。われわれが選んだのは、otchuzhdenie だった。これなら全く同じである。ostranenie と otchuzhdenie は同じ意味、同義語だ。こうして ostranenie は Verfremdung となり、それから otchuzhdenie に転じた。そのために、今日われわれがロシア語でブレヒトを読んでも目にするのは ostranenie ではなく、別の単語なのだ」（Efim Etkind, “Brecht and the Soviet Theater,” pp. 84）。

エトキンドらによるブレヒトのロシア語訳が出たのは一九五〇年代である。ライヒが伝えるエピソードの中で、本来 ostranenie であるシクロフスキーの用語が otchuzhdenie となっているのは、エトキンドらの翻訳が影響を与えたためだと推測される。なお、ブレヒトと「異化」の関係に関しては、桑野隆『危機の時代のポリフォニー』(水声社、二〇〇九年、四三 - 五一頁) も参照されたい。〕

(47) Reich. *Weltlauf*, pp. 371–372. シクロフスキーは彼の “ostranenie” の概念がトレチヤコフを経由してブレヒトに至ったことに同意している。Fradkin, Ilja. *Bertold Brecht, Weg und Methode*〔ブレヒト、その道と方法〕(Leipzig: Philipp Reclam jun., 1977), p. 153 を参照。フラトキンの情報源は *Les Letters françaises*, 31 December 1964 to 6 January 1965, p. 6 のヴラジーミル・ポズネルによるシクロフスキーのインタビューである。

(48) Willett, John. *The Theatre of Bertold Brecht: A Study from Eight Aspects*, 3rd ed., rev. (New York: New Directions, 1968), p. 178. ウィレットの論旨は「概念と標語はどちらも一九三五年の最初の［二度目の］モスクワ訪問以降に［ブレヒトの］仕事に入って来た」という事実に基づいている。

(49) シクロフスキーの “ostranenie” とブレヒトの “Velfremdung” の間に直接の関係があるという見解は、ドイツの学者の間では今や共通の見解となりつつある。エルンストとレナーテ・シューマッハーはブレヒトの伝記の中で、シクロフスキーの第一の関心が “ostranenie” を社会改革の手段として利用する可能性にあったわけではないということだけは、ウィレットの論旨とライヒの回想を受け入れているように見える (Schumacher, Ernst / Schumacher, Renate. *Leben Brechts in Wort und Bild*〔言葉と写真によるブレヒトの生涯〕[Berlin: Henschel-Verlag Kunst und Gesellschaft,1978], p. 197)。言語学的な論拠は、シクロフスキーの “priem ostraneniia” (異化の手法) が実際に “Verfremdungseffekt” (異化効果) と翻訳されたことはなく、“Seltsammachen” (奇妙にする) などの言葉に訳されてきたことである。もっとも、ブレヒトはおそらく正確な翻訳についてはとくに注意を払うことはなかったと思われる。

(50) Knopf, Jan. *Bertolt Brecht: ein kritischer Forschungsbericht: Fragwürdiges in der Brecht-Forschung*〔ブレヒト、批判的な研究報告——ブレヒト研究における疑問点〕(Frankfurt a. M: Athenäum Verlag, 1974), pp. 15–20; Brown, E. J. “The Formalist Contribution,” *The Russian Review*. 33 (July 1974), pp. 244–253.

（51）“Bert Brecht v Moskve,”〔モスクワのベルトルト・ブレヒト〕*Pravda* (April 23. 1935), p. 4.　あるいは *Deutsche Zentral-Zeitung*, Moscow (May 23, 1935) を参照。後者はシューマッハーの *Leben Brechts*〔ブレヒトの生涯〕で引用されている（p. 129）。

（52）SzT 4, pp. 56–57; SzT 5 (c. 1937), p. 169.

（53）SzT 4, p. 58.

（54）Meyerkhol'd, *Stat'i, pis'ma, rechi, besedy,*〔論文、書簡、発言、談話〕（以後、SPRB とする）vol. 2, 1917–1939 (Moscow: Iskusstvo, 1968), p. 322.

（55）Scott, A. C. *Mei Lan-fang: Leader of the Pear Garden* (Hong Kong: Hong Kong University Press, 1959), pp. 117–118.

（56）“O gastroliakh Mei Lan'-fana,”〔梅蘭芳の巡業について〕*Tvorcheskoe nasledie V. E. Meyerkhol'da,*〔V・E・メイエルホリドの創造遺産〕ed. Venderovskaia, L. D. and Fevral'skii, A. V. (Moscow: Vseross. teatral. obsh., 1978), pp. 95–97.

（57）“Vsevolod Meierkhol'd,”〔フセヴォロド・メイエルホリド〕*LEF* (April–May 1923), p. 169.

（58）*Feld-Herren: Der Kampf um eine Kollectivwirtschaft,*〔農場のヒーローたち――集団農場をめぐる闘い〕trans. Selke, Rudolf (Berlin: Malik-Verlag, 1931).『農場のヒーローたち』はトレチヤコフの *Vyzov: Kolkhoznye ocherki*〔挑戦――コルホーズのルポルタージュ〕（Moscow: Federatsiia, 1930）および *Mesiats v derevne (jun'–jul' 1930 g.): Operativnye ocherki* (Moscow: Federatsiia, 1930)〔邦訳は「村の一月、一九三〇年六月～七月――作業ルポルタージュ」近藤昌夫訳、桑野隆・松原明編『ロシア・アヴァンギャルド8　ファクト――事実の文学』国書刊行会、一九九三年、一八三‐三一三頁〕という二冊の本を一冊に凝縮したもの。Mierau, Frits. *Erfindung und Korrektur: Tretjakows Ästhetik der Operativiät*〔発見と訂正――トレチヤコフの戦略性の美学〕(Berlin: Akademie-Verlad, 1976), p. 108 を参照。この本には付録として *Ich will ein Kind haben*〔子どもが欲しい〕のテクスト（pp. 179–246）、および一九三三年から三七年のトレチヤコフのブレヒト宛書簡（pp. 258–272）が収められている。

（59）Brecht, *SzT* 1 (1931), pp. 243–261; *SzT* 7 (1950s), pp. 221–231. Mierau, Fritz. “Sergei Tret'jakov und Bertolt Brecht. Das

（60）Produktionsstük *Khochu rebenka* (zweite Fassung)," *Zeitschrift für Slawistik* 20 (1975), pp. 229, 235, 240–241. Tret'iakov, S. *Slyshish', Moskva?!*, pp. 203–204 にフェヴラリスキーによる引用がある。一九二八年、テレンチエフはトレチヤコフの討論劇の演出プランを出版物に掲載している。プランではマイクのあるガラス張りのブースが舞台上に設置されている。ブースの中から典礼長が観客の質問に返答する。Mierau, *Zeitschrift für Slawistik*, p. 237 を参照。

（61）Benjamin. "Der Autor als Produzent,"〔生産者としての作家〕*Versuche über Brecht* (Frankfurt a. M., Suhrkamp, 1966), p. 99.〔邦訳は『ベンヤミン著作集９　ブレヒト』（石黒英男訳、晶文社、一九七一年）に所収〕。トレチヤコフの『子どもが欲しい』の第一版のドイツ語訳は Tretjakow, Sergei. *Ich will ein Kind haben; Brülle, China!*, trans. and ed. Mierau, Fritz (Berlinä Henschelverlag, 1976) に収録されている。

（62）Berg-Pen, Renata. "Mixing Old and New Wisdom: The 'Chinese' Source of Brecht's Kaukasischer Kreidekreis and Other Works," *The German Quarterly* 48 (March 1975), p. 221; Hill, Claude. *Bertolt Brecht* (Boston: Twayne, 1975), pp. 137–138; Bentley, Eric. *Seven Plays by Bertolt Brecht* (New York: Glove, 1961), p. xlviii.

（63）Kopelev, *Brekht*, p. 209.

（64）Holter, Howard R. "The Legacy of Lunacharsky and Artistic Freedom in USSR," *Slavic Review* 29 (June 1970), pp. 265–266.　さらに以下の文献も参照。Tait, A. L. "Lunacharsky, the 'Poet-Commissar,'" *The Slavonic and East European Review* 52 (April 1974), pp. 234–251; Frioux, Claude. "Lunačarskij et le futurisme Russe," *Cahiers du monde Russe et Soviétique* 1 (January–March 1960), pp. 307–318.　後者はルナチャルスキーの未来派との関係について、とくに興味深くバランスの取れた見解を提示している。フリュは、人民委員ルナチャルスキーの多くの未来主義者たちや未来派の主張との対立を取り繕うことなく、ただ個々の未来主義者たち、とくにマヤコフスキーとメイエルホリドの作品を称賛し、個人的な意見と検閲者としての政治的権力を区別する彼の器量を強調するにとどめている。

（65）Braun. *Meyerhold on Theatre*, p. 160.

(66) Lunacharskii. "Esche o teatre Meierkhol' da"〔ふたたびメイエルホリド劇場について〕(1926), *Sobranie sochinenii*（以後、Sob. soch.）3 (Moscow: "Khudozhestvennaia Lit.," 1964), p. 303.

(67) Lunacharskii. "Zabludivshiisia iskatel' "〔迷えし探究者〕(1908), *Sob. soch.* 3, p. 28.

(68)「メイエルホリドは……リアリティを実生活におけるよりもはるかにリアルに見せることを可能にする［グロテスクの手法を］誰よりも前進させることができるだろう」。"Teatr Meierkhol' da"〔メイエルホリド劇場〕(1926), *Sob. soch.* 3, p. 301.

(69) Lunacharskii. "Revizor Gogolia-Meierkhol' da,"〔ゴーゴリ－メイエルホリドの『査察官』〕*Sob. soch.* 3, p. 362.

(70) Lunacharskaia-Rozenel'. *Pamiat' serdtsa*, pp. 154–157.

(71) Lunacharskii. "Na tri grosha"〔三文（オペラ）〕(1928), *O teatre i dramaturgii* 2〔演劇とドラマトゥルギーについて　2〕(Moscow: Iskusstvo, 1958), pp. 368–370; Angres, Dora. *Die Beziehungen Lunacharskijs zur deutschen Literatur* (Berlin: Akademie-Verlag, 1970), p. 194.

(72) Lunacharskii. "Na tri grosha," pp. 368–369.

(73) Alpers. *Teatr sotsial'noi maski*, p. 97.

(74) Lacis, Anna. *Revoliutsionnyi teatr Germanii*,〔ドイツの革命演劇〕trans from German ms. by N. Barkhash (Moscow, 1935), p. 250.　多くのドイツ労働者劇団がＴＲＡＭの劇作と演技のスタイルを学びにモスクワとレニングラードに向かった。これについてはFiebach. "Beziehungen,"〔もろもろの関連〕p. 430を参照。

(75) Lunacharskaia-Rozenel'. *Pamiat' serdtsa*, p.162.

(76) マリアンヌ・ケスティングによると、「ブレヒトが一九三六年にモスクワに滞在した際、彼はメイエルホリドのスタジオに赴き、来る日も来る日も稽古に参加したと言われている」(*Entdeckung und Destruktion: Zur Strukturumwandlung der Künste*〔発見と破壊——芸術の構造変化のために〕[Munich: Wilhelm Fink, 1970], p. 244)。ここでケスティングは情報源を示しておらず、私は一九三六年および他のいかなる時期においても、ブレヒトとメイエルホリドの直接の接触に関する言及を一切目にしたことがない。彼女は他の論文でも同じ情報を示し、

（77）「ミュンヘンでロシア語通訳アレクサンダー・ケンプから口頭で聞いたこと」であるとしている（"Wagner / Meyerhold / Brecht," *Brecht Jahrbuch* 1977, ed. Furgi, J. et al., (Frankfurt a. M.: Suhrkamp, 1977), p. 129）。しかし、年代に関する言及はなされておらず、この情報は一九三五年のブレヒトのモスクワにおける活動への脚註で与えられている。ドイツ人亡命者らによる月刊文芸誌『ダス・ヴォルト』（一九三六年七月‐一九三九年三月）は、フォイヒトヴァンガー、ブレヒト、ヴィリー・ブレーデルが名目上の編集者となってモスクワで出版されていた。三人のなかでブレーデルが唯一のモスクワ在住で、編集者として最も活発に活動をするはずだった。しかし、スペインの作家会議に参加するためモスクワを離れ、その後パリへと向かった。そのため、一九三七年から雑誌が廃刊されるまで、編集の仕事の山はフリッツ・エルペンベック（映画『クーレ・ヴァンペ』に出演した元俳優）によってなされていた〔同誌上でルカーチほかが表現主義やリアリズムをめぐる論争を展開した〕。戦後、エルペンベックは西ドイツに戻り、演劇批評家として発言力をもち、ブレヒトの仕事に敵対した。『ダス・ヴォルト』誌の代表としてのブレヒトの一九三六年のモスクワ旅行は、ルナチャルスカヤの想像の中でだけ起こったことであるようだ。少なくとも私は、ブレヒトがこの年に（あるいは他のどんな時期にも）『ダス・ヴォルト』誌の関係でモスクワに行ったという確たる証拠を見つけられていない。パイクの『ソ連亡命中のドイツの作家たち　一九三三‐四五年』では、一章がまるまる『ダス・ヴォルト』誌とその発行に関わった人々に捧げられている。脚註でパイクは「〔一九三六年の〕七月にブレヒトは、明らかにモスクワに行き、せめて数か月だけでも編集の責任を引き受けようとの考えをもっていた」と述べている（pp. 211–212）。Lunacharskaia-Rozenel', *Pamiat' serdtsa*, p. 164.　ドーラ・アングレスは、ブレヒトとルナチャルスキーの関係についてのルナチャルスカヤの希望的観測は、ある点で信頼がおけないと考えている。とくにアングレスは「ルナチャルスキーがブレヒトの意義を認め、彼に大きな未来を予言したかのような印象を与える」文章に対して反論している（Angres, *Die Beziehungen*, p. 195）。アングレスはこのような印象は、驚くほど多産な作家であるルナチャルスキーが、活字化されたもののなかではブレヒトについてほとんど何も述べていないという事実とそぐわない、と考えている。ルナチャルスキーが最初にブレヒトについて書いたのは一九二八年の『三文オペラ』の劇評で、他にもう一度、一九三二年に、論文「ブルジョワ演劇の黄昏」(*Sob. soch.* 6, p. 494)のなかで、ついでに言及しているだけだ。「ブレヒトのそれ以外の作品を彼が知らなかったのか、それとも——こちらの可能性のほうが高いが——『夜打つ太鼓』のクラーグラーという人物において何か誇張されて宣言されているもののような、表現主義的な救済のレトリックに関わる懐疑的な非イリュージョンが、［ルナチャルスキーの］美的観念にあまりにも強く矛盾していて、彼はブレヒトの意図を理解しなかったのだろうし、おそらく文学のアヴァンギャルド主義に対する攻撃とすらみなしたのではないかと思われる。彼はブレヒトの著作における哲学的議論を等閑視した。［ドーラ・アングレスとの］会話のなかでA・I・デイチは、ルナチャルスキーがブレヒトの作品をわざとらしいと考えていたと明かしている。……いずれにせよ……ルナチャルスカヤ＝ロゼネリが示している構図は、本質的な点で正しくないものとして否定されねばならないだろう」(Angres, *Die Beziehungen*, p. 196)。

(78) コンスタンチン・ルドニツキー『演出家メイエルホリド』のエレンデア・プロファーによる序文を参照。Rudnitsky, Konstantin. *Meyerhold the Director*, trans. Petrov, George, ed. Schultze, Sydney. (Ann Arbor, Mich.: Ardis, 1981), p. xv.

(79) Völker, Klaus. *Brecht-Chronik: Daten zu Leben und Werk*［ブレヒト年代記——人生と作品へのデータ］(Munich: Carl Hanser, 1971), p. 86; Reich, *Wettlauf*, p. 376. もっとも、シューマッハーの研究によると、ブレヒトはこのときモスクワで多くのドイツ人の友人たちと会っている(*Leben Brechts*, p. 159)。

(80) Kopelev, *Brekht*, p. 236.

(81) Willet, John. *Brecht in Context* (London and New York: Methuen, 1984), p. 238. ルドニツキーは、ヴァフタンゴフの『トゥーランドット姫』や他の名高い作品群にメイエルホリドの影響があると論じている(*Meyerhold the Director*, p. 209)。フエギによると、ブレヒトは演劇に関する政治的に微妙な文書を暗号化する傾向にあり、「ヴァフタンゴフ」はアヴァンギャルド演劇にとって安全な言葉であった(*The Essential Brecht*, p. 257)。

(82) Brecht, Bertolt. undated fragmentary letter written at Svendborg (Harvard University Houghton Library, Bertolt Brecht

Archive, Folder 1396).

（83）Brecht. *The Messingkauf Dialogues*, ed. and trans. Willet, John (London: Methuen, 1965), pp. 68–69, *SzT* 3 (1930s), pp. 17–18, 119.

（84）Hoover, *Meyerhold*, p. 260.

（85）*SzT* 3 (1939), pp. 85–86.

（86）*SzT* 3 (c. 1935), pp. 16, 51–52, 103, 214; 2 (1935–36), p. 175; 1 (1926), p. 188. また、「ケルンのラジオ討論」においてブレヒトは、自分が叙事的演劇の発明者であることを主張しつつ、その仕事には一九世紀初頭のヨーロッパ自然主義と中国およびインドの演劇という先例があることを認めている（SzT 1, p. 123）。すでに一九二四年、ピスカートアはパケの『旗』を「叙事的演劇」として上演している（Kesting, "Wagner," pp. 128–129）。〔一九六七年版のブレヒト全集で「ケルンのラジオ討論」として収録されているこの文献は、一九九二年版の新全集第二一巻では「新しい劇作法（Neue Dramatik）」（pp. 270–275）として収められている。ブレヒトと劇評家イェーリングと社会学者シュテルンベルクの「ドラマの衰退と新しい劇作法」をめぐっての対談が、一九二九年一月にラジオ劇『男は男だ』の前置きとしてケルン放送局で放送されたが、録音は残っておらず、主にブレヒトによるその原稿の再現断片。当時のブレヒトが「叙事的ドラマ」に腐心していた様子が読み取れる。〕

（87）*SzT* 3 (1939), pp. 80, 103; Balázs, Béla. "Meyerhold und Stanislawsky,"〔メイエルホリドとスタニスラフスキー〕*Das Wort* 7, 5 (May 1938), pp. 115–121.〔邦訳は池田浩士編訳『表現主義論争』（れんが書房新社、一九八八年）所収〕

第二章 「誰もが私を見るように、私にも皆が見えるように」

ブレヒトがアーシャ・ラツィスから得た重要な情報

ブレヒトは一九二三年、ちょうど彼が二度目の演出をしているころに[1]、ソヴィエト演劇に関する最初の、最も重要な情報提供者の一人に出会った。作品は、クリストファー・マーロウ原作の『エドワード二世』をブレヒトとリオン・フォイヒトヴァンガーがミュンヘン室内劇場《カンマーシュピーレ》での上演のために改作した『イングランド王エドワード二世の生涯』〔この舞台に関しては第四章で詳述される〕。情報提供者は、この仕事で演出助手を務め、エドワードの息子役も演じたアーシャ・ラツィス。ラツィスもベルンハルト・ライヒも、ブレヒトがソヴィエト演劇の最新の展開についてできるかぎり多くのことを知りたがったと、証言している。ラツィスはソヴィエトの演劇に関しては精通していたし、とりわけメイエルホリドの仕事に関しては詳しかった。一九二〇年代には、メイエルホリドの名前はアヴァンギャルド演劇の同義語に等しかった。ブレヒトがラツィスから得た情報とは、どういう種類のものだったのだろうか。

メイエルホリド――モスクワ芸術座から演劇スタジオへ　一九〇二―一九〇五

メイエルホリドが一九〇三年に演出したプシビシェフスキの『雪』とフォン・シェーンタン作の『軽業師たち』は〔これ以降のメイエルホリド演出の舞台に関してはほとんど、エドワード・ブローン『メイエルホリド　演劇の革命』（邦訳は浦雅春・伊藤愉訳、水声社、二〇〇八年）に写真などとともに詳述されている〕、メイエルホリドの非再現的な演出の最初の試みで、彼が一九〇二年にモスクワ芸術座と別れた後に組織した「新しいドラマの会」という彼の一座によって上演された。

一九〇三年から〇八年までのメイエルホリドの実験は、全体として言えば、象徴主義の戯曲を上演する方法を見つけ出そうとする試みであった(2)。この象徴主義時代の舞台は、雰囲気を創り出し、性格や事件のエッセンスを象徴化するために、色彩を用い、その雰囲気を強めるために、音楽を使った。入念に組み立てられた姿勢と儀式的な身振りに基づくスローモーションの演劇だった。平面的《フラット》でモノトーンな背景の前の奥行きのない舞台で演じられるそれは、俳優たちを浅浮彫に浮かび上がる人物像のように見せた(3)。

一九〇五年からのメイエルホリドは、新しい形式の実験を意識的に行いはじめる。象徴主義のドラマの演出方法を自らも探していたスタニスラフスキーは、この年に実験のための小さな劇団を組織することを決めた。その時代、これは独創的な考えで、スタニスラフスキーはこの実験を主導する人物としてメイエルホリドを選び、メイエルホリドはその構想を表現する新しい言葉を考案する。彼はその劇団を「演劇スタジオ」と名付けたのだ。[4] しかしメイエルホリドとスタニスラフスキーの意見の相違のために、このスタジオ計画は一年しか続かず、公開の上演には至らなかった。

象徴主義のドラマは、写実的な演劇と、重要な同質性をもっている。リアリズムの人々と同様に、象徴主義の劇作家たちは、自分たちが見ているものは、たとえ幻想的でも〈リアル〉なのだというとを、観客に納得させたがっている。いずれの場合にも、俳優と演出家は、観客と舞台の間の「第四の壁」という障壁を維持しようと努める。メイエルホリドが象徴主義のドラマを見捨てたとき、実際に彼が拒否したのは、イリュージョンときわめて宗教的な儀式としての演劇、つまり暗い客席、ほのかな舞台照明、観客と舞台の間の明白な分離であった。しかしそれでも、象徴主義のドラマによってメイエルホリドは、日常の現実の盲目的な再生産と関係を絶つことを学び、それがその後のメイエルホリドの活動における原則となった。夢の世界やおとぎ話の象徴主義的な描写は、「意識的」演劇[5]のあけすけな演劇性へと変形していく。

演劇スタジオでのメイエルホリドの演出の一つに、メーテルリンク作の『タンタジールの死』がある。美術家としてこの仕事に携わったサプノフとスジェイキンは、スタニスラフスキーにとって神聖なる手法である舞台模型を作ることができなかった。プロの舞台装置家であるというよりは、芸術家であった彼らには、さまざまな型をどのように結び合わせればいいのかわからなかったのだ。そこでメイエルホリドは模型の作業を飛ばして、舞台図を描くように提案した。この方法がまさに象徴主義の演劇にとってふさわしいものとなる。象徴主義の演劇は、現実のひな形の再現ではなく、時代や場所の雰囲気を「暗示」するだけの「印象主義的な設計図」を必要としていた。(6) このときからメイエルホリドは、自分の装置の準備には、主として舞台スケッチに頼るようになる。暗示の原理は、新しい演劇が観客に届き、観客を創造的な環の中に巻き込むための、決定的な手段の一つとなった。(7)

演劇スタジオ時代の演出計画には、こういう効果的な方法のさまざまな成果が見て取れる。たとえばハウプトマン作の『同僚クランプトン』においては、舞台の半分を占めるたった一つの大きな画布《キャンバス》を使うことによって、芸術家の屋根裏部屋の雰囲気が醸し出される。そのほかには、ほとんど何も観客には見えないと言っていい。わずかに、おそらく明かり取りの窓の端っこやほんのわずかの空、画家の仕事部屋には必ずあるような素描画《スケッチ》や脚立、机などの小道具があちこちに見えるだけだ。この『同僚クランプトン』によって、メイエルホリドは様式的な演劇の原理が導入されることを要求した。この原理はさらに、演劇スタジオでのハウプトマン作『シュルックとヤウ』の演出においても推し進められた。一八世紀のフランスの部屋やホール、庭を再現する代わりに、この時代を暗示する「強力な筆致」を使ったのだ。舞台のごく前面に置かれた、花で覆われた巨大な城門は、「その仰々しさ、雄大さ、壮麗さで、観客をぎょっとさせること」を意図していた。(8) この門の向こうに一八世紀の屋敷や貴族的な生活様式のすべてがあるのだろうと、観客は当然、想像させられる。

精巧な扉や門を作り上げることによって時代や場所の雰囲気を暗示させるというやり方は、メイエルホリドの仕事に繰り返し登場することになる。「ソヴィエト最初の喜劇」(喜劇ではなく、ソヴィエト最初の戯曲と言われている)、マヤコフスキー作『ミステリヤ・ブッフ』(一九一八)では、天国と地獄は主としてその巨大な門によって表現されていて、一九二九年のマヤコフスキー作『南京虫』の第一幕の、回転ドアのついたデパートのような装置の先駆けとなった。一九三五年のチャイコフスキー作『スペードの女王』におけるメイエルホリドの演出は、「古きペテルブルグの象徴である、美しい鉄の門」(9)の情景から始まっている。

『シュルックとヤウ』の別の場面においては、貴族の寝室は滑稽なほど手の込んだベッドと天蓋によって表現された。誇張において豊富な暗示を与えようとするメイエルホリドのテクニックは、のちに、一九二六年の『査察官』と、一九三四年の『椿姫』の舞台において効果的に使われることになる。『シュルックとヤウ』において、メイエルホリドは社会的階層を戯画化して多角的に均一化するという工夫もすでに用いていた。たとえば、一八世紀の二重唱の旋律そのままに、同じような婦人たちが同じような私室に座って同じ長さのリボンを縫い付けている、というように。

メイエルホリド——コミサルジェフスカヤ劇団時代　一九〇六-一九〇七

一九〇六年にモスクワ芸術座の演劇スタジオから離れたメイエルホリドは、しばらくの間、「新しいドラマの会」にふたたび加わった。この会を主導しながら、単純な構成の舞台装置、張り出し舞台、緞帳《どんちょう》の使用の停止（これは舞台の伝統からのセンセーショナルな離反となった）(10)、日本の演劇に刺戟された舞踊のような動作、といった特徴をもつ舞台を創り出していく。だがこの大胆な演出家はまもなく、「新しいドラマの会」からヴェーラ・コミサルジェフスカヤの劇場に移ることになる。ヴェーラ・コミサルジェフスカヤは才能ある、絶大な人気を誇る女優で、自分の劇場を創設し、新しい方法と革新的な演出家を探していた。メイエルホリドは首都にある一流の劇場で自分の実験を展開するために、喜んでこのチャンスを受け入れたのだった。

メイエルホリドとコミサルジェフスカヤの関係は難しく、一シーズンしかもたなかった。しかしこの結びつきのもたらした成果には注目すべきものがいくつかあり、事実、ロシア演劇史における新たな局面の始まりを画するものであった。コミサルジェフスカヤ劇場でのメイエルホリドの仕事に対する評価はしばしばかなり激越だったが、彼の実験の重要性を認める批評も少なくなかった。[11]

象徴主義ドラマのパロディであるアレクサンドル・ブローク作『見世物小屋』の演出は画期的だった。*舞台に、小さな芝居小屋がその「観客」とともに完全につくりあげられ、芝居の筋を註釈し、全体を通して進行の邪魔をする「作家」が登場する。舞台裏の装置や道具類は、ふつうは舞台の上に隠されている滑車やキャットウォーク〔天井の狭い通路〕などまで含めて、観客に見えるようになっている。書き割りが舞台上の小さな劇場に現れるときには、本物の観客は、それがどんなふうに動くのかを見ることができるわけだ。その小さな芝居小屋の前にはスペースがあって、そこに作家が陣取り、「観客と小さな舞台の上での演技の間のつなぎのような役割」を果たし、ときおり「大人げない所見をさしはさんで、作品を勝手に作り替えて[12]」いく。芝居が始まるやいなや、彼は舞台の前に走ってきて、長いスピーチをはじめるのだが、「姿の見えない誰かが彼の上着の裾を引っ張って、舞台のそでに引き戻す。舞台上の厳粛な進行を邪魔できないように、彼はロープで縛りつけられてしまう[13]」。このようにして、メイエルホリドとブロークは、創作活動において効果的な手段であった象徴主義ドラマの破壊を推し進めたのだった。しかし、『見世物小屋』は、ボリス・アルペルスが芝居の「調理場」

と呼んだものをさらけ出す、メイエルホリドの最初の実験だった。今や観客は、演劇の技術的な側面を知ることができ、かくして「舞台への批評的な態度を植え付けられる」[14]。

一九〇六年のアンドレーエフ作『人の一生』では、メイエルホリドは部分照明をロシア演劇に紹介した。[15] 一九〇七年のヴェデキント作『春のめざめ』でもこの技術をふたたび用い、その後いくつかのヴァリエーションを加えながら、生涯これを発展させていく。ソヴィエトの批評家ボリス・ジンゲルマンは、一九二〇年代の立体派絵画とジャズ、アヴァンギャルド演劇の並行性を指摘しながら、「叙事的なモンタージュ演劇は、……深みも遠近法ももっていない。すべてが前面に押し出され、できるかぎり観客に接近させようとしている」[16]と述べている。観客席にも舞台にも同じように明るい照明を当てようとするメイエルホリドのやり方は、深みや遠近法を排除しようとするこうした潮流の走りとなり、それはおそらく観客と演技者を心理的に一体化させた。一九一〇年と一九一二年に上演されたカルデロン作『十字架への献身』では、舞台は上からも脇からも照明が当てられていた。[17]

舞台も客席も均等に明るく照らすことを好むことによる、象徴主義時代の淡い、弱い照明からの転換は、「第四の壁」のイリュージョンを打ち破ろうとしたメイエルホリドの試みの当然の帰結であったし、また演劇が共同体の祝祭の中心であった古代ギリシアの演劇への回帰でもあった。ブローク作

＊ドイツ・ロマン主義に魅せられた象徴主義者のブロークは、ここでルートヴィヒ・ティークの『長靴をはいた猫』（一七九七。邦訳はティーク『長靴をはいた牡猫』大畑末吉訳、岩波文庫、一九八三年など）の手段を反復している。

『見知らぬ女』（一九一四）においても、客席の照明は継続され[18]、一九二〇年の『曙』においても同様だった。一九二四年の『森林』のときには、暗闇に隠されたものは何一つなかった。「無情にきらめく照明は、舞台空間のすべての隅々を、レンガや金属、絵具や画布といった原料に至るまで」、明るみに引きずり出した。大胆で明るい照明を使ったこれらの実験は、素早い舞台転換の実験も可能にした。メイエルホリドは一連の短いエピソードを素早く表現する手段として、明暗の対比を使った最初の演出家であるといわれている。一九〇七年のヴェデキント作『春のめざめ』の演出では、舞台にはあらかじめ、一八のすべてのエピソードのための場面がしつらえられていた。舞台の一部を小さく照らし出し、残りは完全に暗闇に残すことによって、芝居の筋は、それぞれの部分に分割される。スポットライトがまた別の場面を選び出す[19]。一九二三年の『大地は逆立つ』では、メイエルホリドは軍隊用のサーチライトを用いた。晩年の代表作の一つ、一九三四年の『椿姫』の演出では、裸のスポットライトが、客席のさまざまな場所に設置された台の上に置かれた[20]。

緞帳の廃止、色味を欠いた真っ白い照明の利用、舞台の「調理場」の暴露などは、メイエルホリドがモスクワ芸術座の演劇スタジオやコミサルジェフスカヤ劇団で活動していた短い期間にロシアの舞台にもたらした、演劇革新の長いリストのごく冒頭にすぎない。一九〇七年には、メーテルリンク作『ペレアスとメリザンド』を円形劇場式で演出する許可を得られなかったメイエルホリドは、妥協案として、俳優を「通常の舞台の真中に設置した台の上に配置し、その台をオーケストラで囲むようにした[21]」。一九〇七年のソログープ作『死の勝利』では、ドイツ表現主義演出家のレオポルド・イェスナーの様式を先取りする形で、舞台いっぱいに広がるひと続きの階段を作り、その階段の上で演技をさせた。彼は階段を客席まで伸ばしたかったのだが、その許可もやはり得られなかった。

このころ(一九〇七年)、メイエルホリドは〔現実を〕模倣する装置より、暗示的な装置を使ったほうが、観客の上演への知的な参加を喚起すると書いている。もしすべてが観客の前に出来合いの形で示されていたら、観客の想像力は喚起もされないし、必要でもなくなる。それゆえ、舞台装置は最小限にとどめるべきだし、作品において個々の事物は不可欠であり、かつ非常に象徴的で実際的な用途を担うものだとメイエルホリドは主張する。その結果、装置は芝居における登場人物間の関係に組み込まれていく。「長椅子の何か異様な輪郭、巨大な円柱、金メッキの肘掛け椅子のようなもの、舞台いっぱいに広がる本棚、特大の食器棚といったものを記憶し、全体におけるこうした個々の部分に沿って、観客は自らの想像力で残りの部分を描き出す(22)」。

メイエルホリド——ペテルブルグ帝室劇場時代 一九〇八‐一九一七

コミサルジェフスカヤ劇場と決別した直後、メイエルホリドはペテルブルグの帝室劇場の舞台演出家兼俳優として招かれ、一九〇八年から一七年までその職を務めた。一九〇九年のワーグナー作『トリスタンとイゾルデ』の演出では、メイエルホリドは、彼の主張する単純で様式化された装置は、たとえ作家がまったく違ったことを考えていた場合にも使いうるのだということを示してみせた。ワーグナーの平凡な舞台指定は完全に無視された。たとえば第三幕、作曲家は舞台をさまざまな装置(高い宮殿のような構造、望楼のついたバルコニー、城等々)で満たすことを、はっきりと指定している。メイエルホリドの舞台美術家はしかしこれらすべてを、「茫漠としたものさびしいホリゾント〔背景〕に、ブリタニア地方の悲しげなむき出しの絶壁[23]」へと置き換えた。トリスタンが恋人のイゾルデを花で飾ったベンチに座らせる第二幕では、メイエルホリドはどんな草木を置くことも拒否して、「エドガー・アラン・ポーの作品の挿絵のように味気ない」場面にした。演出家はこうした選択を、ドイツの二人の理論家、一九世紀初頭の劇作家で演劇改革者カール・インマーマン[24]と、ウィーン印象主義の代表者の一人で文学青年であったペーター・アルテンベルグの著述を引き合いに、弁護している。インマーマンは観客の想像力を開発することの重要性を強調し、アルテンベルグは次のように述べている。「少ないもので多くを語る、そこに本質がある。……日本人は一本の花咲く枝を描くが、それは春そのものだ。われわれは春全体を描きながら、花の枝一本も描けていない[25]」。

一九〇七年にコミサルジェフスカヤ劇場で『人の一生』を演出したのち、メイエルホリドは個人の家〔象徴主義詩人ヴャチェスラフ・イヴァーノフの個人邸〕で、少数の友人たちのために、装置をまったく使わずに、カルデロン作『十字架への献身』を演出し、通常の意味で「俳優の演技を助け、カルデロンの精神が十全に表出しうるような状況を作り出した。舞台は大きな白い天蓋のように設《しつら》えられ、俳優の出捌けは、細かい切れ目の入った背後の麻布を通って行われた[26]」。俳優が木につながれているとされているある場面では、メイエルホリドは木も縄も用いなかった。俳優は「ただ脇にロープをかけて、舞台の前の二つの柱に寄り掛かっているだけだった」。他の俳優は茂みに隠れている農夫を表現するのに、カーテンに身をくるませていた[27]。

メイエルホリド――革命後の「演劇の十月」時代　一九一七－一九二一

一九一七年の二月革命の前夜、メイエルホリドは、彼自身の改作に基づいて、レールモントフ作の『仮面舞踏会』を演出した。五幕の構造を一〇のエピソードに変えた断片化のテクニックは、このの
ち、メイエルホリド演出の悪名高きトレードマークとなった。「演劇の再建」という文章のなかでメイエルホリドは、戯曲を幕に分ける伝統的なやり方を排除し、その代わりにエピソードや場面に分けることを唱道し、シェイクスピアやスペイン黄金時代の演劇の特徴でもあるこの方法が、「擬古典主義的な場の一致と時の一致という停滞を克服する」のだと主張している。(28)一九一七年から『椿姫』を演出した一九三四年のほぼ晩年に至るまで、基礎的な構造単位としての長い幕構成を離れて、一連の短い、多かれ少なかれそれぞれに独立したエピソードに向かっていくのがメイエルホリドの主要な手法となる。それぞれの幕を小さな部分（kuski）に分けようとするこの傾向は、たとえばモスクワ芸術座のような伝統的な劇場で行われていたやり方とはまったく異なるものであった。それゆえ、戯曲のそれぞれの部分は個別に稽古され、それが上演の際に、スムーズな連続性の効果を創り出すために混ぜ合わされる。その一方でメイエルホリドは、それぞれの小さなエピソードが、他のエピソードと明白に区別されるように演出した。それぞれの部分はそれ自身のタイトルをもち、前後に間を挟み別々の場面として演じられることもあれば、ときには音楽によって導かれることもあり、またその場面個別の装置を備えていることもあった。それは、「どの部分も作家によって明白に指定されてはいないが、理解可能なものだった(29)」。

マヤコフスキー作『ミステリヤ・ブッフ』改訂版（一九二一）の上演

　ロシアにおける象徴主義演劇の創作者として、メイエルホリドは、立体未来派や構成主義の相互に関係し合う様式をロシア演劇で初めて用いた演出家である。一九一三年に書かれたアポリネールの『キュビスムの画家たち』が立体派の舞台デザインへ主要な影響を与えたといわれているが、プシビシェフスキ作『永遠のおとぎ話』を一九〇六年にコミサルジェフスカヤ劇場でメイエルホリドが舞台化した試みが、演劇における立体派的な形式の最初とはいわずとも、最初の試みの一つであった。神話の村は立体で構成され、窓やドアをつくるのに、はしごや円柱や角柱が使われた。ソヴィエトの最初の喜劇、マヤコフスキー作『ミステリヤ・ブッフ』のメイエルホリド演出には、主として一九一八年版と一九二一年版とがある。いずれも装置は完全に抽象的で、その時代のロシア芸術のさまざまなアヴァンギャルド運動の影響を示している。一九一八年の演出では、「画家のマレーヴィチが舞台に地球を表す巨大な青い半球と箱舟を暗示するいくつかの立方体を置いた。地獄はゴシック様式の緑と赤の広間、天国はさまざまな色の雲をちりばめた灰色のボール紙の構造。そして新来の地は機械の建造物」。この喜劇の最初の演出で、メイエルホリドはプロセニアム・アーチも緞帳も、絵具で塗った書き割りも完全に取り払ってしまったのだった。(30)

　一九二一年の演出の驚くような効果については、メイエルホリドの主要な俳優の一人だったエラスト・ガーリンが次のように書いている。「巨大な〈スイカ〉の半分が地球を表し、舞台の右半分を占め、舞台上だけでは空間が足りずに、客席の最前列まで張り出していた」。その半球には二フィートもある大きな文字で「ＺＥＭＬＩＡ（地球）」と書かれていた。「舞台の左半分には簡素な板張りの台が、舞台の奥に向かって上に積み重ねられていた」[31]。大きな半球は、回転すると、地獄からの出口になる。芝居の最後では、観客は舞台にのぼって俳優のなかに加わるように誘われる。この『ミステリヤ・ブッフ』を観て、ガーリンに最も感銘を与えたのは、空間の自由さと開放感の感覚だった。舞台を隠すような布の垂れ幕も重い書き割りも、何もなかった。

簡潔にいえば、『ミステリヤ・ブッフ』の装置は、立体派・スプレマチズム*の様式でなされ、それが一九二〇年代には西欧、そして少なからずドイツの舞台装置に強いインパクトを与えた[32]。メイエルホリドと協働した構成主義の芸術家たちの哲学は、装置が有用性と装飾性をともにもつことを要求し、メイエルホリドの演出作品において、さまざまな車輪や傾斜面、階段やパネルが、実質的に場面の重要な一部分となり、ときには音楽や身振りのように言語外の感情、表現を助けたりした。たとえば、一九二二年の『堂々たるコキュ』では、巨大な風車が、心理的緊張が高まるにつれてますます速く廻り、あるいは恋人に会う歓びを示すのに、大きなカーブの滑り台を滑り降りてみせたりする。一九二四年の『トラストＤＥ』で使われた、あの有名な動く壁、すなわち車輪付きのパネルは、登場人物が驚かされたとか罠にかけられたとか感じたときに、その人物に迫っていく。こうした手法が、考えや感情の状態を体現していたのである。

メイエルホリドの芸術活動において、後年には入念に選びぬかれたわずかな小道具の置かれた舞台

＊抽象性を推し進めた先にある絶対主義を意味する絵画の一形態。一九一五年にロシア人画家カジミール・マレーヴィチが提唱した。「黒の正方形」（一九一五）、「白の上の白」（一九一八）などが有名。

空間を取り囲む可動式や固定式のパネルのような、飾りのないシンプルな背景の装置が取って代わったり、付け加わったりしたとはいえ、幾何学的な舞台装置はたえず影響を与え続けていた。小道具はしばしば、色や形が強調されたり誇張されたりするように、特別に配置されたりもした。

十月革命〔一九一七年〕以後、メイエルホリドは、演劇と社会的な出来事の関連性を以前よりも強調するようになった。急激に変化した歴史的状況を考慮すれば、そうした焦点の移り変わりはきわめて自然なことである。だが、メイエルホリドの革命以前の著述は、演劇と社会問題の関連への関心がボリシェヴィキの勝利の瞬間に生まれたものではないことを示している。すでに一九〇一年に、モスクワ芸術座とともにペテルブルグへ旅公演をした際、彼は学生と警官の流血の衝突を目撃した。この事件は、彼を震撼させるとともに興奮もさせた。警官の行為に憤慨したが、演劇そのものがそれに巻き込まれたことに驚いたのだ。翌日のモスクワ芸術座の演目はイプセンの『民衆の敵』だった。その前夜、警官に殴打された学生たちが劇場に押しかけて、彼らの抵抗に相応すると思われる対話に対して、激しく喝采の声を上げた。のちにメイエルホリドは、彼の崇拝する人物であるチェーホフに次のように書き送っている。「私は自分の時代の精神で身をこがしたい。舞台に仕える者すべてにその偉大な使命を自覚してもらいたいのです。私の同僚には苛々させられます。彼らは自分たちの狭い関心から抜け出そうとはせず、社会問題に対して無関心です。そうです。演劇はあらゆる既成のものの変革に大きな役割を果たすことができるはずです！」(33)。

共同創造者としての観客

演劇には、客席を刺戟して政治的な行動をさせる力があるという認識は、観客はある意味で芸術の創作活動に参加できるという考えと、まさに同じ視座に立っている。メイエルホリドの象徴主義との関わりが短期間に終わった理由の一つは、象徴主義ドラマのもつ神秘的な、ほとんど宗教的な雰囲気が受動的で、知的に麻酔をかけられた観客を前提にしていることを、彼自身が悟ったからだろう。ほとんど四〇年間にわたる彼の活動の主眼は、観客と舞台を物理的にも精神的にも融合させる方向に向けられていた。物理的には舞台を客席にまで広げ、サクラの俳優を客席に置くなどし、精神的には、モンタージュ演劇を発展させて、直接的に関係のない芸術的要素を提示して、観客の想像力がそのギャップを埋めるようにした。こういう演劇上の哲学はしかし、それ自身の問題性も抱えていた。メイエルホリドは観客が創造のパートナーとなることを望んでもいたが、観客に教え、影響を与えることも望んでいた。だが観客の志向や要求が、演出家や芸術家のそれと偶々一致しなかったときはどうなるか。そのときには経験や知識のはるかに大きい演出家が、最終的な決定権をもたざるを得なくなる。

一九〇九年に書かれた文章のなかでメイエルホリドは、何が書かれ、何が上演されるかを観客が決めるようなとき、概して観客というのは演劇にとって悪い存在だと書いている。若い演出家はそれゆえ、観客が優勢である場合、演劇は通常まったくのエンターテインメントか、まったくの政治的アジテーション、つまり「教条主義か娯楽か」のどちらかの主人に仕えねばならないと主張する。すぐれた演劇を実現するためには、観客でなく、最上の芸術家たちが主導権を握り、大衆の嗜好を高めて教育しなければならないのだ[34]、と。

だが、メイエルホリドが自分の観客の知力や専門的意見のレベルについてどのように考えていたにせよ、彼の演出は、初期のころから観客に届き、観客を芸術的な作業に知的に巻き込み、演劇の仕掛けのすべてに導き入れようとする、絶え間ない努力を反映している。観客に物理的に接近するために、舞台を客席のなかにまで押し出し、オーケストラボックスの上に橋を架け、フットライトをどかし、演技の場そのものも舞台の奥から前舞台《プロセニアム》のぎりぎりの端まで動かした。一九一〇年の帝室劇場の『ドン・ジュアン』も、演出のときにメイエルホリドがそういうことを実践したら、スガナレルを演じた古老の俳優ヴァルラーモフは、ふつうは彼のような老俳優を混乱させるような新しい考えすべてに敵意をもっていたのだが、このときは心から喜んで、「これぞ、まさに演出家だ！」と叫んだ。ヴァルラーモフは老齢で、プロンプターから離れることを嫌ったため、芝居のあいだほとんど座ることを要求していたが、「彼は私を……、誰からも見えず、誰のことも見えないような場所に押しとどめたりせず、舞台《プロセニアム》の前面に配置した。……つまり誰もが私を見るように、私にもまた皆が見えるような場所に[35]」。ヴァルラーモフが喜んで認めたように、プロセニアムの彼の位置は、舞台と客席を一体化し、演劇を「狭く息苦しい演劇空間から、広い街の広場へと[36]」連れ出す、決定的な第一歩だった。そこでなら観客は、「芝居を生み出す集団的なプロセス」の一部になれるのだ[37]。

観客が共同創造者とみなされれば、おそらく上演のたびに、表現を変えることが必要になる。少なくともそれが、メイエルホリドがたえず自分の作品に手を入れ続けた理由だった。彼のある演出作品を二〇回観て、どの上演もその前の上演の「修正」だったことを発見した人物から、メイエルホリドは手紙をもらったことがあるという。その人は、どの上演も本質的に未完成であるとすれば、なぜわざわざ初日に行く必要があるのだろうかと訴えた。メイエルホリドは問いかけている。「だが、同志よ、どうすればよいというのか。芝居の創造は、われわれ皆が一緒に作り上げなければならないほど難しいものなのだ」[38]。

事実、メイエルホリドは初日の夜に、しばしば自分の舞台についての公開討論会を開き、そこでの討論の結果が、その後の上演に影響を与えることも多かった[39]。ブレヒトが一九三〇年にメイエルホリド劇団のベルリン公演に関するメモのなかで言及しているのは、おそらくそのことなのだろう。ブレヒトは、ドイツの批評家たちが「多くの討論の結果について意見を交わすことを拒否している」と書いている[40]。それが経済的に可能であるときは、メイエルホリドは観客に上演についての意見を聞き、アンケート用紙を配る人を雇ったりした[41]。

アンケート用紙や公開討論にもかかわらず、しかしメイエルホリドは革命後の一九二〇年代でさえも、一九〇九年とよほど変わらないある種のエリート主義の偏見を示している。観客は共同創造者かもしれないが、それが何であれ、演出家が変えたくないと思う演出のディテールもある。そういう場合には、演出家と上演者はなぜそういうディテールが必要なのかを観客が理解できるようにしなくてはならない。観客は創造上のパートナーではあっても、必ずしも同等のパートナーではない。いざというときには、演出家は王様であり続けるわけだ。それにもかかわらず、舞台と観客の間に橋を架けようとするメイエルホリドの努力は続いた。一九一〇年に年配のヴァルラーモフがプロセニアムの端に位置したことは当時としては驚くべきやり方で、それが二〇年代のさらにラディカルな工夫への最初のステップとなった。メイエルホリドの観客は、舞台装置が観客席にまで広がるだけでなく、観客席が装置の一部にもなることを知った。一九二〇年の『曙』の上演のときには、劇場の廊下の壁にポスターやスローガンが並べられた。一九二二年のブレヒト作『夜打つ太鼓』のファルケンベルグ演出を先取りするやり方であった。

メイエルホリドの舞台で観客が物理的に最も密接に参加したのは、『曙』の二回の公演において、赤軍兵士と観客が一丸となって、完全に自発的にとはいえなくとも、感動して「インターナショナル」を歌い出したことだろう[42]。

メイエルホリドは、彼の様式的演劇の理論的基礎をすぐ近くに見出していた。他の人々がすでに道筋を整えていたのだ。次のレオニード・アンドレーエフからの手紙はメイエルホリドにとって、意識的演劇、あるいは様式的演劇の性質のアウトラインとなっていた。

> 意識的演劇《ウスロヴヌイ・テアトル》というのは、観客が、いま目の前で〈演じている〉のが俳優であることを一分たりとも忘れず、俳優も、自分の前には客席があり、足下には舞台が、両脇には舞台美術があることを決して忘れない。たとえば絵画の場合も、それが絵具や画布や、絵筆のタッチであることを決して忘れず、それと同時に一段と高められ、明朗な生の感覚を受け取ります。〈絵画的〉であればあるほど、〈生の〉感覚がより一層強く感じ取られるということがしばしばあるのです[43]。

メイエルホリドは、イリュージョンを作り上げようとする芸術の企てが非論理的である、という自分の考えを支持するものとして、ゲオルグ・フックスの『未来の演劇』のなかの論述を挙げてもいる。

イリュージョンを作り上げようとする演出家の努力がいかに壮大であろうと、観客は想像力を跳躍させ、ごまかしを受け入れることを求められていると[44]。

一九〇八年からのペテルブルグの帝室劇場での俳優兼演出家としての活動初期に、メイエルホリドはグロテスクの理論化と実践を推し進め、一九一一年ころには、この概念がメイエルホリドによって「ロシア演劇の用語辞典」へと加えられている[45]。「内容と形式の葛藤に基づいた」グロテスクは、「日常の平凡さ」を超えるための手段である。グロテスクは演出の外部の目に見える要素を強調するため、感覚に訴えかける演出のすべての側面、音楽やダンスや動作や身振りなどを十全に展開させることをめざす。また、グロテスクそのものは対立するものの統合であるため、人生の矛盾《パラドクス》をわれわれに気づかせる助けとなる。「グロテスクを生み出す相異なる要素の明らかに非合理的な組み合わせは、その奇怪さによって、感傷性を避ける手助けとなり」、そして「未曾有の光景を生み出し、理解しがたい謎の解明へと観客を向かわせる」のである。『見知らぬ女』や『春のめざめ』、『地霊』、『パンドラの箱』、『管理人ワーニカとお小姓ジャン』のように、グロテスクな要素がリアリスティックなドラマに挿入されると、リアリズムとグロテスクの結合は「観客に、舞台上で起きていることに対して両義的な態度をとるように強いる。舞台のグロテスクの課題は、コントラストによって変化し続ける舞台上の進行に対して、観客をたえずこうした両義的な状態に置くことにあるのではないだろうか[46]」。

メイエルホリドが「グロテスク」と呼んだ幻想的なものとリアリスティックなものとの混合は、メイエルホリドの知人で協働者でもあったアヴァンギャルドの芸術家たちが試みたモンタージュの演劇的表現である[47]。メイエルホリドと彼の同僚ベーブトフが「〈現代の〉観客に必要なのは、プラカードである、その表面と量感がおりなす〈素材の手触り〉である！[48]」と宣言したとき、彼らはピカソやタトリンとの近似性を表現していた。一九二四年の『森林』において、メイエルホリドは、若い女主人公には自然なメーキャップと一九世紀のごくふつうの衣裳を着せ、相手の若い男には緑のかつらと白いテニスウェアを着せることで、自然主義と幻想主義を混合させた[49]。芝居の家具は、六つの安い木製の椅子とその時代の正確な再現である一つの椅子から成り立っていた。「たった一つの小道具が、その時代のエッセンスを集中的に体現し、われわれの記憶に強い印象を植え付けるのだ[50]」。

メイエルホリドは二〇世紀の初頭に、リアリズムと抽象の結合の実験、「相異なる要素の明らかに非合理的な組み合わせ」をはじめたのだが、その様式は一九三五年においても、アメリカ人の演劇学生であったノリス・ヒュートンにとっての一つの啓示であった。ヒュートンはこの年、ソヴィエト演劇を学ぶために六か月間、ソ連に滞在した。メイエルホリド演出の『椿姫』の舞台を観て、抽象的な背景ときわめてリアリスティックな家具類の混合に、とりわけ、「大きなグランドピアノ、ルイ一五世と一六世の椅子、金箔の燭台、舞台に点在する素晴らしい家具」に度肝を抜かれている。

これらすべては、リアリスティックなイリュージョンを決して作り上げはしなかった。これが完全に演劇的であることは疑いがなかった。だが、メイエルホリドが実際のもの、現実の窓やドア、暖炉までも使っているのを見た驚きは、彼がそれらを用いて何をしようとしているのかを判断しそこなうほどに大きかった。

このエレガントな部屋の「壁」は、フランス風の窓のついた可動式パネルになっていた[51]。これは、メイエルホリドが一九〇九年に「高次のリアリズム」と呼んだもの、オペラ歌手のフョードル・シャリャーピンによって成し遂げられたある種のリアリズムである。その芸術には「つねに真実がある。それは現実に似た真実ではなく、演劇的な真実、……生活を超えた真実であ[52]」った。メイエルホリドは、俳優を人形にしようとしていると非難されたが、実際には若い俳優の訓練がつねに主要な関心事であった、自分の師スタニスラフスキーと同じ道をたどっている。

芸術座の俳優たちが『かもめ』の人物像や雰囲気を作り出そうと積極的に活動していたころを思い出すたびに、演劇の主要な要素として俳優への確かな信頼が、私のなかに湧き起こっていたことを認識する。雰囲気を作り出すのは演出でもなく、こおろぎでもなく、橋を渡る馬の蹄の音でもなかった。それはチェーホフの詩情のリズムを捉える俳優たちの類い稀なる音楽性だった[53]。

メイエルホリドの俳優訓練「ビオメハニカ」

一九〇七年にはじまったメイエルホリドの俳優訓練の規則は、ブレヒト演劇の俳優訓練の文献のなかに含まれているといえるかもしれない。たとえば、ロシアの演出家は冷静で、感情的に距離をもった演技様式を要求した。「新しい俳優は、マリアの悲しみと喜びのなかに表現されているような悲劇的なものの極致を演じる。外面的には冷静に、ほとんど〈冷たく〉。叫びも涙もなく、声も震わせず、それでいて深みがあるように」[54]。この非感情的な演劇の技術は、メイエルホリドが自分の俳優たちに「ハロルド・ロイドから学べ。ロイドはワセリンを塗った涙で泣くのだ」と忠告したせりふに、巧みに要約されている。このロシアの演出家は、きわめて感情的な演技を「病理学的だ」とみなしていた。自分の俳優たちを「護民官」とみなし、俳優に感情的に距離を保つことを望んだ。それは、劇中の出来事に対する俳優たち自身の態度を開示し、観客に「ある種の態度」をとらせるためだった[55]。しかしメイエルホリドは、演劇のもつ感情的側面を否定したわけではない。純粋に理性的な演劇は、「討論会場に似たものになってしまうだろう。私の今日の講演を、ピアノかオーケストラの伴奏に合わせて読むこともできる。……しかしそうすることで、この講演と、そこにあなた方が居合わせていることがすなわち芝居になるわけではない」。演劇は、テーゼやアンチテーゼを作り上げるよりも、もっと多くのもののために存在しているのだから、純粋に知的なアピールは、すべての演劇的演劇に反するものだというのがメイエルホリドの意見だった。演出家は観客の感情的な要求を認める以上のことをしなくてはならない。その感情を刺激し、導かなければならないのだ[56]。

メイエルホリドにとって、オペラの演出の仕事は、もう一つの重要で実りある考えを呼び起こすものだった。その考えは、人形遣いという非難とともに、彼の名前と永遠に結びつくことになる。つまり、俳優に厳格な身体訓練を与え、俳優の身体のすべてが、敏感で高い表現力をもつ器械となるようにするテクニックである。彼が「ビオメハニカ」と名付けたこのメソッドは、一連のエクササイズからなり、それは精巧に調和のとれた振付を可能にするものとして、彼の一座を有名にした。

ゴードン・クレイグと同様に、メイエルホリドも理論的な文章のなかで「新しい」俳優と「自然主義的」俳優の様式的な違いを表現するのに、人形のメタファーを用いている。「自然主義的」俳優は、生身の人間として、役への感情移入を体験し、呼び起こそうとする。操り人形なら、それが人形だという理由で、またそうであるかぎり、エンターテイナーとして使い得る。結局、人形が人間そっくりに見えるならば、それは人間の俳優がやればいいだけのことになるだろう、とメイエルホリドは言う。同じように自分を偽って、「本物」の人物であるかのように見せようとする俳優は、俳優としての自分の魅力も、演劇にとっての価値も失ってしまうことになる。要するに、俳優というのは模倣者でなく創造者であるべきなのだ。[57] メイエルホリドが発展させた演劇のテクニックは、俳優の俳優としての名人芸が引き立つことをもくろんだものであり、俳優が、ともかく役のなかに消えることを目的としたスタニスラフスキーのやり方と対照的だった。一九一二年にランドという批評家は、メイエルホリドが成就させようとした演劇様式を、次のように描写している。「ボール紙のシルエットが肖像を単純化させるように、［メイエルホリドの］様式は、演技と心理的な描写を単純化し、それを貧相なものにする［ことさえある］。しかし、それが図式的になればなるほど、［その結果として出てくるものは］ますます明瞭な形となるのだ[58]」。

モスクワ芸術座やコミサルジェフスカヤ劇場、ペテルブルグ帝室劇場での初期の活動からメイエルホリドが学んだ最も重要な（ときには厳しい）教訓の一つが、おそらく、演出家の考えを実践し得るだけの特別な訓練を、俳優が知的にも身体的にも積んでいなければ、新しい演劇も成功する形では生まれないだろう、ということだった。新しい俳優の訓練への関心から、メイエルホリドはつねにスタジオを、自分の演劇にとってなくてはならない一部とみなし、俳優のために身体訓練や運動・舞踊・ア

メイエルホリドが考案した俳優の身体訓練「ビオメハニカ」

クロバットなどの入念なプログラムを作った。一九二二年から二三年のメイエルホリドのスタジオのカリキュラムにおける、アーシャ・ラツィスの師V・M・ベフテレフの影響は一目瞭然だ。教科には「模倣とその生理学的意義」（ベフテレフ）と、「個人反射学と集団反射学の研究」が含まれていた。つまり当時の演劇スタジオの教科には、社会科学、文学、音楽学、舞台創造の技術などが並び、人形のためのカリキュラムなどほとんどなかった[59]。伝統的な訓練を受けた俳優でも、メイエルホリドのスタジオのメンバーになると、一九世紀のヴォードヴィルやスペイン黄金時代の演劇の技術を学び、実践しなくてはならない[60]。まず動きを練習し、それから「思想」、最後に言葉の訓練がくる[61]。メイエルホリドは、言葉と感情はある種の反射的な運動から生じるのだというウィリアム・ジェイムスの考えを支持し、次のようなジェイムスの例を「ビオメハニカ」の理論的根拠として掲げた。「われわれは熊を見るとまず逃げ出す。そして逃げ出したことによって、驚くのだ[62]」。

ブレヒトの演技理論の一つである「二重に示す」やり方というのも、一九二〇年のメイエルホリド演劇のなかにすでに先取りされていた。実際、メイエルホリド流の演技の最も特徴的な要素の一つは、俳優が役に対して取る距離にあった。メイエルホリド流の「分離した」演技についての、次のボリス・アルペルスの記述は、俳優の芸術や、俳優の演技とそれに対する観客の反応との間の正しい関係についてのブレヒトの論述と、ほとんどパラレルであるといえる。

演技中のそれぞれの瞬間において、俳優は舞台上の人物像と、その人物像を観客に「提示」する演技者に分割され、上演中、その人物像に対して自ら註釈を与え、それを場面の演技のさまざまな態度や状況のなかで示すのである。

俳優が演じるのは、言うなれば、役そのものでなく、当の役への自分の態度である。このようにして、メイエルホリド劇場は、俳優の技芸の基本原則を規定している。〔…〕

こうした俳優の芸術において役の人物とそれへの註釈に分離することは、何ら神秘主義的なものではない。これは完全に理性的な芸術なのだ。第三者に舞台上の人物像が生み出される仕組みそのものを晒し出すものだった[63]。

メイエルホリドの距離をもった演技のモデルになったのは、日本の歌舞伎の俳優だった。彼らは感情の昂まった場面では、たとえば次のように観客に話しかける。「ご覧あれ！　劇的な場面である！

私は友を心から愛していた。だが彼らによって殺された。彼のいない人生は、私には厳しいものだ。ご覧あれ！　この場面を演じてみせよう」[64]。一九二二年の『堂々たるコキュ』においてブルーノを演じた俳優は、アクロバティックな芸をしたり、情熱的な語りの最中にゲップをしたり、総じてせりふに不似合いなふるまいをしてみせた。一九二四年の『森林』では、女性の登場人物ウリータは、月明かりの夜や愛の恍惚についてロマンティックな幻想を長々と語るのだが、ウリータを演じる女優は、「みだらでコミカルなポーズをとり、調子外れに昔のセンチメンタルな民謡を歌う」。あるいは、恋人同士が食堂のテーブルの下を這い廻るなかで、愛のデュエットが歌われていたりした[65]。

メイエルホリドは、自分の俳優たちが複数の役を演ずるのを好んだ。俳優の数が足りないからではなく、「変化の原則」が芝居にとって重要なものだからである。こういう役の変化を見ることは、観客にとって必要であり、それによって俳優の芸の技巧に気づくこともできる[66]。俳優と役柄の間の関係を、メイエルホリドは俳優の「仮面」と呼んだ。たくさんの規則を指定して俳優を試しながら、いくつかの戯曲で、あるいは同じ戯曲のなかで（一九二四年の『トラストＤＥ』では、一つのエピソードで俳優たちは七つの異なった役を演じた）、それでもメイエルホリドはその仮面がぴったりと正しいものになっていれば、同じ仮面を繰り返すことを恐れないようにと、俳優たちを励ました。たとえばチャップリンは、いつでもチャップリンで、どんな役を演じようと同じようなメイク、しぐさ、衣裳、工夫を用いている。伝統的な演劇なら、俳優はさまざまな役のなかに消えてしまうことを要求するかもしれないが、しかしそういう才能は、メイエルホリドにとっては望ましいものではなかった。俳優が消えてしまうのではなく、役の背後の演技者を観客に見せることのできる俳優を彼は望んだ[67]。

メイエルホリドが、生涯を通じて、舞台上の動作や身振りにそれほど重きを置いていたのは、それだけ彼が俳優を尊敬していたということだ。この領域における彼の理論と実践が展開したのも、一九一〇年代の初めだった。一九〇六年の『修道女ベアトリーチェ』の舞台で、メイエルホリドは初めてそれぞれの配役にそれぞれ独自の身振りの型、いわば身体的なライトモチーフのようなものを与えた。同じ年の『見世物小屋』では、それぞれの登場人物が独特の身振りを用いた。つまり、きわめて感情的な場面を鎮めるために、身振りが使われたのだが、それは一九〇六年の『修道女ベアトリーチェ』や『ヘッダ・ガブラー』において、ゆっくりした、計算されたリズミカルな語りや身振りが強く揺れ動く感情を表現していたのと同様であった。[68]『ヘッダ・ガブラー』のときは、メイエルホリドは衣裳や色彩、静止したポーズなどを用いることによって、身振りを心の内的状態の表現のより大きな意味において用いたのだ。一九〇六年、シュニッツラー作の『生の叫び』の演出の際には、メイエルホリドは感情の緊張度が昂まるたびに、「グロテスクの手段」を用いた。それは「叙事的で冷やかな語り」の実験だった。[69]

技術に支えられた動作は、俳優が戯曲のテクストを超えて「表現できないものを表現し、隠されたものをあらわにする」ことを助け得るというのが、メイエルホリドの信念だった。昔の演劇も動作を強調していたが、〔演技に関する〕自分の可塑性という考えは、新しい要素を加えていると彼は考えていた。俳優の動作は、そのせりふと一致する必要はない。人間はしばしば、動作や身振りによって自分の考えを裏切るものだし、そのようにしてあらわになった思想は、語られることとほとんど、あるいはまったく関係がないかもしれない、とメイエルホリドは指摘する。身振りによってのみ、人々はお互いに対するリアルな関係を露呈する。それゆえ、二つの対話が、語られる対話と内面の対話が同時に起こるかもしれない。その二つの対話がまったく異なっている場合には、内面の対話を示すのは、演出家の責任となる。(70)

舞台動作に関する「科学」の知識は、演出家や俳優にとってだけでなく、劇作家にとっても重要である。劇作家は、会話の劇を書く前に、パントマイム劇を書くことによって、動作の科学に通じているべきだとメイエルホリドは考えていた。彼にとって、劇作家のための理想的な学校のモットーは、「演劇における言葉は、動作という画布の上の模様にすぎない」(71)ということだったろう。

俳優の芸術においては動作が第一位を占めるという主張は、メイエルホリドのシステムの主要素であったが、その動作の速度はさまざまに変化した。象徴主義時代のゆっくりした、調子の整った間やポーズは、一九二〇年ころにはかなり加速され、夢のような「ぼんやりとした」動きも、未来派や機械主義のダイナミズムのために、じきに否定されるようになる。一九二一年にメイエルホリドは、疲弊した象徴主義演劇に対して、マリネッティの処方箋を若返りのために推奨している。

戯曲中の姦通を群衆場面に置き換える。戯曲の筋の順序を逆さまにする「サスペンスの期待の要素をこのように排除することは、ブレヒトにとっても厄介なことだった」。サーカスの英雄的行為《ヒロイズム》や機械産業《マシニスム》の技術を演劇のために使ってみる。観客の椅子の上に膠《にかわ》を塗る。同じ座席の切符をいろんな人に売る。くしゃみを引き起こす粉を振りまいてみよう。舞台で火事を、客席で殺人を起こす。幕間を使って競技会をやる、劇場の周りで徒競走、輪投げや円盤投げ。こういうことはすべて、ス

ピードとダイナミズムの栄光のためなのだ。(73)

メイエルホリドはこれらがすべて、表面的にはショックを与えることをもくろんだ誇張だということを認めていたが、マリネッティのプログラムには、それ以上に、真剣な目的があることを強調した。イタリア未来派は「淡々とした、去勢されたルター派的な、垂れ幕と心理主義という脆い神秘で飾り付けられた教会のような」演劇から世界を解放しようとしていたのだ。(74)

こういう新しい力学の最もいい例は、おそらく『堂々たるコキュ』の恋人同士の逢引の場面の、メイエルホリドの演出のやり方だろう。ふつうの観客なら、恋人同士が会えば、抱き合ってキスをすることを期待する。しかしメイエルホリドの俳優たちは、彼らの愛を、一連の新しい奇抜な身振りで伝え合った。つまり、男は一〇フィートの滑り台の上までのぼると、ワーッと叫びながら音を立てて滑り降りてきて、恋人と衝突すると、彼女を床に押し倒す。「脆い心理主義」についてはそれでおしまいというわけだ。

舞台での映像の使用

メイエルホリドの発作的《ガルバニック》演劇は、いまだ未発達の映画製作から借用した、舞台における映写機の使用という新しいテクノロジーをもたらした。これが初めて用いられたのは、一九二三年のマルチネの『夜』をトレチヤコフが翻案した『大地は逆立つ』の演出のときだった。舞台に置かれた二枚のスクリーンに、シンプルな言葉のスローガンが映し出され、それぞれのエピソードのはじまりを知らせ、その主題を示し、現在の出来事への重要性を強調する。たとえば、「戦争反対」、「気を付け！」、「黒いインターナショナル」、「革命の背中に匕首《あいくち》を！」、「夜」[75]。『大地は逆立つ』は、個々のエピソードのタイトルだけでなく（タイトルそれ自体も目新しいことだったが）、スローガンを書いたポスターや、革命の英雄の肖像写真、第一次大戦や内戦の場面などもスクリーンに映写された。『トラストDE』のときには、メイエルホリドは三枚のスクリーンとカラーの透明ポジを使った。舞台上の筋に関連するドキュメント的な素材は二つの脇のスクリーンに映され、中央のスクリーンは、それぞれのエピソードのタイトルと、場所や人物についての情報、筋についての註釈、革命の指導者たちの著作や発言の抜粋を映し出した[76]。

ピスカートアも同様のやり方で、一九二四年のドキュメンタリー劇『旗』のなかで初めて映画を用い、その後も一九二七年の『ラスプーチン』や『勇敢な兵士シュヴェイクの冒険』（この二つの上演にはブレヒトも協力）を含む多くの舞台で映画を使用した。それゆえ、ブレヒトが『オペラ・マハゴニー市の興亡』（一九三〇）でカスパー・ネーアーの絵を映写用に使ったのが新しい発明だったと主張しているのは正しくない[77]。ブレヒトは一九三一年の『男は男だ』の自身の演出のときにも映画を用いた。映画は主人公ゲーリー・ゲイのそれぞれの変身の前と後を示していた[78]。『母』のときは映写幕に各場面のタイトル、マルクスやレーニンの引用句、歴史的人物の写真、モットー、鎌とハンマーのような記号、歴史的事件等々の写真が何枚も映されたが、これは明らかに、『大地は逆立つ』やピスカートア演出の『旗』、『津波』で使われた映写の方法と酷似している。

戯曲テクストの位置と重要性

演出それ自体が重要になるにつれ、戯曲のテクストは重要性を縮小させていった。というより、舞台そのものがテクストとなった。メイエルホリドはかなり早い時期から、演出家と俳優は作家から解放されて戯曲を自由に解釈し、どのト書きを取り入れ、どのト書きを無視するかを決める権利があると主張していた[79]。一九〇八年にメイエルホリドが書いた文章は、彼がすでにゴーゴリの『査察官』の演出の新しいやり方を考えていたことを示している。一九二六年に彼が実際にそれを演出したとき、テクストと解釈に過激な変更を加えたため、他のロシアの古典、たとえばグリボエードフの『知恵の悲しみ』のときと同様に（このときはタイトルまで『知恵は悲し』と改められた）、本質的に新しい戯曲になったほどだった。決定的に改作された『ハムレット』の演出プランは実現しなかった。昔の演目を新しく呈示するという考えを、メイエルホリドは「過去の時代のこだま」と呼んだ。それが「古代ギリシアや中世の演劇から、シェイクスピア、カルデロン、モリエールを経て、ゴーゴリを頂点とする一八三〇年代のロシア演劇まで、そしてゴーゴリから現代まで続く、一本の糸を与えてくれる」のだと[80]。

テクストへの彼の豪快なふるまいを前提とすれば、メイエルホリドがコメディア・デラルテの即興に惹かれたとしても驚くには当たらない。彼は思慮深く、自分の演劇には劇作家の場所があって、即興のためのシナリオを書くことは決して劇作家としての品位を落とすものではないと、劇作家を鼓舞した。プロローグだって書けるのだからと[81]。

ヴェルハーレン作『曙』での改作を自ら弁護するなかで、メイエルホリドはテクストの改稿を政治的状況と結びつけ、徹底的な文学的改作は革命の必然的結果であり、革命が古典に対する民衆の態度

グリボエードフ作、メイエルホリド演出『知恵は悲し』(1928年初演)

メイエルホリドの改作・演出のヴェルハーレン作『曙』(1920年初演)

も含めて多くのものを変えてしまったのだと主張した。革命がテクストよりも観客のほうを関心の中心にしてしまったために、テクストを神聖不可侵なものとみなすことを不必要にしたのだと。メイエルホリドと共作者のベーブトフは、『曙』の改作で激しい非難を浴びたが、しかしメイエルホリドは、もっと徹底して変えるべきだった、時間があったらそうしていただろう、という点だけを認めた(82)。テクストとト書きに忠実であることは、メイエルホリドにとっては何の意味もないことだった。もし昔の劇作家たちが墓からよみがえることができたとしたら、自分の作品が現代と歩調を合わせて賢明に改作されていることを喜んだに違いないと、彼は確信していた。一九二〇年にメイエルホリドは、俳優も作家も上演にかかわる者たちがともに共同改作者になれるよう提案し、チームによる改作を提案しているが(83)、これはブレヒトやピスカートアのやり方と類似していて興味深い。

テクストの再加工は新しいことではないのだが、保守的な伝統も根強かった。メイエルホリドやブレヒトのような力のある演出家たちは、テクストを素材として使うことを弁護する必要にしばしば接した。現存のテクストをまったく変えずに、全面的に舞台に移すことは、メイエルホリドの嫌悪する卑屈な「演劇の文学化」を表すものだった。一九二〇年から二一年のメイエルホリドの演目のプランには、シェイクスピアやシラー、マヤコフスキー、クローデル、アリストパネスのような、彼が「単なる文学」と呼んでいた戯曲が含まれている。

文学は図書館や国立文書館に静かに休ませておけばよい。今後われわれが必要とするのはシナリオで、古典作品でさえ舞台を構築するためのカンバスとしてしばしば用いることになるだろう。

われわれは脚色という作業に、その必要性を確信して恐れることなく取り組んでいる。[84]

舞台での音楽の使用

メイエルホリドの音楽の使用における変化は、象徴主義演劇での芸術的な諸要素の緩やかな融合から、芸術的な諸要素の驚くべき対比的な分離へと転換したことと一致している。それは一九一七年から晩年までの彼の演出を特徴づけるものだった。そもそものはじめから、メイエルホリドはワーグナーの〈総合芸術〉の理念、すべての芸術の調和的融合を称賛していた。だが革命後は、演劇芸術においては、造形芸術と同様、その総合は観客の心のなかで起こらなくてはならないと信じるようになった。そのようにしてのみ、観客は創造的なパートナーになれる。メイエルホリドの音楽的手法の変化を見るためには、モスクワ芸術座のスタジオのためになされた一九〇五年の『タンタジールの死』のような初期の演出から見ていかなくてはならない。このときにはオーケストラと聖歌隊がずっと伴奏し、音楽は「気分」と調和し、それを強めた。『シュルックとヤウ』の三幕では、幕が開くと一八世紀のスタイルのデュエットが聞こえた。王女や侍女たちがあずまやそれぞれに座り、刺繍をし、その刺繍針が音楽にぴたりと合わさって上下するのが観客に見えた。たしかに芝居のすべてが、「動作も身振りも言葉も装置や衣裳の色までも」調和的で音楽的なリズムのなかでなされた。メーテルリンク作『七人の王女たち』〔『タンタジールの死』〕のスタジオでの演出では、「会話はつねに音楽を背景に語られ、聴く者の心をメーテルリンクのドラマの世界のなかに引き込んでいく」[85]。しかし『大地は逆立つ』では、音楽はまったく違ったふうに用いられていた。今まで隠されていた楽師たちは、観客にすっかり見える形で舞台の上に移動する。音楽は、芝居の筋への皮肉な註釈となる。ことに寝室用の便器が皇帝のために運ばれ、皇帝がそれに「神よ、皇帝を助けたまえ」の曲を伴奏に使ったときには顕著だった。『トラストDE』では、ジャズバンドが舞台に登場した。ソ連では初めての公開のジャズ演奏だった。舞台上のオーケストラというのは、ブレヒトが一九二八年に『三文オペラ』で、また一九四九年に『母アンナの子連れ従軍記』で使った発明だ。一九二四年のファイコー作『ブブス先生』の演出でメイエルホリドも、音楽とテクストを対比させた。演出は二つのレベルで実現されると彼は書いている。一つは音楽であり、もう一つが舞台上の筋である。芝居が静かで平穏なときには、音楽が興奮を示す。その逆のこともある。ショパンやリストの音楽やジャズが使われたが、おそらくそのやり方は（一九四一年に書かれ、〔ブレヒト死後の〕五八年に初演された）『アルトゥロ・ウィの抑えることもできた興隆』で、ブレヒトがショパンの「葬送行進曲」をダンス音楽のように演奏すべしと注で指示したのと酷似していよう。『ブブス先生』で音楽を対比的に用いたのは、観客を緊張状態に置くこと、そして感情的な緊張を俳優やせりふから音楽へと移行させることを目的としていた(86)。

しかし、メイエルホリドの音楽の使い方は、決定的なところでは一貫して変わらなかった。彼はつねに演劇の仕事を、俳優、言葉、配置、色、衣裳などのすべての視覚的要素が、耳には聞こえなくても完全に作曲された音楽の部分を形作るような、本質的に交響楽のような仕事であると考えていた。

一九二四年ころには、メイエルホリドの業績は、ソヴィエトから生まれる演劇のニュースの最も重要なものになっていた。ブレヒトの知り合いのさまざまな芸術家や知識人、「文化の外交官」たちが、メイエルホリドについて語ったり書いたりするときには、彼らは象徴主義演劇のゆっくりした暗い神秘主義から、「明るく、楽しく、雄大で気楽な創造性」へと転換した演出家で、しかも何年も前から、観客を真の創作のパートナーにするのだと謳ってきた演出家である、と記述したことだろう。(87)

註

(1) ブレヒトが初めて演出を試みたのは一九二二年で、上演した作品は友人のアーノルド・ブロンネン作『父親殺し』だった。しかし戯曲が上演される直前に、彼は演出家を降ろされてしまった。

(2) コンスタンチン・ルドニツキーは『演出家メイエルホリド』のなかで、スタニスラフスキーとネミロヴィチ＝ダンチェンコが象徴主義演劇の分野で仕事を続けたのに対し、メイエルホリドは象徴主義演劇の基盤を築きながらも、すぐさま別の形式に移行したと指摘している。Rudnitsky, Konstantin. *Meyerhold the Director*, ed. Schultze, Sydney (Ann Arbor, Mich.: Ardis, 1981), p. 29.

(3) 象徴主義演劇に関する情報源となる論文として次のものを挙げておく。Gerpuld, Daniel. "Russian Symbolist Drama and the Visual Arts," *Newsnotes on Soviet and Easteuropean Drama and Theatre*, 4 (March 1984), pp. 10–17.

(4) Rudnitsky, *Meyerhold the Director*, p. 56.

(5) *Ibid.*, p. 106.

(6) *Ibid.*, pp. 65–66.

(7) 舞台装置家との仕事において、ブレヒトは舞台模型と表現主義的スケッチを併用することが多かった。たとえば、『コーカサスの白墨の輪』でのカール・フォン・アッペンとの仕事において、ブレヒトとフォン・アッペンはまず一連のスケッチを描いた。模型はその後スケッチから作られた。しかしながら、模型とスケッチはつねに変更されがちで、メイエルホリドが自分のデザインを用いたように、彼らもそれらを具体的なセットのパターンとしてというより、示唆的な力をもつがゆえに用いた。Appen, Karl von. "Über das Bühnenbild," *Materialien zu Brechts "Der Kaukasische Kreidekreis,"*〔ブレヒトの『コーカサスの白墨の輪』への資料集〕ed. Hetch, W. (Frankfurt a. M. ä Suhrkamp, pp. 96–98) を参照。メイエルホリドは舞台模型を用いて仕事をし続けたが、最も注目すべきはトレチヤコフの『子どもが欲しい』のためのエリ・リシツキーによる構成主義的装置の模型であったろう。

（8）Meierkhol'd, *Stat'i, Pis'ma, Rechi, Besedy*（以下 SPRB）vol. 1, p. 109.〔邦訳は『メイエルホリド　ベストセレクション』（以下『ベストセレクション』）諫早勇一ほか訳、作品社、二〇〇一年、二一一頁〕

（9）Braun, Edward, ed. and trans., *Meyerhold on theatre* (New York: Hill and Wang, 1969), pp. 282–283.

（10）Rudnitsky, *Meyerhold the Director*, p. 79.

（11）*Ibid.*, pp. 125–126.

（12）Bakshy, Alexander. *The Path of the Modern Russian Stage and Other Essays* (London, Palmar & Hayward, 1916), p. 79.

（13）*SPRB* 1 (1907), p. 250.〔『ベストセレクション』一四二頁〕。作者が介入するという仕掛けは、『子どもが欲しい』の上演中にトレチヤコフ自身がときどき舞台上に上がって俳優たちに指示や注意をするというメイエルホリドの提案とともに一九二〇年代にふたたび現れることになる。Fevral'skii. "S. M. Tret'iakov," *Slyshish', Moskva?!*, pp. 200–202 を参照。

（14）Alpers, Boris. *The Theatre of the Social Mask*, trans. Schmidt, Mark (New York: Group Theatre, Inc., 1934), p. 48.

（15）Braun, *Meyerhold on Theatre*, p. 21.

（16）Singermann, Boris. "Brechts Dreigroschenoper. Zur Ästhetik Montage,"〔ブレヒトの『三文オペラ』——モンタージュの美学のために〕*Brecht-Jahrbuch* 1976, ed. Fuegi, John et al. (Frankfurt a. M.: Suhrkamp, 1976), p. 73.

（17）*SPRB* 1, p. 255.〔『ベストセレクション』一四七頁〕

（18）Braun, *Meyerhold on Theatre*, p. 116.

（19）Gorchakov, *The Theater in Soviet Russia*, trans. Lehrman, Edgar (New York: Columbia University Press, 1957), p. 62;

André von Gyseghem, *Theatre in Soviet Russia* (London: Faber and Faber, 1943), pp. 18–19.

（20） Houghton, Norris. *Moscow Rehearsals*, 2d ed. (New York: Grove Press, 1962), p. 18.

（21） Braun, *Meyerhold on Theatre*, p. 22.

（22） *SPRB* 1 (1907), p. 251.〔『ベストセレクション』一四五頁〕

（23） *SPRB* 1, p. 160.〔『ベストセレクション』九〇頁〕

（24） ベンノ・フォン・ヴィーゼによると、「文芸批評家のインマーマンは、今日まで実質的には発見されずにきた」。Wiese, Benno von. *Karl Immermann* (Bad Homburg: Verlag Dr. Max Gehlen, 1969), p. 125.　メイエルホリドがインマーマンの仕事を知っていたという事実は、このロシアの演出家が西洋思想や文化について読んで得ていた教養の深さと幅を証明している。

（25） *SPRB* 1 (1909), p. 160.〔『ベストセレクション』九〇頁〕

（26） *SPRB* 1, pp. 254–255.〔『ベストセレクション』一四七頁〕

（27） *SPRB* 1, p. 255.〔『ベストセレクション』一四八頁〕

（28） *SPRB* 2 (1929–1930), p. 194.〔『ベストセレクション』二三八頁〕

（29） Houghton, *Moscow Rehearsal*, p. 105.　ここでホートンはメイエルホリドの『椿姫』の演出について述べている。

（30） *SPRB* 1, p. 245;〔『ベストセレクション』一三五頁〕Slonim, Mark. *Russian Theater* (New York: World, 1961), p. 192.〔『永遠のおとぎ話』に関して、メイエルホリドは子どものままごとや児童演劇に着想を得たと言い、次のように述べている。「テーブルにぶちまけたさまざまな大きさの積木（キューブ）や階段、角柱や円柱の山。こうした素材からおとぎ話の宮殿を作る必要がある」。（Мейерхольд В.Э. Примечания к списку режиссерских работ // Мейерхольд В.Э. Статьи, речи, письма, беседы: В 2 t. M., 1968. T. I. C. 245.　邦訳は『ベスト・セレクション』一三五頁を参照）〕

（31） Garin, Erast. *S Meierkhol'dom: Vospominaniia*〔メイエルホリドとともに——回想録〕(Moscow: Iskusstvo, 1974), p. 21.

（32）以下の文献所収の写真を参照されたい。Bab, Julius. *Das Theater der Gegenwart. Geschichte der dramatischen Bühne seit 1870*〔現代の演劇――一八七〇年以降の演劇舞台の歴史〕(Leipzig: Verlagsbuchhandlung von J. J. Weber, 1928), pp. 181–183, 189, 190–193, 220–221.　同書一九二‐一九三、二一八‐二一九頁ではロシア演劇（とくに構成主義と立体主義）のドイツ・アヴァンギャルド演劇への影響について詳細に語られている。ピスカートアはアレクセイ・トルストイの『ラスプーチン』（一九一七）の上演に地球儀の舞台装置を用いたし、ブレヒトはピスカートアの作家集団の一員として脚本の改訂を手伝った。ピスカートアが演出したエルンスト・トラーの『どっこい生きている』（Hoppla, wir leben, 1927）の装置は構成主義スタイルだった。

（33）Meierkhol'd, Vsevolod. *Perepiska* (Moscow: Iskusstvo, 1976), pp. 29–30.

（34）*SPRB* 1 (1909), pp. 175–178.

（35）Rudnitsky, *Meyerhold the Director*, p. 152.

（36）*SPRB* 2 (1920), pp. 483–484.

（37）*SPRB* 2 (1920), p. 483.

（38）*SPRB* 2 (1927), p. 159.

（39）Tietze, Rosemarie. "Das Neue Theater. Meyerhold 1917 bis 1930,"〔一九一七‐一九三〇年のメイエルホリドの新しい演劇〕*Vsevolod Meyerhold: Theaterarbeit 1917–1930*, ed. Tietze, R. (Munich: Carl Hanser, 1974), p. 36.

（40）*Schriften zum Theater* 1 (April 1930), pp. 234–235.

（41）Tietze, *Meyerhold*, p. 36.　共同創造者としての観客という考えに関するメイエルホリドのその後の見解については、*SPRB* 2 (1921–22), p. 43; (1929–30), pp. 96, 195を参照。〔アメリカの〕連邦劇場計画の長だったハリー・フラナガンの報告（"Ivan as Critic," *Theatre Guild Magazine*, 4 [January 1930]: pp. 40–42）では、観客の意見を求めるのは義務であり、メイエルホリド劇場に特化されたことではないとの指摘がある。この非常に興味深い論文で、フラナガンは観客の反応の客観的分析で用いられている方法を描写している。

毎晩、若者が時代を指導しているような劇場では、観客が厳密に研究されている。各初演の際には、中央委員会から任命された監視員たちが観客の反応を観察する。戯曲はモメントに分けられ、それぞれのモメントにおける観客の雰囲気が表にされる。たとえば『吼えろ、中国！』には五〇七のモメントがある。それぞれの反応は注目、拍手、笑い、涙、しーっという音として記録される。結果はチャート式のフォームに記入され、制作者に送られて、演出家たちと俳優たちは証言を鑑みて、最良だと思われる変更を加えていく。

フラナガンはまた、観客の反応を記録するもう一つの方法、すなわちアンケート用紙の配布についても書き記し、「助手の一人が読み書きできない人を手伝います」。「皆さん！ 設問に答えてください！ それが新しい演劇の創造に寄与するのです」という呼びかけで始まるアンケートでは、「次のシーズンにはどんな戯曲を見たいですか？ 悲劇か、メロドラマか、笑劇か、喜劇か、レヴューか」といった情報も問われていた。

(42) Hoover, Marjorie L. *Meyerhold: The Art of Conscious Theater* (Amherst, Mass: University of Massachusetts Press, 1974), pp. 92–93.

(43) *SPRB* 1 (1907), pp. 141–142.〔『ベストセレクション』六三頁〕

(44) *SPRB* 1 (1906), p. 121.〔『ベストセレクション』三六 - 三七頁〕

(45) Rudnitsky, *Meyerhold the Director*, p. 160.

(46) *SPRB* 1 (1912), pp. 224–229.〔『ベストセレクション』一一四 - 一一八頁〕メイエルホリドのグロテスクという概念は以下に詳細な分析がある。Mailand-Hansen, *Mejerchold's Theater ästheik in den 1920er Jahren*〔一九二〇年代のメイエルホリドの演劇美学〕(Copenhagenä Rosenkilde und Bagger, 1980), pp. 193–195.

(47) ボリス・ジンゲルマンはブレヒトの『三文オペラ』（一九二八）のもつモンタージュ様式と、サーカスやミュージックホールのパフォーマンス、さらに立体主義絵画、ジャズ、エイゼンシテインの理論との関係について、「こうした劇構造の基本原則は、本来メイエルホリドが開発したものだ」と書いている。Singermann, *Brecht-*

Jahrbuch, 1976, p. 71.

(48) *SPRB* 2 (1920), pp. 483–484.〔『ベストセレクション』一七三頁〕タトリンの「絵画レリーフ」はブリキ、木材、ガラス、石膏でできており、彼がそれらを構成しはじめたのは一九一三年であったが、それらはメイエルホリドの演劇作品と同様、観客と接触しようとする試みだった。

(49) 初演のすぐ後、誰かがメイエルホリドに緑の鬘の理由を訊ねたが、理由を思い出せなかったメイエルホリドは、俳優に鬘を捨てさせ、その後の作品にこの鬘が現われることはなかったという挿話がある。

(50) 引用は Gyseghem, *Theater in Sovet Russia*, p. 19.

(51) Houghton, *Moscow Rehearsals*, pp. 18–19.

(52) *SPRB* 1, p. 144.〔『ベストセレクション』七〇頁〕

(53) *SPRB* 1 (1907), p. 122.〔『ベストセレクション』三八頁〕

(54) *SPRB* 1, p. 134.〔『ベストセレクション』五三頁〕これらの言葉は、タイトルロールのヘレーネ・ヴァイゲルが冷静に彼女の死んだ息子の認知を拒否し、兵士たちが去った後、声にならない叫びのなかで断末魔の苦しみを表現するブレヒトの『母アンナの子連れ従軍記』（一九四九）の上演のワンシーンを思い起こさせる。

(55) *SPRB* 2 (1925), pp. 92, 94.

(56) *SPRB* 2 (1929–1930), pp. 192–193.〔『ベストセレクション』二三六頁〕

(57) *SPRB* 1 (1912), pp. 215–216.〔『ベストセレクション』一〇三 - 一〇四頁〕

(58) *SPRB* 1 (c. 1912), p. 247.〔『ベストセレクション』一三七頁〕

(59) Hoover, *Meyerhold*, pp. 311–319.

(60) Braun, *Meyerhold on Theatre*, p. 146.

(61) *SPRB* 2 (1930), p. 239.〔『ベストセレクション』二七八頁〕

(62) *SPRB* 2 (1925), pp. 92, 534.

(63) Arpels, Boris. *The Theatre of the Social Mask*, trans. Schmidt, Mark. (New York: Groupe Theater, 1934), pp. 36–37.

(64) *SPRB* 2 (1931), p. 246.

(65) Alpers, *The Theatre of the Social Mask*, pp. 36–37.

(66) *SPRB* 2 (1924), p. 62.

(67) *SPRB* 2 (1925), p. 75.

(68) *SPRB* 1 (1912), p. 248.〔『ベストセレクション』一三九頁〕

(69) *SPRB* 1 (c. 1912), p. 244.〔『ベストセレクション』一三四頁〕

(70) *SPRB* 1 (1907), p. 135.〔『ベストセレクション』五六－五七頁〕

(71) *SPRB* 1 (1912), pp. 211–212.〔『ベストセレクション』九九頁〕この見解に対するブロークの反応は「おお、神よ、なんてことだ！」だった (Rudnitsky, *Meyerhold the Director*, p. 198)。

(72) ブレヒトは一九三〇年に個人ではなく集団が新しい劇の焦点になるべきだと書き、本質的に同じ考えを表明している（*SzT* 1, p. 258）。

(73) *SPRB* 2 (1921), pp. 28–29.（V・ベーブトフとK・デルジャーヴィンとの共同執筆）〔『ベストセレクション』一八三頁〕　フィリッポ・トンマーゾ・マリネッティ（一八七六－一九四四）はイタリアの作家で未来主義の理論家。

(74) *SPRB* 2 (1921), pp. 28–29.〔『ベストセレクション』一八三頁〕

(75) Braun, *The Theatre of Meyerhold*, p. 180.　ブローンは「その形式においても、狙いにおいても、トレチヤコフの手法はのちにブレヒトが〈叙事的演劇〉と名付けたものにきわめて近い」と、正しく観察している〔ブローン『メイエルホリドの全体像』浦雅春訳、晶文社、一九八二年、一九一頁／『メイエルホリド　演劇の革命』二五〇頁参照〕。

(76) Tietze, "Theatre," p. 16; Marshall, Herbert. *The Pictorial History of the Russian Theatre* (New York: Crown, 1977), p. 132.

(77) *SzT* 2 (1930), pp. 119–120.

（78）*SzT* 2 (1931), pp. 71–72.
（79）*SPRB* 1, pp. 238–239.〔『ベストセレクション』一二六頁〕Braun, *The Theatre of Meyerhold*, p. 95.
（80）*SPRB* 1 (1908), pp. 172–173.
（81）*SPRB* 1 (1912), pp. 214–215.〔『ベストセレクション』一〇二頁〕他の二人との共同作業で、メイエルホリドはゴッツィの『三つのオレンジへの恋』（一七六一）の改作脚本を執筆し、これは一九一三年にメイエルホリド・スタジオの雑誌に掲載され、その後プロコフィエフのオペラのインスピレーションのもととなった。
（82）*SPRB* 2 (1920), p. 17.〔『ベストセレクション』一七四頁〕
（83）*SPRB* 2 (1920), p. 483.
（84）*SPRB* 2 (1920), p. 483.
（85）*SPRB* 1, pp. 110, 244.〔『ベストセレクション』二二、一三四頁〕
（86）*SPRB* 2 (1925), pp. 83, 85.
（87）*SPRB* 2 (1920), p. 483.

第三章 「役者は、舞台の小さな台の皿に取り分けて給仕されるべきだ」

ベンヤミンが観たメイエルホリドの舞台

ブレヒトの仕事で有名なのは、とりわけそのモンタージュ演出であろう。真の意味でモンタージュといえる最初の作品は、一九二八年に初演されて、ブレヒトとヴァイルがセンセーショナルな評価を得た『三文オペラ』だ。その二年ほど前の一九二六－二七年の演劇シーズンに、ヴァルター・ベンヤミンは二度目のモスクワ訪問をし、モンタージュ的な手法で演出されたメイエルホリドの作品を三本観ている。溢れんばかりのアジプロ・メッセージと身体的ダイナミズムに満ちた『トラストDE』と、構成主義の抽象化とリアルな小道具を組み合わせた『森林』、そして陰鬱な、ほとんど象徴主義のタブローともいうべき『査察官』である。

『トラストDE』は、可動式の壁と三つの映写スクリーン、映画の字幕、スポットライトを使って、映画の速い動きと迅速な場面転換を模した政治的なレヴューである。メイエルホリドが楽師たちを大胆にもステージの右に座らせ、観客から完全に見えるようにし、俳優たちの早変わりの名人芸を積極的に見せつけたこの演出について（五四人の俳優が九五の役を演じた）[1]、ベンヤミンがブレヒトに物語ったことは、大いにあり得ることだ。

『森林』は、古典テクストを政治的演劇に作り替える最初の大きな冒険だった。ここでも演出家のメイエルホリドは、テクストの断片化という手法を踏襲した。原作の五幕は、場合によっては三三のエピソードに分割された（一九二六年にベンヤミンが観たときはしかし、おそらく一六か二六のエピソードの版であったようだ）[2]。大衆的趣向を謳う権威者たちからは顰蹙をかったが、このラディカルな断片化は、観客には明らかに好意的に受け取られ、その後、ルドニツキーによれば、この手法は他のソヴィエト演劇において広く援用された。階級的特徴は、誇張されたグロテスクな外観によって強調された。このやり方は、何年かのちにブレヒトによって『男は男だ』や『丸頭ととんがり頭』、『コーカサスの白墨の輪』などにおいて使われることになる。リアルな小道具がたくさん付属している大きな構成主義的な橋を使った場面の並列がモンタージュのスタイルを強め、政治的プロパガンダとサーカスの雰囲気と、抽象とリアリズム、野卑さとロマンティックな抒情が互いに拮抗しながら組み合わされているようだった。『トラストDE』と『森林』をめぐる議論は、ベンヤミンがモスクワに到着したころにはいくらか収まっていた。この二つの作品が初演されたのは、すでに二年前の一九二四年だった。

メイエルホリド演出の『査察官』をめぐる論争

しかし、メイエルホリドの『査察官』の場合は、そうではなかった。ラツィスとライヒが友人のベンヤミンを連れて観に行ったときには、批評家たちがかまびすしく声をあげていた。古典テクストに対してきわめて過激な修正がふたたびなされていたのである。ロシア人の観客が前世紀から読み親しんでいた偉大な傑作とは異なっていた。これは新しい、ゴーゴリ＋メイエルホリド版だったのだ。これまで笑劇《ファルス》と解釈されてきたものの代わりに、悲喜劇となっていた。

ゴーゴリのあらすじはこうだ。小さな市の市長が彼の同僚の役人たちに、サンクトペテルブルグから、おそらくは匿名で旅行中の査察官がすぐにでも到着することを告げる(3)。そういう訪問は彼らにとっては恐怖だった。というのも、彼らはこの市を自分たちの利益のために厳しく取り締まって、腐敗した政治をやっているからだ。不幸なことに彼らは、フレスタコフという名の落ちぶれたろくでなしを、自分たちが恐れている査察官だと取り違えた。フレスタコフは、無節操に役人たちの誤解につけこみにかかる。市長の妻に娘との結婚を約束して接近し、おびえる役人たちからたえず酒や食事や賄賂のもてなしを受ける。そして終幕、役人たちは町から巧みに姿を消したフレスタコフに関する真実を知り、はじめてショックを受け、真の査察官が到着したとの知らせに仰天するのである。

ゴーゴリはこの戯曲の第一稿を、一八三五年に書いている。これは翌年に上演された。後年の上演版のトーンを決めることになったこの初演は、笑劇として上演され、ゴーゴリをひどく落胆させた。鋭い風刺が、俳優の軽喜劇のスタイルと観客の気楽な反応によって洗い流されてしまっていたのだ。それゆえメイエルホリドは、ゴーゴリの本来の意図を復元し、それを拡大しようとした。その結果、人間の欲望やがめつさ、臆病さ、腐敗を覆い隠す外面だけの美しさや豪華さ、不正を培養し増大させる、社会的・政治的な体制に対する強い風刺が生まれた。

逆説的なことにメイエルホリドは、ゴーゴリ自身がより真剣な読解を求め、一八四二年の決定稿から取り去ってしまった、いくつかの笑劇的な要素を初稿から復元させるところから始めた。メイエルホリドはまた、ときに自分の想像で、ときに手紙やエッセイを含むゴーゴリの他の作品から、新たに人物や会話を付け加えた。笑劇的な解釈に対抗し、戯曲に「真正さと意義」を与え、手を加える余地を生み出すために、メイエルホリドは戯曲を大幅に引き延ばし、テンポを緩めたのだ。原作はおそらく二時間もかからないものだったが、メイエルホリドの版はおおよそ四時間に及んだ。ゴーゴリの五幕の劇は、メイエルホリドによって一五のタイトルをもったエピソードに分けられ、新しい人物や新しい会話のほかに、身振りや動作、ポーズ、間などの多くの新しい演劇的「課題」が付け加わった。

最も興味深い変化は、主人公の性格付けにあった。『査察官』におけるこの変化は、芝居をゴーゴリの本来の意図に近づけるものだとする彼の主張にもかかわらず、メイエルホリドのフレスタコフに対するイメージは、作者の構想とはまったく異なるものだった。ゴーゴリは、フレスタコフを「プロの詐欺師や意図的なペテン師としてではなく」、「ほとんど自分の言葉を信じてしまい」、「冷静沈着に騙すのでなく、芝居がかっていて感情的」だと記している。(4) 他方、メイエルホリドのフレスタコフは、計算高い嘘つきで、そのうえ紛れもなく悪意のある人物として描かれた。一九二一年のモスクワ芸術座でのスタニスラフスキー演出の「古典的」舞台では、ミハイル・チェーホフ演じる主役のフレスタコフは、重要な役人に偶然間違えられ、その誤解から生まれる恩恵を否応なく享受してしまう、ナイーヴで子どもじみた人物として描き出された。観客にとって、フレスタコフに関するスタニスラフスキーとメイエルホリドの認識の大きな違いは、フレスタコフ役のエラスト・ガーリンが舞台に現れた瞬間に、もはや明白だった。フレスタコフ役のミハイル・チェーホフが、空腹でほとんど立っていられないほど身体的に弱っている男を演じている場面を、ガーリンは空腹の様子を別の形で見せた。観客は、口笛を吹いて力強く自信に満ちた男を見たのである。奇妙ないでたちで、滑稽にもあくどくも見えた。シルクハットに暗い色のフロックコート、肩に掛けられた格子柄のストール、上衣の襟の折り返しに吊り下げられたベーグル、黒みがかった手袋、つやつやとなでつけられたナポレオン風の調髪、青白い痩せた顔を覆う四角い黒ぶち眼鏡。ガーリンのフレスタコフは、「邪悪に腹を空かせていた」のだ。彼の空腹は、恐るべきモラルの欠如を身体的に表現していたのである。[5]

さらにメイエルホリドは、フレスタコフの同行者として、神秘的な「旅行中の将校」を登場させることで、フレスタコフの独白を対話に変えた。この「旅行中の将校」は、独白を避けるために、純粋に技術上の理由から導入したとメイエルホリドはつねづね述べていたが、この新しい人物は、フレスタコフの〈もう一人の自己《アルター・エゴ》〉もしくは分身であると考えたほうが自然であろう。

ゴーゴリの戯曲にある性的な含みは、メイエルホリドの二人目の妻、最愛のジナイダ・ライフが演じる市長夫人のみだらな衣裳やメイク、淫蕩なふるまいによって、あるいは、たとえばボプチンスキーが夫人の着替えを覗くために隠れていた衣裳ダンスから突然現われる、といったエピソードを付け加えることによって強調された。市長の妻と娘は戯曲の進行に応じて四つの異なる衣裳を身につけるように、というゴーゴリの指定は、舞台上での四回の着替えシーンとなった。演出家メイエルホリドはさらに、フレスタコフがカドリール〔四人で組んで踊る古風な一種のスクエアダンス〕を踊りながら、妻と娘の両方を流し眼で誘惑する場面を付け加えた。市長の妻のあだっぽい空想は、たくさんの若くてハンサムな将校たちが、突然木製の家具から文字通り這い出てくるという形で表現される。彼らは夫人に花やセレナーデを贈り、卒倒し、あげく彼女への愛に殉じてしまったりする。

メイエルホリドは、『森林』のときのように『査察官』を分節化したが、別の観点から見れば、彼のそのころの作品から大きな成長を遂げている。近年の作品では押し広げられてきた舞台空間が、今回は、ちょうど一九一七年のレールモントフ作『仮面舞踏会』のときのように、押し込められ込み合っていた。『査察官』においては、たくさんの俳優と豪奢で重厚な時代物の調度品が、メイエルホリド自身が設計した可動式の小さな台の上に詰め込まれていた。(6)ブレヒトが『コーカサスの白墨の輪』でこうした詰め込み式の家具の工夫をしているのは、ブリューゲルの絵画『農民の婚礼』からヒントを得たとされているが、この『査察官』における事物をたくさん詰め込んだ台のアイデアによるものだったかもしれない。『コーカサスの白墨の輪』におけるように、この詰め込みは喜劇の度合いを高め、それぞれのシーンがまるで一枚の絵画が突然生き返るような印象を与えた。どの舞台美術も正確な時代の再現であるように思わせつつ、そこには一貫して奇妙なグロテスクさがあり、内的な心理主義的厳密さはなかった。人物の空想さえ、具体的な形をとって現われた。

『査察官』の衣裳と装置は一見すると、時代を正確に表しているように見えたが、しかしメイエルホリドは決して、ドラマの喚起力への関心を捨てたわけではなかった。一九二六年の彼は、一九〇六年に行ったような心理的な連想による暗示の原則に深く関与していた。メイエルホリドの実践において、

メイエルホリド演出のゴーゴリ作『査察官』(1926年初演)

俳優や演出家、装置家、作家は、それぞれの鍵となるパートやある一つの場、あるいは考えのエッセンスを提供できるだけであり、共同創造者としての観客こそが、芸術的な素材との心理的相互作用を通じて、残りの部分を提供しなければならない。『査察官』において、メイエルホリドの目的は、ニコライ一世治世時のロシアの精神を呼び起すことで、その時代を博物館的に再構築することなどではなかった。演技空間をぐるりと囲む暗く磨かれたマホガニー調のパネルは、一八三〇年代および四〇年代の豊かな有産階級の生活を暗示することが想定されていた。(7) これらの衝立は、その前に置かれている鮮やかに彩られた、洗練された調度品や果物といった贅沢な「実際の」事物を取り囲む背景として用いられた。衝立はほとんどのエピソードが舞台全面を使うことがないよう、舞台上で半円形に配置された。三つのドアがついた中央後ろにある衝立は、門のように開く。芝居の進行に従って、すでに装置と役者でぎゅうぎゅうになった台形の台がレールに乗って観客のほうに向かって前進してくる。一五場のうち四場を除いたすべての場面が、このおよそ一四フィート×一二フィートの小さな台の上で演じられ、このようにして仕切られた空間が、圧迫的な狭苦しい《クラウストロフォビック》雰囲気を強めた。それぞれの台は、わずかに観客のほうに傾き、逆遠近法の効果を生み出した。後列に立つ俳優たちは前列の俳優たちよりも背が高く見えるのだ。各エピソードが終わると、台は中央の衝立の背後に退いていく。これが基本デザインである。それぞれの台は豊かなセミリアリズムによって特徴づけられている。つまり洗練された調度品、本物の果物、食べ物、飲み物が乗った磨き上げられた木製の机。すべてが裕福な有産階級の贅沢な暮らしぶりを映し出しているが、それらは過去の厳密な模倣からはかけ離れていた。むしろすべては誇張されていたのである(8)。この現実性と幻想性の対位法的な表現《ハイパー・リアリスティック》は、『査察官』の舞台のいたるところで見られた。すなわち、外枠の板張りの装置と、内側の極度に写実的な装置との対比から、登場人物の空想があたかも現実であるかのような具現化に至るまで。

現実の世界に幻想を見ることは、何人かの批評家が主張しているような、神秘主義者になることを意味しているわけではない。そうではなく、それは小市民的《プチブル》生活の境界線を押し広げて、現実の世界だけに生まれる存在の歓びに飛び込むことを意味している(9)。

一九二五年ころ、新しい概念ではないが、「前演技《プレアクティング》(プレドィグラ)」という新しい用語がメイエルホリドの理論的語彙のなかに現われ始める。「前演技」とは、テクストのなかの言葉に先立つ身振りのシステムのことである。たとえば、ある俳優が舞台で電報を開くとする。最初、観客はそのメッセージが何と書いてあるか知りたくてたまらない。しかし俳優は、前演技によって、観客の関心を、電報の内容から彼自身の演技の技術へと移し替える。観客は、その電報に〈何が〉書かれているかではなく、俳優が電報に対しての感情を〈どのように〉表現するかに興味をもつようになる。つまり前演技によって、メイエルホリドの俳優たちは劇作家の言葉のまさにルーツを、観客に明らかにしてくれることが望まれるのである。メイエルホリドが護民官とよぶように、俳優たちは、「状況だけでなく、その状況内部の核心をも示してみせる」。俳優は、会話の背後に隠された社会的な根拠だけでなく、それを暴露するという彼自身の目的をも示さなくてはならない。精確さは、前演技の最も決定的な要素の一つと考えられていた。身振りの一つひとつは、作品のほかの要素と同様に、思慮深く選択される必要があると、メイエルホリドは主張していた(10)。

『査察官』では、前演技、身振り、俳優の入念なグループ化が、いくつかのテーマやモチーフを伝達するために用いられた。たとえば、主人公のフレスタコフが市長の長椅子の上にどっしりともたれかかって座っている。隣には彼をもてなす美しい市長夫人とその娘が腰掛け、市長と他の役人たちはすべて、慇懃に立ったままでいる場面がある。

フレスタコフ　皆さん方、なぜ立っている理由があるのです。（急に立ち上がって、命令するような身振りで強く招く）どうぞお座りください。

役人　こういうふうにしばらく立っているのが慣例なのでございます。
フレスタコフ　堅苦しいのはやめましょう、お願いだから座ってください！

このときにメイエルホリドは、市長と役人たちに従順に、何もない空中に腰を下ろさせ、そのままのポーズでこの場面の残りの時間を過ごさせた。このような俳優たちのグループ化とポーズの工夫によって、「役人たちの臆病さと女たちの大胆さ」を対比させた。対比を戯曲の重要なモチーフの一つと見て取ったのである。(11)

トレチヤコフ作の『子どもが欲しい』上演計画

さまざまな論争を呼び起こしたにもかかわらず、この『査察官』は少なくとも上演され、それを受け止めるか拒否するかは、観客の自由な判断に任された。しかしトレチヤコフ原作の『子どもが欲しい』のときにはそうはいかなかった。一九二九年一二月、メイエルホリドは検閲機関のグラヴレペルトコム〔見世物・レパートリー管理中央委員会〕の非公開会議において、この戯曲を討論劇として上演したいという計画を提出した。何年かのち、メイエルホリドは、演劇の目的は解決を示すことではなく、観客が上演を見たあとでそのテーマについて考えられるように、問題を明確に示すことだと述べている。(12)

トレチヤコフもまた、「健全な公開討論」をこの作品の主要部分として取り入れたいと願っていた。

彼は、観客席を舞台にまで押し上げて、見晴らしのいい場所からさまざまな社会組織の代表者たちの一団が主要な問題を討論するために、芝居の筋に従って進行を中断できるようにすることさえ考えていた。俳優と戯曲は討論参加者に概要として供される。劇場は、一種の手術室、観察し解剖する場所になるのである。[13] メイエルホリドとトレチヤコフは、『子どもが欲しい』の上演許可を得るために四年間尽力したが、徒労に終わった〔実際は条件付きで許可は下りていた。本書所収の伊藤愉の論考を参照〕。この試みが成功していたら、理性的演劇を創造し、観客と演じ手の間の区別を解消させる、メイエルホリドの最もラディカルな試みになっていたことだろう。

この『子どもが欲しい』上演計画と一九三〇年のマヤコフスキー作『風呂』のメイエルホリド演出における観客についての視点の違いを比較してみると、面白い。『風呂』のほうは、許可はされたが、きわめて悪意ある批評を受けた。『子どもが欲しい』では、観客は十分に敬意を払うべき芝居の共同創造者として扱われていた。俳優ではない人々が舞台上に座って、きわめて論争的な芝居の内容について、まじめな意見を表明することになっていた。おそらくこの催しは、メイエルホリドが一九一七年にためらうことなくボリシェヴィキの陣営に加わった原因となった、アヴァンギャルドの社会的理想主義の最後のあえぎとなっていたことだろう。『風呂』に登場する〈観客〉は、それとは対照的に、風刺画に描かれるような人物である。素晴らしく面白くはあるが、それにもかかわらず不道徳で低級で愚かである。彼らは演劇の創造に加担するよりはむしろ、演劇を台無しにする。『風呂』は一九三〇年三月一六日に初日を迎えたが、初日以前からすでに悪意ある批評が発表されていた。[14] その数か月後にマヤコフスキーが死んだ。おそらく自殺であった。

『風呂』の第三幕では、舞台上まで客席が伸びてきたかのようで、そこに俳優がまるで芝居を見ている本物の観客のように座っている。「その観客はオペラグラスで舞台を見、舞台上の［俳優も］オペラグラスでその観客を見る」(15)。官僚のポベドノーシコフとその従僕たちが登場して、〈観客たち〉の間に座る。芝居の〈演出家〉が現われて、不安そうにポベドノーシコフに第一幕と第二幕についての感想を尋ねる。ポベドノーシコフは「コネ」をもった重要な役人なので、演出家は自分の演出の是認を確信したいのだ。不幸なことに、ポベドノーシコフにはこの芝居がまったく気に入らない。彼自身の肖像画に感情を害され、演劇は観客を知的に活性化させる効果をもつべきだという演出家の前提にうんざりして、演出家がリアリスティックなスタイルを避けたことに失望している。

ポベドノーシコフ　あまりに肩肘を張りすぎている、現実はこんなものじゃない……。たとえば、このポベドノーシコフ。どうにもこうにも、よろしくない。彼は責任ある地位の同志なんだ。（……）わが国にはこういった人間はいませんな、不自然だ。作り物ですよ！　この部分は改めて、調子を和らげ、詩的にして、角をとらねば……

演出家　（……）われわれは、この劇場を闘争と建築のための場所にしたかったのです。芝居を観て、働きに出る。芝居を観て、興奮する。芝居を観て、不正を摘発する、というように。

ポベドノーシコフ　それでは私は、すべての労働者、すべての農民の名において、お願いしますよ、どうか私を興奮させないでほしい。目覚まし時計にでもなったつもりかね！　諸君には私の耳を楽しませてほしい、心をかき乱すのではなく、だ。諸君の仕事は私の目を楽しませることだろう？　かき乱すことではないはずだ。（……）古典に帰りたまえ！　呪われし過去の偉大な天才から学びなさい。

（『風呂』第三幕）

ポベドノーシコフや彼が代表する社会的な圧力の下で、演出家は無教養な俗物の趣味にへつらうために、自分自身の芸術的な誠意を否定してみせる。気に入られようと演出家は、共産主義の世界の勝利を表すアレゴリー的バレエを即興でやってみせる。ポベドノーシコフの芸術観を具体化したこのバレエは、臆面もない〈キッチュ〉の驚くべき露呈だった。だが官僚とそのとりまきたちは喜ぶ。このバレエが終了するやいなや、ポベドノーシコフは次のような言葉を残して忙しく劇場を立ち去る。「今われわれが観たものこそ真の芸術だ。これなら私にも、イワン・イワノヴィチ〔ポベドノーシコフの従僕〕にも、大衆にもわかる」。ポベドノーシコフは劇中劇から退場して、マヤコフスキーの風刺劇『風呂』の世界にふたたび入っていく。

同時代の作家の作品を演出する際にメイエルホリドが経験した困難を思えば（エルドマン作『自殺者』上演の試みは一九三二年に禁止された）、彼が昔からのお得意であった古典劇の改作を選んで、こうした〔同時代演劇の〕試みをほとんど諦めたのは驚くに当たらない。だが、影響力のある批評家たちが不可侵のものとみなした戯曲から政治的な演劇を作り上げるには、メイエルホリドは芸術的にもイデオロギー的にも、それを正当化しなくてはならなかった。一九三〇年代の半ばごろまでに、メイエルホリドは、おそらくは純粋に必要にかられて、改作の美学とでもよびうるようなものを発展させた。要約すれば次のようなものだ。すべての芸術には政治的側面があり、政治と分け隔てることは不可能だ。なぜなら芸術とは、社会の階級的区分を反映するものだからだ。それゆえ、ある戯曲を作り直す際には、その政治的、社会的要素を強調することによって、それを古典たらしめている精髄を保持しようとしなければならない。政治的、社会的要素はつねに存在しているが、前もって読者には明白なものではないかもしれない[16]。改作者である演出家は、作家の〈基本的思想〉（あるいは〈基本的イデオロギー〉）を保持するべきだが、何が基本的な思想であるかを決定する権限はもっている[17]。

改作についてのさまざまな文章のなかで、メイエルホリドは、テクストそのものはしばしば演出家の〈権限〉に次ぐものだと述べている。テクストが与え得る解釈が多種多様であればあるほど、作家は偉大なのだと、メイエルホリドは考える。彼は、『ハムレット』の演出に関する自分のアイデアを例として挙げる。そこでは、ハムレットを二人の俳優が演じ、その二人は同時に舞台に上がり、一方がもう一方のせりふに言葉を挟む[18]。作家の作品を変えようとする意志やその熱意にもかかわらず、メイエルホリドは慎重に、作品を生きた生のなかで表現するためには、戯曲のテクストを変えることは必ずしも必要ではないと指摘する。独特の配役や、才能ある俳優による役柄の解釈もまた、古びた素材を突然、新しい見慣れないものにすることができるのだと[19]。

プーシキン作『ボリス・ゴドゥノフ』とマヤコフスキー作『南京虫』の演出

しかし、この「改作の道」も、メイエルホリドを、あるいはメイエルホリドの演劇を救うことはできなかった。一九三六年、彼は二つの古典的作品の過激な改作の大きな演出を計画した。プーシキン作『ボリス・ゴドゥノフ』と、マヤコフスキー作『南京虫』である。スターリンが「マヤコフスキーはわれらがソヴィエト時代の最良の詩人、最も才能ある詩人であり、これからもそうであり続ける[20]」と発言した一九三五年一二月以来、マヤコフスキーは現代の古典作家とみなされていた。『ボリス・ゴドゥノフ』では、メイエルホリドは「プーシキンがその概要を述べながら、当時の技術状況では実現できなかった計画に帰る」ことを決めていた。かつて『査察官』で用いた戦略と類似したやり方に従って、プーシキン自身がこの戯曲について書いた手紙や新聞記事、日記などの素材を使うつもりでいたのだ[21]。

メイエルホリド演出の『ボリス・ゴドゥノフ』（プロコフィエフ作曲）は、『査察官』を超える、彼の最高傑作になっていたかもしれない。しかし彼の小さな劇場には大きすぎる演出になっていたために、彼自身の設計によって建てられることになっていた新しい先鋭的なデザインの劇場で上演できるようになるまで、このプロジェクトは延期しなければならなかった。しかし劇場が完成する前に、メイエルホリドは殺害されてしまった。

一九三六年には、メイエルホリドの『南京虫』改作の仕事が、かなりの楽観的観測とエネルギーをもって開始されている。メイエルホリドと原作者のマヤコフスキーが共有していた原則に忠実に、メイエルホリドは作品に今日的意義をもたせるため、観客自身がそれに巻き込まれたという感覚を強めるために、原作の変更を計画した。それは、『子どもが欲しい』における観客参加の計画を思い起こさせるやり方だった。『南京虫』改作の手法は、『査察官』や『ボリス・ゴドゥノフ』のときに用いたのと同じようなものであった。原作者の作品全体から必要な部分を使い、「詩人の文学的遺産を演劇的に揺るぎなきものとするための第一歩」[22]として、この作品を演出しようと考えた。しかし一九三六年は、メイエルホリドにとって良い年ではなかった。悪意ある攻撃が彼に集中した。メイエルホリド主義は、形式主義の代名詞になってしまっていたのだ。マヤコフスキーの文学遺産にかかわるべきときではなかった。マヤコフスキーの名声は、ちょうどこのころのソヴィエト政権によって、「エカテリーナ女帝時代のジャガイモのように喧伝」〔エカテリーナ二世時代の一七六五年、ジャガイモ栽培を奨励する政令が発せられたことにかけている〕されつつあるところだった。『南京虫』の新版は上演されなかった。

メイエルホリドの音楽の使い方は、作品の雰囲気を増補するための音楽という一九一〇年代から、一九二〇‐三〇年代には音楽を分離させせて作品の筋をコメントするものへと変化している。しかしいずれにしても、彼の劇中の音楽についての考え方は、単に聴こえればいいというレベルをはるかに超えていた。メイエルホリドは、彼の演出作品それぞれを音楽的創造と考えていた。俳優や装置、色彩、動作などの演出におけるそれぞれの部分は、より大きなリズム的構成の一つの要素にすぎないのだ。音の配置という文字通りの意味において、音楽は、この構成の重要な要素であり、さまざまなやり方で用いられた。音楽家や歌手がまったく登場しない場合でも、メイエルホリドは自分の作品を〈音楽的〉とみなしただろう。彼はモスクワ芸術座時代から、チェーホフのドラマの形式的音楽性に気づいていた。『南京虫』の音楽的構成を、ヒンデミットの四重奏曲と比較しながら、メイエルホリドは賞賛している。マヤコフスキーのように、ヒンデミットは古典的音楽の規則からあえて離れながら、彼自身の芸術的規則を創造し、それを受け入れるよう観客に教えた。メイエルホリドによれば、マヤコフスキーは彼の戯曲の第二幕を一九七九年に設定しているが、決して未来を描写しようとしたわけではなかった。第二幕と戯曲の全体は一九二〇年代のソヴィエト連邦という、それが書かれた時代の風刺を意図していたのだ。『南京虫』は、同時代社会を二つのまったく異なるスタイルで攻撃している。第一幕は華麗な装置と、軽喜劇《ボードヴィル》の演じ手風に道化る続き漫画《コミックストラップ》のごとき登場人物たち、対して第二幕は、幾何学的な形式と冷たい色調をもつ。社会的風刺は、音楽と同じように、変奏曲となり、二つの楽章を統一させるモチーフは、滑稽で哀れな道化であるプリスィプキンという人物だ。メイエルホリドにとっては、音楽もまた、観客の創造性を刺激する必要不可欠な手段だった。一九一〇年代から彼は、ワーグナー的ライトモチーフの演劇的可能性、つまり観衆の心にある種の精神的な連想を刺激して、創造的なプロセスに引き込んでいく音楽的前演技の形式に魅せられていた。(23) それゆえメイエルホリドは、日本や中国の伝統演劇の「けたたましい」音楽を好んだ。「ヒューヒューとかピーピーとかいう」笛や太鼓が、眠気を覚ますという点だけでも、観客の創造性を刺激するというのだ。(24)

反形式主義キャンペーンとメイエルホリドの最期

一九三〇年ころのロシアで本格的に始まった政治的芸術的反動化は、メイエルホリドに、三〇年近く前にはじめた反イリュージョン演劇のさまざまな特徴を守るための多くの時間とエネルギーを費やさせることになった。生活を再生産するのは芸術の仕事ではない、とメイエルホリドは主張した。演劇というのは、その本質において、すべての芸術と同様、様式的なものである。芸術はリアルな蠟人形ではなく、人生とは異なる大理石の彫像だ。肖像画に本物の鼻を載せたら、その肖像画はばかばかしいものに見える。二〇年ほどあとにブレヒトがやったように、メイエルホリドは、自分の様式的演出は本質的「リアリズム」を表現していると説得することで、彼に対する批判をなだめようとした。「しかし、様式化された演劇の枠組みにおいては、われわれは深遠なリアリストだ。われわれはイメージを、リアリスティックなイメージとして作り出そうとしている。……これは様式化されたリアリズムということだ。……演劇は現実の生活を写真に撮ることに拘わるべきではない[25]」と彼は述べている。

一九三〇年、メイエルホリドは、自然主義演劇のように、動作と身振りの芸術をほとんど顧みていないと思われるものに依然として対抗しようとしていた。人間は言葉を身につける以前に動いている、と指摘し、動作は人間の発達において、言葉にまして本源的なものであるはずだと結論づけた。舞台動作の芸術を軽視することで、俳優と演出家は、人間の表現の基本的な手段を自ら棄てているのだ。一九一二年には、言葉は「動作という画布の上の模様」以上のものではないと宣言している。しかし、一九三〇年にメイエルホリドは、彼にとって言葉は重要でない、あるいは彼の仕事において動作は言葉よりも優先される、という批評家たちの告発を否認している。彼によれば、そういう考えは、自然主義演劇の有害な影響と闘うための「教育的なフィクション」の一部にすぎなかった。メイエルホリドは自分の学生たちに、言葉を発する顔だけで演じるのを避けてほしいがために、自分は動きが言葉よりも重要だと考えているのだと信じさせようとした。[26] イリヤ・エレンブルグは、メイエルホリドはやがて自分自身のビオメハニカのコンセプトを「からから」ようになったと書いている。[27] それでもなお、ビオメハニカはさまざまに変化しながら、ソヴィエトの演劇学校における俳優訓練の基礎科目となった。[28]

メイエルホリドの演出作品の高度に断片化された構造もまた、彼の敵にとっておもな標的となった。それは、芸術についてほとんど何も知らない、あるいは気にかけたことがないにもかかわらず、この芸術家を破滅させたいと思っている人々が、美学的信念を装って彼を攻撃しかねないほど、喧しい論争となった。一九二七年にヴァルター・ベンヤミンがベルリンの雑誌『文学世界』に「反メイエルホリド戦線」について書いたとき、この危険は予告されていたのだ。この問題は一年後にふたたび、ブレヒトの友人で同僚であるベルンハルト・ライヒによって同じ雑誌で取り上げられた。ソ連に在住していたライヒは、ロシアの古典であるグリボエードフ作『知恵の悲しみ』の断片化の演出を攻撃する人々に対して、メイエルホリドを擁護している。ライヒによるこの上演の記述は、ブレヒトが書いたものから破り取ってきたかのように読み取れる。「四幕のきっちり編まれた原作から、一七の完全に独立したエピソードが作られた」。[29] 個々のエピソードはそれぞれに固有の俳優の所作を有し、それは社会と社会的関係の一定の側面を象徴化していた。［ドイツの］著名な批評家であるヘルベルト・イェーリングは、一九三〇年のベルリンでの『吼えろ、中国!』の上演評で、この作品と『査察官』（一九二六）のエピソード的な形式に関して、「ほとんどレヴュー劇」の様式と呼んで、悪意ある批評をしている。[30]

エピソード的で、絵画的、連想的、考える観客の創造をめざすそのような様式は、一九三九年六月にメイエルホリドが逮捕され〔翌四〇年二月に〕殺害されたことで、最終的に息の根を止められた。「小さな台の皿に取り分けて」俳優を「給仕する」ことのできたこの魔術師のごとき演出家は、そのような演劇的もてなしを供することが、もはやできなくなったのだった。

註

（1）Rudnitsky, Konstantin. *Meyerhold the Director*, ed. Schultxe, Sydney (Ann Arbor, Mich.: Ardis, 1981), pp. 316–321.

（2）Braun, Edward. *The Theatre of Meyerhold: Revolution on the Modern Stage* (New York: Drama Book Specialists, 1979), p. 197.

（3）メイエルホリドは、その出来事がより普遍的で今日的に感じられるように、『査察官』のロケーションを小さな町から市に変更した。

（4）Lavrin, Janko. "Foreward," *N. Gogol, The Government Inspector*, trans. Campbell, J. D. (London: Wm. Heineman, 1953), p. 18からの引用。

（5）マージョリー・フーヴァーは、フレスタコフのベーグルは、母アンナ役のヘレーネ・ヴァイゲルが上着につけていた木のスプーンと象徴的な平行関係にあるとしている。どちらの場合も、それを身につけている人々の収まらない食欲を象徴している。Hoover, *Meyerhold: The Art of Conscious Theater* (Amherst: University of Massachusetts Press, 1974), p. 266.（ブリューゲルの絵画『放蕩息子』もやはり上着に木のスプーンをつけている）。

（6）Rudnitsky, *Meyerhold the Director*, p. 391.

（7）Meierkhol'd, *Stat'i, Pis'ma, Rechi, Besedy*（以下 SPRB）2 (1925), p. 110.

（8）Braun, *Meyerhold on Theatre*, p. 216.

（9） *SPRB* 2 (1927), p. 143.

（10） *SPRB* 2 (1925), pp. 85, 88, 94.　メイエルホリドはジナイダ・ライフが「前演技」という言葉を生み出したと言っている。

（11） Garin, *S Meierhol'dom: Vospominaniia* (Moscow: Iskusstvo, 1974), p. 21.

（12） *SPRB* 2 (1931), pp. 253–254.

（13） Fevral'skii, Aleksandr V. "S. M. Tret'iakov v teatre Meierhol'da," Tret'iakov, Sergei. *Slyshish', Moskva?!*, ed. Mokrusheva, G. (Moscow: Iskusstvo, 1966), pp. 200–202.

（14） Rudnitsky, *Meyerhold the Director*, pp. 462–467.〔『風呂』は、メイエルホリドが上演するより前の一九三〇年一月三〇日に、レニングラードの国立人民会館で初上演されている。〕

（15） 『風呂』の引用はすべて次の文献に依拠している。*The complete Plays of Vladimir Mayakovsky*, trans. Daniels, Guy. (New York: Washington Square Press, 1968), pp. 226, 228.〔『風呂』の邦訳は『マヤコフスキー選集Ⅱ』小笠原豊樹・関根弘訳、飯塚書店、一九七三年に収録。〕

（16） *SPRB* 2 (1934), pp. 56–57.

（17） *SPRB* 2 (1934), p. 297.

（18） *SPRB* 2 (1927), p. 158.〔メイエルホリドは次のように言っている。「私はハムレット役を同時に二人の俳優にやらせようと思いついた。そして、一人に役のある部分を演じさせ、もう一人に別の部分を演じさせる。こうして次のような場面ができあがる。一方のハムレットが〈生きるべきか、死ぬべきか〉と言い始めると、もう一人が彼を遮って〈そりゃ俺のモノローグだ〉と言い、熱弁を始める。前者は言う。〈さあ、俺はしばらく座ってオレンジを食おう。君は先を続けてくれ〉と」。〕

（19） *SPRB* 2 (1934), pp. 297–298.

（20） Rudnitsky, *Meyerhold the Director*, p. 537.

（21） *SPRB* 2 (1936), p. 379.

（22）*SPRB* 2, p. 369.〔『ベストセレクション』二一〇頁〕

（23）*SPRB* 2 (1925), pp. 66–68.

（24）*SPRB* 2 (1925), p. 80.

（25）*SPRB* 2 (1933), pp. 274–275.〔『ベストセレクション』二八九頁〕

（26）*SPRB* 2 (1930), pp. 235–236.〔『ベストセレクション』二七二 - 二七三頁〕

（27）*Meyerhold at Work*, ed. Paul Schmidt (Austin: University of Texas Press, 1980), p. 63.〔邦訳はイリヤ・エレンブルグ『わが回想——人間・歳月・生活（第3巻）』木村浩訳、朝日新聞社、一九六九年、四四一頁〕また、この本には、メイエルホリドの訓練用エチュードの一つ「弓を射る」について、教え子エラスト・ガーリンの回想に基づいたわかりやすい描写がある（pp. 37–39）〔邦訳はエラスト・ガーリン「ビオメハニカ——メイエルホリドとともに」、『ロシア・アヴァンギャルド2　テアトルII　演劇の十月』浦雅春ほか編、国書刊行会、一九八八年〕。

（28）Braun, *The Theatre of Meyerhold*, p. 168.〔『メイエルホリドの全体像』一八一頁／『メイエルホリド　演劇の革命』二三四頁〕

（29）Reich, Bernhard. "Meyerholds neue Inszenierung,"〔メイエルホリドの新しい演出〕*Die literarische Welt*, 18 (1928).

（30）Ihering, Herbert. *Von Reinhardt bis Brecht: Eine Auswahl der Theaterkritiken von 1909–1932*〔ラインハルトからブレヒトまで——一九〇九 - 一九三二年の劇評から〕(Reinbek bei Hamburg: Rowohlt, 1967), p. 313.

第四章　「これ見よがしのプロレタリア的なみすぼらしさ」

ブレヒトが初めて演出した『イングランド王エドワード二世の生涯』

ブレヒトが演出家として実質的に初めて完遂した仕事は、古典テクストのラディカルな改作における最初の経験でもあった。ブレヒトと共作者のリオン・フォイヒトヴァンガーにとって幸運だったのは、彼らが選んだ作品、クリストファー・マーロウ原作の『エドワード二世』〔一五九二年ころ〕が、ドイツでもイギリスでもさほど有名ではなく、人気作でもなかったことだ。無名の外国作品を選んだことで、少なくともブレヒトたちは、メイエルホリドが国民の遺産に手を入れるたびに被ったような攻撃を免れた。まず何より、タイトルを『イングランド王エドワード二世の生涯』に変えたのは、ブレヒトがこの戯曲の叙事的な特色を強調したいためであった(1)。

『イングランド王エドワード二世の生涯』は、多くの点でマーロウの原作とは異なっているが、全体のプロットは原作に従っている。ただし、ゆるやかで年代記的な記述に、主として編年史家ホリンシェッドの記述に基づいている。この新しいブレヒト＋フォイヒトヴァンガー版は、エドワード一世逝去直後の一三〇七年のロンドンで始まるが、新しい王は、亡き王や国の貴族たち、枢機卿たち、妻アンナ女王の願いを無視して、恋人のダニエル・ギャヴェストンを亡命先のアイルランドから呼び戻す。単なる肉屋の息子にすぎないギャヴェストンに対して、王エドワードはその情愛を見せつけるだけでなく、彼を宮内長官、大政官、コーンウォール伯、マン島提督、コヴェントリーの大修道院長と、高位高官の地位へと昇進させる。マーロウの原作にあるように、歴史的には、ギャヴェストンは高貴な生まれとはいえないけれども、騎士の息子で、郷紳《ジェントルマン》であった。王の寵臣を肉屋の息子にすることで、ブレヒトはギャヴェストンの敵に、彼を憎み、その追放を要求するより強い動機を与えた。廷臣たちの追放要求をエドワードが拒否することによって、内戦が始まるのだ。ロジャー・モーティマー伯の率いるこの戦争は長引き、結局ギャヴェストンは暗殺され、エドワードは逮捕される。牢獄から牢獄へと回され、エドワードはこのうえないほどの残忍で屈辱的な仕打ちに耐える。マーロウの原作と同様に、エドワードの性格は屈辱を受ければ受けるほど強くなる。その意志は、敵どもが彼をロンドン塔のすぐ下の汚い下水に投げ込んだときでさえ挫けない。その間に、エドワードに拒否された妻のアンナは、モーティマー伯の情婦でかつ共犯者になっている。若き王子エドワード三世の後見人として、アンナとモーティマー伯は王国を統治し、ついにはエドワード二世殺害の手筈を整える。父親の非業の死の知らせを受けた若きエドワード王子は、貴族たちを味方につけてことを起こし、モーティマー伯の死刑を執行する。

つまり『エドワード二世』のブレヒト＋フォイヒトヴァンガー版は、原作の照準を絞り込むと同時に拡大している。一方では、ホリンシェッドのまとまりのない話を、人物や事件を切り捨てたり組み合わせたりすることによって、戯曲として洗練させたマーロウのやり方を踏襲している。他方では、筋の時間的な広がりを復活させた。ホリンシェッドは二三年間（一三〇七－一三三〇）の間に起こったエドワードの生涯における事件を記録している。マーロウはこの時間の長い経過を切り捨てて、すべての事件が約一年の間に起こる戯曲に仕立て上げた。ブレヒト＋フォイヒトヴァンガー版は一九年間（一三〇七－一三二六）にわたり、一連のエピソードに分けられて、それぞれに事件の起こる年月、曜日や場所などの情報が見出しとして付けられている。ときおり登場人物たちはお互いに重要なデータを確認し合う。たとえば、王女アンナはうろたえるエドワードに、「今日は木曜、ロンドン」と告げる。

　ブレヒト＋フォイヒトヴァンガーの改作は、全体としてマーロウのテクストを凝縮する傾向にあるが、ギャヴェストンが自分の遺言を作成する場面や、その他に、短かすぎて「抒情的な句読法」以上のものとは言い難いような場面を付け加えてもいる。「薄闇のなかにきらきら光る武器を抱えて進軍する一団の兵士しか見えない。まったく意味の理解できない外国語のとりとめのない歌が聞こえてきて、その場面は終わる[2]」。

『イングランド王エドワード二世の生涯』を書いたとき、ブレヒトはまずマーロウのヤンブス（短長格）の韻文を処理しなければならなかったと回想している。シュレーゲル＋ティークによる旧訳のシェイクスピアの、でこぼこで粗く、難しい詩句のほうが、ロートのスムーズで流れるような翻訳よりもずっとパワフルだ、と考えたブレヒトは、『イングランド王エドワード二世の生涯』の会話を、登場人物の矛盾する感情を反映させるために、不完全な詩句で書こうと決心した[3]。このころのブレヒトはまだマルクス主義者ではなかったが、彼の回想によると、社会的な不公正は自覚していて、それを戯曲の形式的な構成のなかに反映させようと思った。その不規則な韻が、彼の従来の詩学の慣習への反抗と、人間関係の暴力性と矛盾を表現したいという二つの欲求を示せるように要求した。[4] ブレヒトはこの不完全な詩句を自分の手柄にしているが、実は不規則な韻のアイディアはフォイヒトヴァンガーによるもので、彼がブレヒトに辛抱強くそのテクニックを教えたのだ、という証拠もある。[5]

演出に際しては、ブレヒトは手の込んだ立派な宝石とか毛皮とか王冠とかいった装飾を嫌ったが、まったく抽象的な装置も望まなかった。その結果、「縁日の小屋掛け芝居か、モーリタート［殺しや事件を唄う大道演歌］をやるときのような」[6] 単純なセットができあがった。カスパー・ネーアーの装置と衣裳は、「さまざまに異なるイメージを結び付けるような、薄い額縁のような奥舞台を使ったモノトーン」[7] で、そういう装置や、帆布で作ったシンプルな衣裳は、メイエルホリドの象徴的な演出を思い起こさせる。ある場面で使われた舞台高くに組まれた狭い歩道橋のような装置は、後期の作品『コーカサスの白墨の輪』の主要な部分をなす、あの倒れそうな橋の場面に先駆けている。

トーマス・マンの劇評

トーマス・マンはミュンヘン室内劇場で、この『イングランド王エドワード二世の生涯』を観ている。マンの眼には、この切り詰めた飾り気のないスタイルは、「意識的な出し惜しみ、これ見よがしのプロレタリア的なみすぼらしさ……薄汚い間に合わせものの極致」と映った。おそらくマンは、ソヴィエトからの影響に気がついて、ブレヒト＋ネーアーの舞台を「演劇におけるプロレトクリトの一種」と呼んだのだろう。[8] エドワード王の愛人ギャヴェストンは、粗末な麻のコートを着て、顔は王の玩具で道化であることを示す、アルレッキーノのようなメイクをしていた。家臣たちは、そうした根本的な腐敗を象徴する「黄色と緑がかった顔」を冷笑する。[9]

『イングランド王エドワード二世の生涯』は、その他の点でも、とくに挿話《エピソード》のタイトルの使用や身振《ジェスチャー》りにおいて、ソヴィエトのアヴァンギャルド演劇との類似性を示している。それぞれの挿話の前に示されるタイトルは、日付や場所、前の挿話以後に起こったこと、これからのシーンで起こることについての正確な情報を与える。たとえば、「一三一一年五月九日、エドワード王が寵臣ギャヴェストンの追放令への署名を拒絶してから、一三年の歳月が経っている。ウエストミンスター」[10]。これらのタイトルは「新聞売りのように大声を張り上げる、絵描きの着るような汚い上っ張り姿」[11]の俳優によって知らされる。場面のタイトルがせりふによってではなく、映写幕によって示されるのが当たり前になるのは、ブレヒト後期の作品になってからだ。

身振りへの関心と音楽の使い方

のちのブレヒトの仕事にとってきわめて重要となる身振り《ゲストゥス》〔英語原文ではジェスチャー〕への関心は、『イングランド王エドワード二世の生涯』においてもすでに顕著だった。たとえば、絞首刑に付き添う動作を、彼は俳優たちに正確に示させている。ギャヴェストンは「熟練の技で首を吊られなければならない」とし、あるいはうわべはエドワードに忠実な家来のバルドックが、エドワードに白いハンカチを差し出すことによって主人を敵に売る場面で、ブレヒトはバルドックを演じる俳優に、「陰険な身振り、謀反人の身振りを示すこと、観客に、謀反人はどうふるまうかを見せなければならない。それが大逆だということを観客が見て取れなくてはならない！」[12]と指示している。

疲労と恐怖を表すために、太鼓のリズムに合わせて機械的に行進する兵士たちは、白塗りのメイクでまったく表情のない顔をしていた。[13] 垢まみれのヘルメットをかぶったこのイギリス軍のなかに、「一五五〇年［原文ママ］の悲惨が生きているだけでなく、ヨーロッパの世界戦争のすべての悲惨さが込められていた」[14]。

『イングランド王エドワード二世の生涯』の音楽は、筋を追うのではなく、筋を皮肉にコメントする要素としての音楽の使用、という方向への第一歩を示している。[15] エドワードがギャヴェストン追放の国会決議への署名を拒絶する張り詰めた場面で、彼は代わりにその布告をびりびりに引き裂く（マーロウの原作では、王は圧力に屈して署名するが、ブレヒトのエドワードは、生まれながらにより強情な人間である）。「かくしてイングランドは引き裂かれた」と大主教は宣告し、ランカスター伯が、「たしかにこれでイングランドに多くの血が流されることになろう」と付け加える。この公然の反抗がなされ、血みどろの内戦が予告された瞬間に、モーティマー卿は議会の秘密会議への歌を歌う。

　恋人たちがバノック橋で死んだとき、
イギリスの娘たちは喪服を着て嘆き叫ぶ、

アヘヴ・アホー！
イギリスの王様は少年鼓手に命じた。
バノック橋のやもめたちの声を終わらせろ、
そのスコットランドの音楽で。

ブレヒト＋フォイヒトヴァンガー版でマーロウ原作中の歌に照応するのは、この歌だけである。他の歌は原作に相応するものがない。『イングランド王エドワード二世の生涯』のモーティマー伯は、威厳があって理知的で学があり、皮肉で打算的、自分の高貴な地位も力も鋭く自覚している人物だ。その男が、議会に対してこの歌を歌う！　これほどまで奇妙にその場にそぐわない歌は他にはない。たとえば兵士たちが行進中に歌う歌とか、何ペニーかをもらいたいと、民謡歌手が歌うエドワードへの民衆のあざけりの歌などだ。もう一つの例は、権力争いの結果として生命を落とさなければならないのは一般民衆だ、という深い悲嘆の歌である。

エディはギャヴィを転がして、それで大忙し、
祈りたまえ、祈りたまえ、祈りたまえ。
そこでジョニーはバノック橋の沼地へ突撃、
祈りたまえ、祈りたまえ、祈りたまえ。

ブレヒトの改作・演出による『イングランド王エドワード二世の生涯』(1924年)

実際の舞台では、この「祈りたまえ」の歌は、印象的な場面の一部だった。一九二四年にこの舞台を観たマリールイーゼ・フライサーは、次のように記している。たくさんの小さな窓のついたボール紙で作られたロンドンの背の高い家々の模型、その窓が突然すべて同時に開いて、それぞれの窓に頭が表れ、同じ連禱《れんとう》のあの言葉を繰り返す。「祈りたまえ、祈りたまえ」。祈りはさらに王に対する威嚇的な告発となる。最後の「不気味な」リフレインのあとで、「窓はバタンと鋭い音を立てて閉められる」(16)。

『イングランド王エドワード二世の生涯』は、演劇の総合的なモンタージュ作業のなかで、音楽をその部品として用いるというブレヒトのテクニックの最初の表れだった。クルト・ヴァイルという決定的な協力者を得て、この工夫はその後の『三文オペラ』で輝かしい成果を上げることになる。ブレヒトにいわせると、『三文オペラ』での最も賢明な確信は、言葉を他の要素と鋭く切り離し、少人数の楽団を舞台に乗せて、観客から完全に見えるようにして演奏させたことだという。(17) 実際は、『三文オペラ』の舞台上のジャズバンドや映写幕、音楽の無愛想で皮肉な用い方、位置を変えるスポットライトなどはすべて、それ以前に『トラストDE』や『森林』のようなメイエルホリドの仕事ですでに試みられていた。『三文オペラ』は、ルナチャルスキーが解釈したように、技術的にはソヴィエトのプロやアマチュアの演劇ではすでに当たり前になっていた手法の模倣だった。

一九四九年にブレヒトが演出した『母アンナの子連れ従軍記』（音楽はパウル・デッサウ）においては、楽団を舞台の低い位置に入れ込んで、旗を立て、にわか作りの桟敷から提灯で照らし出すことによって、歌《ソング》は他の芝居の部分からは切り離されて歌われた。ミュージシャンは舞台の隣のボックスに座っていた。『母アンナの子連れ従軍記』で用いた工夫を記述するのに、ブレヒトはしばしばモンタージュの語を用いて、それをイリュージョン破壊を助ける方法と名付け、音楽の部分は〈挿入〉と呼んでいる。(18)

逆に一九五四年の『コーカサスの白墨の輪』での歌《ソング》は、会話を中断し、挿話《エピソード》を導くように使われているものの、劇の進行に不可欠な部分であり、アイロニカルな対比としては使われていないように見える。グルシェ役のアンゲリーカ・フルヴィッツは、グルシェが恋人と出会う場面で、ナレーターが歌っている曲の内容に、俳優たち二人が「ほとんど正確なパントマイムで」付いていったことを語っている。俳優によってマイムで表現される感情に歌手が声を与え、ソングと身振りが滑らかに一体となって飛んでいく。(19) しかし重要なのは、その他の点でブレヒトは、『母アンナの子連れ従軍記』においても、一九二〇年代のモンタージュ演劇の創意工夫の多くを保持していたということだ。たとえば、

ブレヒト演出『母アンナの子連れ従軍記』（1953 年）

金持ちや権力者を示すグロテスクなマスクや衣裳、素早い場面転換を多用した高度にエピソード的な構造、誇張したポーズや身振りを用い、複数の役を演じる才能を誇示する俳優たち等々[20]。

『イングランド王エドワード二世の生涯』には、トーマス・マンの注目と顰蹙を買ったもう一つの奇妙な工夫がある。針金に張られたカーテンだ。近代以降の舞台で伝統的な幕の代用品としてそのようなカーテンが使われたのは、おそらくこれが初めてだっただろう[21]。トーマス・マンには「内輪の恥さらし」のように思われたこの工夫は、ブレヒトを大いに満足させたらしく、以後、彼の多くの作品で用いられる不可欠な要素となった。伝統的なあの重い緞帳カーテンは、芝居を切り刻んでしまうとブレヒトは主張した（芝居を切り刻むことを好んだ人物にしては奇妙な異議だが[22]）。この半幕〔俗に「ブレヒト幕」といわれる〕を好む理由として、ブレヒトが、このほうが場面転換とか、幕の背後で行われる仕事が、部分的にせよ観客に見えるからだ、というのはいささか疑わしい。[23]半幕越しにでも見えるほうがいいとするのなら、視界を遮るものなど何もないほうがずっと教育的であるはずだ。軽いカーテンのほうが戯曲の「独特な精神」を示しやすい、というブレヒトの主張のほうがはるかに説得力がある。『プンティラ旦那と下男マッティ』では粗いリンネルのように見える素材の、〔レンツ原作／ブレヒト改作の〕『家庭教師』ではシルクのような、『母アンナの子連れ従軍記』では黄色のレザーのようなカーテン幕が使われ、〔ハウプトマン作の〕『ビーバーの毛皮のコートと放火犯』では、カーテン幕にプロシア貴族のカラフルなカリカチュアが描かれていた。[24]

ブレヒトにとっての『査察官』

一九二六年にゴーゴリがその墓からよみがえって、メイエルホリドがその芸術的活力の絶頂において『査察官』のテクストと上演スタイルに対して行ったことを観たとしたら、さぞ驚いたことだろう。マーロウの霊が、一九二四年にミュンヘン室内劇場で『イングランド王エドワード二世の生涯』を観たとしたら、もっと仰天したかもしれない。いわばこの作品は、創造的改作という芸術におけるブレヒトの習作期間の仕事で、彼自身もその結果に満足していたことだろう。改作という挑戦とその問題は、ことに古典の改作は、一九二〇年代から最晩年に至るまで、ブレヒトの演劇論の主要部分を形成することになったのだから。『真鍮買い』の対話のなかで、〈ドラマトゥルク〉とよばれる人物が、シェイクスピア演劇の芸術的実験の素晴らしさについて敬服して語っている。〈ドラマトゥルク〉によれば、演劇における実験というのは、まずは戯曲の改作を意味し、しかも一度ならずたびたび、おそらくは継続的に行われた。改作は冒瀆どころか活力なのだ。[25] 要するにブレヒトは、作家というのはその時代の演劇の技術やテクノロジーに合わせて書くのであって、それゆえ、後年の演出家の創造性を挑発している、というメイエルホリドの主張に同意しているのだ。〔たとえば〕モリエールの『ドン・ジュアン』を演出したいという人々に対して、ブレヒトは作品を綿密に読むと同時に、モリエールの時代についての記録やモリエールの時代との関係と併せて研究するように助言している。[26] 俳優にも演出家にもブレヒトは、こういうアプローチの仕方を勧めた。戯曲テクストの本質的な意味は、テクストとそのテクスト独自の特徴、およびその作品が書かれた時代を研究することによって見つけうると考えていたからだ。[27] 面白いことに、メイエルホリドが一九一〇年に初めて『ドン・ジュアン』を演出したときも、彼はそれとほとんどまったく同じやり方を適用し、他の演出家にもこの方法を勧めている。『ドン・ジュアン』というのは、一七世紀フランスの演劇的かつ歴史的な雰囲気と、その時代とモリエールの関係を観客が感じられなければ、その妙味が鑑賞できないような作品の一つなのだと、メイエルホリドは主張した。そういうことを感じさせてくれないと観客は退屈する、と。メイエルホリドは、モリエールの伝記や、作品がどんなふうに上演されたのかを調べ、その知識を『ドン・ジュアン』の演出に用いた。[28]

一九五〇年代〔の東ドイツで〕、自らの古典劇改作〔とくにゲーテの『ウルファウスト』〕の弁護において、そしておそらく反形式主義キャンペーンに対しての自己弁護の必要もあってか、ブレヒトは、古典テクストの演出を面白くするために、テクストとは本質的に関係のないような形式主義的手法を使った他の（不特定の）演出家たちを批判した。ブレヒトは、形式主義者代表であるメイエルホリドの名前は挙げていないものの、改作者たる演出家は、テクストの本質的な社会的・政治的思想を用い、劇作家の核となる思想を示すためには、どんな芸術的方法を使ってもいい、というメイエルホリドの考えを繰り返している。ブレヒトの『ウルファウスト』に関するエッセイには、形式主義者の実験は芸術的には破壊行為だという表明を除けば、メイエルホリドが難癖をつけそうな部分はまったくない。(29)

ブレヒトが結果として弁明しなければならなかったアヴァンギャルドのもう一つの手法は、俳優の絵画的配置だった。プシビシェフスキ作の『永遠のおとぎ話』の演出に関する文章でメイエルホリドは、階段上にシンメトリーに並ぶ見分けのつかない「貴族たち」を使って、俳優たちを舞台上に絵画のように配置したことについて詳細に論じている。それ以外の場面では、社会的・政治的な関係に応じて対比されるグループに分けられて、演者たちは慎重に配置されていた。(30)この種の絵画性は、演出家としてのごく初期から活動の最後まで、メイエルホリドの様式を象徴するものであった。コミサルジェフスカヤ劇場で演出家として仕事をしている間（一九〇六‐〇七）も、ボッティチェッリやメムリンク等の絵画の印刷を、俳優の身振りやグループ化の基礎として稽古に持ってくるのを彼は習慣としていた。(31)ブレヒトの理論や実践は、画家の構成技法を舞台に移し替えるのにブレヒトが熱心だったことを示しているものの、何人かの形式主義的演出家たちに対しては、絵画的な効果が劇の筋には意味がないとして、その絵画的な配置を現場で否定している。(32)一九五三年にブレヒトは、舞台のグループ化は自然であり絵画的でもあるように見えなくてはいけない、と書いている。それは、グループ化を人生におけるように偶然に見せようと試みるべきではない、という以前（一九三五‐三六）の宣言の方針を戦略的に保つものであった。(33) 形式主義的な舞台美術に対する東ドイツの公的な圧力にもかかわらず、一九五四年のベルリーナー・アンサンブルの『コーカサスの白墨の輪』上演のプログラムでは、ブリューゲルの『狂女グレーテ』がグルシェのモデルであることを示していた。(34)

　戦後のブレヒトによる自らの様式への弁護は、一九三一年ころにはじまったモダニズム芸術の合法性をめぐる論争の継続だった。ゲオルグ・ルカーチは、〔亡命先の〕ソ連時代からモダニズムへの攻撃を主導していた。ルカーチは影響力のある批評家で、一九三〇年代には政治的なスターとして支配的な勢力だった。ルカーチからの敵意ある批評は、不幸な芸術家の逮捕か死すらも意味しえた。モダニズムをめぐる論争の主要な部分は、一九三六年に『ダス・ヴォルト』誌上で、表現主義対リアリズムの論争として行われた。ブレヒトはベンヤミンとの対話や『作業日誌』のなかで、激しくルカーチを攻撃している。『ダス・ヴォルト』編集部にはもっと柔らかい調子でこの論評を送ったが、この論評が発表されることはなかった。事実、ブレヒトの形式主義／リアリズム論争への発言は、二〇年も三〇年も後になるまで、あるいはブレヒトの死後もなお公表されなかった。(35)『ダス・ヴォルト』誌での論争の先駆けとなったのは、『国際文学』誌に掲載されたルカーチの論文「物語か記述か」で、「とりわけ、トレチヤコフの〔記録〔ドキュメント〕〕小説に批判の照準が当てられて」いた。(36) トレチヤコフは一九三七年に逮捕され、一九三九年に処刑されたようだ〔現在では一九三七年逮捕、その直後に処刑されたという説が有力〕。

　死後に発表されたルカーチへの返答のなかでブレヒトは、ルカーチ自身が（一九世紀の何人かの作家の作品から抽出した）形式的な基準をリアリズムの定義に当てはめているのだから、彼こそ一種の形式主義者だとほのめかしている。ブレヒトにいわせれば、真実はさまざまな様式で表現可能である。[37] ブレヒトは、ある作品がリアリスティックかどうかを判断し得る基準、創造上の自由を十分に認め、マルクス主義の立場からも受け入れられる、あるいは社会主義リアリズムのレッテルの下にも多くの様式を入れ込み得るような基準を提案した。たとえば、演劇において何がリアリスティックで何がリアリスティックでないかを決めるに際して、その手段（戯曲の内容や上演様式）は、それが社会的に望ましい目的を満たしているかどうかによって判断されるべきだと提議した。ブレヒトは、ルカーチのモダニズム批判の批評基準はエリート主義者かブルジョワのものであると言外に匂わせつつ、プロレタリアの観客の前に見慣れない様式をもちだすことを恐れる必要などないと主張した。インテリは、自分が労働者のための芸術の最上の裁判官だと思っているかもしれないが、労働者の側は、仲介者など必要としていないのだ。芸術家と労働者は直接に対話できるのだから。[38]

ブレヒトとメイエルホリドの共通項

ブレヒトは、メイエルホリドが「叙事的に冷たい」演技スタイルと呼んだものについて、かなり詳細な記録を残している。イェスナー演出の『オイディプス』において、ヘレーネ・ヴァイゲルがイオカステの侍女として、自分の女主人の死体を発見し、その怖ろしい光景を報告するために舞台に駆け込んできたとき、彼女はそのことを感情をこめずに叫んで知らせた。侍女の白塗りの顔と身体的な身振りだけでショックを表現していた。[39]

このように役から感情を遠ざけることこそが、ブレヒトが自分の俳優たちに求めたものだった。ブレヒトは俳優に、たえず自分が会話や出来事を観客に示し、引用し、繰り返しているにすぎないのだということを心にとめていれば、役のなかに没入することを避けられるはずだと助言した。そのようにして、俳優も観客も催眠術にかけられることを拒否するのだと。『真鍮買い』の哲学者は、役への準備として俳優が登場人物に感情移入することを反対はしていない。しかしそれは、感情移入が最終的に不要となるか、少なくとも最小限にとどめられる限りにおいてであった。[40]

メイエルホリド同様、ブレヒトも、スタニスラフスキーの俳優教育の方法、俳優と役との心理的距離を取り去ることをめざすシステムに反対している。ブレヒトはスタニスラフスキーの訓練（帽子がねずみになったふりをするというような）を小バカにしていたけれど、彼が俳優のために考えた訓練はおそらく、スタニスラフスキーの弟子が考えたようなものと、そう隔たってはいないだろう。つまり、洗濯するふりをするとか、聖書の場面を演じてみせるとか。ただしブレヒトは、俳優が語句を自分の生地の方言や、あるいは三人称で稽古することを奨励した。また、俳優には自分の身体をきちんとコントロールすることが必要だから、体操のトレーニングも勧めた。しかし、この点に関する彼の提言は月並みで、メイエルホリドのように一貫した身体訓練のシステムを発達させようとはしていない。むしろブレヒトは、俳優訓練において身体性を過度に強調することを戒めていた。[41] ロシア風の俳優訓練は、自発性という幻想を創り出すもくろみだという、ことのついでの言及には、いささか侮るようなニュアンスがある。[42]

ブレヒト演出『プンティラ旦那と下男マッティ』(1948年)

それにもかかわらず、ブレヒトの劇作家としての成熟した才能は、彼の距離化の理論との食い違いを見せる。一九三〇年代末からブレヒトは、あの巨人的な人物像を創造しはじめた。プンティラ、ガリレオ、母アンナ、シェン・テ、アツダク……彼らは観客の感情を否応なしにかき乱す。『プンティラ旦那と下男マッティ』の演出(一九四八)に際してブレヒトは、プンティラを演じる俳優が酔っぱらった場面で、あまりに生き生きとして観客が魅惑されてすっかり引きずられてしまい、その批判能力を失うことのないよう気をつけるようにと助言している。[43]

理論と実践を一致させるために、ブレヒトは晩年には、叙事的演劇と感情移入は互いに相容れないという考えに異議を唱えた。対極にあると見えた、指し示すことと体験することが、俳優の演技のなかで一体となるという弁証法的なアプローチを主張したのだ。[44] たとえそうだとしても、ブレヒトが(少なくとも理論において)つねに推し進めてきたのは、メイエルホリドの「叙事的に冷たい」演技だった。ブレヒトは俳優がせりふを、適切なト書き付きで、三人称かつ過去形で稽古するよう[45]、そして語句は散文かお国言葉で話すよう[46]、あるいは他の誰かがその役を演じるのをただ観察するように勧めている。稽古の初期においては、俳優の感情移入は重要だし、小道具や衣裳の助けを借りてもよかろうが、あとになったら、感情移入は、俳優が直観的演技から意識的で批判的な演技へ移るなかで消えていかなくてはならない[47]。

この感情主義の欠落は、ブレヒトの戯曲の会話にも当てはまる。感情的な軋轢が最高に高まった瞬間に、人物たちはお互い奇妙に様式的に語り合う。たとえば『コーカサスの白墨の輪』(一九四八)でグルシェとその恋人が再会する場面で、二人は川の両岸から礼儀正しく、話しかけあう。あるいは母アンナが息子の処刑を聞いたあとで語る、あの恐ろしいほど控え目な言い方、「あたしが値切りすぎたせいだと思うよ」。

ロシアの影響を意識的に扱った唯一のブレヒト論といえる著書のなかで、ジョン・フエギは、ブレヒトは「演劇実践において、一九三九年ころから、初期の理論が重視していたような演劇的手法から退却しているように見える」と書いている[48]。しかし、彼の戯曲のテクストそのものや、舞台写真、ブレヒトの稽古のやり方についての報告などから判断するかぎり、彼の初期の叙事的演劇の理論から顕著な相違があるとは思えない。『母アンナの子連れ従軍記』や『コーカサスの白墨の輪』におけるテクストや舞台化における様式化の程度は、(戦前のスタイルに比べればかなり見慣れたものになっているとはいえ)上演時の極度に保守的な文化的雰囲気を思えば、驚くべきことだ。要するにブレヒトは、自分の仕事を創造することを望んだのだ。一九三九年以降の転換は、叙事的な様式やグロテスクさ、非感情的な会話、抽象的舞台装置、つまり登場人物たちを取り囲む完全に様式化された枠組みにもかかわらず、観客の同情をも引くような、実物以上の登場人物像を造形するブレヒトの新しい力のなかにある。

控え目な演技を好み、感情移入嫌いであったことを考えれば、メイエルホリドとブレヒトの両者が、演技の理想を中国人俳優、梅蘭芳の名人芸に見出したのは驚くに当たらない。ブレヒトは一九三五年にモスクワを訪問した際に、少なくとも二度は梅蘭芳の演技を観ているはずだ。「おそらく梅蘭芳一座をモスクワに招聘した人々とともに（トレチャコフ、エイゼンシテイン、そしてたぶん、メイエルホリドその人もいたと思われる）」(49)。マチネーで梅蘭芳は、ふつうの西洋風の衣裳のままで、彼の演目のなかの女形をいくつか演じてみせた。ブレヒトは、示されるもの（女の役）と示すもの（梅蘭芳）という二つの姿がはっきりと見て取れた、とメモしている。その夜に梅蘭芳は同様の演技を、今度は女形の衣裳とメイクをつけて演じた。演じ手はほとんど（完全にではないが）姿を消していた。ブレヒトは、俳優たち（梅蘭芳とその一座）が「二重に見せる」芸をマスターしていると感じた。俳優その人自身が、演じられる役と、その芸を見せる演者としての俳優の三人の人物がたしかにそこに存在していた(50)。ブレヒトが異化効果について書く最初のきっかけとなったのは、この中国人劇団によるモスクワ公演だった(51)。

ブレヒトは、人生において異化がどのように機能しているかという例も挙げている。たとえば義父があなたの人生に入り込んで来て、突然、自分の母親をある男の妻として見ることになる。あるいは法の執行吏が、あなたの先生の一人を逮捕する。そんなことが起こると、出来事や人々は、今まで考えていたのとは突然違ったものに見えてくる。しかしこの違ったものへの変化が、結局はより深い理解をもたらすことになる。芸術の目的は、見慣れぬものに対するさまざまな工夫を用いて、観客に追認のショックを与えることにあると。[52]

ロシア・フォルマリズムの理論と遠く響き合いながらブレヒトは、古いリアリズム演劇では、観客にその手法が気づかれてしまうと、異化効果は「欠点」として表れてしまうと記している。ブレヒトが「アリストテレス演劇」とよぶことにした演劇においては、手法の意図しない暴露は失敗としてひどく嫌がられたが、それは、トリックが使われるべきではないからではなく、トリックが機能しなかったからなのだ。ブレヒトが主張したのは、自分の様式は目的をもって演劇的手法を明らかにする、ということだった。[53]

ブレヒトは、一九三〇年代末までは〈異化〉という言葉は用いなかっただろうが、そのアイディアはごく初期のころからもち続けていた。一九二〇年に書かれた日誌では、マリネッティに触発されたというメイエルホリドの一九二一年の記述を先取りしている。つまりブレヒトは一九二〇年の日誌で、悲劇的な場面においても、舞台で感情的な場面を冷静にするテクニックを提議している。もし一つの劇場を任されたら、二人の道化を雇って、休憩中に現れて、その芝居や主人公たちや上演スタイルをからかうようにさせようというのだ。[54]「観客はギリシアのタウリスにいるのではなく、劇場にいるのだということを教えるような舞台装置のほうが、今日では重要」なので、一九三九年ころには、一番いいのは舞台機構をみんな見せることだと言っている（一九〇六年にメイエルホリドがブローク作の『見世物小屋』を演出したときには、舞台機構の暴露でペテルブルグの観客の喝采を浴びた）。トレチヤコフは一九二三年のエッセイ「フセヴォロド・メイエルホリド」で、演劇芸術における重要な転換のいくつかをメイエルホリドの功績としている。とりわけ、観客を「偶然の寄せ集め」から、「上演に相互に作用し合うたしかな集団」に変えたこと。ブレヒトが一九三一年にトレチヤコフと会った直後に、彼のいう「弁証法的」あるいは「新しい」ドラマ[55]に、上演と相互作用しあう生産的な観客「集団」を考え併せたのは、単なる同時発生的な一致ではないだろう。たまたま同じ劇場に居合わせて楽しませてもらうのを待つ、適当に集まったふつうの観客ではなく、目的をもった演劇のエキスパートたちの共同体が生まれるだろうと。[56]

ブレヒトが望んだ新しい演劇は、ある特有の美的な土台をもったよりよき社会を奨励する演劇といえよう。この考えは、多少のヴァリエーションを含みながらも、演出家としても劇作家としても、終生揺るがぬものだった。この新しい演劇の最も重要な手法は、モンタージュや芸術的諸要素のそれぞれの完全な分離という考え、また、知的に敏感で理性的で感応力のある観客との尽きることのないコミュニケーションとしての芸術という概念と関連していた。

モンタージュは、次のようなブレヒト的作品の特徴を可能にした。たとえば挿話的な構造、写実と抽象の独特な対比、仮面、誇張法、音楽のアイロニカルな使用。ブレヒトは少なくともメイエルホリドと同じくらい、断片化のテクニックを重視していた。その目的と効果についても広範に書いている。戯曲は挿話的であるだけでなく、その挿話が観客にははっきりとその「継ぎ目」がわかるように、つなぎあわされていなければならないと述べている。観客が自覚なく舞台上の筋に引きずり込まれるのを防いで、知的に自由に、自分自身の判断を下せるようにするためである。[57]

ブレヒトの『男は男だ』(一九二六)は、一一のタイトル付きの場面とさまざまな場所をもつそれぞれの挿話が短いストーリーになっている。一九三一年の上演では、舞台監督が台本を持って舞台上を歩き回り、場面のタイトルを読み上げた。[59]『アルトゥロ・ウィの抑えることもできた興隆』（一九四〇年代に書かれた）では、挿話が素早い展開で次々と続き、各場面は違った場所で起こり、登場人物の組み合わせもたえず変化する。同じようなことが、ブレヒト戯曲のほとんどに見て取れる。『コーカサスの白墨の輪』では、この挿話的な処理はことに巧みになされている。最初の部分は、それに続く挿話の状況にはほとんど無関係に見える。しかしそれは、きわめて巧妙なやり方で絡み合っているのだ。『コーカサスの白墨の輪』のさまざまな挿話は、テーマ的に関連し合っているが、理論的には切り離して演ずることも可能だ。

『第二次大戦中のシュヴェイク』（一九四〇年代に書かれた）の構成は、挿話に分かれているというだけでなく、戯曲がさらにいくつかの地平に分けられている（上流、中流、下層、最下層）という意味でも断片化されている。上流地帯はヒトラーとその部下たちの軌道、中流地帯はプラハの街、下層地帯はナチ収容所とその審問室。そして最下層地帯はシュヴェイクとヒトラーが最後に出会うところ、スターリングラードへの道である。

動作（俳優の集団化、マイム、身振り、振り付け）や動作の技術に関する俳優訓練も、ブレヒト演劇のトレードマークである。有名なブレヒトの身振り《ゲストゥス》の理論は単なる身体的ジェスチャーをはるかに超えるもので、俳優と演出家が（そしておそらくはメイエルホリドが主張するように劇作家も）メイエルホリドが言うところの最も広い意味で動作の技術に達していなければ決して実現し得ないものだった。言葉を身体の動きと結びつけること、語句、色、俳優と事物の組み合わせ、こういう言葉以外《ノン・ヴァーバル》のものすべてが言葉が描かれるカンバスとして機能し、言葉だけでは意味し得ないものを表現する助けとなる。『真鑰買い』のなかで〈ドラマトゥルク〉は、メイエルホリドが何年も前にやったように、自然主義演劇は俳優の声や顔の表情のみに頼って、身振りや動作の技術を無視する傾向にあったと批判している。(60)

しかし、ブレヒト演出における俳優は、すべて人間というわけではない。つまり、事物も演じ手となり、それぞれに応じて表現主体となる。ブレヒト演出の『母』（一九三二）においては、小道具はきわめて制限され、はっきりと実際的な目的のあるもののみに限られた。事物が俳優となる。そうでない場合はまったく使わない。ブレヒトの『母』の装置の下絵《エスキス》は、メイエルホリドの構成主義的舞台を思い起こさせる。何本かの動かすことのできない背の高い鉄パイプが垂直に不規則な間隔で舞台に沿って置かれ、水平方向には何本かの可動式のパイプが、カンバスを吊り下げて止め付けられるようになっている。これで迅速な場面転換が可能となる。支柱のないドアがいくつか、垂直のパイプの間に吊られていた。ニューヨークのシアター・ユニオンが『母』を上演した際（一九三五）に、ブレヒトが気に入った数少ないものの一つが、モルデカイ・ゴレリークの装置で、ネーアーの装置に似ていた。(61)ゴレリークはそれ以前にブレヒトのことを知らなかったのだが、メイエルホリドの仕事については知っていて賞賛していたので、おそらくそのために、他のシアター・ユニオンの参加者たちよりも、ブレヒトのスタイルに合ったものになったのだろう。(62)

スクリーンやパネルは、ブレヒトとメイエルホリド両者の仕事の抽象的な背景の基礎として、一貫して用いられている。スクリーンは、映画の上映や、場面や挿話の素早い転換のためなど、舞台の絵を縁取るものとして使われた。その幾何学的な形は、その前に置かれたリアリスティックな小道具と対照をなす。この抽象とリアリズムの混合が『母』の上演においては重要な要素であったと、彼はシアター・ユニオンとの手紙のやりとりのなかで述べ、適切な「リアリズムと様式化の混合」を呼びかけている[63]。

メイエルホリドは、パネルを用いて舞台の後方部を遮断して、俳優や演じる場面を前舞台に押し出し、より観客に身近になるようにした。また、スクリーンやパネルの使い方は、一九二〇年代前半と後期の間のスタイルの変化に応じてさまざまに変わった。一九二四年までは、しばしば可動式のパネルを裸舞台と組み合わせた。観客には、劇場の器具があらわの簡素なレンガの後壁、舞台の「調理場」が見える。ソ連の批評家ボリス・アルペルスは一九三一年に、メイエルホリド劇場の観客は、むき出しのレンガ壁のほかは何もないといった、一九二〇年代にあまりに多くの論争を引き起こした裸舞台の作品をもはや観ることができなくなった、と報告している。白い漆喰の塗り壁は、たいていスクリーンや吊り物、そのほかの舞台装置で隠されていた。「息をのむような動きのダイナミズム」[64]のために、可動式の壁を使った『トラストDE』の舞台とは対照的に、『査察官』はメイエルホリドの仕事の新しい段階の幕開けとなった。可動式のセット、アクロバティックな俳優など、大きな舞台空間に適した大きな身振りといったものから離れ、逆の簡略化の方向へと転じた。据え付けられた重厚な衝立がバックステージとサイドステージの空間を塞ぎ、固定され、非常に限定された舞台だ。かつてのアクロバティックな俳優はおすましやに変わり、それぞれのエピソードは小さな活人画《タブロー》となる。様式的には、多くの点で、彼のごく初期の象徴主義時代の狭い舞台での「静的な演劇」への回帰だった。

パネルを多くの目的をもった背景の装置として使い、舞台空間を狭くするというテクニックは、ブレヒトがミュンヘンで演出家としてスタートを切ったころのドイツでは、すでに用いられていた。オットー・ファルケンベルグがブレヒトの『夜打つ太鼓』を一九二二年にミュンヘン室内劇場で演出したとき、彼は二メートルの高さのボール紙のスクリーンを、部屋の壁を表現するために使った。その後に様式化された部屋の景色が置かれる。(65) パネルは、室内劇場の狭い演技空間をさらに狭くし、その背後のキュビスム的な都会の景色は、前舞台のリアルなさえない家具類と対照的だった。ファルケンベルクの演出は完全に、ロシアの象徴主義とキュビスムの舞台デザインの影響を強く受けた表現主義のスタイルに従ったものだ。ブレヒトはこの演出に手は出さなかったものの、稽古には立ち会っていたようだ。(66)

『丸頭ととんがり頭』の舞台装置（一九三六）の素材を選ぶにあたって、ブレヒトは背景に羊皮紙でできたスクリーンを使った。これらのスクリーンは、昔の本を思い起こさせ、この寓話に古い物語のもつ力のいくらかを添えるためのものだった。一九三五年にモスクワのユダヤ人劇場が上演した『リア王』を観たとき、中世ユダヤ教のイメージを喚起する木製の仮神殿《タバナクル》のような、折りたたみのできる構造を作っていたのをブレヒトは賞賛している。(67) 小ぶりの小道具に見られる入念なリアリズムと、大ぶりな舞台装置の様式化の組み合わせを使ったカスパー・ネーアーの舞台美術のスタイルは、想像力を呼び起こす舞台デザインを好むブレヒトとうまく調和し、おそらく互いの展開を助け合ったことだろう。

ブレヒト演出による『母アンナの子連れ従軍記』（一九四九）のベルリン上演での装置は、一九四一年にチューリッヒで初演されたときのテオ・オットーの装置に基づいていた。舞台は帆布や木、ロープなどの自然の素材で覆われたいくつかの大きな固定パネルによって縁取られていた。牧師館とか農夫の小屋のような建物は、自然の素材が使われ、リアリズム的に作られていた。ただし、それは脚本の筋に関わると示された、あるいは暗示された建物に限られていた[68]。

ブレヒト演出『コーカサスの白墨の輪』(1954年)

『プンティラ旦那と下男マッティ』のときの装置を担当したのは、K・ヒルシュフェルトで、ブレヒトの抽象とリアリズムの混合の好みを反映していた。やはり様式化された背景は、今度は樺の木の皮でできたパネルによって構成され、その前に太陽や月や雲などが吊り下げられるようになっていたと、ブレヒトは満足げにメモしている。小道具と衣裳は、それとは対照的にリアリズム的だった。舞台に登場する幌車は、その前面部だけが組み立てられたが、ただしその部分は本物の素材で作られていた[69]。

『ガリレオの生涯』はブレヒトの傑作戯曲の一つで、しばしばブレヒト演劇における保守主義への回帰例として取り上げられる作品だが、その構成と舞台化は、ブレヒトが一九二〇年代以来好んでいた、モダニズム演劇のスタイルからそれほど外れたものではなかった。一九四〇年のロサンゼルスでの上演では、ブレヒトの密接な指示の下でヨーゼフ・ローセイが演出したが、観客が劇場にいるということを忘れないような、非再現的な背景装置を作家ブレヒトは要求している。(70) 対照的な家具やその他の小道具は、ドアも含めて、いつものようにリアリズム的でチャーミングでさえあるように要求した。衣裳は個性的で、ずっと身につけていたように見えなければならない。しかしこれらリアリズム的な小道具や衣裳は、その時代のものであるようにする必要はないとした。(71)

ボリス・アルペルスがかつて「社会的仮面」*として賞賛したものが、一九五四年以前はベルリーナー・アンサンブルでは隆盛をきわめていた。『コーカサスの白墨の輪』〔一九五四〕の舞台装置は高度に様式化されながら、しかし多くのリアリズム的なディテールを併せもっていた。(72) 吊り橋の主要な部分は現実に橋を接合するロープの一つのように、観客には見えた。だがこの本物のように見える装置は、きわめて非リアリズム的な小さな二つの崖の模型に取り付けられていて、その崖は布の背景幕の前に聳えていて、山の風景はこの背景幕の上にきわめて月並みな日本画のスタイルで描かれ、この書き割りの山は旗のようにひらひらはためいていた。

『コーカサスの白墨の輪』のブレヒト演出は、このように徹底して「社会的仮面」の演劇を思い出させるものだった。登場人物たちは彼らが身につけているものそのもので表された。『男は男だ』で白塗りの兵士の顔が彼らの恐怖を表していたように、あるいは軍曹の部分的な仮面の顔がその怖ろしい

＊アルペルスは一九三一年に出版した自著『社会的仮面の演劇』で、メイエルホリド演劇における特徴として「社会的仮面」という概念を提唱した。メイエルホリドの役者が演じるのは、登場人物の「性格」ではなく、社会的な「類型」である。それは個人的な心理でなく、階級に対する自覚を表現するものである。このように、役者たちが舞台上で演じていることをアルペルスは指摘した。

権威を、ゲーリー・ゲイの身体的変化が人間から名前も顔もない戦闘マシーンへの変化を表していたように。『コーカサスの白墨の輪』でも、グルジアの権力者たちは怪物のようで、その気味悪い仮面と豪奢な衣裳は、質素な農民や召使たちと対比をなす。『コーカサスの白墨の輪』の下層階級の登場人物たちをどのくらいグロテスクにするかは、その人物が道徳的に堕落した主人との接触によってどのくらいの影響を受けているかによると、ブレヒトは指示している。

舞台照明技術についてのブレヒトの理論と実践も、メイエルホリドと密接な並行関係を示している。一九一〇年にこのロシアの演出家も均一の白色光を好み、劇場で光源をはっきりと見えるようにしたほうが、俳優と観客の間の心理的な相互作用を促進させるからいいのだと書いているが、ブレヒトも一九四〇年に、同じような明かりを好み、それも同じ理由によることを書いている。つまり、光源を目に見えるようにした明るい照明は、異化効果を高め、イリュージョンを妨げてくれると。[73]『プンティラ旦那と下男マッティ』のときは、上演空間はつねに均一の白色光で照らされていた。[74]シュトリットマッター作の『カッツグラーベン』（一九五三）のときも同じような照明が計画されたが、ドイツ座の舞台機構では不可能だった。[75]

たしかに、一九二〇―三〇年代におけるヨーロッパのアヴァンギャルド演劇の主要な創造的原則は、照明の原則、つまり明るさの原則だった。何一つとして暗闇のなかに残され隠されるということがなかった。演じ手も観客も、昔ながらの演劇的手法も、そして照明の光源そのものさえも。劇場は明るく、楽しく、広々とせよとメイエルホリドは要求した。そしてブレヒトも、演技が光を浴びたときにのみ起こり得るような、知的な発見の感覚を求めた。

ブレヒトがこの創造における白色光をソヴィエト芸術に返却したのは適切なことだった。一九五〇年代半ばに、ブレヒトの戯曲や詩が、二〇年ほどの出版禁止の後でふたたびソ連に登場したとき、そのソヴィエト文学への影響は、エフィーム・エトキンドによれば、「巨大な」ものだった。それゆえ、ベルリーナー・アンサンブルが一九五七年秋にモスクワとレニングラードで初めて公演する以前から、驚くべきことにアヴァンギャルドであり「クラシック」でもあった（公的に受け入れられたのはこっちのほうだ）この詩人の解放的な影響は、ソヴィエト芸術界ではすでに感じ取られていた。

ロシア演劇についていえば、ブレヒトの劇団とその演劇理論の到来は、ソヴィエトの演劇人たちが、モスクワ芸術座の息苦しい掌握をふりほどくことが可能になりはじめたことを意味していた。一九四〇年代以来、モスクワ芸術座の「生活の断片」というリアリズムは、唯一許されたスタイルだった。古典作家ブレヒトの翼下で、ソヴィエトの演劇人たちはメイエルホリド演劇の光り輝く糸を紡ぎ、その糸を織り直し続けることになったのだ。(76)

註

（1） Reich, Bernhard. *Im Wettlauf mit der Zeit* (Berlin: Henschelverlag, 1970), p. 250.〔本書『時代との競争のなかで』は未邦訳だが、この時代や、ブレヒトやラツィス、ベンヤミンらとソヴィエトとの関連に関する貴重な証言・記録である。また、クリストファー・マーロウ（一五六四－一五九三）は、シェイクスピアに先がけてエリザベス朝演劇の基礎を築いた人物とされ、代表的戯曲は、ドイツのファウスト伝説を基にした『フォースタス博士』（一六〇四年ころ）や、『エドワード二世』（一五九二年ころ）、『パリの虐殺』などがある。『エドワード二

世』、『パリの虐殺』の邦訳は千葉孝夫訳で北星堂書店から一九八〇年に刊行されている。〕

（2）Grüninger, Hans Werner. “Brecht und Marlowe,”〔ブレヒトとマーロウ〕*Comparative Literature* 21 (Summer 1969), pp. 232–244.　グリュニンガーはユリウス・バープを引用している。

（3）Brecht, “Uber reimlose Lyrik mit unregelmässigen Rhythmen,”〔不規則なリズムをもつ無韻詩について〕*Versuche*, vol. 12,1938 (Frankfurt a. M.: Suhrkamp, 1958), pp. 143–144.〔ブレヒトは当時のローテやハイメルの『エドワード二世』の既訳のドイツ語訳が気に入らず、英語の達者な先輩作家リオン・フォイヒトヴァンガーと『エドワード二世』を共訳・改作することを思い立った。〕

（4）*Versuche*, 12, p. 144.

（5）『イングランド王エドワード二世の生涯』の脚色におけるフォイヒトヴァンガーの参加については以下の文献を参照。Norris, Faith G. “The Collaboration of Lion Feuchtwanger and Bertold Brecht,” *Lion Feuchtwanger: Critical Essays* (Los Angeles: Hennessey and Ingalls, 1972), pp. 277–305; Fuegi, John. “Feuchtwanger, Brecht and the ‘Epic’ Media the Novel and Film,” *Ibid.*, p. 308.

（6）Reich, *Wettlauf*, p. 239.

（7）Niessen, Carl. *Brecht auf der Bühne*〔舞台でのブレヒト〕(Cologne: Institut für Theaterwissenschaft an der Universität Köln, 1959), p. 13.

（8）Mann, Thomas. “German Letter,”〔ドイツ書簡集〕*The Dial* 77 (November 1924), pp. 418–419.　アルペルスによると、プロレトクリト劇場は「メイエルホリドの精神を生きていたエイゼンシテインのエキセントリズムから革命を扱う世相劇へと」移行した。「メイエルホリド劇場は長い間……プロレトクリト劇場を先導していた。……一九二二年から二四年にわたってプロレトクリト劇場を率いたエイゼンシテインは、メイエルホリドの弟子であり、師の演劇システムに基づいて成長を遂げた」。Alpers, Boris. *Teatr sotsial'noi maski* (Moscow: Gos. izd. khud. lit., 1931), pp. 97, 112.

（9）Reich, *Wettlauf*, p. 255; Mann, “German Letter,” p. 419.

（10）Brecht, Bertold. *Edward II: A Chronicle Play*, trans. Bentley, Eric (New York: Grove Press, 1966), pp. 16–17. 『イングランド王エドワード二世の生涯』からの引用はすべてこの版による。〔なお、ブレヒトの舞台や装置、写真、仕事の仕方、アーシャ・ラツィスなどの女性協力者たちの存在に関しては、谷川道子『聖母と娼婦を超えて——ブレヒトと女たちの共生』（花伝社、一九八六年）を参照されたい。〕

（11）Frank, Rudolf. *Spielzeit meines Lebens*〔わが人生の上演時間〕(Heidelberg: Lambert Schneider, 1960), p. 313.

（12）Reich, *Wettlauf*, p. 257.

（13）Lacis, Asja. *Revolutionär im Beruf*, ed. Brenner, Hildegard. (Verlag Rogner und Bernhard, 1971), p. 37. 〔本書『職業としての革命家』は未邦訳だが、アーシャ・ラツィスやブレヒト、ベンヤミンらとの関係や当時の状況を知るのにも必須文献であろう。〕

（14）Frank, *Spielzeit*, p. 270.

（15）クラウス・フォルカーは、『イングランド王エドワード二世の生涯』でブレヒトが「まだ音楽を伝統的に用いて」おり、ただ「軽快さと変化と詩情を付与する」役割を果たしているにすぎないとしている。これはおおむね正しい。しかし、分離した皮肉なコメンタリーとしての音楽へ向かおうとする兆候は明らかに存在している。Völker, Klaus. *Brecht: A Biography*,〔ブレヒト——伝記〕trans. Howell, John. (New York: Continuum, 1978), p. 125.

（16）Fleisser, Marieluise. "Aus der Augustenstrasse,"〔アウグステン通りから〕Grimm, Reinhold (ed.). *Bertolt Brecht: Leben Edwards des Zweiten von England; Vorlage, Texte und Materialien* (Frankfurt a. M.: Suhrkamp, 1968), p. 264.

（17）*Schriften zum Teatr* 2 (1931), p. 102.

（18）*SzT* 6 (c. 1949), pp. 51–52.

（19）Hurwicz, Angelika. *Brecht inszeniert*〔演出するブレヒト〕(Velber bei Hannoverä Friedrich, 1964).

（20）Fuegi, John. *The Essential Brecht* (Los Angeles: Hennessez and Ingalls, 1972), pp. 144–147.

（21）Petzet, Wolfgang. *Theater: Die Münchner Kammerspiele, 1911–1972*〔一九一一‐一九七二年のミュンヘン室内劇場〕(Munich: Verlag Kurt Desch, 1973), p. 153.

（22）ブレヒトの理論と実践の不一致をつぶさに追った研究としては以下を参照。Fuegi, John. "The Caucasian Chalk Circle in Performance," *Brecht Heute. Brecht Today*, ed. Grimm, Reinhold et al. (Frankfurt a. M.: Athenäum, 1971), pp. 137–149. また、フエギの *The Essential Brecht* およびマーティン・エスリンによるこの本の批評（*Brecht-Jahrbuch* 1974, ed. Grimm, Reinhold et al. [Frankfurt a. M.: Suhrkamp, 1974], pp. 154–157）も参照されたい。

（23）*SzT* 6, pp. 220–221.

（24）*SzT* 6, p. 221.

（25）Brecht, Bertolt. *The Messingkauf Dialogue,*〔真鍮買い〕ed. and trans. Willlet, John (London: Methuen, 1965), pp. 37–38, 60. このブレヒトの演劇論『真鍮買い』が執筆されたのは一九三七年であった。以下も参照。*SzT* 1 (1927), p. 95; *SzT* 6 (1948), p. 46.

（26）*SzT* 6 (c. 1953), p. 342.

（27）*SzT* 6, p. 216.

（28）*Stat'i, Pis'ma, Rechi, Besedy*〔以下 SPRB〕1 (1910), p. 192.

（29）*SzT* 6 (1954), pp. 321–323. ブレヒトが自らのスタイルを弁護したことは、一九三六年のメイエルホリドによる「メイエルホリド主義」（すなわち形式主義）告発に対する自作擁護の試みの悲しき再現だった。メイエルホリドの自己弁護はつねに名誉となったわけではなかった。というのも、彼は（かつて彼の弟子であったラドロフとオフロプコフを含む）他の演出家たちについて責め立てていたのである。真のメイエルホリド主義者であろうとする彼らが模倣しているのは、メイエルホリドのトリックであって、その独創性ではない、と（しかし同時にメイエルホリドは、作品が禁止の憂き目にあったばかりのショスタコーヴィチを勇敢に擁護した）。オフロプコフとラドロフはメイエルホリドに対する攻撃で応報した。以下の文献を参照。Rudnitsky, Konstantin. *Meyerhold the Director*, ed. Schultze, Sydney (Ann Arbor, Mich.: Ardis, 1981), pp. 537–538; Braun, Edward. *The Theatre of Meyerhold* (New York: Drama Book Specialists, 1979), pp. 261–262.

（30）*SPRB* 1 (1912), pp. 246–248.〔『ベストセレクション』一三五－一三七頁〕

（31）Hoover, Marjorie L. "V. E. Meyerhold: A Russian Predecessor of Avangard Theater," *Comparative Literature* 17 (Aummer 1965), p. 246.

（32）*SzT* 6, pp. 216–217; *SzT* 6 (1948), p. 19; *SzT* 6 (c. 1950), p. 80.

（33）*SzT* 7 (1953), pp. 94, 97.

（34）絵画的効果の重要性に関するより詳細な観察は、『母』、『プンティラ旦那と下男マッティ』、『アルトゥロ・ウィの抑えることもできた興隆』のためのブレヒトのノートに見られる。ベルリーナー・アンサンブルによる『母』の上演（一九五一）の後、ブレヒトは絵画的効果をめざしたことを認めたが、絵画性は戯曲の本質的なリアリズムの邪魔にはならないと主張した。『プンティラ旦那と下男マッティ』に関するノートのなかでブレヒトは、舞台のあらゆる情景が、空間のコンポジションと色において、視覚的に絵画に相当するものを表現するべきだと指摘している。同様にブレヒトは、『アルトゥロ・ウィの抑えることもできた興隆』の場面を歴史絵画のようなものにしたいとも考えていた。*SzT* 6, p. 297; *SzT* 6 (1948), p. 238; *SzT* 4, p. 168.

（35）討論のおもなポイントと、そこでのブレヒトの非常に慎重な役割に関しては次を参照。Hayman, Ronald. *Brecht: A Biography* (New York: Oxford University Press, 1983), pp. 211–212;（網羅的に詳しい議論は次を参照）Pike, David. *German Writers in Soviet Exile, 1933–1945* (Chapel Hill: University of North Carolina Press, 1982), pp. 259–306.

（36）Völker, *Brecht: A Biography*, pp. 248–249.

（37）*SzT* 4 (1938), pp. 149–161.

（38）*SzT* 4 (1938), pp. 158–159.

（39）*SzT* 1 (1929), pp. 214–215.　ヴァイゲルの『オイディプス』の侍女役のための白塗りのメーキャップに関して、ロナルド・ハイマンは次のように観察している。「ブレヒトが『エドワード二世』の道化のような白塗りの顔の話を彼女にしなかったというのはあり得ないだろう。ブレヒトとヴァイゲルが『オイディプス』の侍女役のメーキャップをどうするか話し合わなかったというのも、やはりありそうもない」。ハイマンは『エドワード二世』の兵士の白塗りの顔は「ブレヒトの異化効果の最初のものの一つで……おそらく……メイエルホリドに由来している」という見解を示している。*Brecht: A Biography*, pp. 101, 139.

(40) *The Messingkauf Dialogues*, pp. 55–57; *SzT* 3 (1936), pp. 54–55.

(41) *SzT* 4, p. 52.

(42) *The Messingkauf Dialogues*, pp. 28–29.

(43) *SzT* 6 (1948), p. 239.

(44) *SzT* 7 (1952–54), p. 60.

(45) *SzT* 3 (1940), pp. 160–161.

(46) *SzT* 3, p. 168.

(47) Berlau, Ruth et al. *Theaterarbeit: 6 Aufführungen des Berliner Ensembles,*〔演劇の仕事——ベルリーナー・アンサンブルの六つの上演作品〕(Berlin, Henschelverlag Kunst und Gesellschaft, 1961), p. 244.〔これはベルリーナー・アンサンブルでのブレヒトの六つの演出作品の詳細な上演記録集、いわゆる「モデルブック」である。編者と写真撮影はブレヒトの女性秘書ルート・ベルラウ。〕

(48) Fuegi, *The Essential Brecht*, p. 128.

(49) *Ibid*., p.126.

(50) *SzT* 4, pp. 56–57.

(51) *SzT* 5, pp. 166–182; note, p. 310.　ブレヒトの「疎外 Enfremdung」と「異化 Verfremdung」の理論の簡潔な歴史は、ジョン・ウィレットの「ブレヒト、疎外、カール・マルクス」(Willett, John. "Brecht, Alienation, and Karl Marx," *Brecht in Context: Comparative Approaches* (London and New York: Methuen, 1984), pp. 218–221.) を参照。梅蘭芳は国外では中国古典演劇を上演したが、中国に戻ると、人々は西洋のリアリズム演劇の上演を彼に望んだ、と建築とインテリアの学生であったロシア人技師ピョートル・ロディエンコが報告している。ロディエンコは軍事顧問として上海に配属されており、そこでインテリアデザイナーとしての技量を発揮して有名になった。中国の高級士官たちは、街の劇場で行われた伝統演劇の公演に大きな投資をしたが利益を得られず、ロディエンコに梅蘭芳主演で『ナポレオンの興隆と没落』という西洋式の演劇を演出するよう依頼した。ロディエンコが描写しているような、『ナポレオンの興隆と没落』を観に来た騒がしく活気溢れる観客は、スポーツ的な騒々しい観客を理想としていたブレヒトを喜ばせたことだろう。中国の劇団員たちの熱狂的なアナクロニズムと、ロディエンコが慎重にデザインした「本物の」装置や衣裳が混在する様子は、ブレヒトをますます喜ばせたに違いない。ナポレオンの兵士たちは時代考証に基づいた衣裳を身に着け、モンゴル馬に乗って舞台上を行進した。ナポレオン自身は、「米スチュードベーカー社の車の、極東唯一の販売業者サイム・ホニグスバーグが、この高貴な最新輸入モデルの自動車を、梅蘭芳氏に自由にお使いいただけるよう、無償で提供いたしました」と告知する看板を堂々と掲げた新品の自動車に乗って登場したのだ。ナポレオンはついに退去を余儀なくされるが、それは「ワイヤーで支えられた巨大な英国の旗が翻ると、大きな飛行機が舞台を横切って押されていき、旧警備隊に対して爆撃を開始」したときだった。ロディエンコの怒りは、一〇〇年のアナクロニズムを「中国史の永遠と比較する」ことのくだらなさと指摘した中国人の友人たちのおかげで落ち着いた。“Napoleon in Shanghai: A Russian Designer's Waterloo,” *Theatre Arts Monthly* 17 (April 1938), pp. 298–306.

（52）*SzT* 3 (1940), pp. 174–176.

（53）*SzT* 3, pp. 183–185. ブレヒトのこの一節や『真鍮買い』における類似の言説を、ボリス・トマシェフスキーの『テーマ論』（一九二五）の一部「プロット構成の手段の生命」における手段の暴露についての次の指摘と比較されたい（“The Vitality of Plot Devices,” *Russian Formalist Criticism*, pp. 92–95.〔邦訳は水野忠夫編訳『ロシア・フォルマリズム論集2』せりか書房、一九八二年、五五‐五六頁〕）。

> 用いられる手段の知覚性に関しては、二つの異なる文学的な作法がある。一方は、一九世紀の作家に特徴的で、手段を隠そうとする志向性で際立っている。……しかしこれはただの作法にすぎない……。これに対立する作法として、手段の隠蔽に気を使わず、しばしばこの手段を目立つもの、知覚しうるものにし

ようとすることがある。……つまり、作者は……手段を見せ、あるいは、言うなれば「手段を暴露」しようとしているのである。……

初期未来主義および現代文学において、手段の暴露は伝統的なものとなった。

(54) *SzT* 2 (1920), pp. 18–19.
(55) 「弁証法的ドラマ」それに「新しいドラマ」は、ブレヒトがトレチヤコフと出会ってから使いはじめた用語で、これらの言葉は先述の「叙事的演劇」とほぼ同義語である。
(56) *SzT* 1 (1931), pp. 258–259.
(57) *SzT* 7 (1948), p. 50.
(58) *SzT* 3 (1936), p. 53. ペーター・ションディは、ストリンドベリの『夢の劇』では、個々の場面同士が偶然の関係をもたない。むしろそれらは「進行する自我の筋に沿って置かれた、孤立した石のようである」と指摘している。このような戯曲における統一は、夢やピカレスク小説におけるように、筋立てではなく自我にある。ブレヒトやメイエルホリドの芝居はエピソード的であるとはいえ、ションディが「人々の間の弁証法的相互作用」とよぶものをいまだ保持している。*Theorie des modernen Dramas* (Frankfurt a. M.: Suhrkamp, 1956), pp. 47, 51を参照〔邦訳は『現代戯曲の理論』市村仁・丸山匠訳、法政大学出版局、一九七九年〕。
(59) *SzT* 4, p. 80.
(60) *The Messingkauf Dialogues*, p. 28.
(61) *SzT* 2 (1935–35), p. 147.
(62) Baxandall, Lee. "Brecht in America, 1935," *The Drama Review* 12 (Fall 1967), p. 78.
(63) Lyon, James K. "Der Briefwechsel zwischen Bertolt Brecht und der New Yorker Theater Union von 1935,"〔一九三五年のニューヨークのシアター・ユニオンとブレヒトの往復書簡〕*Brecht-Jahrbuch*, 1975, ed. Fuegi, John et al. (Frankfurt a. M.: Suhrkamp, 1975), p. 140.

(64) Tietze, Rosemarie., ed. *Vsevolod Meyerhold: Theaterarbeit 1917–1930*〔一九一七～一九三〇年のメイエルホリドの演劇の仕事〕(Munich: Carl Hanser, 1974), p. 16.

(65) *SzT* 2 (1922), p. 65.

(66) 『夜打つ太鼓』の第一回上演にブレヒトがどのような影響を与えたかについては情報が錯綜している。クラーグラーを演じたエルヴィン・ファーベルは、ブレヒトは戯曲の上演に何の影響ももたなかったし、ファルケンベルクの演出に干渉しようとはしなかったという。McDowell, W. Stuart. "Actors on Brecht: The Munich Years," *The Drama Review* 20 (September 1976), p. 104. フォイヒトヴァンガーの妻も稽古に立ち合ったが、彼女はブレヒトが非常に混乱していたと伝えている。「すぐにブレヒトはほぼ完全に演出を引き継ぎ、演出家は、円熟した人物であったにもかかわらず、実質的に彼の助手になっていた」。Weber, Carl. "Brecht as Director," *The Drama Review* 12 (Fall 1967), p. 106.

(67) *SzT* 3, pp. 229–239.

(68) *SzT* 6 (1949), p. 53.

(69) *SzT* 6 (1948), p. 238.

(70) *SzT* 4 (1956), p. 235.

(71) *The Essential Brecht* のなかでジョン・フエギは(他の何人かの学者たちと同様に)、一九四〇年代と一九五〇年代のブレヒトの傑作戯曲群は、伝統演劇の原則、感情移入、緊密な構造、均整の取れた調和のある芸術的要素への回帰を示していると主張している。またこれらの傑作は「実際には冷静な反応を引き出すためには、極端な上演がなされねばならない」としている。ここでフエギはとくに『セチュアンの善人』のことを述べている(*The Essential Brecht*, p. 134)。すでに述べたように、私〔イートン〕は、ブレヒトの傑作群が一九二〇年代と一九三〇年代の彼の「過激な」演劇理論から大きく隔たっているとは思っていない(いずれにせよ、それらの理論はそんなに過激だったことはなかった)。(フエギが指摘するように)ブレヒトが『ガリレオの生涯』について、十分に叙事的ではないと苛立っていた事実そのものが、自分のいつもの演劇についての考えの是認に関心をもち続けていたことを示している。『ガリレオの生涯』（それに『母アンナの子連れ従軍記』と『プンティラ旦那と下男マッティ』）が観客にもたらした感情の強烈なインパクトと魅力は、ベルリーナー・アンサンブルの上演のときには、テクストに内在する感情的な質のみならず、少なくとも演者たちの高い才能に依っている。おそらく完璧でない上演は（極端なものである必要はないが）、これらの戯曲の感情に訴える部分を破壊したというよりむしろ、本質的な冷静さが終始輝き続けるようにしたのだ。

（72）Hurwicz, 頁表記なし。Berlau, Ruth. Brecht, Bertolt. et al. *Theaterarbeit: 6 Aufführungen des Berliner Ensembles*, 2d rev. and enlarged ed. (Berlin: Henschelverlag Kunst and Gesellschaft, 1961), p. 163.〔本章註47参照〕

（73）*SzT* 3 (1940), pp. 165–166; *SzT* 3, p. 241.

（74）*SzT* 6 (1948), p. 236.

（75）*SzT* 7, p. 163.

（76）Etkind, Efim. “Brecht and the Soviet Theater,” *Bertolt Brecht: Political Theory and Literary Practice*, ed. Weber, Nance, Heinen, Hubert (Athens: University of Georgia Press, 1980), pp. 81, 84.

第五章　結論――トロイの木馬

二〇世紀前半のブレヒトとメイエルホリド

ドイツの詩人で劇作家、演出家で理論家としてのベルトルト・ブレヒトの名声は、今〔一九八五年〕では、年長の同時代人、ロシアの演出家で理論家であるフセヴォロド・メイエルホリドをはるかに凌いでいる。しかし、いつもそうだったわけではなかった。二〇世紀初頭から一九四〇年ころまでは、メイエルホリドは西洋で最も有名な演劇人だった。ブレヒトの理論的な仕事の基礎をなす二つの考え――演劇はそれに関わるすべての人たち（劇作家、俳優、演出家、観客）の意識的な共同作業であり、かつ社会をよりよいものに変えていく力である――は、一八九〇年代後半に書かれたメイエルホリドの手紙にすでに述べられている。だからといって、メイエルホリドがこうした考えの発明者だというつもりはない。こういう事柄は、ピスカートアもいうように、「はっきりしない」ものだし、もちろん長い歴史をもつものだ。ただ、メイエルホリドはあのころ、芸術上の思想と政治上の思想を結び付け、それを舞台にみごとに表現する能力において、彼の同時代人たちをはるかに凌いでいた。

ディドロも『俳優に関する逆説』（一七七三／七八年）のなかで、舞台は自然の反映ではないし、またそうであってはならないと指摘し、きわめて実践的な理由から、役に同化する感情的な俳優に反対した。感情移入は演技を非常に不安定なものにする。すなわち「最初の上演では非常に熱があるが、三回目には燃え尽きてしまい、大理石のように冷たくなってしまう」。それに対して、冷静な演技をする俳優は賢く仕事をするだろうから、つねに自分の最善の状態でいることができるだろうと。ブレヒトがディドロと意見を異にするところはしかし、そういう理性的な演技の最終的な目的だった。百科全書派のディドロは、冷静な演技の目的は感情を模倣すること、さらにいえば、観客を騙し、観客のなかに俳優自身が感じていないような感情を起こさせることだと考えていたことだ(1)。

ドイツにおけるメイエルホリドの影響

一九〇九年に出版されたゲオルグ・フックスの『演劇の革命』では、奥に引っ込んだ「覗き箱」舞台と自然主義的な装置が標的にされ、動きや踊りといった俳優芸術の重要性が強調されている。彼はまた、観客を演劇作品における創造上のパートナーの位置にまで高め、メイエルホリドと同様に、感情の状態を象徴する、色で顔を彩る日本演劇について言及している。フックスのスローガン「演劇の再演劇化」は、広く知られることとなった(2)。

また、メイエルホリドの演出技法と、イギリス人の演出家で装置家、理論家であるゴードン・クレイグの演出技法との間にも、重要な共通項がある。実際に二人は友人であり、互いの仕事を認め合い、同時代についての自らの考えを定式化しはじめていた。一九三〇年ころに書かれた文章でクレイグは、ロシアとイギリスのアヴァンギャルド演劇を次のように比較している。

ロンドンのジャーナリズムでは、いかにすべての演劇上の思想がロシアから流れ込んできたか、またいかにモスクワがこれらの思想の発祥の地であるかを語ることが期待されているらしい。だが、ロンドンがこんなことを無理に信じ込む必要はない。……ロシア人の才能は素晴らしいが、それはさまざまの思想を併合し、そこに技術を応用する才能なのだ。

最近のモスクワ演劇を称賛するということは、じつは彼らがクレイグの思想を称賛することなのだということを知ったら、たくさんの批評家はショックを受けるだろう。……それにわれわれは、私を非難した人たちのおかげで、ロシアの俳優や演出家たちがみんな、われわれの演劇が到達できなかった地点にまで到達したことを、祝うことができるというものだ。

「途方もない才能をもった技巧的な芸術家」とクレイグがよぶメイエルホリドに関する考察には、皮肉まじりの予言めいた見解が記されていた。「戯曲をしっかりソヴィエト流に上演しなければ銃殺されると脅しをかけられることは、もちろんメイエルホリドにとってやや酷なことであるが、それが、思うに、あわれなメイエルホリドの置かれた立場なのだ。……しかし彼はうまくやっているようだ(3)」。

一九一九年にレオポルド・イェスナー（一八七八－一九四五）はベルリン国立劇場の総監督になった。

彼の演出は、丈の高い抽象的な装置と、トレードマークとなった舞台いっぱいの階段が特色だった。サミュエルとトーマスは、「舞台を埋め尽くし、それをいくつかの垂直の部分に分けるような印象を与える」手法は、イェスナーが発明したものだと考えている。[4] この階段舞台は、クレイグとスイスのアドルフ・アッピアに由来するという批評家もいる。しかし、一九〇七年に、メイエルホリドがソログープの『死の勝利』のために作った「プロセニアム・アーチの前端から後ろの壁まで舞台いっぱいに広がった」階段舞台に、ロシアの演劇批評家たちは度肝を抜かれている。メイエルホリドは、本当は階段を観客席まで延ばしたかった、むしろ「フットライトの柵を取り払って、演者と観客の直接の関係をもっと作り上げたかった」のだ。[5]

一般にイェスナーのような表現主義の舞台は、たった一つの圧倒的なものを使って、外的なリアリティよりも、本質を映し出すような装置を呼びものにしていた。たとえば、誇張された大きさのアーチ型の門とか、絞首台とか、椅子など。こういう形式的な類似はメイエルホリドの仕事にも、より控えめな形でブレヒトの仕事にも見られる。一九二五年にイェスナーは、革命的な変化という点では、ドイツ演劇は、国境を越えて押し寄せてきたタイーロフやメイエルホリドの「解放された」演劇の後塵を拝してきた、と書いている。彼はまた、タイーロフやメイエルホリドの積極的なテクストレジーも擁護している。[6]

たしかにイェスナーの演劇は、奇妙な衣裳やけばけばしいかつらや、仮面や人形のような動作など、メイエルホリドの演劇と多くの類似点がある。それにイェスナーは、ブレヒトが『三文オペラ』や『イングランド王エドワード二世の生涯』で使ったような〈モリタート〉（残虐な事件についての物語歌の大道演歌）の形式も使っていた。ブレヒトはアウグスブルクの歳の市で、そうしたモリタートが演じられるのを実際に観ている。メイエルホリドも一九一三年の民衆演劇に関する小論で、こうした素朴な上演形式を、演劇の雛形として称揚している。

一九一九年につくられた表現主義の劇場「トリビューネ」は、「舞台と客席の敷居を取り払い、俳優と観客の一体化をはかった」[7]。だが、形式的な類似性にもかかわらず、表現主義と叙事的演劇には重要な相違がある。表現主義は主観的で、重く、感情的で、しばしば大げさな様式をもち、それゆえ「おお、人間」劇とよばれ、主人公は大きな社会集団の一員というよりも、孤立した自我として受け止められる。[8]

ロシア生まれでありながら、メイエルホリドは表現主義を育んだ文化的な土壌をブレヒトと共有していた。二人とも裕福な中産階級のドイツ人の家庭に生まれ、商人の父親はともに、頭のいい息子たちが大学教育を受けて、博士や弁護士のように収入のいい尊敬される職業に就いてくれることを望んでいた。ドイツ人の両親のもと、ロシア人として生まれた第一世代として、メイエルホリドは、ブレヒトが生まれ育った文化的な遺産にきわめて近いところにいた。ワーグナー・オペラの演出家でもあったメイエルホリドは、ブレヒトよりも、ドイツの演劇芸術方面については精通していたかもしれない。

メイエルホリドの時代には、東西の間の旅行は簡単で頻繁だった。革新的な芸術家や批評家たちのみごとな国際的コミュニティも存在していた。このコミュニティは一九三三年以降、ふたたび現われることはなかったが。ノリス・ヒュートンは、一九三〇年代に、かつてはすべての道がローマに続いていたように、「今日では……演劇においては、……すべての道がモスクワに通じている」(9)と書いている。そのモスクワの演劇アヴァンギャルドの中心人物がメイエルホリドだった。だから多くの人がメイエルホリドを、演劇の新思想の源泉と考え、彼をブレヒトやピスカートアなどが使ったような技術の発案者とみなしたのは驚くに当たらない。そして、ヒトラーとスターリンの時代が到来した。

メイエルホリドの復権

一九五五年、メイエルホリドは公式に「名誉回復」され、彼の名声も次第に取り戻されはじめた。彼を知る人たちはふたたび彼と彼の仕事について書けるようになった。いくつかのアーカイヴは、ソ連や外国の研究者にも開かれた。書簡を含む四冊の著作集がソ連で出版された。*

本書の目的は、両者の接点の道筋と機会を示し、彼らの理論と実践における最も重要な要素を比較することで、ブレヒトの作品とメイエルホリドの関係という問題に光を当てることにあった。ブレヒトとメイエルホリド演劇との接点は多種多様で、ときとして直接的だった。ベルンハルト・ライヒのいうように、ブレヒトの「理想像」であった演劇形式を一九二〇年代までにメイエルホリドが完成させていたことを、ブレヒトが知らずにいることは難しく、それはほとんど不可能と言ってもよかった。両者の演劇理論の相違点はささいなことともいえる。実践に関していえば、その違いは実験の射程距離にある。ブレヒトや彼の公認の師であるピスカートアが用いた発明のうちで、メイエルホリドが最初に発明しなかったものはほとんどない。その一方でブレヒトは、踏み車《トレッドミル》を叙事的な技術として用いながら、突き出た舞台や、垂直と水平に動く台、「活発な」舞台装置には興味をもたなかったようだ。建築技術を通じて、芸術的および社会的に重要な原則の実現を促す演劇的建造物という問題へのメイエルホリドの並々ならぬ関心も、ブレヒトは共有しなかった。

「トロイの木馬」

ブレヒトの理論もメイエルホリドの理論も、彼らの実践とたしかに調和し、初期の理論でさえ、のちの劇作や演出と響き合っている。これはおそらく、二人が自分の仕事と、その仕事が彼らにもたらすより大きな意味を書き記す達人だったからであろう。彼らの演劇に関する社会的な理論にも、彼ら

＊四冊の著作集は、二巻本の『論文、書簡、発言、談話（1、2）』（一九六八）、『往復書簡集　一八九六－一九三九』（一九七六）、『V・E・メイエルホリドの創造遺産』（一九七八）のこと。ソ連崩壊後は、メイエルホリドの作品への劇評をまとめた二巻本『ロシア劇評におけるメイエルホリド』（一九九七、二〇〇〇）、メイエルホリドの革命直後の演劇教育に関する資料をまとめた『レクチャー　一九一八－一九一九年』（二〇〇〇）などのほか、メイエルホリドの活動に関する資料を包括的にまとめた刊行プロジェクト『遺産（メイエルホリド選集）』が進行中である（二〇一六年現在で、第三巻まで刊行）。その他に、メイエルホリドの革命前の演劇スタジオの機関誌『三つのオレンジへの恋』が復刻再刊されるなど、同時代資料の刊行も相次いでいる。日本語の文献に関しては、メイエルホリド自身のテクストを編訳した『メイエルホリド　ベストセレクション』（諫早勇一ほか訳、作品社、二〇〇一年）がある。また評伝としては、エドワード・ブローン『メイエルホリド演劇の革命』（浦雅春・伊藤愉訳、水声社、二〇〇八年）などがある。

自身が指摘しているように、方法や実験の幅広い多様性を包み込む柔軟さがあった。

二人の演劇人の人生とそのキャリアは没後にも絡み合い、ブレヒトの戯曲と演劇理論は、一九五〇年代にメイエルホリドの思想をソ連にふたたび密輸するときの「トロイの木馬」[10]となった。一九六四年にタガンカ劇場は、のちにヨーロッパに亡命することになるユーリー・リュビーモフの演出で、初めてのブレヒト劇として『セチュアンの善人』を上演した。この演出は多くの点において、古きアヴァンギャルドと新しきアヴァンギャルドの最上のものを統合した舞台だった。俳優も、スタニスラフスキーとメイエルホリドの影響を深く受けたヴァフタンゴフ演劇学校〔ヴァフタンゴフ劇場付属シューキン演劇大学〕の卒業生だった。「独創的で大胆な」上演スタイルは、ほとんど忘れられていたメイエルホリド演劇の伝統に基づくものだった。つまり、裸舞台に煉瓦の後壁、多種多様な状況や事物を象徴する簡素な小道具類（学生用の机）、素早い場面転換、マイムやダンスの使用、演劇のモンタージュの要素としての音楽など。しかし、これは模倣ではなかった。これは、最上のロシア実験演劇の「復興」であり、「再解釈」でもあったのだ。[11]タガンカ劇場は、リュビーモフが自らの劇場と国家から追放されるまでの二〇年間、隆盛を極めた。追放はおそらく、メイエルホリドの顔が突然、あの厄介な「古典的な」ブレヒトの仮面の後に、見えすぎてきてしまったせいだろう。*

西洋では、メイエルホリドが先駆者となり、ブレヒトが瑞々しく保った革新は、今なお発展し、議論の的になっている。たとえば、メイエルホリドが観客の参加を呼びかけたとき、それは、演出家と演者によって編成《オーケストレイト》されたものへの知的な参加を意味していた。

最近では、観客と作家と俳優は上演の共同創造者であるという考えは、すべての観客にその意思があるかどうかに関係なく、観客の声と身体の直接参加にまで踏み込むことさえ稀ではなくなった。ある種の実験的な上演では、俳優が観客の私的な世界にまで侵入してくる。観客は舞台上の俳優たちに合流するよう誘われる、あるいは俳優が「抱擁」や「襲撃」によって観客の領域にまで入り込む。観客は不快感を味わい、何人かの人はひどく当惑して、「俳優」であり続けるよりは劇場を後にすることを選ぶ。こうした芝居慣れた観客に向けられた攻撃性、観客の世界と上演者の世界を一体化させようとする試みは、メイエルホリドやブレヒトの「創造的な観客」という理論に照応している(12)。

現代の一般的な批評でも、テクストを無節操に扱う演出家は、今なお攻撃される。アンドレイ・シェルバンの『アガメムノン』の初日に対して、ニューヨーク・タイムズの批評家ウォルター・ケルは、「最も重要なテクスト」よりも「視覚的な技術」のほうが優先されるのなら、論争を起こす気にもならないと宣言した。演出家が古典作品を形式的な実験の手段として使うこと、演出家が作家の言葉に「敬意」を払わないことに反対したのだ。ケルはシェルバンの『アガメムノン』の改作を、かつてソヴィエトの批評家がメイエルホリドの『査察官』や『知恵の悲しみ』、『森林』の演出に対して使ったのと同じ言い回しで攻撃した。実際、シェルバンの演出に対するケルの口調は、メイエルホリド演出への非難と響きまで似ている。

＊正確を期すならば、一九六三年にリュビーモフは、教鞭をとっていたシューキン演劇大学の卒業公演で『セチュアンの善人』を演出、その教え子たちとともに、一九六四年にタガンカ劇場を創設した。一九八四年にソ連市民権を剥奪され、以後亡命生活を送る。その後、一九八八年にモスクワに帰還し、翌八九年にソ連国籍を回復した。以後、二〇一四年に没するまで、ロシア演劇界をリードし続けた。

アイスキュロスが『アガメムノン』で書いたものは、無言劇、行列、かがり火の光景の下に、意図的に、頑なに、一貫して埋葬されている。

シェルバンのほとんどの実験において、彼を直接に突き動かしている衝動は、もっぱら視覚的で、文学的というより演劇的、言葉からというよりもサーカスやパントマイム、コメディア・デラルテ、体操や宗教儀式、絵画、レヴュー、グラン・ギニョール、ダンスからきている。そういうものがつねに先行しているという意味で、われわれのアヴァンギャルドは反テクスト、反文学的である。戯曲の論理や心理が演劇のスペクタクルに取って代わられたという意味で、反知性的だ。[13]

こういうものを付け加えるのは本質的に反知性的な演劇だ、というこの告訴のなかに、歴史の逆説が潜んでいる。一九二〇年代や一九三〇年代に、メイエルホリドやブレヒトが同じような視覚的発明を使ったことを非難し、古典のテクストをあまりに自由に扱いすぎると考えたソヴィエトやドイツの批評家たちは、ほとんどいつも、そういう演劇は知的すぎて「大衆」の関心をよばないと、彼らを貶める結論を下した。[14]

そういう批評は、芸術が生来、ファンタジーやグロテスクなもの、革新を生み育てるものだということを見落としている。こういう発明を城のなかにこっそり運び込むのに、ブレヒト流であろうとなかろうと、「トロイの木馬」など必要ない。どんなにしっかりと要塞で固めようと、城門で想像力の翼を防ぐことはできないのだから。*

註

（1）Diderot, Denis. *The Paradox of Acting* (New York: Hill and Wang, 1957), pp. 14–15, 19–20, 22–23, 26.〔邦訳は『逆説・俳優について』小場瀬卓三訳、未來社、一九五四年、一〇頁〕

（2）Fuchs, Georg. *Revolution in the Theatre: Conclusions Concerning the Munich Artist's Theatre*, condensed and adapted by Constance C. Kuhn (1909; Ithaca, N.Y.: Cornell University Press, 1959), pp. 33, 39–41, 50–51, 90–91, 99.　ロバート・C・ウィリアムスは『革命における芸術家——ロシア・アヴァンギャルドの肖像　一九〇五 - 一九二五』において、「フックスはメイエルホリドがつねづね試みていたことを、理論的に正当化した」と述べている（Williams, Robert C. *Artist in Revolution: Portraits of the Russian Avant-Garde, 1905–1925* [Bloomington: Indiana University Press, 1977], p.95）。

（3）Craig, Gordon. "New Book and Old Memories" [review of René Fülop-Miller's and Paul Gregor's *The Russian Theater with Special Reference to the Revolution*], *The Boston Transcript* (April 26, 1930?), pp. 4, 6.

（4）Samuel, Richard / Thomas, R. Hinton. *Expressionism in German Life, Literature, and the Theatre (1910–1924)*, 1st American ed. (Philadelphia: Albert Saifer, 1971), p. 67.

（5）Braun, Edward, ed. and trans., *Meyerhold on Theatre* (New York: Hill and Wang, 1969), p. 22.

＊戯曲テクストと上演パフォーマンスの関係、あるいはその重点移動は、一九二〇 - 三〇年代の〈歴史的アヴァンギャルド〉についで、六〇 - 七〇年代の〈ネオアヴァンギャルド〉と呼ばれる芸術運動を境目に、さらに大きな転換を迎えた。これを理論的かつ実践的に捉えようとしたのが象徴的に、ハンス＝ティース・レーマンの『ポストドラマ演劇』とエリカ・フィッシャー＝リヒテの『パフォーマンスの美学』であっただろう。Lehmann, Hans-Thies. *Postdramatisches Theater*, Fischer-Lichte, Erika. *Ästhetik des Performativen*.

（6） Jessner, Leopold. *Schriften. Theater der zwanziger Jahre,*〔著作集——一九二〇年代の演劇〕ed. Fetting, Hugo (Berlin: Henschelverlag Kunst und Gesellschaft, 1979), pp. 159–160, 162–163.

（7） Samuel, Richard / Thomas, R. Hinton. *Expressionism in German Life, Literature, and the Theater (1910–1924)*, 1st American ed. (Philadelphia: Albert Saifer, 1971), pp. 66–68; Ritchie, J. M. *German Expressionist Drama* (Boston: Twayne, 1976), p. 38; Hoover, Marjorie L. "Meyerhold – To the West All New," paper read at the annual meeting of the American Association for the Advancement of Slavic Studies, Columbus, Ohio, October 13, 1978.

（8） Gassner, John. *Form and Idea in Modern Theater* (New York: Dryden Press, 1956), pp. 117, 120–129.

（9） Houghton, Norris. *Moscow Rehearsals*, 2nd ed. (New York: Grove Press, 1962), p. xi.

（10） Glade, Henry. "Major Brecht Productions in the Soviet Union since 1957," in *Bertolt Brecht: Political Theory and Literary Practice*, ed. Weber, Betty Nance / Heinen, Hubert (Athens: The University of Georgia Press, 1980), p. 89. を参照。

（11） Rudnitsky, Konstantin. "The Lesson Learned from Brecht," *Theatre Research International* 6 (Winter 1980/81), pp. 62–72.

（12） Keysser, Helene, "I Love You. Who Are You? The Strategy of Drama in Recognition Scenes," *PMLA* 92 (March 1977), p. 297.

（13） "The New Theater Is All Show," *New York Times*, "Theater," 12 June 1977, p. 3.

（14） Reich, Bernhard. "Meyerholds neue Inszenierung,"〔メイエルホリドの新しい演出〕*Die literarische Welt* (Berlin), 18 (1928).　また、同じ著者の次の文献も参照。"Dramaturgicheskaia kontseptsiia Meierkhol'da,"〔メイエルホリドのドラマトゥルギー的コンセプト〕*Oktiabr'* No. 7 (1934), pp. 242–248.

付録／論考

ここではまず、本書への追補資料として、ヴァルター・ベンヤミン「演出家メイエルホリド　モスクワで抹殺さる？――ゴーゴリの『査察官』上演をめぐる文学裁判」（谷川道子訳）を収録している。

いみじくもベンヤミンがこの文章のなかで指摘しているように、『査察官』が上演された一九二六年前後から、「反メイエルホリド戦線」が形成され、こうした勢力が三〇年代に露骨に顕在化していった。この点で、ベンヤミンのまなざしを通したこの報告は、メイエルホリドの活動における一つの転換点となった出来事の重要な目撃証言と言える。イートンの本書を含め、ベンヤミンのこの報告は、多くの研究者たちによって幾度となく言及されてきているが、これまで未邦訳のままであった。本書をより深く理解する上で、一つの補助線となるだろう。

これに加え、三人の論考を収めている。

谷川道子「現代演劇へのパラダイム・チェンジ――メイエルホリドとブレヒトとベンヤミンの位相」
伊藤愉「現実を解剖せよ――討論劇『子どもが欲しい』再考」
鴻英良「叙事詩と革命、もしくは反乱――メイエルホリドとブレヒト」

各論考は、多様な文化をいとも簡単に飲み込んでいった二〇世紀前半を、現在の視点から多角的に考察しようという、イートンの本書に対するささやかな補足である。

付録

演出家メイエルホリド　モスクワで抹殺さる？
――ゴーゴリの『査察官』上演をめぐる文学裁判

ヴァルター・ベンヤミン

谷川道子 訳

メイエルホリドは、疑いなくロシアのもっとも重要な演出家である。しかし彼は不幸な星の下に産まれた。さらに彼は新しい『査察官』の演出によって、またもや不幸な境遇に陥ってしまった。この困難な状態は、これから数週間は続くであろう。

文学の領域におけるロシアの党の最新の指令の一つは、「古典の獲得」である。ロシア文学の高度な業績は新しいロシア国内でも高く評価されている一方で、それらの形式を何十万の新しい読者にも分かりやすいものにしなければならない。最重要課題は、ここではもちろん演劇の脚色の仕方にある。ロシアでは、ヨーロッパで「古典」と認められるような戯曲の数が減少に向かいつつある。そのうちの一つに取り組もうとするなら、一か八かとやってみるしかない。メイエルホリドが一年前にオストロフスキー作『森林』の上演に踏み切ったときには成功を収めた。だが今年の『査察官』は失敗に終わった。ここでも彼は実際には、演出家として多くの重要なことをやり遂げたのだ。しかし、原作にラディカルな脚色をしたにもかかわらず、プロレタリアの芝居としては賛意を獲得できなかった。客席からは実のところ、何も観るべきものがなかった（ほとんどが省略されていたからだ）。ベルリンの繁華街クアフュルステンダムの小さな劇場でなら成功を収められたかもしれないが。あそこだったら舞台の大きさもちょうど良かっただろう。ここモスクワでは、傾斜がついて少し高くなりマホガニーの家具でいっぱいの舞台で、観客の前に次々と生きた絵画が繰り広げられていったのだ。当然、（モスクワっ子にとっては当然なことなのだが）すべての家具は本物で、様式的なものだった。一つひとつの小道具が博物館の陳列棚に展示してくれと大声で要求しているほどだ。衣裳の贅沢さは見たこともないほど。登場するものすべてが舞台の小さな空間に収められ、密集させられている。この傾斜のかかった、表面上はたくさんに見えるモノたちは、現代の版画といった印象を与える。すでにそのせいで、舞台は問題を孕んでいる。戯曲の脚色についての状況は、さらに悪い。ヨーロッパではこんなこともありえようが、ロシアのドラマトゥルクが、白い紙の上に黒字で書かれている一つひとつの詩的な言葉への尊敬を、骨の髄まで麻痺させられるような感覚に襲われることがあっていいというのか。演劇界での成果というのは、実際的なレベルでの加工をしてのけるところにあるのではなく、どのようにしてそれが達成されるか、ということにある。『査察官』から、かの有名なゴーゴリの笑いが追放されたのだ！　主役のボプチンスキーとドプチンスキーは喜劇的なキャラクターではなく、もっとも忌まわしい悪夢と表裏一体の産物だ。主な登場人物たちは、ゴーゴリ特有の風刺ではなく、幽霊たちによる早過ぎるソナタのオーケストラである。

とにもかくにも党とジャーナリズムは、メイエルホリドの仕事を拒否した。作品を正当化するために（かつおそらくは自分の味方を集めるために）、メイエルホリドは自分の劇場で討論会まで開いた。討論会の成り行きは意外なものだった。この『査察官』の舞台に反対する発言をしたのは少数で、そのうちの誰も熱烈な弁をふるおうとするものはいなかった。それでも、反対派が完全に勝利したのだ。ルナチャルスキーもマヤコフスキーもベールイも、彼を救うことはできなかった。これに対しては、メイエルホリドは自分の不幸な気性に責任を負うべきだろう。民衆の気分の湧き上がる波間に沈みそうな者に、友人たちが救いの手を差し伸べようとする、その踏ん張りが、緊張に満ちた関心を惹き起こした。問題は、『査察官』の舞台だけではない。みな、メイエルホリドのような高名な人の名前をおとしめたくはないのだ。しかもその中心メンバーは演説の名人たちにゆだねられていた。ロシアの演説者の半分ほどはレベルがとても高く、四時間に及ぶ議論において、一人のうまくない演説者に一人の良い演説者がいる、といった具合だ。一番うまいのはマヤコフスキーだった。必要なときには、聴衆をしっかりとつかみ、一五分にわたるワンマンショーをいやというほどにみせる。彼が演じる「与太者インテリ」は議論好きで、聴衆とすぐに口論を始め、その最中もずっと不遜な態度を崩さない。そのスタイルを紹介する一例をあげよう。「もちろん彼は、一番良い役は自分の妻にやらせた。縁故主義？　でも彼が彼女と結婚したのは、彼女が良い女優だったからさ!?」。それをみごとに四角四面の整然さで演じてみせると、発言者たちが座るトランプテーブル（緑の机）の自分の席についた。続いたアンドレイ・ベールイは、『ペテルブルグ』や『モスクワ』の有名な作者で、我々の文学史のセミナーに登場することもできる人物だろう。ベルベットの上着と、ガバルニのようなネクタイをしめた、ロマンチックなデカダン。現代のパリにでもぴったりなほどだ。ここ革命の地モスクワの舞台では、彼は「ゴーゴリの永遠の読者」で、ゆっくりした流れるようなガボットを踊った。一八五〇年にアヘンたばこを詰めていた手は、ここでは魔法をかけるような仕草で、聴衆の頭上に差しだされている。続いて「聴衆の一人」。獅子鼻で、ジャンパーを着て、長いブーツをはいた男が、低い声で叫ぶ。「労働者のためのゴーゴリはどこだ？　農民のためのゴーゴリは？　ブルジョアジーのためにゴーゴリを再発見してやる意味はないのだ」。深夜の一二時ごろになると、人々は激しい叫び声をあげながら、メイエルホリドの名前を呼び始めた。彼が現われたときに鳴り響いた拍手が証明したのは、まだ勝てる余地はたっぷりあるということだった。しかしながら、十分もたたないうちに、彼は民衆とのすべてのつながりを失った。反対勢力のためのスローガンは、「モスクワにはモスクワ特有のゴシップ紙がある」。メイエルホリドはその「モチーフ」を暴露した。秘密の謀略、復讐の動き——若者たちやコムソモール青年団の座る席から、最初の声が聞こえた。「もうたくさんだよ!」。多くのものが席を立ち、外へ出始めた。メイエルホリドは赤いファイルをひったくり、冷静な会話を始めようとしたが無駄だった。彼が話を終えたその瞬間までに、観客の四分の一が去っていった。悪い印象を収めるために、もう二人の登場人物が舞台に登場したが、しかしながら、闘いの結果はもう決まっていた。今や〈『査察官』についての喧嘩〉は、審議にまわされることになるだろう。モスクワのジャーナリストたちが党にかけあったのだ。このときから、反メイエルホリド戦線が形成されていった。

＊初出は、Walter Benjamin, "Ist Meyerhold erledigt?," in der *Die literarische Welt* vom 11. Februar 1927. ベンヤミン全集には "Disputation bei Meyerhold" の題で第四巻に所収。"Gesammelte Schriften" IV, S. 481–483, hrs. von Thiedemann u. Schweppenhäuser, Suhrkamp Verlag, 1981.

論考1

現代演劇へのパラダイム・チェンジ

――メイエルホリドとブレヒトとベンヤミンの位相

谷川道子

一　メイエルホリドとベンヤミンとブレヒトを紡ぐ〈アリアドネの糸〉

ベンヤミンの観た『査察官』をめぐる論争

ヴァルター・ベンヤミン（一八九二―一九四〇）に、メイエルホリドが演出したゴーゴリ作『査察官』をめぐる文章がある。本書第三章でも言及されているその文章の全訳を付録として添えた（本書二〇一―二〇五頁）。それが、ここで「アリアドネの糸」（ギリシア神話に出てくるミノス王の娘が怪物退治に迷宮に向かう恋人テセウスに与えた脱出用の糸という原意から、難問を解く鍵の隠喩）と称するものである。

具体的にいえば、一九二六年にベンヤミンが初めてモスクワを訪れて観た、メイエルホリド演出

『査察官』の騒ぎとその後の討論会、それについてベンヤミンが書いた一九二七年の覚書「メイエルホリドをめぐる討論」である。このベンヤミンによるドイツ語の文章が初めて掲載されたのは、一九二七年二月一一日号の雑誌『文学世界（*Die literarische Welt*）』であり、ベンヤミン全集には「メイエルホリド劇場での討論会」というタイトルで収録されている。[1] ベンヤミンの一九二六年一二月九日から一九二七年二月一日までの日付のついた『モスクワ日記』にも、このメイエルホリド演出の『査察官』をめぐっての言及がある。[2]

このモスクワ滞在期のベンヤミンの体験と文章は、もろもろの分岐点で結節点であり、メイエルホリドとベンヤミンとブレヒトを紡ぐ、何らかの三者関係の難問を解く鍵となるような「アリアドネの糸」なのではないか。その直観が、この論考の核である。さらに先走りして言い換えておくなら、この『査察官』騒動[3]の報告と、ベンヤミンの『ドイツ悲劇の根源』と、ブレヒトの『男は男だ』の、深層での関連だろうか。イートンの本書ではベンヤミンへの言及は少ないのだが、そういう補助線を引きつつ、難問の糸の縺《もつ》れをほぐすことを試みてみたい。

ベンヤミンは当時、『ドイツ悲劇の根源』[4]が教授資格申請論文を拒否され、アーシャ・ラツィスやロシア革命とアヴァンギャルド文化に出会い、[5]自身いうところの「第Ⅱ生産サイクル」、神学と政治の本質的な同一性を考察・暴露しようという転換期にあった。それがベンヤミンのモスクワ観劇記の意味を決定づけてもいるし、『査察官』に対するベンヤミンの政治的評価の意味と、その神学的イメージの観点からの意味も明らかにしてくれるのではないか。つまり、初期のユダヤ神学的・メシア神秘主義的側面と後期のマルクス主義的・唯物論的な側面の間で、ユダヤ神秘思想史研究の碩学である旧友ゲルショム・ショーレム[6]と新たに出会ったラツィスやブレヒトたちの間で、あるいはパレスチナとモスクワの間で揺れる、当時のベンヤミンの模索の直観だった。

言い換えれば、一つは、従来そう見られていたようなモスクワでの案内人であったラツィスやライヒの見解に沿った、ブレヒトと同じ方向にある、政治的機能を果たす新たな手段としての新しいプロレタリア芸術に関するベンヤミンのイメージの反映だろう。ただし、その頃はまだベンヤミンはブレヒトとそれほど深い交友はなく、ブレヒトはそれとは少し違う新しい演劇の可能性に興味をもっていたが、演劇の果たす変革者的な政治的役割という点では、ベンヤミンと興味関心を同じくはしていた。そしてもう一つが、『ドイツ悲劇の根源』からの神学的な観点との連関である。その「バロック悲劇論」の最も中心的な概念である「自然史」、「言語形式」、「根源」に焦点をあてた、神話的生と歴史的生という両義的なアレゴリー的イメージへの哲学的な関心のコンテクストにおいて、のちの「商品の交響楽」という『パサージュ論』で展開されることになるような何かがそこにあったのではないか。

別の観点から見れば、二〇世紀初頭は、世界大戦や革命といった歴史観や価値観の転倒を体験し、万国博などの異文化との遭遇や商品展示やジャポニズム、情報や知識や出会いも重なって、型や記号の発見など、構造主義的なまなざしや発想が生まれた時期だ。それは基本的に一義的なシンボル（象徴・表象）ではなく、両義・多義的なメトニミー（換喩）で、従来の因果論や意味論ではない、記号論的・唯物論的・現象論的な発想につながり、メイエルホリドの「ビオメハニカ」やベンヤミンの「アレゴリー的イメージ」なども、同じような思考／志向のパラダイム・チェンジの連関でもとらえられるのではないだろうか。ブレヒトの一連の〈教育劇〉や『男は男だ』に始まる「叙事的演劇」の試み、「社会的な身振り＝ゲストゥス」や「異化効果」も、「記号論や唯物論やアレゴリー論との隣接」で考えられるかもしれない。レトリックの問題ではなく、まなざしのあり方（パラダイム）の転換だ。

ベンヤミンの『ドイツ悲劇の根源』の位相

そこでもう一つの問題は、現代演劇を考えるときに重要だと思われるベンヤミンの『ドイツ悲劇の根源』を、ベンヤミンのモスクワ旅行とその後のブレヒト論にどう関連付けるか、だろうか。

ベンヤミンは、一九二六年一二月から約二か月モスクワに滞在し、『査察官』その他の舞台を観ているのだが、それは、『ドイツ悲劇の根源』に至る活動がある種の帰結をみた直後だ。一九二三年から二四年にかけて執筆されて、二五年に教授資格申請論文として提出されたが受理されず、アカデミズムへの道を断たれた時期だった。この論文の中には、一九一六－一九年に彼が書いたいくつかのエッセイがいろんな形で引用されていて、『近代悲劇とギリシア悲劇』、『運命と性格』、『暴力批判論』など、重要なこれらの論の初期の集大成ともいえるのが、つとに難解とされる『ドイツ悲劇の根源』だった。

この本の重要性は二つあろう。一つは、近代戯曲というものが一体何であるかを考察していること。ここで「ドイツ悲劇」として取り上げられているのは、Deutsches Trauerspiel（これは人の死を哀悼する劇として、本来は Tragödie ＝ギリシア悲劇の訳語であったものが近代悲劇に流用された由来から、それと区別するために、今では哀悼劇や悲哀劇とも訳されたりする）。つまり、一六〇〇年代のほぼ前半に書かれた作品群、神との関わりを失って人間が現世にのめりこんでいくことによって死の翳りばかりが濃くなるようなドイツのバロック悲劇を軸に分析していて、それ以降の市民悲劇（Bürgerliches Trauerspiel）などを経て数百年にわたる近代悲劇（「カルデロンからストリンドベリまで」、第一部「バロック悲劇とギリシア悲劇」Ⅱ「古い〈悲劇〉と新しい〈悲劇〉」）の展開の中での近代戯曲というものはどういう本質をもっているのかを探ろうとしていることだ。つまり演劇におけるモダンとは何か。

もう一つの重要な点は、そういう近代演劇というものを考えようとするときの対極の参照例として、ベンヤミンがギリシア悲劇（Tragödie）を取り上げていることだろう。このギリシア悲劇と近代演劇というものはどこが違い、どういう類縁性をもっているのか。我々が現代の演劇を考えるときに、紀元前五世紀に確立したとされるそのギリシア悲劇と、どういう本質的な関わりと違いがあるのか、ということだ。本書に収められた鴻英良氏の論考ともかかわるが、ギリシア悲劇というのは単なる演劇ではない。

ギリシア悲劇（Tragödie＝原義「山羊の歌」は諸説あるが、Tragosという贖罪山羊を市民がディオニソス神に捧げて演じられる歌Odeの意から、あるいはディオニソス祭での合唱隊が半人半獣のサチュロスとして山羊の皮をまとって登場したことに由来する、とされる）は、アテナイ都市国家の一年の準備をかけた大掛かりな演劇祭の国家行事となり、それとともに、ギリシアのアテナイの人々はアテナイというこのポリス（都市国家共同体）をどういう形にしていくのか、ということを考えていた。これが、ベンヤミンが言おうとした重要なことであろう。神に対する罪意識、その罪の靄の中から、ゲーニウス（本来は「生み出す者」の意で、反神話的な人間・言語精神もしくはロゴス）がはじめて頭を持ち上げてきた、それが法においてではなくて、ギリシア悲劇においてであった、と（第一部「バロック悲劇とギリシア悲劇」Ⅱ「ギリシア悲劇と伝説」など）。ギリシア悲劇とともに、人々は自分たちの社会の形式を考えているのだ。自分たちの生き方、民主的でポリス的な生を構想する場所として、ギリシア悲劇が登場してきた。その無数の活動の結果、我々がいま歴史的に考察することができるようなある種の演劇の形式と、ある種の共同体の形式と民主政が出てきた。その両者の最盛期が紀元前五世紀だった。

二〇一六年六－九月に東京国立博物館で「古代ギリシア展」が開催され、大部の『展示品図録』も同時刊行された。前六八〇〇年の新石器時代からヘレニズム時代、ローマ帝国の支配下に到るまでのエーゲ海文明を網羅するスケールの〈古代ギリシア展〉で、なかでも中心は前五世紀を最盛期とする前八〇〇年から前三〇〇年のいわゆるクラシック時代。古代ギリシアでかくも画期的な民主政や学術・芸術・競技などが花開いた理由はどこにあるのか、という巨大な謎解きへの挑戦プロジェクトだった。当時ギリシア全土に一〇三五にのぼる自治都市国家（ポリス）が誕生し、ほぼすべての都市国家が劇場を備えるようになり、今日なお一二五を超える野外劇場が現代のギリシア領土内に確認されているという。ルネサンスにより再発見・再生され、ホメーロスの叙事詩を信じたシュリーマンによって一九世紀に遺跡が発掘され、最新研究が積み重ねられつつ、〈古代ギリシア〉はいまなお、「不死の謎」であり続けているのだ。

そこにおいて何が起こったのか。つまり、ギリシアの神々の世界、神話的な秩序の中から〈ビオス＝人の世〉へと移行していく人間というものの登場、そのプロセスそのものを裏付けるもの、あるいは可能にするものとしての、その活動の形式としての演劇＝「古代悲劇」というようなものを原型に想定しつつ、演劇というものが考察された。それが『ドイツ悲劇の根源』の重要な主張であろう。

繰り返すが、ここでいう「ドイツ悲劇（Trauerspiel）」は、バロック悲劇を「根源あるいは始原」にしつつ、「カルデロンからストリンドベリに至る演劇」で、数百年の多層をもつ近代悲劇として、ギリシア悲劇（Tragödie）の対極にある、ということだろう。その中核にあるのがベンヤミンの「アレゴリー的思考」で、バロック悲劇の救済に関わる神学的な枠組みのなかで、罪に囚われたアレゴリーの属性として、神学的な時間論の枠組みで考えられている。ベンヤミンの思考言語は、そもそもが両義的・多義的、つまりアレゴリー的だ(7)。


アレゴリーにおいては、歴史の死相が、硬直した原風景として、見る者の目の前に横たわっているのである。歴史にはそもそもの初めから、時宜を得ないこと、痛ましいこと、失敗したことが付きまとっており、それらのことすべてに潜む歴史は、ひとつの顔貌《かんばせ》——いや髑髏《どくろ》の相貌のなかに、その姿を現わすのだ。〔…〕この最も深く自然の手に堕ちた姿のなかには、人間存在そのものの自然のみならず、ひとつの個的人間存在の伝記的な歴史性が、意味深長に、謎の問いとして現われている。これがアレゴリー的な見方の核心、歴史を世界の受難史として見るバロックの現世的な歴史解釈の核心である。

（ベンヤミン『ドイツ悲劇の根源』第二部「アレゴリーとバロック悲劇」Ⅰより）

ブレヒトの『男は男だ』とベンヤミンの「ブレヒト論」

しかし、この『ドイツ悲劇の根源』の文章と、この後にベンヤミンが書いたブレヒトに関するさまざまな演劇論は、かなりニュアンスが違う。ベンヤミンがブレヒトについて最初に文章を書いたのは、一九三一年頃だ。「叙事的演劇とは何か」の初稿が書かれるのが、ベンヤミンがモスクワを訪れた後、ブレヒトの『男は男だ』という作品がベルリンで上演された一九三一年以降であろうと想定されている。

『男は男だ』(8)は、ブレヒトがベルリンに移住して始めた「叙事的演劇」の試みのプロジェクトで、「一九二五年のキルコアにおける沖仲仕ゲーリー・ゲイの変身」という副題が付いている。魚を買いに出かけた沖仲仕ゲイが四人組の兵士につかまって、次第に名前と皮膚を奪われてジップという名の戦闘マシーンに変身していく——二〇世紀初頭の社会状況の変化のなかで人間が不可分の個人(Individum)から交換可能な大衆(Dividum)へと変身していくプロセスを扱った、一一の景から成る「喜劇」である。人間が心理に関係なく状況のなかで機械のようにモンタージュされていく過程を例示した「モンタージュ劇」ともいえる。あるいは「僕らの社会を型造っているさまざまな矛盾の展示場」(ベンヤミン)で、いわば「裏返しのバール」だろうか。

初演は一九二六年のダルムシュタットだったが(ヤーコブ・ガイス演出)、賛否両論。だがブレヒトのこの作品への気合いは強く(原稿は一年で一キロ、合わせて数キロの重さに及ぶという)、半年後の一九二七年三月には、ベルリン放送でラジオ劇としてブレヒトの序言付きで上演され、それを聴いた当時放送評論家もしていたクルト・ヴァイルが「新しいドラマ制作の画期的な新タイプだ」(Der deutsche Rundfunk, Berlin, 1927, Nr. 12.）と絶賛。これがその後の『三文オペラ』などでのブレヒトとの共同作業の発端だったか。この後、『男は男だ』はあちこちで上演され、そして一九三一年にはブレヒトも共同演出として加わってベルリン国立劇場で「叙事的に」上演された。ゲイ役はペーター・ロレ、ペグビックのおかみはヘレーネ・ヴァイゲル、兵士役はテオ・リンゲン等々の豪華布陣で、ヴァイルの音楽も使われたとプログラムにはあるが、どの曲かは上演台本が失われたので定かでないという。批評でも大いなる反響を呼んだ。ベンヤミンが観たのはこの舞台だ。

一九二四年にベルリンに移住したブレヒトは、さっそく周りにさまざまな人たちとの作業集団をつくりあげ、資本主義の進展のなかでの人間の変容を探る地震計としての『男は男だ』を中心に、「叙事的演劇」の探りの試みを集中的に行っていく。その一九二四年末頃、ラツィスの仲介でベンヤミンはブレヒトに会ったというが、教授資格申請論文がうまくいかず落ち込んでいたベンヤミンと、六歳下の野心に溢れていた当時のブレヒトの初対面は、なかなか話がかみあわなかったらしい(9)。専門も気質も違う二人には、互いの理解のための探りの時間も必要だったろう。しかしベンヤミンは、たとえば友人ショーレム宛ての手紙（一九二九年六月六日）でも、「つい最近、親しく付き合うようになった重要な人物」として、ブレヒトの仕事への共感を表明し、その関心を理解・共有しようと努めていた。

ハンナ・アレントによると、ベンヤミンは、「ブレヒトの仕事を理解することが私のあり方のすべてにおいて、最も重要で信頼のおけるポイントのひとつだ(10)」と考えていて、「彼にとってとりわけ大事だったのは、感情移入を想起させるようなものをすべて排除することだった。まるで考察のそれぞれの対象が読者や観察者に媒介項なしに伝えられ、伝わるようにする使命をあらかじめもっているかのように──[11]」。

ベンヤミンとブレヒトの親和力は、その感情移入の拒否、あるいは「個人」から「問題状況」へのまなざしの重点移動にあったのかもしれない。ブレヒトが「叙事的・反アリストテレス的・反心理主義的」というテーゼを打ち出したとき、ベンヤミンは最初は慎重にではあったが、ただちにそれがブレヒトの本質であることを認識した。一九三一年にベンヤミンは「叙事的演劇とは何か」初稿ですでに、ブレヒト演劇を「身振り的」と定義している。「身ぶりは叙事的演劇の素材であり、その素材を有効に利用することがこの演劇の課題なのだ。〔…〕行動するひとをしばしば中断すればするほど、ますます多くの身ぶりが得られる。だから叙事的演劇の前面には行動の中断が姿をあらわすのだ[12]」。さらに一九三九年には、「ブレヒト劇が取り去ったものは、アリストテレスのいわゆるカタルシス──すなわち、ヒーローの感動的な運命に感情移入することをつうじて、情緒を排出し、解消すること──である。〔…〕定式化していえば、公衆は、ヒーローに感情移入することではなく、むしろ、ヒーローの行動のおかれている状況におどろきをおぼえることを、もとめられるのだ[13]」。その叙事的演劇の実験が最も展開されている悲劇的でない主人公の例としてゲーリー・ゲイを挙げ、「戯曲『男は男だ』のヒーローであるゲーリー・ゲイは、ぼくらの社会をかたちづくっているもろもろの矛盾の、展示場にほかならない」と述べ、さらに〈教育劇〉や『第三帝国の恐怖や悲惨』、『ガリレオの生涯』にまで言及している。

「身振りの中断」が提示するもの

問題はその「身振り」だろうか。

「身振りの中断」というきわめて技法的なことが、ベンヤミンによって、ブレヒトとほぼ同時期に語られているわけだが、ブレヒトの場合は、クルト・ヴァイルとの『三文オペラ』の後の『オペラ・マハゴニー市の興亡』の共同作業のなかで、「身振り的な音楽」ということが浮かび上がってきたらしい。この音楽による身振りの中断という技法、要するにある演劇的な上演のなかで物語的な展開をふつうに辿っていくという従来の上演形式、これをたとえば自然主義演劇というとすれば、それを意図的に中断していく技法である。ブレヒトのあの一九三〇年の有名な対照表＝「演劇のドラマ的な形式から叙事的な形式への移行」が、『『オペラ・マハゴニー市の興亡』への注(14)」として書かれた所以だが、この時期に（ミュンヘンからベルリンに移住して亡命の旅に出るまでの一九二四－三三年頃）、ブレヒトは演劇総体の変革を、さまざまな方向から集中的に考察・実験し、試みていたのだった。

さて、その身振りの切断面のなかに現れてくるものは、物語的な描写ではなくて、その物語がモンタージュ的に展開するときの、ある種の問題状況の露出であろう。「身振りの中断」は、我々に「人間／個人」をではなく「問題状況」を提示する。「一体これは何なのだ」という問いを観客は受け取って、考えざるを得なくなる。これが「叙事的演劇」である。その中断を可能にするのは、「身振り」や「音楽」という始まりと終わりを特定しやすい、演劇エレメントに注目することによってであろう。「音楽」は、ギリシア悲劇におけるコロス＝合唱隊の存在と相似ではないか。近代演劇は個人の演劇として、そのギリシア悲劇の合唱隊／コロスも抹消した。「身振り」や「音楽」の介入により物語を中断して、何らかの理念的・問題状況的な主張を、時間と空間の中に配置することができるような操作。個人を超える何らかの問題／理念的な主張がなければ、そのような身振りの中断によってある状況を配列的に提示する意味はない。そういった問題状況を、身振りや音楽により中断するという技法によって提示することが、自然主義的な演劇の意味合いに対する批判として出現してくるためには、それがどこからもたらされたのかということが問題となる。

「身振り」の連関でいうなら、まずは思い浮かぶのが、メイエルホリドが一九二〇年代に創案した演技訓練体系「ビオメハニカ（生体力学）」だ。メイエルホリドはまさしく象徴的に、一八九八年に設立されたモスクワ芸術座に創立メンバーとして加わり、しかも最初のチェーホフ作・スタニスラフスキー演出の『かもめ』で、既存の演劇界に反抗する青年のトレープレフ役を演じて、そしてその役に殉じるかのごとく、モスクワ芸術座とスタニスラフスキーに反旗を翻す形でさまざまな演劇活動を続けた。ロシア革命が起こるといち早く馳せ参じて、その後、革命政府の文化大臣ルナチャルスキーのもとで教育人民委員会演劇局（テオ）の長に推された。起草したロマン・ロランの言葉を引いたテオのいわゆる「演劇の十月革命宣言」――「群集劇・見世物部門のアピール」にはこうある。

大衆参加の演劇創造をめぐる問題は、集団による創造過程のなかで、そして個人と集団との同志的共同作業のもとで、大衆みずからの点検、添削によってはじめて解決される。……民衆演劇の最初の闘士のひとりであったロマン・ロランの次の言葉を座右の銘としたい。

「幸福で自由な民衆に必要なのは、演劇よりもむしろ祝祭である。民衆自らが、自分たちのためのこの上なく素晴らしい見世物になるだろう。そこで我々は、未来の民衆のための祝祭を準備しなくてはならぬ」[15]（一九二〇年一月二九日‐二月四日）。

「ビオメハニカ」[16]は、まさにそういう連関のなかで創案され、『査察官』をはじめ当時のメイエルホリドの舞台演出に大いに活用された。そういう舞台を、ベンヤミンは実際にモスクワで観ているのだ。そしてその後にブレヒト作・演出の『男は男だ』をベルリンで観た。その間を連繋するのが「身振り」、「身体性」ではないだろうか。

実際には、ベンヤミンの「叙事的演劇とは何か」は一九三九年に発表されているので、一九三一年から三九年の間に、彼はブレヒトをめぐる演劇的な思索を重ねていたわけだ。「叙事的演劇の理論のための試論」というようなものもノートとして残っている。『ドイツ悲劇の根源』はモスクワ旅行の前に完成している。ブレヒトに関する彼の一連のエッセイは一九三一年以降だから、モスクワ滞在の後。『査察官』をはじめメイエルホリドの演出作品を含めたモスクワにおける演劇界というものを経験した後の話、ということになる。このモスクワ滞在のビフォー・アフター――モスクワ以前に書かれた一連のギリシア悲劇に関するテクストはきわめて理念的、歴史哲学的といえる。ベンヤミンのそのモデル、つまり法に先立つギリシア悲劇とはどういうものか――理念的に語られた悲劇の本質的な登場の形態というようなもののなかに、ベンヤミンとブレヒトがこの頃に主要関心事として問題にする「身振りの問題」というものが、隠されてはいないだろうか。

ギリシア悲劇『アンティゴネ』と『オイディプス』をめぐって

そこで思い出されるのが、ソフォクレスがギリシア悲劇として書いた『アンティゴネ』をめぐるさまざまな議論である。『アンティゴネ』は、ブレヒトが唯一、ギリシア悲劇を素材として一九四八年にスイスのツール市立劇場のために改作・上演した作品なのだが、それについては後述する[17]。

ここでの文脈でまず思い出されるのが、イタリアの思想家ジョルジョ・アガンベンが一九九〇年代に書いた『身振りに対する覚え書[18]』だ。そのなかでアガンベンは、「ヨーロッパのブルジョアジーは、一九世紀に自分たちの身振りを徹底的に失った」と述べている。ブルジョアジーが身振りを失う、そしてその失った身振りを取り戻そうとする必死のあがきが、一九世紀末から二〇世紀初めに行われた。その例はいろいろある。たとえばイサドラ・ダンカンのダンスだとか、ディアギレフのロシア・バレエだとか、あるいは映画の始まりの段階でサイレント映画の中に登場する人たちの絶望的な身振りだとか。そういう過剰な身振りの出現は、失った身振りを回復しようとする必死の努力だ。しかしそれはもう遅いのだ、と。その「身振り」というものは、アガンベンによると、単に体の動きではない。ゲストゥス（ジェスチャー）という言葉の語源は、ゲレーレというラテン語から来ているらしい。ゲレーレとは、いわゆる英語でいう to perform、遂行すること。何かを遂行すること、これが身振りである。アガンベンにいわせると、ブルジョアジーが身振りを失うということは、何らかのことを遂行する努力／能力を放棄することだ、と。あるいは、「身振りを特徴づけるのは、そこにおいて人は生産も行動もせず、引き受け、負担する、ということである。つまり、身振りは、人間の最も固有な圏域であるエートス〔ギリシア語で人のあり方、人倫、エチカ／倫理の語源〕の圏域を開く」。そう、身振りの背後にエチカの圏域が潜んでいる。

思えば、神という絶対的他者との関わりを失って個人となった人間は、依り処となる他者／法／世界／ゲーニウスをも失って、行動不能となっていったのではないか。それが近代演劇が陥ってしまった隘路ではなかったか。これと同じようなことを考えていたのが、フレドリック・ジェイムソンの『ブレヒトと方法』[19]（二〇一二）で、彼もまた、身振りというものの本質は遂行することだと述べている。遂行すること――何が起こってしまうのかというと、これは身体的な遂行だけではなくて、言語的な遂行も含まれることになる。さらに、ジョン・L・オースティンも『言語と行為』[20]（一九六二）で、言語における発話行為のパフォーマティビティや遂行分析を指摘して、その後の言語哲学の転換点となったことも想起される。

そして、その遂行することの意味を実現していくような人間の行動形式というのが問われることになる。この行動形式のモデルとして、『アンティゴネ』が出てくるのだ。

叔父で国王のクレオンが、脱走兵の遺体の埋葬を禁じる国法の掟を犯したのはお前かと聞く。アンティゴネが「やったのは私です」と言ったために、逮捕しないわけにはいかなくなる。「お前がやったのか」と問われ、「同じ血を分けた者をうやまうのは、人の道でしょう」。そういう対話が長老たちの合唱隊のコロスによって批判・中断、解説・解釈される……。こういった形式のなかに、身振り・パフォーマティビティというものが真の意味で深化して現れてくるのだろう。

オイディプス王とてそうだ。テーバイ王国の飢饉と危機の原因を探る行為によって、自らの知らなかった罪を知ることになり、眼を突き刺してさすらいの旅に出る。神と運命への罪だ。ベンヤミンはこれを「ギリシア悲劇的罪」と呼んでいる。

興味深いのは、ベンヤミンが論文提出にあたって書いた「『ドイツ悲劇の根源』の要旨」（一九二五）のⅣに示されている、〈ギリシア悲劇〉と〈バロック悲劇〉の対照表だ。

〈ギリシア劇〉	〈バロック悲劇〉
伝説	年代記
ギリシア悲劇的罪	自然的な罪
英雄の単一性	当時者の数多性
不死性	亡霊的生
喜劇《コメーディエ》との対照性	喜劇《ルストシュピール》との混合

どこか、あのブレヒトの「演劇のドラマ的形式から叙事的形式への移行の対照表」を思い出させないだろうか。影響関係か、思考の共有性かは定かでないが……。近代演劇の陥った隘路をどう切り拓いていくかという思考／志向において、両者はつながっていた。

そういう人間の行動の形式をベンヤミンの言葉にたとえれば、〈ゲーニウスのいわば身体的出現〉ということであろう。つまり、『ドイツ悲劇の根源』の中にすでに、そういう身体的身振りが近代ドイツ悲劇においてどういうものとして実現しうるのかということを、ギリシア悲劇との関係のなかで考察する手がかりがあったのではないか。第二部第二章の「オペラ」の節（たとえば「一七世紀の言語が孕む音声的緊張は、まさに意味の重荷を負わされた語り言葉の対立者である音楽に通じている」――オラトリオ的な対話合唱と、牧人劇のオペラ化の二分化がそこで起こった、ということか）や、むしろそれ以前の「近代悲劇とギリシア悲劇」や「近代悲劇とギリシア悲劇における言語の意味」などのエッセイの中に手がかりは垣間見えるが、ただしそのこと自体は、「アレゴリーとバロック悲劇」を中核とした教授資格申請論文である『ドイツ悲劇の根源』の中にはいまだ明示的には書かれていない。その繋がりを出現させることを可能にしたのが、ベンヤミンの「ブレヒト論」ではなかったろうか。ベンヤミンの「ブレヒト論」は、メイエルホリドを経たいわゆる技法的なところに重心が置かれて書かれているが、歴史哲学的な思考の形態としては、『ドイツ悲劇の根源』のある種の実践的な演劇現場における展開の仕方としての、言説の変容ではなかったろうか。

ベンヤミンの「ブレヒト論」を媒介とした思考

一九三〇年代からのベンヤミンの「ブレヒト論」の中で、『ドイツ悲劇の根源』におけるギリシア悲劇的なものとの本質的な関係において、実はブレヒトが批判したとされるアリストテレスの『詩学』に、その対象であるギリシア悲劇の本質的な構造が現れてきている、ということはないだろうか。

このあたりからメイエルホリドと繋がるはずなのだが、しかしながら一九二七年、モスクワから帰った後のベンヤミンの文章などを読むと、メイエルホリドに関してはやや冷やかな感じもする。ただし『査察官』を観て、この作品をめぐってアーシャ・ラツィスやライヒなどからどういう議論が行われているかということは聴いている（ラツィスはその『自伝』で、『査察官』をめぐっての「討論会」に対して、「メイエルホリド派の勝利だった」と、全く異なる感想を書いているが）[21]。また、オストロフスキー作『森林』やエレンブルク原作『トラストＤＥ』も観ている。これらの舞台は、大まかにいうと、サーカス的であったり、いわゆる見世物小屋的な、あるいはレヴュー的なものとして提示されていたりすること、さらにそれぞれの作品が非常に短い、多くのエピソードに分断・分割されていること。イートンによる本書第三章とそのタイトル「役者は舞台では小さな台皿に取り分けて饗されるべきだ」で論じられているように。そういう形での演劇をベンヤミンは実際に観ているのだ。そしてメイエルホリド討論会も見て聴いて、「メイエルホリド論争への覚書」を書いている！

おそらく、観た直後に書いた日記とか、あるいはそのなかで記述したメイエルホリドの舞台に関する記述を超えて、ベンヤミンはこの経験を、ブレヒトを考えるときに活かしていったのではないか。ブレヒト自身は、すでにラツィスたちとの共同作業や、ベルリンでのモスクワ・アヴァンギャルド文化体験を経てそれらを受容して、自らの新しい演劇を探る試みをさまざまに果敢に展開・模索していたところだった。そういうブレヒトの営為をベンヤミンはモスクワ旅行から帰還後にもろに目の当たりにすることになって、そのうえで書かれたのがこの「ブレヒト論」だった。一九二六〜二七年の直後、あるいはそのただなかでは表現できなかったようなメイエルホリド演劇の本質、あるいは特質へといわば遡行的にたどりながら、それを参照項としつつブレヒトの作品を分析していく、というか、そのなかで、ある種モスクワでの体験を封印するかのようにそれを活かしていった、というふうにも見える。そうでなければ、「エピソード」や「叙事的」という言葉がいきなりあれほどたくさん「ブレヒト論」の中に出てくるはずはないだろう。

つまり「身振りの中断」とは、無数のエピソードに分けるということであり、それを実際にメイエルホリドも舞台でやっていた。そのことによって問題状況を観客の判断に投げ出す。劇場というのは、観客が陶酔する場ではない、問題を観客が考える場所で、その観客が考えるための問題状況を提示する役割を果たすのが俳優、もしくは俳優と演出家たちだ。こういう観客が考える場所としての劇場という概念こそが、『ドイツ悲劇の根源』の中でベンヤミンが指摘したことでもあったろう。つまり、悲劇（Tragödie）というものが出現してくるなかで古代ギリシアで起こったこと、観客席＝テアトロンの中で、観客が考えるという形式、そのなかで新たなポリスのあり方を構想するという運動を、同時にベンヤミンはメイエルホリドの中に見出し、そしてそのメイエルホリドの中にベンヤミンが見出したことを、実際にもう一つ別の場所で実践していたのが、ブレヒトだった、しかも劇作と舞台化の双方で、それが「叙事的演劇」だ、ということになるのではないか。「戯曲『男は男だ』の主人公ゲイは、僕らの社会を型造っているさまざまな矛盾の展示場に他ならない」。

山口裕之によれば、「中断」とは、時間の流れがそこで停止することであり、アレゴリーの特質としてベンヤミンが考えていた「静止状態にある弁証法」、「弁証法的形象」としてのアレゴリーの表現そのものであるという。アレゴリカルな意味作用とは意味選定を発動するための配置であり、共通コード（集団、慣習社会）へのずらしや批判をもめざす。演劇的力が、神話的力や政治的力として三位一体的に凝縮する、ということではないだろうか。

そう考えれば、ベンヤミンの「ブレヒト論」は、むしろメイエルホリドを考えるときに重要な文献になろう。ベンヤミンからメイエルホリドへ、そしてブレヒトへ、ベンヤミンを媒介としてそういう一つの回路が、そういう思考の方向性として結実していくのではないか。そのことをどういう形で語ることができるのか。これは実は現代演劇に問われている問題でもある。モスクワでメイエルホリドが行っていたこと、ブレヒトがベルリンでやろうとしていること、ベンヤミンがギリシア悲劇の中に見出したこと、その活動の核と形態を演劇の中に取り戻すこと、もしくは演劇の活動としてそれをいわばもう一度始めること、これこそいわばベンヤミン、ブレヒト、そしてメイエルホリドという、この三人の人物を問題にするときに、謎解きしなくてはいけないことなのではないか。それがつまり、「アリアドネの糸」を解くことである。

たとえば、先述のフレドリック・ジェイムソン。現代的な状況のなかで、いわゆる「帝国」のグローバリズムの神話のなかで手足をもぎ取られた「九九パーセント」の市民や知識人たちが何をしなくてはいけないのか。物語の流れに中断を入れ、立ち止まってこれはどういうことかと考えること、それぞれが発言し、行動すること、民意の発動が、テロや戦争でない民主主義の始動につながらなくてはならない。その民意形成の方法の具体的な戦略として、ジェイムソンは「ブレヒトに帰れ」という言い方をしたのだ。ブレヒトの方法論をあらためて再検討していくことだ、と。

おそらく、ブレヒトとベンヤミンとメイエルホリドという三人をつなげていこうとする努力のなかに、「帝国」グローバリズムの神話からの脱出、つまりアテナイのポリス（都市国家共同体）を形成していった人々がギリシア神話の神話秩序からいわば離脱しようとする、そのプロセスが演劇という行為として結実する、というようなものに応えるような形が、この三人の演劇活動に見出される。「アリアドネの糸」を解くこと。その先におそらく、ハイナー・ミュラーやエルフリーデ・イェリネクなどの演劇営為も存在していよう。それがいまだ答えのない未完の、途上の、現代における民主政を創っていく「コロスの演劇」の探りでもあるのではないか。

近代演劇批判としてのコンテクスト

もう一つ付言すれば、ブレヒトのアリストテレス批判というのは、ギリシア悲劇そのものの批判ではない。それはアリストテレスの『詩学』の批判でもなく、要するに、アリストテレスの『詩学』を通したギリシア悲劇の受容史——近代演劇がアリストテレスの『詩学』を通してギリシア悲劇を受容したプロセスに対する疑念・批判であったのではないか、と私は考えている。その近代悲劇が陥った隘路を、どう打破して切り拓いていくか。

それは、『ドイツ悲劇の根源』でベンヤミンが、バロック悲劇を近代演劇との間に介在させて試みようとした疑念や視点とも繋がるのではないだろうか。

「近世以降のドイツ演劇史において、バロックの時代ほど、古典古代の悲劇作家の素材が影響を与えなかったような時代はない」、「アリストテレスの影響に重要な意味はない」。アリストテレスの権威を認めることによって、ルネサンス詩学との関連付けをすることによって、「こうして、バロック悲劇は、古代ギリシア悲劇のどうしようもない復興版《ルネサンス》ということになった」（第一部「バロック悲劇とギリシア悲劇」）、そういう軽侮や誤解を解くことが、ベンヤミンの『ドイツ悲劇の根源』の挑戦だった。

つまり、ギリシア悲劇そのものに対する批判でもなく、アリストテレスそのものの批判でもなかった。むしろ「バロック悲劇に孕まれる」、「当時まさに生成しつつあった新しい形式言語は、おしなべて、この時代の神学的状況のなかに含まれていたもろもろの問題の必然的な表れ」であり、そのアレゴリー的な特性が分析されていく。そして、ブレヒトの近代演劇批判の側からしても、それは同様だった。そもそも、一四九八年のアリストテレス『詩学』のラテン語訳は、ルネサンス期の文芸理論の基底をつくったが、クルチウスによる独訳は一七五五年で、レッシングやゲーテ、シラーがそこから近代演劇の理論と実践のモーターを回す力を得た。ドイツ悲劇史におけるアレゴリー的な「バロック悲劇」について、ベンヤミンは「表現主義の類縁的現象《アナロジー》」、「形式言語を探す同時代文学のアクチュアルな試みである」とラツィスに答えている[22]。のちの一九三〇年代のリアリズム・形式主義・表現主義をめぐる論争を思い合わせるならば、なるほどと、そのまなざしの意味の射程の深さに思い至る。スタニスラフスキーに反旗を翻す形になったメイエルホリドも、『査察官』演出をめぐる討論が先駆けであったように、「形式主義」という批判の矢面に立たされることになったのだが、その危険信号を鋭敏なベンヤミンの感受性《センサー》はすぐさま感じとった。反メイエルホリド戦線の形成、神学と政治の本質的な同一性……。

近代演劇批判の実践的試みとしては、やはりこの三者は機軸を同じくしていたのだ。

このあたりの考察は、早稲田大学演劇博物館でのシンポジウム「メイエルホリドと越境の二〇世紀」（二〇一〇）における、鴻英良氏やマリヤ・マリコワ氏（ロシア科学アカデミー文学研究所からのゲストスピーカー）、桑野隆氏らとの論議に負うところが大きいのだが、メイエルホリドに関しては、ベンヤミンもブレヒトも、直接的な発言や言及としては、かなり冷静で控えめというか、むしろ消極的なのは何故なのだろうと、私自身もずっと考えてきた。

本書第一章で指摘されているように、二〇世紀初めはロシア革命やアヴァンギャルド演劇・文化に関しては、ベルリンを中心にドイツや全欧に関心や情報、客演が溢れていた。そのなかでメイエルホリドは巨星ではあるのだが大きな流れのなかに存在していて、ラツィスやライヒ、ことにトレチヤコフとの実際の交流のほうが、ブレヒトにはリアルな存在と影響を与えていたということもあるだろう。この頃のブレヒトは、演劇総体のパラダイム・チェンジを考えていたが、当時は、ことにドラマの位相の変換に中心的な関心があり、トレチヤコフの劇作にむしろ興味があったことは推察できる。このあたりは、伊藤愉氏の論考（本書二四七‐二八〇頁）と、イートンの本書がきっちりとらえて論じている。トレチヤコフの『子どもが欲しい』をメイエルホリド演出で討論劇として上演される計画が潰えたのは、返す返すも残念である。実現できていたらどう展開していただろうか。結婚や家族、出産、子育てなどは、二一世紀の現在においても焦眉でリアルな問題系でもあるだけに……。

本書第三章に見るように、メイエルホリドの『査察官』に対する改作や演出は、のちの粛清や銃殺につながるほどの危険因子は見られないように思うのだが、つまり、反体制的なイデオロギーの要素はほとんどないと思われるのだが、本質的に危険な要素は、むしろ「観客が考える演劇」のほうなのだろう。権力にとっては、自らの理解の範囲を超える何か新しいもの、従来の思考や評価の枠組みの変更（パラダイム・チェンジ）を促すもの、こそが脅威なのだ。ちなみにナチスは、否定すべき「退廃美術展」の対極の理想として、「大ドイツ美術展」では古代ギリシア古典文化を、一九三六年のベルリンオリンピックにおいては古代オリンピアの復活を謳い、実現させた。戦争のさなかである。異を唱えるものを切り捨て、価値観を一元化、同調させていく、それが粛清ということだったのだろう。それはベンヤミンが『ドイツ悲劇の根源』において見ようとしたものと通底していた。その危険性は、「政治と神学の本質的な同一性」、アゴラ（開かれた論議の広場）としての劇場、祭儀／国家行事としての演劇＝観客／テアトロン／劇場という観点とも重なるのかもしれない。

加えて、ブレヒトもベンヤミンも、ナチズムやスターリニズムに追われる身として、ひしひしと身に感じていた逮捕・粛清の危険性・危惧もあった。一九二六年から三一年にかけての時期は、ブレヒトとベンヤミンにとって「互いに骨身にこたえた出会い」の直後、互いに相手の見ようとしていること、やろうとしていることを、興味をもちつつも、探りかねているときでもあっただろう。そして一九三三年から四〇年にかけては互いに亡命者として、時代の政治と美学の熾烈な闘いのなかで思索と構想を深めつつ、友愛のなかで互いを案じ、学びながら生き延びることの意味と手だてを必死に探り続けた時代だった。二人の間には、友人としてのラツィスもライヒもトレチヤコフもいた。トレチヤコフもベンヤミンもメイエルホリドも無念な最期をとげた。仕事のフィールドも、互いに微妙に重なりつつずれつつ……『ドイツ悲劇の根源』と『査察官』と『男は男だ』――思えば、ベンヤミンとメイエルホリドとブレヒトの関係の謎を解くための、たしかにこれは、実に因縁のアリアドネの糸だったのだ。

ブレヒトが改作『アンティゴネ』に込めたもの

ブレヒトのギリシア悲劇との関連に関して補足しよう。ブレヒトは地球を一周する亡命の最後の一九四七年に、アメリカからベルリンに帰る前に事態の成り行きを見定めようとスイスに一年ほど暮らしたのだが、そのときにクール市立劇場から頼まれて演出したのが、ソフォクレスを改作した『アンティゴネ』だった。ブレヒトが直接ギリシア悲劇に関わったのは、これが最初で最後だった。ドイツに帰る前に舞台作りの小手調べをしたというくらいに思われていたのだが、こういう因縁の関連のなかにおいて見るならば、ナチスのギリシア古典文化称揚のなかではそれに同調するようなことはやらなかったものの、亡命期が終わって、アメリカのブロードウェイでなく、これから東ドイツに帰国して演劇活動を再開しようというときに、共同体という国家のなかでの演劇の役割を、真正面から考えようとしたからではなかっただろうか。『ソフォクレス原作・ヘルダーリン訳に基づくブレヒト改作アンティゴネ』――その改作の冒頭には、「一九四五年四月のベルリン、脱走兵の兄の遺体をめぐっての二人の姉妹の葛藤を描く序景」が現代へのアナロジーとして付されていた。また、作品への序言に曰く、「ギリシアの劇作法はある種の異化効果、特にコロスの導入によって、検討と吟味の自由をいくらか救い出そうと試みている」。また、「この種の改作は、文学においては珍しいことではない。……こういう楽しみ方が、余り遠くない将来、……幅広い市民大衆にも可能となるだろう(23)」――あの『査察官』をめぐる論争を、想起させないだろうか。あの討論会への、ブレヒトの遅ればせながらの発言のようだ。

ブレヒトがもう少し長生きしていたら、その後でギリシア悲劇の活用・受容（剽窃?）の検討に帰

ることもあったのかもしれない、それはベンヤミンの『ドイツ悲劇の根源』との関連で見てきたこと
と関連しよう――法・ゲーニウス・民主政の誕生の場としての演劇。

ただし、さらに「身振り《ゲストゥス》の中断」の話とも関連させておくならば、なおさらに、感情移入を近代演技から遮断するための「非アリストテレス」ではあっただろう。感情同化でなく異化――本書第一章で、一九三五年にブレヒトがモスクワのトレチヤコフ宅に泊まった際の対話の中での〈異化効果〉という用語の成立過程が示唆されているように、ブレヒトはこの頃に、シクロフスキィや京劇の梅蘭芳観劇の体験とも関連した俳優術の考察を深め、それまでは「叙事化」や「距離化」や「歴史化」という語も使っていたところに、「異化」と「非アリストテレス的」の語を定着化させたようだ。これは俳優術と観客論の関連においてであって、ブレヒトとベンヤミンとメイエルホリドの「観客が考える演劇」にとっては、そのことが決定的だった。おそらくスタニスラフスキー・システムへの関連かアンチテーゼの探りでもあったのではないだろうか[24]。この姿勢は、一九六〇年代にブラジル生まれのアウグスト・ボアールが『被抑圧者としての演劇』で、何よりブレヒトから引き継ぎつつ、「すべての人びとが観客を止揚して同時にコロスであり主役であるべき新しい民衆演劇の創造」を強調したこととも通底するだろう[25]。

もう一つ、近代演劇はギリシア悲劇から「コロス＝合唱隊」も抹消して個人の演劇とした。音楽の部分はオペラにまかせた。ブレヒトはそのことにも批判的で、ブレヒト演劇は最初から「ソング」と形を変えつつも、音楽性、音楽劇を志向してもいた。コロス／合唱隊の復権、ソングからコロスへ

——それは「私」から「我々」へと導き得るような、「問題提示の演劇」の模索への転換だったのかもしれない。これらはさらに考察が必要なきわめて重要な問題で、レーマンは「ポストドラマ演劇[26]」は、「近代演劇」をはさんで、ギリシア演劇などの「プレドラマ演劇」にも通底している、というような指摘もしているが。前近代的な神話的秩序の崩壊のあとで、神／法／倫理なき個人の近代は、まさにその崩壊によって精神的な危機に直面し続けることになったのであり、その危機状況で近代世界の芸術家たちは、自らの近代性の意味を問いつつ、自らの不安定な主体をポジショニングしようと懸命な努力をしてきた。ここでは、そのうちのベンヤミンとメイエルホリドとブレヒトに焦点をあて、演劇的な現場における二〇世紀前半の人間の活動の重要性と歴史的な事実としてのその活動の挫折と変容の意味について検討していくことが要請されている、ということだろうか。

二　ブレヒトからみたベンヤミンとメイエルホリド

ベンヤミンはいうまでもなく、メイエルホリドとブレヒトに対する第三極として存在している。イートンは本書で、ブレヒトとベンヤミンとの関連にはあまり触れておらず、メイエルホリドとの関連でもトレチヤコフを介在させていて、実際にブレヒトと交友関係が深かったのはトレチヤコフだった（伊藤氏の論考参照）。あるいは、メイエルホリドやトレチヤコフは、ソ連演劇界では要注意危険人物のレッテルが長らく公然化していたので、慎重なブレヒトは、東ドイツに帰ってからも形式主義批判は厳しかったから、彼らの名前をあえて揚言することを避けたのだろう。二〇世紀初頭の前衛芸術の波の中での相互関係のまさに模索と実験を、ブレヒト側から見てみたらどうなるか——それを少し凝縮して概観しておきたい。ステージは三つある。

第一のステージ＝一九二三年秋－三三年

本書第一章と第四章にあるように、メイエルホリドのいわば教え子・弟子であったアーシャ・ラツィスがモスクワからベルリン経由でミュンヘンにやってきて、まずはブレヒトのマーロウ改作『イングランド王エドワード二世の生涯』の稽古に参加。これが、三者関係のよろずの出発点となった。

ブレヒトは、一九二二年に『夜打つ太鼓』がミュンヘンで初演され大喝采を浴びて、その年のクライスト賞も受賞、劇作家として鮮烈にデビューしたのだが、その直後、ミュンヘン室内劇場《カンマーシュピーレ》にドラマトゥルクとして採用され、さっそく舞台裏に回って、ほぼ初めて改作・演出に携わったのがこの『イングランド王エドワード二世の生涯』だった。ブレヒトは初対面のラツィスに演出助手と若きエドワードの役まで依頼。室内劇場幹部は共産党員を雇うなど論外と、ラツィスの採用に反対したが、ブレヒトが押し通したらしい。彼女からメイエルホリドやロシア・アヴァンギャルド演劇について根掘り葉掘り聞いたという。ブレヒトはラツィスを通して、すでにメイエルホリドの〈動きと身振りの演劇〉を学びとっていたのだ。ちなみに、マーロウはシェイクスピアの同時代人の劇作家である。改作作業は旧知の先輩作家フォイヒトヴァンガーと二人でなされた。ミュンヘンに装置家ネーアーも含めた作業集団ができあがった。初演は賛否両論だった。トーマス・マンが「これ見よがしのプロレタリア的なみすぼらしさ」で「演劇におけるプロレトクリトのごときもの」と酷評したのは有名な話だが、「ブレヒトは強力な舞台の侍大将としての真価をもあらわした」というような劇評は、演出家ブレヒトのたしかなデビューも示していよう（本書第四章）。

ブレヒトたちは、一九二四年にベルリンにチーム揃って移住するのだが、ラツィスは娘ダーニャの結核の治療のために途中でカプリ島に立ち寄って、そのときにベンヤミンと出会った。このリガ出身のロシアの美しき革命家にベンヤミンはすぐさま魅かれた、運命的な出会いだった。曰く、「生命力の解放とラディカルなコミュニズムのアクチュアリティの集中的な洞察には、無条件に最善のこと」[27]。その彼はちょうど『ドイツ悲劇の根源』執筆に苦闘中だった。ラツィスが顔をしかめて、なぜ死んだ文学にばかり関わるのかと尋ねると、ベンヤミンはしばしの沈黙の後、第一に、たとえばギリシア悲劇とバロック悲劇の相違に世界の感じ方と態度の違いを明らかにし、学問と美学に新しい用語を確定すること。第二に、表現主義の類縁的《アナロジー》な現象であるバロック劇の研究は、形式言語を探す同時代文学のアクチュアルな問題と通底する営みなのだ、と答えている。友人ショーレムの世話でパレスチナに行くかもしれないというベンヤミンに、ラツィスは「正常な思考をする進歩的な人間の道は、パレスチナでなくモスクワに通じているはずだ」と反論[28]。説得に成功したからこそのベンヤミンの一九二六年のモスクワ旅行だったのだろうか。ショーレムは『モスクワの冬』への「まえがき」（一九八〇）で、ベンヤミンのモスクワ旅行の三つの契機を挙げている。病身のアーシャ・ラツィスへの熱情と、ソ連の状況を自分の目で確かめてドイツ共産党への入党問題に決着をつけること、旅費のために引き受けた著述への義務。ベンヤミンには特異なほど赤裸々な日記だ、と。(29) たしかに切ないほどの矛盾と本音に満ちているようだが、何が真実か。ベンヤミンには当時妻子がいたし、ラツィスとライヒは夫婦同然、ダーガもライヒとの子ではない。そういう時代に、こういう濃密な友愛関係が成立していたのだ。そのことが逆にすごいと思う。

その後の、メイエルホリドの『査察官』論争を挟んでのブレヒトとの出会いとその交流の深化、ベンヤミンが「叙事的演劇とは何か」でブレヒト演劇の狙いと模索を読み解いていくプロセスは、前述したとおりである。

この時期のブレヒトは、『三文オペラ』の大成功に、その映画化をめぐってのネーロ映画会社との『三文裁判』、示談金を貰って作った映画『クーレ・ヴァンペ』の制作、既成の劇場機構を離れたさまざまな〈教育劇〉の試み等々、大きな芸術文化の実践と概念の変容＝パラダイム・チェンジに関わった探りと試みの坩堝《るつぼ》のさなかの時代だった。オルタナティブな雑誌『試み（*Versuche*）』の刊行や、芸術の政治化や資本主義文化産業機構の分析などのさまざまな試み（『三文裁判』は映画産業を例にした文化産業の分析で、「矛盾こそ希望だ」はその巻頭言として置かれている）――十分に手いっぱいで多忙でもあった。ベンヤミンの『モスクワ日記』や『査察官』をめぐる討論会についても聞いてはいただろうが、それに類する、あるいはメイエルホリドに関するブレヒトのことさらな言説は、前述したように、不思議なほどにほとんど残っていない。ブレヒトにとってのメイエルホリドとの出会いは、ミュンヘン時代のラツィスからベンヤミンまでを前史に、当時ベルリンを襲ったロシア・アヴァンギャルド文化の圧倒的な波のなかに存在していて、その総体の影響をブレヒトはしっかり受け止めていた、ということだろう。イートンは本書で、そういった一九二〇〜三〇年代の交流と具体的な舞台との照応関連を指摘することで、それを明示化している。

たしかに、一九三〇年代にベンヤミンによって書かれた「ブレヒト論」は、ブレヒト自身によるものを除けば、ほとんど最初の最も本質をついた卓抜なブレヒト論だった。それはブレヒトも同感だったのではないか。『ドイツ悲劇の根源』での考察を経たベンヤミンが、メイエルホリド演出の舞台を実際にモスクワで観て、その経験を「叙事的演劇」や「身振りと中断の演劇」と「エピソードやモンタージュの演劇」の関連と重ねた考察での、見事な「ブレヒト論」であったのだろう。「ゲストゥス」と「ビオメハニカ」の間も関連付けられるかもしれない。身振り論（Gestus）＝異化＝距離化＝引用＝教育劇＝観客不要論という関連付けも可能だ。あの時期はよろずが、坩堝のような窯変のさなかにあった。ベンヤミンとブレヒトは、次第に専門や資質が違えばこそ、互いに誰よりも理解しあい、批判しあえる、必要な対話の相手になっていったのではなかったか。この頃のブレヒトのもう一つのキーワードは「演劇の機能転換」、ベンヤミンのそれは「アレゴリー」でもあったが。演劇・芸術の機能と目的性とは何なのだろうか……。

第二のステージ＝一九三三‐四〇年

ナチスの政権獲得は、ブレヒトの十数年におよぶ亡命期の始まりであったが、同時に、芸術の生産と消費の関係そのものを受け手の活性化によって転倒させ、いわば生と芸術のラディカルな変換を見据えようと考える人たちによる仕事と思考のゆるやかな共同性の場が失われ、スターリンの粛清をもう一つの歯車に、「未完のプロジェクト」として抹殺・地下埋葬されていくことでもあった。

ことに一九三六〜四〇年は、ベルリン・オリンピックとそのリーフェンシュタールによる映画化『オリンピア』に、スペイン市民戦争とピカソの『ゲルニカ』、ナチスによる焚書や退廃芸術キャンペーンとスターリンの反形式主義キャンペーン……等々、ファシズムとスターリニズム両極における政治の芸術化、美学化——政治と美学の思想闘争が鎬を削り、その結果、一九三九年にはトレチヤコフが、一九四〇年にメイエルホリドがスターリズムによって銃殺され、ベンヤミンはナチスによるパリ陥落を受けて、パリからスペイン国境を越えて亡命しようとしてそのスペイン国境で服毒自殺。さらにはラツィスも一九三七〜四七年に収監され、ライヒも収監……。政治の芸術化と芸術の政治化がもろに尖鋭化した時代だった。

ともあれ、一九三三年から四〇年までのナチスを逃れての亡命期に、ベンヤミンは、一九三四、三六、三七年にブレヒトを亡命地デンマークのスヴェンボルに訪ねて対話を重ねた。その対話の結実が、ベンヤミンの『ブレヒトとの対話』であり、あるいは『生産者としての作家』や『複製技術時代の芸術』であっただろう。「アウラの消滅」＝芸術の機能転換、のみならず、これらは二人の共作といってもおかしくないほどの重なりを見せているように思える。芸術文化が共同体のなかで果たす役割という問題意識は、『ドイツ悲劇の根源』や「テオの演劇の十月革命宣言」の延長線上とも読める。

たくさんの友人や同志を失ったブレヒトは、逆にだからこそ、生き延びることを自らに課した。反ファシズムの闘いからも演劇実践の現場からも切り離された亡命期の日々に、いつか演劇活動を再開できる日のための在庫品づくりがなされた（『ガリレオの生涯』をはじめとする長い射程をもつ戯曲群、叙事的演劇の舞台化に際しての『演劇の小思考原理』や『真鍮＋買い』などの演劇論の深化）。そこにはただし、ベンヤミンの『歴史哲学テーゼ』からの学び――「過ぎ去ったものを歴史的に明確に分節化するとは、そもそもどうであったかを認識することではない。……歴史的唯物論者にとって大事なのは、そういう瞬間に歴史主体の前に予期せず現われてくる過去の像を確保すること。この危機は伝統の存続と伝統の受け手の双方を脅かす。両者にとってこの危機は同じもので、支配階級の道具に我が身を譲り渡すことだ」[30]――そのベンヤミンの悲痛な思いを、ブレヒトは演劇の場で、異化＝歴史化の方法論として、実践的に組み替えていったのではないか。戯曲をどういう意図と機能のベクトルで舞台に乗せるかという演劇論の考察においても、ベンヤミンから本質的なものを学んだのではないだろうか。

第三ステージ＝一九四八／四九－五六年

文字どおり、地球を一周した亡命期を生き延びてスイス経由でベルリンに帰還し、劇団ベルリーナー・アンサンブルを設立して、ブレヒトがまずは亡命による演劇実践・実験の遅れを取り戻そうとした時期だ。一九五四年のパリの国際演劇祭でのグランプリ受賞は、戦後の「ブレヒトの時代」までもたらした。いよいよ舞台化が問題となるときに、演出家メイエルホリドの眼差しと、ブレヒトはあらたにクロスしたのではなかっただろうか。本書第四章でイートンは、その舞台化における両者の関連を丹念にたどっている。

そういうなかで一九五六年は、新たな再開のための時期だったように見える。『ガリレオの生涯』[31]のベルリン上演の準備中に、本来の隠しテーマであったアインシュタインの逝去を知り、教育劇『処置』のスタイルで『アインシュタインの生涯』を書くことを新たに構想した。フンボルト大学の物理学者たちを協力者として、身振りの中断による、「核エネルギー」を考えるための実験演劇とは、いまなお、いまこそ、我々にもまさにアクチュアルではないか。時代の焦眉の問題を、英知を集めてともに考える場としての演劇。一九五六年の遺言は、教育劇『処置』のスタイルこそが未来の演劇である、という言葉だった。ここから、亡命期の宿題を終えたブレヒトの本来の戦後演劇が始まるはずだった。享年五七――自分でも予期せぬ早い逝去だったのではないか。

一九四〇年に粛清され、一九五五年に名誉回復した〈メイエルホリドの世紀〉が、〈一九六八年〉をはさんだニュー・アバンギャルドの表象の第二次パラダイム・チェンジの時代に重なって到来したのもなるほど、というところだろうか。ドラマ（戯曲主導）からシアター（パフォーマンス）へ――構成主義的な舞台やサーカス芝居の応用、カーニヴァル的なシニフィアンの戯れの舞台空間、というような趨勢は、ピーター・ブルックやリュビーモフを筆頭に、現代演劇へのメイエルホリドの影響射程と見ることができるだろう。そこに今度はブレヒトにとっての「トロイの木馬」が登場している、ともいえるか。演劇は、ドラマとシアターが両輪なのだから……〈今、ここ、我々〉のための場なのだから。

三　「考える演劇」への試み

最後に、ふたたび冒頭の問題提起にも絡めて締めくくるなら、ベンミンの一九二七年の覚書「メイエルホリドをめぐる討論」にほの見える神学的な視点は、イデオロギー的な発信というより、後から来るであろうものを直観的に受信したシグナルだったのではないか。あるいは消え去るものへのよびかけか。あの頃は、ソ連もドイツも世界も、たしかに転機への予兆に満ちていた。新しく生成するものへの粛清の、予告・警告でもあった。

それは、ギリシア悲劇やバロック演劇、そして「商品の交響楽」というものに含まれる〈アレゴリー的イメージ〉への哲学的／神学的関心のコンテクストでの読みだ。ベンヤミンのいう「根源」は「生成と消滅から発生してくるもの」で「始原」でもあり、その復元・再興における未完成なもの・未完結なものが認識されることを求める。それが「アレゴリー的イメージ」で、ブレヒトの「矛盾こそ希望だ」という言葉も考え合わせることができる。ともに「考える演劇」、新しい政治的機能としての演劇形式を模索しながら、その頃のブレヒトは、答えは観客に託しつつも、問題状況の切断的提示をドラマとシアター双方において試み、目的論的な機能設定と寓意《パラーベル》劇的な意味構築の枠構造は残しておいたように思える。そこが「啓蒙的な」印象を与えるのかもしれないが、あくまで考えるのは観客だ。ブレヒトは、たとえば三人の神様の登場する『セチュアンの善人』を明確にこの世への寓話《パラーベル》劇と名付けているが、それとアレゴリーとの関連も気になるところだ。そして〈教育劇〉の試みは、その先、あるいは演劇の根源においての可能性として、未来形でさらに展開されるべき構想であったのだろうか。

他方、その頃のメイエルホリドは、ロシア・アヴァンギャルド自体の衰退をもすでにもろもろの廃墟とみて、それを断片化・破砕しようとしていたのではないか。マヤコフスキーの『ミステリヤ・ブッフ』の成立と展開を軸に、鴻英良氏（本書二八一-三一八頁）の論考が革命後の演劇の試みを探ろうとしているように。アヴァンギャルドの破片のファンタスマゴリア（魔術幻灯）としての『査察官』の読みは、そういった意味での『パサージュ論』のエチュードだったのかもしれない。しかしやはり、トレチヤコフの『子どもが欲しい』のメイエルホリド演出は、その対極での新しい試みになるはずだっただろうに。無念だ。

そして、ちょうどこの頃のベンヤミンは、舞台に共犯者として上がるべきか、観客にとどまるべきか、迷ってもいたのではないか。それがベルリンに帰ってからのブレヒトへの深入りで、観客から共犯者のほうに傾いたのではないか。ラツィスと「児童演劇への覚書」を共作したのも一九二九年頃だ。曰く、「プロレタリア子ども劇場には力がある。〔…〕ほんとうに革命的なのは、あとからくる者の秘密の信号である。それは子どもの身ぶりから発せられる」[32]。そして、その後の亡命の放浪のなかで、『歴史哲学テーゼ』や『パサージュ論』が遺稿として遺された。

ベンヤミン、ブレヒト、メイエルホリドも、その意味では混沌と生成の「根源」に迫る新しい表象の方法論をそれぞれに模索していた。バフチンやクリステヴァを思わせる舞台上での「シニフィアンの戯れ」の「多義的なカーニヴァル空間」がすでにここで先取りされていたのかもしれない。それに、すでにロシアは革命後だったはずだ。マヤコフスキーの『ミステリヤ・ブッフ』の舞台も、たしかに

「聖史劇」（バロック演劇？）として叙事的構成をもちつつ、あの「テオの演劇の十月革命宣言」の「民衆の祝祭としての演劇」という言葉も想起させる、政治的というより解放的な演劇だったのではないか。

三者は、どこかで重なってどこかでずれながら、新しい演劇をめぐる営為なり思索なりをそれぞれに展開していったのだ。一九二六年を軸点に見ても、この三者の切り拓いた表裏の影響関係や提言の地平は、陰に陽に連動しつつ、現代の演劇を考えるうえでも、我々にいまなお遺言としての謎かけを託しているように思える。その「秘密の信号」を読み取るのは、観客としての我々、あるいはブレヒトのいう「後から生まれてきた者たち」だ。この三者関係には、たしかにまだまだ探るべきものは残されている。

註

（1）これらの討論会の記録に関しては膨大な記事があるらしいが、いまのところ日本語には翻訳・紹介されていない。

（2）Walter Benjamin, "Gesammelte Schriften,"（以下 GS = ベンヤミン全集）IV, S. 481–483 所収、hrsg.von Thiedemann u. Schweppenhäuser, Suhrkamp Verlag, 1981.　この報告は「演出家メイエルホリド　モスクワで抹殺さる？——ゴーゴリの『査察官』上演をめぐる文学裁判」というタイトルで、『文学世界』誌一九二七年二月一一日号に発表された。"Moskauer Tsgebuch. Mit einemVorwort von Gershom Sholem," hrsg. von Gary Smith, Suhrkamp Verlag, 1980.　邦訳『モスクワの冬』（藤川芳朗訳、晶文社、一九八二年）でも経緯が言及されている。

（3）一九二六年一二月九日初日。ベンヤミンが観た舞台は一二月一九日。討議は翌年一月三日に行われた。

（4）GS III : "Ursprung des deutschen Trauerspiels" 邦訳は『ドイツ悲劇の根源』川村二郎・三城満禧訳（法政大学出版局、一九七五年）や、浅井健二郎訳（上下巻、ちくま学芸文庫、一九九九年）等が出版されている。後者には、バロック悲劇の主要作品の梗概と、『近代悲劇とギリシア悲劇』や『運命と性格』、『暴力批判論』などの邦訳も重要な参考資料として付されている。本論考の引用も、後者の浅井訳に拠った。

（5）ことにアーシャ・ラツィスとベンヤミン、ブレヒト、ロシア・アヴァンギャルド文化との出会いと展開に関しては、拙著『聖母と娼婦を超えて――ブレヒトと女たちの共生』（花伝社、一九八八年）の第Ⅲ章「流離の革命家――アーシャ・ラツィス」（一〇三－一五四頁）も参照されたい。なお、そこで中心的に依拠したラツィスの『自伝』は、Asja Lacis, "Revolutionär in Beruf," 〔職業としての革命家〕hrsg. von H. Brenner, Verlag Rogner u. Bernhard, 1971.（以下 Lacis, "Revolutionär"）。ロシア語版は一九八四年に刊行。Анна Лацис.（アンナ・ラツィス）Красная гвоздика.（赤いナデシコ）Рига.（リガ）1984. 内容に多少の異同があるようだが、本論ではドイツ語版に拠った。

（6）Gershom Sholem（一八九七－一九八二）は、ユダヤ神秘思想研究の第一人者として知られる碩学で、ベンヤミンとは一九一五年に知り合ってから一九二三年にエルサレムに移住するまで身近な親友で、ヘブライ大学教授となってからも終生、交友が続いた。一九七五年に刊行された彼の "WALTER BENJAMIN: Die Geschichte einer Freundschaft" は、『わが友ベンヤミン』（野村修訳、晶文社、一九七八年）として邦訳されている。

（7）ベンヤミンの「アレゴリー的思考」に関しては、山口裕之『ベンヤミンのアレゴリー的思考』（人文書院、二〇〇三年）を参照。

（8）Bertolt Brecht, "Mann ist Mann," in "Gesammelta Werke," Suhrkamp Verlag, Frankfurt a. M., 1967.（以下 GW＝ブレヒト全集）GW1. その作品へのブレヒト自身の作品注は、GW17, Schriften zum Theater 3, S. 973–1003. 邦訳は『男は男だ』（千田是也・岩淵達治訳、『テアトロ』第二五四号、テアトロ社、一九六四年）、および『ブレヒト戯曲全集』第2巻（岩淵達治訳、未來社、一九九八年）などを参照。なお、ブレヒト生誕一〇〇年を期して同じズーアカンプ社から校訂版として三十数巻の新全集が出版されているが、イートンにならって、この論考でも上記の旧版を採用した。一九六七年に出版されたこのズーアカンプ社のペーパーバック廉価版の二〇巻全集は、ブレヒトを世界的に広める契機になった。私も学生時代に手にして大いに活用、いまやボロボロだ。

（9）Lacis, "Revolutionär," S. 49.

（10）Hannah Arendt, "Walter Benjamin / Bertolt Brecht, Zwei Essays," München, 1971, S. 16.

（11）前掲書、S. 59.

（12）Walter Benjamin, "Versuche über Brecht," Suhrkamp Verlag, 1966, S. 9–10. 邦訳は『ヴァルター・ベンヤミン著作集9　ブレヒト』（石黒英男編訳・解説、晶文社、一九七一年）所収の石黒訳「叙事的演劇とはなにか（初稿）」。

（13）前掲書、S. 25–26. 野村修訳「叙事的演劇とはなにか　1939」、前掲書所収。

（14）Brecht, GW15, "Anmerkung zur Oper. Aufstieg und Fall der Stadt Mahagonny," S. 1004–1016.

（15）『メイエルホリド　ベストセレクション』諫早勇一ほか訳、作品社、二〇〇一年、一六五－一六六頁（大島幹雄訳）。

（16）ビオメハニカは一九二一年に、メイエルホリドが設立した国立高等演出工房で、俳優養成コースの訓練の一環として取り入れられた。これが実践としては最初で、用語自体は一九一八年から用いられている。

（17）その拙訳のブレヒト『アンティゴネ』（光文社古典新訳文庫、二〇一五年）の「解説」を参照。

（18）ジョルジョ・アガンベン「身振りに対する覚え書」の邦訳は『人権の彼方に——政治哲学ノート』（高桑和巳訳、以文社、二〇〇〇年）五三－六六頁に所収。

（19）Frederic Jameson, "Brecht and Method (Series 'Radical Thinkers')," Verson Second Edition, 2011. 邦訳は大橋洋一・河野真太郎・小澤英実・大貫隆史ほかの共訳で、京都造形芸術大学舞台芸術研究センター刊行の『舞台芸術』第I期第1－10号に連載。

（20）ジョン・L・オースティン『言語と行為』坂本百大訳、大修館書店、一九七八年。

（21）Lacis, "Revolutionär," S. 55. 補足すると、「ベンヤミンは、メイエルホリドの演出には常に賛嘆と反発があったことを知らなかったのだろう。若者はメイエルホリドの味方だった。抗議のヤジは演出家としての彼にではなく、論争のために行き過ぎる彼の演説に向けられていた。メイエルホリドはその後も演出を続けたし、抹殺されたわけではなかった」。

(22) Lacis, "Revolutionär," S. 55.

(23) Brecht, GW 17, S. 1211–1220. "Zu Die Antigone des Sophokles," Vorwort zum Antigonemodell, 1948.

(24) ちなみに、この論考では扱いきれなかったが、[Stanislawski – Wachtangow – Meyerhold] という三者の進歩性を比較考察する興味深い二頁ほどのメモが遺されていて(GW15, S. 385–386)、「俳優術の新しい技法——一九三五〜一九四一年頃」の題でまとめられてGW15, S. 337–388に収められている。『真鍮買い』とも関連する考察だろう。

(25) アウグスト・ボアール『被抑圧者の演劇』里見実・佐伯隆幸・三橋修訳、晶文社、一九八四年。

(26) Hans-Thies Lehmann, *Postdramatiszhes Theater*, Verlag der Autoren, Frankfurt a. M., 1999. 邦訳は『ポストドラマ演劇』谷川道子・新野守広・本田雅也・三輪玲子・四ツ谷亮子・平田栄一朗訳、同学社、二〇〇二年。

(27) Walter Benjamin, "Briefe," hrsg. von Scholem u. Adorno, Suhrkamp Verlag, 1966, S. 351.

(28) Lacis, "Revolutionär," S. 43–45.

(29) 前掲書、ベンヤミン『モスクワの冬』への一九八〇年のショーレムの「まえがき」。

(30) Benjamin, GS V. 『歴史哲学テーゼ』あるいは『歴史の概念について』は一八のテーゼから成り、引用はその第四のテーゼより。邦訳には今村仁司『ベンヤミン「歴史哲学テーゼ」精読』(岩波現代文庫、二〇〇〇年)、『ベンヤミン・アンソロジー』(山口裕之訳、河出文庫、二〇一一年)などがある。

(31) ブレヒト『ガリレオの生涯』の拙訳(光文社古典新訳文庫、二〇一三年)の「解説」に『アインシュタインの生涯』の遺稿断片の邦訳も付した。

(32) Lacis, "Revolutionär," S. 26. なお、ベンヤミンのこの綱領はGS II, S. 763–769にも収録されている。邦訳は『教育としての遊び』(丘澤静也訳、晶文社、一九八一年)所収。

論考2

現実を解剖せよ――討論劇『子どもが欲しい』再考

伊藤　愉

一　セルゲイ・トレチヤコフとベルトルト・ブレヒト

『メイエルホリドとブレヒトの演劇』と題された本書は、メイエルホリドとブレヒトの「接続」を図る内容となっている。しかし、イートンが書いているように、ロシアとドイツを代表する二人の演劇人の軌跡の重なりは明示的ではない。一九三〇年代にメイエルホリドの秘書であったA・グラトコフは、ゴードン・クレイグ、サン゠テグジュペリ、ルイ・アラゴンらに混じってブレヒトもメイエルホリドの稽古場に顔を出していた、と書いているが[1]、ブレヒト自身はメイエルホリドについてほとんど言及をしておらず、またメイエルホリドもブレヒトについて言葉を残していない。それでも、イートンの論が説得力を持っているのは、彼女がメイエルホリドとブレヒトの周りの人間たちを丁寧に描き、その同時代性のなかで両者を位置付けようとしているからだろう。とりわけ、本書でも何度か触れられているロシア人作家セルゲイ・トレチヤコフ（一八九二‐一九三七／三九）は、ブレヒト自身が一九三七年一一月、カール・コルシュへの手紙のなかで、「トレチヤコフが逮捕されてから（おそらく、日本のスパイとしてだろう）、私のソ連との文学的な繋がりはすっかりなくなってしまった(2)」と書き記しているように、ブレヒトとロシアの関係において極めて重要な役割を担っていた。

一、我が師トレチヤコフ、
背が高く、愛想の良い彼が、
人民裁判の判決によって銃殺された
スパイとして。彼の名は呪われた。
彼の書物は闇に葬られた。彼について話せば
疑われる。その話は遮られる。
彼は無実ではないのか？

二、人民の子たちは、彼を有罪とした。
コルホーズや労働者たちの工場、
世界で最も勇敢な施設たちが
彼を敵だと看做したのだ。
彼を守ろうとする声はひとつとしてあがらなかった

彼は無実ではないのか？

……

彼は無実ではないのか？
彼を死に追いやるなんてどうしてできるのか？

（ベルトルト・ブレヒト「人民は無謬か？」一九三九年）[3]

七、

本書の著者キャサリン・ブリス・イートンが触れているブレヒトの詩「人民は無謬か？」は一九三七年に書かれた。トレチヤコフが逮捕されたことを知ったブレヒトは、この詩を書き記し、ひとり彼の無実を訴えようとしていた。ブレヒトの生前に刊行されることなく、引き出しに眠っていたこの詩の冒頭に記されたトレチヤコフの名前は、ブレヒト自身によって削除されていたという。

トレチヤコフは、一九三四年にブレヒトの作品をロシア語に訳し、『叙事劇』と題した戯曲集（『屠場の聖ヨハンナ』、『母』、『処置』を収録）を出版し、これがロシアにおけるブレヒトの初めての本格的な紹介となる。それ以前にも、一九三〇年にカーメルヌイ劇場で『三文オペラ』が上演されていたが、これは多くの改作が施され暫定的な翻訳だった。一九三三年には、ニコライ・オフロプコフがブレヒトの『屠場の聖ヨハンナ』を『聖愚者』と題してモスクワで上演しようとするが、これも未上演に終わっている。トレチヤコフはしばしば、「ブレヒトの初期翻訳者の一人」と記されるが、事実上、まさに彼こそがロシアにおけるブレヒトの最初の翻訳者だった。もちろん、二人の関係は単なる原作者と翻訳者でなく、思想的に響き合い、共通する演劇観を持ち、なにより深い友情で結ばれていた。ただし、トレチヤコフに言わせれば、「翻訳」という行為こそが作家同士のあるべき交流の姿でもあった。一九三四年、第一回全ソ作家会議上でトレチヤコフはブレヒトに関して次のように述べている。

知人として、交流しなければならないのです。単なる知人としてではなく、友人として。単なる友人としてではなく、仕事を共にするものとして……。隣に立ち、敬意を持って互いに学び合う……。私はブレヒトと親しく仕事をする中で、同志としての親近感が強くなるのを感じます。彼の仕事を翻訳し、そのいくつかを受け入れ、多くに反論し、しかし彼の一歩一歩の歩みに最大限の注目を払っています。愛をこめてと言ってもいい。まさにそのような関係を、そのような文通を、あなた方ひとりひとりに願いたい。作家同士が応答する基本的な形は、作品の翻訳だと思うのです。(4)

こうしたトレチヤコフの態度をブレヒトは信頼していた。一九五六年にモスクワで新たに自身の戯曲集が出版されることを知ったブレヒトは、そこに自分の友人の翻訳を入れることを望んでいたという。(5)そしてまた、ブレヒトもトレチヤコフが一九二六年に書いた戯曲『子どもが欲しい』に惹かれ、自分の演出作品としての上演を望んで、一九三〇年代初頭にエルンスト・フーベにドイツ語への翻訳を依頼している。

トレチヤコフは一九三〇年末から翌三一年にロシア文化に関する講演のためドイツを訪れ、そこで初めてブレヒトと知り合った。そのときブレヒトの芝居を観て、「優雅な芝居ばかり見ている女性客が、見慣れぬ戯曲に対してヒステリックに抗議の声を上げたとき、私は初めてブレヒトがいかなるものか感じとった」と書いている[6]（ちなみにトレチヤコフはブレヒトの『男は男だ』から、「メイエルホリドの『堂々たるコキュ』以来の衝撃を受けた[7]」ようだ）。

一九三三年から三六年にかけて、トレチヤコフは様々な媒体で、「ベルトルト・ブレヒト」と題した同じエッセーを何度か書き換えながら発表しているが、その中で彼は、「ブレヒトは、それまでの芸術はあまりに静的で受動的だと考えていた。彼は芸術を活発化させようとしながら、芸術作品を形作る素材を具体的で特別なものとするのではなく、観客への芸術作品の働きかけこそを具体的なものにしたいと考えていた[8]」と書き、芸術とは教育の一種で、人々を教え導き、彼らをより力強くし、そして楽しませることができるものだというブレヒトの考えを繰りかえし述べている。「アリストテレス的な劇作法と戦いながら、《知的な演劇》を欲した」ブレヒトの立場をトレチヤコフは、図に表しながらソヴィエトの読者に紹介している[9]【表1】。

トレチヤコフは、ブレヒトの「感情は観客たちを騙す。安易に受け入れるのではなく、行為の主張を点検し、原因を見つけてほしい。戯曲〔『屠場の聖ヨハンナ』〕の本質は、アリストテレス的に観客をカタルシスの浴槽で浄化できるようにするのではなく、観客を変化させる、より正確に言えば、芝居

アリストテレス的演劇	叙事的演劇
行為	叙述
観客を舞台上の場面に沈め込ませ、 彼らの積極性を解消する	観客を観察者にし、 かつ彼らの積極性を呼び起こす
観客の心を刺激する	判断を求める
追体験	世界観
暗示	主張
観客は共体験する	観客は考察する
人間はよく知られた形で提示される	人間は研究の対象である
行為の結末に関心が向けられる	行為の推移に関心が向けられる
前の場面が次の場面を条件付ける	個々の場面は個別的である
規則的な展開	モンタージュ
感情	知性

表1 アリストテレス的演劇と叙事的演劇の対応表（トレチヤコフ作成）

の外で実現されるような変化の種を観客の中に撒くことにある」[10]という言葉を引用している。

一九三〇年代、このように積極的にブレヒトについての文章を書き、彼の戯曲を翻訳したトレチヤコフは、ドイツの友人の中に自分と同じ思想を確かに読み取っていたのだろう。トレチヤコフが挙げるブレヒトの特徴の多くは、当時のロシア演劇のイデオローグとしても活動してきた彼自身が、すでに二〇年代のメイエルホリドやエイゼンシテインとの共同作業のなかで実践してきたものだった。とりわけ興味深いのは、ブレヒトがドイツ語への翻訳を依頼した『子どもが欲しい』は、実現に至らなかったものの、ブレヒト演劇の特徴と明確に呼応している。『子どもが欲しい』はトレチヤコフのみならず、メイエルホリドの演出活動においても一つの到達点となるはずの計画であった。イートンもトレチヤコフについて十分に触れているが、その記述へのささやかな補足として、ここではトレチヤコフの活動と彼の戯曲『子どもが欲しい』について紹介したい。

二 『子どもが欲しい』上演計画

一九二七年、マヤコフスキーはチェコの新聞『プラハ・プレス』の取材を受けて、チェコで上演されるべきロシアの戯曲として『子どもが欲しい』をあげ、「この戯曲は国外における第二の『戦艦ポチョムキン』になるだろう」と述べている。[11] この戯曲は一九二六年に執筆され、全十場面のうち二場面だけが、一九二七年の『新レフ』第三号に掲載された。その後何度か改稿を施されるが、検閲にかかり、完全な形で出版されることはなかった。またその上演に関しても、のちに見るように、諸般の事情により、実現に至らず未完に終わった作品である。イートンの『メイエルホリドとブレヒトの演劇』が英語で出版されてまもなく、ソ連崩壊直前の一九八八年に演劇雑誌『現代戯曲』上で、『子どもが欲しい』は全体が初めて公開され、[12] 内容・形式ともに挑戦的なこの戯曲は、以後ロシア演劇史研究において注目を集めつづけている。

まずは、戯曲のあらすじを見てみよう。

舞台は、戯曲が書かれた一九二六年のロシアの共同住宅と住宅に付属する労働者クラブ。一九一七年の社会主義革命から九年、内戦に伴う戦時共産主義による経済の崩壊を経て、そこからの回復を求めるネップ期の物語である。一時的な資本主義システムの代用によって、社会には資本家が登場し、格差が広がり、その一方で社会主義国家の確立を目指し、「新しい思想」に基づく、「新しい国家」、「新しい人間」の創出が目指された時代、都市部には、物資と仕事を求めて農村部から人々が大量に流入していた。

　主人公のミルダを始めとして、登場人物たちは一つの区画をいくつもの世帯で利用するソ連式の共同アパートに住んでいる。女性共産党員として、女性の社会進出を目指すミルダは、生活の向上を目指し様々なプロパガンダ活動に勤しみ、女性を家庭に閉じ込めている「子どもの問題」の解決を試みる。その手段の一つとして、「クラブ」と呼ばれる一九二〇年代に出現した新しいタイプの社会主義建築の一部に「託児所」を作ろうとしていた。

　女性全体の社会的な立場の向上を目指し、独身を貫いて来たミルダだが、ある日、共同住宅の管理人に関係を迫られたことをきっかけに、自分が子どもを欲しがっていることに気づく。だが、ミルダが欲しいという子どもは、単なる子どもではなく、一〇〇パーセントプロレタリアートの父親を持つ、社会全体で育て上げる優良な子どもだった。

　ミルダは、「獲得形質は遺伝する」という優生学的思想に基づき、自らに良質な精子を提供する優秀なプロレタリアートとしてヤコヴに眼を付け、声をかける。劣悪な状況での生産は、質のわるい製品を生み出すのと同じく、間違った状態にある性交渉——病気、アルコール中毒、知恵おくれ——は「良くない人々」を生み出すと説明する。「生産《プロダクション》」というものがあるわね。これは工場や耕作地で生産物がとれることを言うわ。そして生殖《リプロダクション》がある。これは人間という資源が更新されて、簡潔に言えば、人が産まれるってことね」[13]。彼女が最終的に、健康的な労働者との間に子どもをもうけたいと考えていることを、そうした理由からヤコヴを選んだことをなんとか伝えたとき、彼は即座に自分にはすでに婚約者がいると断る。だが、ミルダは彼に決定的な一言を言い放つ。「私は夫は欲しくないの。欲しいのは子どもだわ。あなた自身が私にとって必要なわけじゃないの。私が必要なのは精子なの」[14]。

ヤコヴはミルダの提案を受け入れ、二人は性的な関係を持つ。ヤコヴの婚約者のリーパはヤコヴを取り返そうとし、ミルダに食って掛かるが、「契約に基づく関係であり、そこに愛情はない」とミルダは言う。ヤコヴもその契約を遵守するはずだった。だが、ミルダが子どもを妊娠すると、ヤコヴは父親として愛情が芽生え、その子どもと家族の関係を持とうとする。「社会全体で育てる」というミルダはヤコヴをはねつける。そこへヤコヴの婚約者であるリーパが再度現れ、自分も子どもを妊娠していると言う。リーパは、「子ども同士が結婚したら近親相姦になってしまう」といい、二人は子どもの情報を互いに交換し合うことを約束する。ミルダはリーパに言う。「数年待ちましょう。建設が進み、石油コンロや狭すぎる物置小屋は消え去る。失業者もいなくなる。家に閉じこもる「主婦」なんてのも滅び去る。人々の精神は穏やかになる。託児所ができる。託児所じゃなくて、まるまる一軒の子ども部屋かもね。私たちはそこに子どもを預ける。そうして私たちは友達になるんだわ[15]」。

最後の場面の、一九二六年から四年後の「子ども品評会」では、「健康な両親は健康な新しい世代を意味する」、「公共託児所は、労働女性の自由を意味する」、「健康な受胎は、健康な懐妊である」といったスローガンが掲げられ、一歳児の一等をミルダとヤコヴの子ども、リーパとヤコヴの子どもが同時に受賞する[16]。こうして、集団主義社会の承認に基づく赤ん坊の公共的な展示は、伝統的な家族構成で養育される私的資産としての親縁関係にとって代わる。

「社会全体で育て上げる子どもを、恋愛感情抜きのセックスで誕生させる」、あるいは「私は夫は欲しくないの。欲しいのは子どもだわ。あなた自身が私にとって必要なわけじゃないの。私が必要なのは精子なのよ」という台詞とともに託児所の建設を目指すミルダの思想は、「男性主体の資本主義的な家族像の破壊」と結びつき、レーニンとの「一杯の水」論争で話題となった当時の女性政治家コロンタイの思想を彷彿とさせもする。すなわち、女性の受動性という伝統的な知と制度に疑問を投げかける態度であり、同時代の女性の社会進出というスローガンを、「露骨に」反映している。

女性の子どもを産む役割を「生理的な機能」として合理的に捉えるミルダは、人間を「機械」として把握しようとしているようにも見えるが、逆説的に、女性の「生産行為」を主体的に捉え直す、「家族」という枠組みから「社会的な生産行為」を奪回する、過激な試みとも読める。こうした態度は、あるいはマルクス主義それ自体の中心にある問題を上演することだった、とロシア文化研究者のクリスチナ・キーアーは指摘している。[17] それは、「生産者が彼の労働によって得られた生産物に対して疎外関係にある」ということである。つまり、ミルダに選ばれたヤコヴが、生産しながら、それを手放し、永久に遠ざけられるという構図である。ここでは、社会主義の未来は、生産物が自分より金持ちの誰かに所有されるよそよそしい商品となるのではなく、労働者の同志全員のものとなるように描かれる。所有をなくした「新しい生活」への夢として、健康なプロレタリアの子どもはミルダ自身ではなく集団に属する。その子どもは、託児所や幼稚園において優先して育てられることとなる、と彼女ははっきりと言う。彼女はヤコヴが精子を自分に引き渡し、単に子どもが欲しいという彼女の願いをかなえるだけでなく、ソヴィエト共同体のためにつくすことを望む。彼女にとって、合理的に特徴づけられる究極の社会主義的な目的（生産物）こそが、赤ん坊だったと言えるだろう。

なかなか過激な内容のこの戯曲は、集団主義的な社会主義社会を称揚するプロパガンダとして読むことも可能だが、トレチヤコフ自身はそうしたことを望んでいない。一九二九年、「劇作家は何を書いているのか」という短い文章のなかで彼は、「これまでの演劇では、愛情は刺激的なスパイスだった」と書き、性や愛情の問題を情緒的な記述で安易に解決するような作品を否定している。彼は、「私は、舞台上に生じている力の闘争を均すような、ある種の賛同のセンセーションによってそのドラマの展開を終わらせようとする戯曲、筋が手早く回収され、結論が提示され、観客が落ち着いて靴を履きに行くような戯曲は信じない」と書き、そのような「美学的な環のなかに閉じこもる戯曲ではなく、舞台の美学的トランポリンの上で跳ね出し、らせん状に展開し、そのうねりが観客の論争のなかへ、劇場の外にある生活のなかへ飛び出していくような戯曲」として『子どもが欲しい』を書いた、と述べる(18)。トレチヤコフは、「戯曲に内包される性的な瞬間が、性的な美学を代表するものとして受け止められないような意図のもとで作り出された、それはつまり解剖図鑑として受け止められることが意図されている」と少々回りくどい表現を使って、『子どもが欲しい』において、「愛は手術台《オペ》の上に置かれている」とも書く。愛情や性と言ったものを個人的な主題として捉えるのではなく、社会の問題として、社会的な状況のなかで客観的に考察することが必要だと彼は考えた。トレチヤコフによれば、この戯曲はある一つのテーゼを主張するのではなく、解剖図鑑として「提示」し、観客に考察を促すものだった。それゆえトレチャコフは、「この戯曲は討論的なものだ。つまり、その結論は変動的で、観客に議論を求める」と書く。(19)

実際、トレチャコフが戯曲のなかに散りばめた要素は、当時のソ連社会の解剖図鑑そのものである。『子どもが欲しい』が描く一九二〇年代後半は、革命、戦時共産主義、ネップ期を経て、古い伝統を素朴《ナイーヴ》に否定する時代が終わり、伝統と新しい生活の相克が新たな社会的な問題として日常のなかに浮上してきた時代だった。こうした状況を、トレチャコフは戯曲のなかで提示していく。物語の場面となる共同住宅《コムナルカ》は、キッチンを共同部分にして集団生活が目指された場所であり、その一方で、相互監視の役割も果たすというソ連式の生活を象徴している。古い物質への愛着と持続的な資産を持たないことを目指す新しい生活をいかに調和させるか、という問題が各場面でキーとなり、共同キッチンに集まる女性たちは、ミルダがどのように夜中に若い労働者を部屋に連れ込んだかを噂し合い、「彼女はあんたたちの夫にも手を出すわよ」、「それで梅毒が家族のなかに蔓延するっていうわけね」とささやきあう。(20) 共同生活という新しい思想の体現者でありながらも、古い設備に囲まれた時代遅れのキッチンに集まる女性たちは、伝統的な生活を愛しており、最新のボリシェヴィキ思想に対置する存在として描かれている。

また、ミルダが託児所の建設を目指す労働者クラブは、日常用品や雇用情報を共有・交換する場として、また娯楽や休息の場として機能することが目指されていた。こうした「必要と娯楽」が合わさった場での交流を通じて、利用者たちは、ソヴィエトの公共空間を創造する参加者の一人であることを自覚し、個人的なニーズが共有される集団的な場所において解決されていくことを学ぶのであった。それはしばしば「公共の暖炉前（obshchii ochag / общий очаг）」と呼ばれ、集団的アイデンティティの形成を通じた労働者の組織化を試みる場だった。[21]『子どもが欲しい』の舞台美術を担当していた美術家のエリ・リシツキーはこうしたクラブについて次のように述べている。「クラブは〈たまり場〉のような場所になるべきだ。すなわち個人が共同体の一人になり、そこでエネルギーの蓄えを新しく準備するような場所に[22]」。

戯曲のなかでは、このクラブで「演劇サークル」が活動している。こうしたアマチュア演劇がこの時代には数多く生まれ、「一般大衆による社会建設」という文化的な現れの象徴ともなった。しかし、そうした演劇サークルがあるおかげで託児所の場所が確保できないという「社会建設」同士の衝突が戯曲からは読み取れ、サークル内では、演出家が女優志望の女性に性的関係を持ちかけるなど、大小かまわず「集団」があるところに必ず生じる権力構造、そして個人的な問題も描かれている。

さらに、「獲得形質は遺伝する」というミルダの優生学的思想は、一九二〇年代には世界的に流行していたが、ソ連でも当局（厚生労働省にあたる保健人民委員会と文部科学省にあたる教育人民委員会）がこの思想を支持していた。一九二一年にはロシアにおける優生学「宣教者」の一人であり、モスクワの「実験生物学研究所」の所長であったニコライ・コリツォフ（一八七二－一九四〇）の先導で「優生学会」が創設されると、当学会は保健人民委員会と国際公衆衛生機構の傘下におかれ、教育人民委員会からも補助金を受けることになった。[23]この学会や多くの遺伝学者たちは基本的には「獲得形質の遺伝」という説に反対の立場をとっていたが、この戯曲が書かれた一九二六年には、生理学者のイヴァン・パヴロフが「獲得形質の遺伝」説を立証する実験結果が得られた、という主旨の報告を共産党機関紙『プラヴダ』で発表し[24]、また遺伝学者のセレブロフスキー主導のもと、精子バンクの設立が提唱されていた[25]。しかし一九二〇年代末から三〇年代に入ると、「優生学」は反動的ブルジョア主義という烙印を押され、またヒトラーのドイツ優生学を連想させることから、その思想とともに言葉自体が一九三〇年代初頭に根絶される[26]。

『子どもが欲しい』が書かれ、その上演をめぐる議論が行われていた時期は、こうした背景を持つ思想的な過渡期にあたり、その分、刹那的な同時代性を反映していると言えるだろう。これに関して、前述のクリスチナ・キーアーは、一九二六年九月に発行された第一回ソヴィエト健康児コンクール（『労農家族の衛生と健康』誌主催）の告知を挙げ、トレチヤコフが物語の最後に持ってきた「子ども品評会」が、実際にソ連で行われていたことを指摘している[27]【図1】。こうした子どもコンテストは、この時代のイギリスやアメリカでも開催されていたが、その主催者はデパートや大衆雑誌などで、展示やディスプレイといった消費文化と結びついていた。一方、ソ連の子どもコンテストは、完全に科学的な客観性と測定可能な基準によって優劣を判断する、とされていた。実際、当時の『労農家族の衛生と健康』誌を見ると、応募用紙には子どもの「体重」、「身長」、「肌の色」、「歯の数」、「座るか、立つか、歩くか」など、生まれ持った特質を記入する項目が並んでいた[28]。応募項目の記入欄は、子どもに関する情報だけではなく、親の年齢、職業のみならず、学歴、母親が妊娠した回数、子どもの数などを記入する必要があり、単なる情報に留まることなく、親子の遺伝形質を拡大的に適用しようとしている。こうした赤ん坊たちは、未来の生活の創造者と位置付けられ、コンテストの意義は盛んに喧伝

図1　子どもコンテスト結果『労農家族の衛生と健康』1927年2月第4号

16　ГИГИЕНА и ЗДОРОВЬЕ РАБОЧЕЙ и КРЕСТЬЯНСКОЙ СЕМЬИ　№ 1

Конкурс здоровых детей.

Нам нужно здоровое и сильное молодое поколение. Это поколение продолжит и завершит дело, начатое родителями, и построит новую жизнь.

Мы знаем, что это поколение растет. Окруженные материнскими заботами, воспитываемые так, как этого требует современная наука, растут маленькие граждане СССР.

Но мы уже сейчас хотим познакомиться с ними и познакомить с ними наших читателей. Мы хотим видеть этих будущих строителей жизни и поэтому об'являем конкурс здоровых детей.

Условия конкурса.

В этом конкурсе могут принять участие дети в возрасте от 6 месяцев до 1½ лет.

Дети, которые будут признаны лучшими, получат премии, и портреты их будут помещены на страницах нашего журнала.

Всех премий намечено 25.

1. Швейная машина (ручная).
2. Две детские кроватки металлические.
3. Пять костюмов вязаных.
4. Одна детская коляска-мальпост.
5. Пять теплых одеял.
6. Шесть премий: по 7 метров мадеполама.
7. Пять премий: набор игрушек.

Последний срок присылки карточек и свидетельств 15-го декабря с. г.

В конкурсе принимают участие лица, приславшие в редакцию вырезанное и заполненное соответствующими сведениями свидетельство.

Для участия в конкурсе необходимо представить

1) фотографическую карточку обнаженного ребенка и

2) свидетельство о состоянии его здоровья.

Фотографическая карточка и свидетельство о здоровьи должны быть заверены подписями и печатью врача консультации по охране материнства и младенчества или врача другого учреждения, если в данной местности консультации нет, и одного из родителей.

Свидетельство должно заключать в себе следующие сведения:

СВИДЕТЕЛЬСТВО.

I. Сведения о родителях.

Фамилия, имя и отчество отца
» » » матери
Возраст отца
» матери
Занятие отца
» матери
Полученное образование отца
» » матери
Сколько было беременностей у матери?
Сколько детей в живых?
Адрес родителей

Подпись одного из родителей

II. Сведения о ребенке.

Имя　Пол　Время рождения
Вес　Длина тела　Окружность головы
Окружность груди　Цвет кожи
Состояние питания　Состояние внутренних
органов　Сколько имеет зубов?
Сидит, стоит, ходит?
Нет ли явлений рахита?
Нет ли признаков каких-либо аномалий конституции?
Как вскармливался (грудью, искусственно)?

М. П.　Подпись врача

МЕСТО ОТРЕЗА.

図2　子どもコンテスト応募用紙『労農家族の衛生と健康』1927年1月第1号

されていた【図2】。

また、ミルダの問題とはほとんど関わってこない場面も戯曲の中では数多く登場する。例えば、男女のカップルが登場し、女性のほうが夜の帰り道に「フーリガン」たちに集団で襲われる場面がある。フーリガンという概念は、一九一〇年代にヨーロッパからロシアに入った、ならず者の若者たちを指す言葉だった。彼らは街中でガラスを割ったり、看板を引き剥がしたり、壁を汚したりと暴れ回っていたが、このようなフーリガンたちは当時ソ連各地に発生し、一九二〇年代中頃には、社会問題化していた(29)。トレチヤコフが描く場面は、こうしたフーリガンたちが実際に一九二六年にペテルブルグで起こした集団暴行事件が背景にあった（事件があったチュバロヴァ通りにちなんで「チュバロヴァ事件」として知られる。当時このチュバロヴァ通りはフーリガンの溜まり場として知られ、チュバロヴァ団というグループがいた）。共産主義青年同盟の一七‐二五歳の若者たちが犯人だったこの事件は、若者の道徳的感情の荒廃のみならず、共産主義青年同盟という政治的に肯定すべき団体に所属しているものたちが起こした事件ということで、連日ニュースで取り上げられていた。

このような物語の流れとはそれほど関係のない、ネップ期のソ連社会を描き出すルポルタージュ的記述が、『子どもが欲しい』ではモザイク画のように組み合わさっている。こうしたルポルタージュ的記述は、トレチヤコフが常々試みてきたものだった。例えば、トレチヤコフが中心となって一九二七年に創刊した『新レフ』の理論的基盤には、伝統的な物語文学を否定したルポルタージュ、新聞、旅行記、現地通信などのノンフィクション・ドキュメント作品への志向性があった。いわゆる「ファクトの文学」と呼ばれる運動である。この運動が目指すところは、第一に、「虚構《フィクション》の否定」、「事実《ファクト》の固着とモンタージュの重視」だった。彼らの表現のモデルは「新聞」であり、ベンヤミンは、「生産者としての作家」という文章のなかで、トレチヤコフのこうした活動を高く評価している（これに関しては、桑野隆の『未完のポリフォニー』（一九九〇）や『危機の時代のポリフォニー』（二〇〇九）に詳しい）。彼らが否定したのは「フィクション」だけではなかった。「リアリズム」文学までも、「観念の中だけに存在する現実の紛い物[30]」と断罪し、「リアル」を名乗っているにもかかわらず、実際には現実となんら関係性を持っていないと批判したのである。ロシア文化研究者の河村彩が指摘するように、こうした思想は「現実を写し取る」写真や映画と固く結びつき、現実を偽装するリアリズムの対抗概念としてトレチヤコフら『新レフ』のメンバーは、「事実がもつ真実」として「ファクト」の概念を打ち出したのであった。[31]

トレチヤコフは、このような態度を劇作にも取り入れていた。一九二六年一月二三日にメイエルホリド劇場で上演された『吼えろ、中国！』は、中国人の苦力《クーリー》とアメリカ人の資本家の衝突を描いた内容だが、これは、口論の末にアメリカ人の貿易商会代理人が死亡した事件の埋め合わせに、イギリスの砲艦の艦長が罪のない二人の中国人苦力を即時処刑せよと迫った、実際の事件がもとになっている。一九二四年、トレチヤコフは北京大学でロシア文学に関する講演を行うために中国を訪れており、その時の新聞記事などを用いて、同時代の社会的な問題を描き出した。初演の後、トレチヤコフは『吼えろ、中国！』に関して」という文章を書き、その中で、中国の喫緊の問題のなかで重要なのは外国人資本家による抑圧である、と強調し、一九二四年に生じた「本当の事実《ファクト》」からこの戯曲が生まれた、と書いている（この戯曲は世界中で上演され、日本でも一九二四年に築地小劇場でも上演された[32]）。

『吼えろ、中国！』は簡単に忘れ去られていく小さな事実、中国ではよくあるような事実を開示する試みだった。この事実のみが同志的な関心の拡大鏡に映し出され、舞台上にあげられている。……この上演の力は、劇作としてではなく、社会評論的なところにある。『吼えろ、中国！』、これは記事であり、それは新聞の紙面からではなく、舞台上から客席の意識に至る。[33]

それゆえ、トレチヤコフにとっては順序良く並んだ物語の筋というものはそれほど重要ではなく、むしろ事実という素材をどのように提示するかが重要であった。彼は「生産的なシナリオ」という一九二八年に書いた文章のなかで、映画シナリオのあり方を論じ、次のように述べている。「現代のシナリオでは、素材が筋立てのほうに合わせてしまっている。あたかも手に手袋をはめたかのように、素材は筋を身につけている」[34]。ここでトレチヤコフは、シナリオの筋立てと素材を対立させ、素材が筋立てによって矮小化されている問題点を指摘し、「日常生活に関する事件、年代のはっきりしている社会的に重要な出来事が、筋立てがなくとも作用する力を持ちうる、それが記録作品である」と述べる。そのためには、まずは、素材が筋に埋没しないよう、「素材を筋へと結びつけない」ことが重要だという[35]。

こうした態度は、イートンが引用するブレヒトの、「戯曲は挿話的であるだけでなく、その挿話が観客にははっきりとその「継ぎ目」がわかるようにつなぎあわされていなければならない。観客が自覚なく舞台上の筋に引きずり込まれるのを防いで、知的に自由に、自分自身の判断で下せるようにするためである[36]」という言葉と極めて近いところにある。意図的に挿入される場面から構成するモンタージュは、イートンが述べているように、メイエルホリドやブレヒトに特徴的な演出手法であったが、トレチヤコフもまた意識した手法だった。観客が筋に取り込まれないように、そして事実という素材が浮き立つために。

重要なのは、トレチヤコフがそうした方法で、観客を芝居に「参加」させようとしていたことだ。演劇における観客の問題は、この時期のロシア演劇において極めて重要なテーマだったが、トレチヤコフも、この問題を劇作に持ち込んでいた。この点を考える上でまず検討する必要があるのは、彼がエイゼンシテインとともに考えていた「アトラクション」という概念である。エイゼンシテインのモンタージュ理論が、イートンが本書で書いているメイエルホリドのグロテスク理論の影響を受けていることはしばしば指摘されるが、その異質なものを組み合わせるモンタージュによって「アトラクション」を生み出すことこそがエイゼンシテイン、そしてトレチヤコフには必要だった。エイゼンシテインがプロレトクリト劇場で演出家として働いていた時、彼はトレチヤコフがオストロフスキーの『どんな賢者にも抜かりはある』を改作した『賢人』、そして彼自身の作である『ガスマスク』を演出している（エイゼンシテインの『戦艦ポチョムキン』の字幕を担当したのはトレチヤコフだった）。エイゼンシテインは有名な論文「アトラクションのモンタージュ」で、モンタージュとは衝突であり、それを観客に働きかける「アトラクション」という言葉で説明する。

（演劇に即して言えば）アトラクションというのは、演劇のあらゆる攻撃的契機《モメント》のことである。それは知覚する側に一定の情緒的なショックを与えるよう経験的に選りすぐられ、精確に計算された、感情的あるいは心理的な作用を観客に及ぼすあらゆる要素のことだ。この情緒的なショックが集積して、提示されるものの思想的側面、つまり究極のイデオロギー上の結論が受容できるようになる。(37)

個別的なアトラクションが組成単位となって、観客に作用を及ぼす、というエイゼンシテインの理論を、トレチヤコフは、一九二四年に「アトラクションの演劇」という論文でより強調している。

アトラクションは、常に習慣的な観客の心理の計算を求め、その心理の背後で神経を刺戟する瞬間として響きうる。芝居を行うこと、これは〈アトラクションの演劇〉の観点からは、第一に、最も観客の感情を緊張させる形式を見つけること（アトラクション）、そしてこうしたアトラクションを、増大していく並びのなかに配置することである。[38]

エイゼンシテインやトレチヤコフが主張する「アトラクション」の演劇は、筋の明確な物語を観客が追体験して没入することを避け、観客にショックを与えることを目的としていた。それは、しばしば指摘されるように、その目的が上演ではなく、客席に向けられているためだった。観客を具体化し、上演の要素の一つとして組み入れることによって、アトラクションの演劇は、観客の幻想を作り出していた認識論的な障壁を打ち破る。ただし、「アトラクション」を主張していたエイゼンシテインとトレチヤコフの観客認識は、この時期、明らかにアジテーション的性格を備えている点は注意したい。

エイゼンシテインが「究極のイデオロギー上の結論」と述べているのと同様、観客が受ける「作用」は、明確に方向付けられたものでなければならない、とトレチヤコフは考えていた。彼は「（エイゼンシテインの考えでは）アトラクションとは、観客の注意と感情への計算されたあらゆる圧力、芝居の目的によって示唆される様々な方向へと観客の感情を圧し動かすことのできるあらゆる舞台上のコンビネーションである」と述べる。[39] この点で、彼らの「アトラクション」理論にとって、観客は具体的な存在でありながら、その一方であるべき作用を受ける理想的な状態（彼らにとっては共同体的本質を共有する「階級」）でなければならない。なぜなら、ある出来事や事件に対して、同意したり、怒ったり、無関心でいたり、人々の反応は様々であるはずだが、そうした様々な反応は観客を「あらかじめ定められた結果」に導くことは不可能だからだ。

こうした点に、トレチヤコフは自覚的だった。彼はアトラクション理論に関して、「この歩みが重要なのは、第一に彼らは芝居に〈特定の〉客席に応じたアトラクションの計算を求めているということであり（言い換えれば、効果は誤ったり、その影響の幅が異なったりする可能性がある）」と述べ、「アトラクションの演劇はあるいは階級が固定された客席のみで可能で、その客席を、ある種の加工を受けるべき素材として教育する。客席の心理とある瞬間における具体的な社会活動としての課題を算出しながら、アトラクションの演劇は社会的な素材を組織し、それに即して、表現豊かに観客に働きかけるあらゆる手法を用い、それらをアトラクションとして組み立てる」(40)と書く。こうしたトレチヤコフの考えは、反応が一様ではないと断りを入れつつ、「特定の客席」である場合には、ある種強制的に観客に作用を受けさせ、その効果が計算可能だとする立場と読み取れる。このように、舞台から一方向的に観客に影響を与える形ではあるが、トレチヤコフは演劇活動に関わった初期から観客の存在を強く意識していた。

三　討論劇としての『子どもが欲しい』上演構想

ただし、こうした観客認識は『子どもが欲しい』では変化している。前述のように、トレチヤコフが一九二九年に「この戯曲は討論的なものだ。つまり、その結論は変動的で、観客に議論を求める」

と書いたとき、ここでは観客に対する計算し得る一定の作用を前提とはしていない。どういうことか。

戯曲が執筆された一九二六年の九月、トレチヤコフは『子どもが欲しい』をメイエルホリド劇場に提出している。同年一一月に、メイエルホリドは当時上演作品の検閲を担っていた教育人民委員会所属のレパートリー委員会に、この戯曲の上演企画案を提出。翌二七年二月には劇団員に戯曲を紹介した後、参加者を集めて打ち合わせが行われ、配役も決まり、稽古も開始されていた（主人公のミルダは、メイエルホリドの妻ジナイダ・ライフが演じる予定だった）。その後一九二七―一九二八年のシーズン用の告知ポスターには『子どもが欲しい』の名が記載されたが、レパートリー委員会が上演を禁じ、作業は中断される。一九二八年一二月にレパートリー委員会の特別会議が開かれ、トレチヤコフが書き直した新版による上演に関して、メイエルホリドの提案する演出計画に則った場合のみ、という条件付きで特例的に許可が下りた（この速記録は、『子どもが欲しい』全文と併録の形で一九八八年に公開された）[41]。このときの速記録によれば、検閲側の代表者は「この戯曲は（われわれには許容しがたい）生物学的なテーマをもっています」と語っている。それはおそらく次のような場面だろう。ここでトレチヤコフは、ミルダの友人であり、物語内で狂言回しのような役割を担うディスツィプリネル（規律者の意）に次のように語らせている。

ミルダ　〔……〕聞いて。頭の中がこんがらがっているの。ねえ、どうかしら、もしかしたら女性って夫なしに健康な子どもが欲しいんじゃない？

ディスツィプリネル　「もしかしたら」ってどういう意味だい？　そうに決まっているさ。まさに夫なしにだ。いまはなんだ。カオスだよ、行き当たりばったりだ。みんな、出会ったその場でいざ交尾。列車で出会えば列車で、事務所なら事務所で、寄宿舎なら寄宿舎で。ミルダ、子孫を損なわないために結婚式でしこたま飲むことを禁止する未開人たちだっているんだ。それなのに、僕たちはわざわざ酔っぱらう始末だ。麻薬常習者《ジャンキー》や梅毒患者やアル中の子どもたちが、知恵遅れや癲癇持ちや腺病質や神経衰弱になるってのも驚くことじゃない。梅毒はくそったれだ。やつは潜伏して、四世代後に急に現れ、人間をダメにする。小麦の品種、キャベツの球種、馬や犬の血統種がどんなものか考えてみなよ。良種な両親を人工的に組み合わせた結果だ。

ミルダ　ディスツィプリネル、ちょっと待って。

ディスツィプリネル　いいか、ミルダ。夫なんてくそくらえだ。事態がもつれるだけだ。人工授精はどうだい？　国はより良い生産者〔女〕により良い精子〔男〕を渡す。国はそうした組み合わせを奨励する。そうして出来た子どもを国は扶養し、新しい人間の種を研究しているんだ。[42]

ロシア国内における「優生学」の扱いは前述の通りであり、レパートリー委員会の特別会議が行われた一九二八年において、このようなトレチヤコフの社会状況を否定しながらの露骨な優生学的記述は「許容しがたい」ものだと判断されたのである。[43]そうした検閲の態度に対して、メイエルホリドとトレチヤコフが提出した上演案は、この戯曲を「討論劇」として上演するというものだった。レパートリー委員会で、メイエルホリドは次のように発言している。

この芝居は討論劇の芝居に組み立てるべきです。客席を舞台上まで延ばしましょう。舞台上にも席を設け、そうした席の一部を上演中や上演後に討論に参加する様々な団体に提供します。芝居は討論のために中断することになるでしょう。登場人物たちは図式的に演説者のように自分たちの真価を示すのです。それは、あたかも解剖室で学生たちが身体を切り開くように、です。(44)

「解剖」という用語を用いつつ、メイエルホリドは上演中に討論を挟むことを提案している。レパートリー委員会では、「通常、作家は芝居の最後に問題の解決を提示するものであり、芝居の途中に討論を挟むというのはどういうことか」と質問され、これに対しては「討論は弁証法的に構築された対話に生じます。その対話は芝居の終わりには次の討論のためのしかるべきテーマを提起します。戯曲の内容に同意しない意見も引き出すため、挑発的な対話も行います」とメイエルホリドは答える。こうした討論は部分的に用意され、毎回の上演ごとに変化があるものと理解され、「討論に参加しようとする人々に余地を残しておく」ことが重要だとメイエルホリドは述べた。レパートリー委員会では、こうした上演プランに対して、作り手の意図に反して「不確定な要素が加わってくる。不測の事態が生じるかもしれない」と注意が向けられているが、メイエルホリドは、そのような場合は、レパートリー委員会の代理人や作者トレチヤコフが舞台に出て自由に参加すれば良い、と述べている。(45)

こうした主張を受けてトレチヤコフもまた、『子どもが欲しい』は「テーゼとテーゼの戯曲であり」、「特定の思想を擁護しようというものではない」と述べる。

観客をミルダの味方につけたがっているというのは違います。私自身、彼女の評判をおとしめるような要素をいくつか挿入しています。いろいろなテーゼを真剣に語れるようにしたいだけなのです。[46]

検閲側は、もちろん、こうした討論‐芝居の末に「具体的な答え〔優生学の否定など〕」が得られることを期待していたことはたしかだろう。例えば、この会議の直後一九二八年一二月一七日、今度はメイエルホリド劇場内に設置されたレパートリーの是非を協議するメイエルホリド劇場芸術評議委員会の第三回拡大評議会において、次のような発言が見られる。

著者〔トレチヤコフ〕が戯曲で提起しているテーマは全て、共産主義的倫理の基本に相反するものだろうか？　私が思うに、おそらくこの戯曲は実に有害なものである。しかし、フセヴォロド・エミリエヴィチ〔・メイエルホリド〕が提案する独自の演出案に基づいた場合には、有害ではないどころか、有益にさえなり得、我が国の若者たちの関心をひき、彼ら同志の思考を正しい道筋へと導くこともできるだろう。[47]

しかし、改めてレパートリー委員会での会議に戻り、トレチヤコフとメイエルホリドの発言を読み直すと、彼らは観客のありうべき受容の形を前提としているようには読めない。つまり、ある特定の思想を伝播するために戯曲を用いるのではなく、思考を誘発するものとして戯曲という素材を提示しようとしているのである。トレチヤコフとメイエルホリドが考えているのは、同時代社会で問題となっている素材を、改めて上演という素材にして観客の前に提示することだけである。実際、戯曲の内容に関しても、極めて社会主義的な思想を持つミルダが夢見る世界は、ユートピアにもディストピアにも見える。終幕の「子どもコンテスト」の場面で、トレチヤコフは、ヤコヴに再会したミルダに、「離れるのは寂しかった」という台詞を言わせて、[48] 完全な理知主義であることに保留をつけもするし、また、ミルダとヤコヴの子と、リーパとヤコヴの子が同時に受賞するということは、より合理的な関係に基づいて生まれたミルダとヤコヴの子が、そうでないもう一人と同等の結果を生むという結末となっている。トレチヤコフは、最後まで正解を提出していない。

一九二九年に「同じ問題〔作家と生産〕について（コルホーズの中の作家）」という文章の中でトレチヤコフは次のように書いている。

> ルポルタージュ記者が誠実であれば、彼が見知らぬ新しい状況と対面した場合、その事実に対して自分の評価を与えるのではなく、その事実と実務的な関係を持っている人々の評価を与える。ルポルタージュ記者は、古老や専門家、その事柄に精通している人に尋ね、彼らの意見を引用し、それを自分の意見だと偽ろうとはしない。[49]

『子どもが欲しい』でも「特定の思想を擁護」しようとしているのではない、と述べるトレチヤコフは、同時代の社会の問題に関して、あたかも、古老や専門家、経験者という立場に観客を置いているかのようだ。彼らの意見が上演中の討論を通して、作品に「引用」されていく構図は、トレチヤコフが意識したルポルタージュ記者の文章が生成していく過程そのものである。トレチヤコフにとって演劇とは、事実という素材を並べ、上演を通じて、それが観客との関わり合いのなかで一つの記事へと生成していくことだったように思える（同じ時期、メイエルホリドもまた、「劇作家と演出家が行う仕事はどれも、土台づくりにすぎず」、「観客と俳優に骨組みを与えるだけ」と述べている）(50)。そして、それは一つの結論が導かれるのではなく、メイエルホリドのいうように、再び次の討論のための素材となるものが目指された。

それゆえ、メイエルホリドとトレチヤコフの『子どもが欲しい』における「弁証法的」な上演案とは、「解決」に行き着くことを求めているのではない。それは舞台上からの一方的な「説得」でも、「啓蒙」でも、そしておそらく知識のあるものが無知なものを教え諭す「教育」でもない。素材を提供し、そこから誘発されるそれぞれの意見を相対化し、議論がさらに発展すること。それは、客席を一つの共同体という幻想に措定せず、多様性を受け入れることであり、演劇という枠を超えた社会を建設する営みそのものだったとも言える。

こうしたトレチヤコフとメイエルホリドの上演案は、演劇という一回性を特徴とする表現形式をより挑戦的に活用する形で具体的に形作られていった。メイエルホリドは『子どもが欲しい』の舞台美術を美術家のエリ・リシツキーに依頼し、最終案として出てきたのは、舞台面を客席前方まで押し出し、通常の舞台の上には仮設の客席を設置する円形舞台の構想だった。一九三〇年にリシツキーは自らのコンセプトを次のように説明している。

舞台は包囲型劇場《アンフィシアター》を作ることによって完全に客席と融合させられる。オーケストラ・ピットからせりあがる〈円形舞台《リング》〉を設置することで、新たな演技エリアが生み出される。俳優は、下はオーケストラ・ピットの底から、上は張り出し席から、横は渡し橋から舞台に登場する。彼らはもはや舞台それ自体には何の手も加えない。小道具類はロープを伝って降りてくるし、その場面が終わると舞台下に消える。光源は透明な床の上で演じる俳優とともに動く。演技エリアの新たな配置は、どんな高さにいる観客にも俳優を近づけ、こうして最前列の観客の特権性を縮小する。(51)

螺旋を描きながらせり上がる透明な舞台面は、顕微鏡のようで、それを取り囲む観客は自分たちの実社会の縮図を見ているように感じるのではなかっただろうか。あるいはまた、こうした透明な舞台美術が、プライバシーのない社会主義社会、個人的な生活を相互に監視しあう集団主義社会の陰を明るみに出しているようにも読み取れる【図3】。

エドワード・ブローンは、こうしたリシツキーの舞台装置に関して、「建築学的な観点からみれば、『子どもが欲しい』はメイエルホリドが行なった演技空間の実験の頂点に位置する」と評価している。(52)突き出した円形舞台とそれを取り囲む観客席という挑戦的な設計は、しかし、当時のメイエルホリド劇場の機構にそぐわず、同時期に計画されていたメイエルホリド新劇場の完成まで待つこととなる。最終的に、新劇場が完成する前、一九三七年にトレチヤコフが逮捕（そしておそらくその直後に処刑）、一九三九年にメイエルホリドも逮捕、翌四〇年に処刑される。結果として上演が実現することはなかった。

メイエルホリドはレパートリー委員会で「我々の時代は討論に最適の時代なのです」と発言している。[53] だが、彼ら自身が考えていたように、社会が多様であれば、いつの時代でもそこに討論は生まれてしかるべきである。現代の日本も含め、いつの時代でも、社会的な問題に対して「芸術はどのようにあるべきか」ということは問われ続けている。しかし、この『子どもが欲しい』上演計画が興味深いのは、そうした「芸術をいかに作り上げるか」という問いとともに、それを観る側がどのように相対するかという、観客の態度もまた問うていることである。それは、観客の「積極的な参加、主体的な参加」といったわかりやすい話ではなく、積極的であれ、消極的であれ、主体的であれ、受動的であれ、どちらか

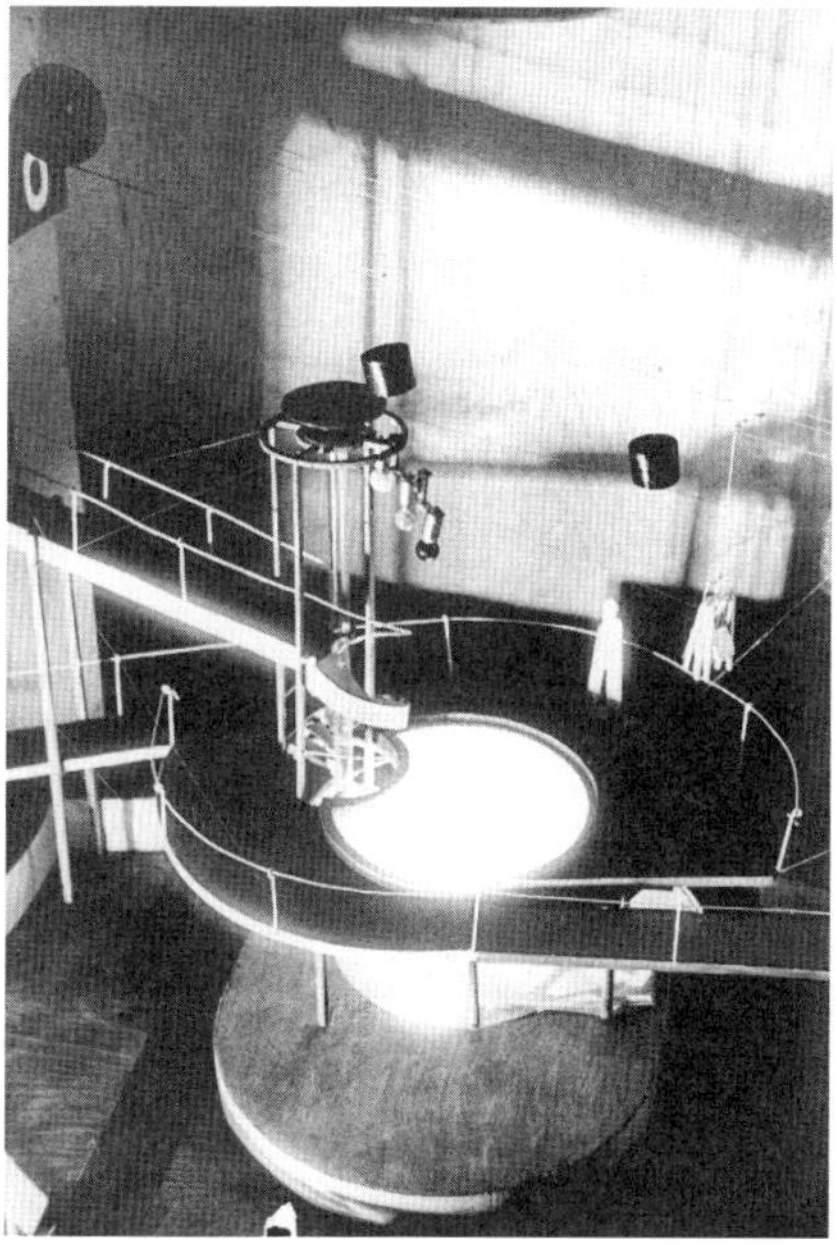

図3 『子どもが欲しい』模型（1928年）

に傾き、どちらかに正解があるのではなく、そうした彼らの劇場での「あり方」そのものが問われている。さらに言えば、そうした客席の多様な態度を多様なままに受け入れて、客席の状態をも作品の構造の中に組み込んでいる。なぜなら、「討論」とは、対立する意見がなければ成立しない現象であり、「討論劇」と銘打つこの上演計画は、そうした「相対する構図」が作品の根幹にあることを示しているからである。なにより、そもそもからして、「社会」とはそうしたものだとも言える。果たして、討論によって社会の建設を目指した彼らは、議論を封殺する時代によって命を奪われてしまったのであるが。

註

（1）*Гладков А. К.* Мейерхольд. В 2 т. М., 1990. Т. 2. С. 20.
（2）Таиров, Мейерхольд и Германия. Пискатор, Брехт и Россия: Очерки истории русско-немецких художественных связей. М., 1998. С. 193.
（3）*Брехт Б.* Театр: Пьесы. Статьи. Высказывания. В. 5 т. М., 1965 Т. 5/1. С. 481.
（4）Первый Всесоюзный съезд советских писателей. Стенографический отчет. М., 1934. С. 345.
（5）*Ростоцкий Б.* «Драматург-агитатор» // *Третьяков С.* «Слышишь, Москва?» М., 1966. С. 239.
（6）*Третьяков С.* «Люди одного костра» // *Третьяков С.* Страна-перекресток. М., 1991. С. 314.
（7）Там же. С. 334.
（8）Там же. С. 342.
（9）Там же. С. 338.

（10）*Третьяков С.* «Берт БРЕХТ» // Интернациональный театр No. 6. M., 1933. C. 20.

（11）*Маяковский В.* «Из беседы с сотрудником газеты «Прагер пресс»» // Полное собрание сочинений. Т. 13. М., 1961. С. 233.

（12）*Третьяков С.* «Хочу ребенка!» // Современная драматургия. 1988. No. 2. С. 209–237.

（13）Там же. С. 226.

（14）Там же. С. 226.

（15）Там же. С. 235.

（16）Там же. С. 236–237.

（17）Christina Kiaer, "Delivered from Capitalism: Nostalgia, Alienation, and the future of Reproduction in Tret'iakov's *I Want a Child!*," Christina Kiaer and Eric Naiman, eds., *Everyday Life in Early Soviet Russia* (Bloomington: Indiana University Press, 2006), p. 186.

（18）*Третьяков С.* «Что пишут драматурги» // Рабис. No. 11 1927. M., 1927. C. 7.

（19）Там же.

（20）Там же. С. 230. 美術家のイリヤ・カバコフは、こうしたソ連時代の住居空間における状況を次のように述べている。「人はそれぞれ他人の注意深い監視下で生活を送っている。全員が拡大鏡の下で生活をしているようなものだ。秘密などない。誰が何を持ち帰ったか、何を煮ているか、昨日どんな靴を履いていたか、今日何を着ているかといったことを皆知っている」（イリヤ・カバコフ「共同キッチン」守屋愛訳、沼野充義編著『イリヤ・カバコフの芸術』五柳書院、一九九九年、二三五頁）。なお、ソ連時代の共同住宅に関しては、乗松亨平『ロシアあるいは対立の亡霊――「第二世界」のポストモダン』（講談社、二〇一五年）の第五章などを参照されたい。

（21）Lynn Mally, *Revolutionary Acts: Amateur Theater and the Soviet State, 1917–1938* (Ithaca and London: Cornell University Press, 2000), p. 3.

（22）El Lissitzky, *Russia: An Architecture for World Revolution*, trans. Eric Dluhosch (Cambridge: MIT Press, 1970), p. 44.

（23）マーク・B・アダムズ編著『比較「優生学」史——独・仏・伯・露における「良き血筋を作る術」の展開』佐藤雅彦訳、現代書館、一九九八年、三四八頁。

（24）パヴロフが報告を行ったこの時期は、「『獲得形質は遺伝する』（一九二四年）と世界に向かって宣言したパウル・カンメラーの「産婆ガエル実験・データ捏造疑惑」をめぐって、遺伝学の世界は穏健ならざる雰囲気」だった（マーク・B・アダムズ編著『比較「優生学」史』、三五三頁）。

（25）*Авдеев В.* «Идеология русской евгеники» // *Авдеев В.* Б. (ред.) Русская Евгеника. Сборник оригинальных работ русских ученых. М., 2012. С. 28–29.

（26）*Бабков В. В.* Москва, 1934: Рождение медицинской генетики // Вестник ВОГиС. 2006. Т. 10. С. 460–462. ソ連は世界で初めて優生学を学問として禁止し（一九三一年）、それに代わる「学問分野」として「医療遺伝学」を制度的に確立させた（一九三四‐一九三五年）（マーク・B・アダムズ編著『比較「優生学」史』、三二五頁）。

（27）Christina Kiaer, "Delivered from Capitalism," pp. 206–208.

（28）例えば、Гигиена и здоровье рабочей и крестьянской семьи. No. 1 января 1927 года. С. 16. にコンクールの応募要項が記載されている。【図2】も参照。

（29）レニングラード出身の詩人エレーナ・イグナトヴァは、一九二〇‐三〇年代のアーカイヴ資料や新聞記事などに基づいて描いた二〇世紀初頭のペテルブルグの歴史風俗小説『ペテルブルグ・ノート』の中で、レニングラード県裁判所代表フョードル・ナヒムソンが一九二四年に次のように書いたと記している。「［フーリガンは］若者たちが中心になっており、彼らに仕事を与えなければならない。ダンスだっていい。なんだって、フーリガン行為より悪いものはない。一言で言えば、適切な気晴らしを彼らのために考えつかなければ」（*Игнатова Е.* Записки о Петербурге. СПб. 2005. С. 649–650）。

（30）*Чужак Н. Ф.* Писательская памятка // *Чужак Н. Ф.* (ред.) Литература факта: Первый сборник материалов работников ЛЕФа [Переиздание 1929 года]. М., 2000. С. 13.（チュジャーク「作家心得」水上則子訳、桑野隆・

松原明編『ロシア・アヴァンギャルド8　ファクト――事実の文学』国書刊行会、一九九三年、一一八頁）。

（31）河村彩『ロトチェンコとソヴィエト文化の建設』（水声社、二〇一四年）の第七章「ドキュメンタリーと集団制作」（二〇五‐二四六頁）を参照されたい。

（32）邦訳は『吼えろ支那／炭坑夫／西部戦線異状なし（築地小劇場検閲上演台本集）』（ゆまに書房、一九九一年）で確認できる。なおこの日本語訳は、トレチャコフ『吼えろ支那』（大隈俊雄訳、春陽堂、一九三二年）として文庫でも出版されている。

（33）*Третьяков С.* О пьесе «Рычи, Китай!» //*Третьяков С.* «Слышишь, Москва?» М., 1966. С. 159.

（34）*Третьяков С.* «Производственный сценарий» // Новый Леф No. 2. 1928 года. М., С. 31.（トレチャコフ「生産的なシナリオ」水上則子訳、桑野隆・松原明編『ロシア・アヴァンギャルド8　ファクト――事実の文学』、七六頁）。

（35）*Третьяков С.* «Производственный сценарий» С. 32–33.（前掲書、七七‐七九頁）。

（36）本書第四章一六九頁。

（37）*Эйзенштейн С.* «Монтаж аттракционов» // *Эйзенштейн С.* Избранные произведения. В 6 т. М., 1964. Т. 2. С. 270.（エイゼンシテイン「アトラクションのモンタージュ」浦雅春訳、浦雅春ほか編『ロシア・アヴァンギャルド2　テアトルII――演劇の十月』国書刊行会、一九八八年、四七五頁）。

（38）*Третьяков С.* «Театр аттракционов» // Октябрь мысли. 1924 январь No. 1. С. 55.

（39）Там же. С. 54.

（40）Там же. С. 56.

（41）««Хочу ребенка». Доклад в Главреперткоме о постановочном плане 15 декабря 1928 года» // Современная драматургия. 1988. No. 2. С. 241–243.

（42）*Третьяков С.* «Хочу ребенка!» С. 221.

（43）マークス・B・アダムズによれば、ロシア国内の「優生学」は、社会に積極的に関与していくために「より良い未来を建設する」という目標、すなわちイデオロギーと結びついた「ボリシェヴィキ優生学」として発展していった。その最終目標に至る手段として、優生学者たちが当初設定した戦略が、「不適者禁絶優生学」の採用、「形質獲得に向けた人為誘導」、「適者増産的優生学」の三つである。『子どもが欲しい』におけるディスツィプリネルの発言は、基本的にこの三つの戦略を辿るものとなっている。しかし、死亡率が出生率を大きく上回っていた革命後ソ連において、こうした「断種・不妊」という政策は問題外であり、劇的な人口減少を前にして、一九二〇年代後半、ロシアに当面必要なのは「間引き」ではなく、「多産」の推奨である、という認識が一般的であった（マーク・B・アダムズ編著『比較「優生学」史』、三六七－三七二頁）。

（44）Там же. С. 241.

（45）Там же.

（46）Там же. С. 242.

（47）РГАЛИ（ロシア国立文学芸術アーカイヴ）. ф. 2437, оп. 3, ед. хр. 797, л. 56–57.

（48）*Третьяков С.* «Хочу ребенка!» С. 236.

（49）*Третьяков С.* «О том же (Писатель на колхозе)» // Литература факта. М., 2000 [Переиздание 1929 года]. С. 200.（トレチヤコフ「同じ問題〔作家と生産〕について」水上則子訳、桑野隆・松原明編『ロシア・アヴァンギャルド8　ファクト――事実の文学』、一五二頁）。

（50）*Мейерхольд Вс. Э.* «Реконструкция театра (1929–1930)» // *Мейерхольд Вс. Э.* Статьи, письма, речи, беседы. В 2 ч. М., 1968. Ч. 2. С. 196.

（51）引用は、エドワード・ブローン『メイエルホリド　演劇の革命』浦雅春・伊藤愉訳、水声社、二〇〇九年、三一〇頁。

（52）エドワード・ブローン『メイエルホリド　演劇の革命』、三一〇頁。

（53）««Хочу ребенка». Доклад в Главреперткоме ...». С. 241.

論考3

叙事詩と革命、もしくは反乱――メイエルホリドとブレヒト

鴻 英良

一　叙事詩の出現と古代ギリシア

私がキャサリン・ブリス・イートンの『メイエルホリドとブレヒトの演劇』を読んで、あらためて考えたことは次のようなことである。それはメイエルホリドとブレヒトの演劇を、叙事詩と革命との関係の中で考えてみたらどうだろうかということであり、そのなかから、ヨーロッパ文化圏における最初の叙事詩の出現とそれから数百年後の悲劇の誕生という時系列について、つまり、古代ギリシアにおいて叙事詩の成立の後に悲劇が誕生したことの意味について考えてみるべきではないのかということである。以下の論考はそうした視点からの私の提言のようなものである。

一般に、ヨーロッパ演劇の起源と言えば、ギリシア悲劇だと言われている。紀元前五世紀、ギリシ

ア悲劇は古代アテナイにおいて猖獗を極めた。つまり、悲劇とともにアテナイのポリスが成立し、ギリシア文化とギリシアの政体の繁栄が訪れたのである。

しかし、悲劇ではなく、叙事詩的なものに興味を示したメイエルホリドとブレヒトという二人の演劇人を考察しようとするとき、あるいは、この二人が深くかかわった二〇世紀の演劇について考えようとするとき、別種の問題が浮上してくるのだ。それは、叙事詩はギリシア社会の形成にとって何をもたらしたのか、あるいは、叙事詩の出現は、ギリシア世界のどのような状況を反映していたのか、ということである。

叙事詩的演劇という理念を軸に、メイエルホリドとブレヒトという二人の、いわゆる「革命の演劇」にかかわった、あるいはかかわろうとした演劇人について、またその二人の関係について考えようとするとき、このことを深く考察することがきわめて重要だと私には思われる。というのも、悲劇からは距離を取り、演劇活動のなかに、叙事詩的という概念を持ち込み、やがてそれらをコメディアに繋げていったこの二人の演劇人は、叙事詩が革命と演劇とを結びつけるものだと考えていたように思われるからである。

そのことを深く、分析的に記述する前に、まずは演劇と叙事詩との関係をめぐる私の結論じみた言明とでもいうべきものをしておこう。つまり、ここから私がしばらく語ることになるのは、叙事詩と革命との関係をめぐってのいわば予備的考察とでもいうべきものである。

演劇と叙事詩との関係をめぐって

ヨーロッパ文化の文脈で考える限りでは、叙事詩は、紀元前八〇〇年前後の二〇〇年余りの間にギリシアで誕生した。やがてギリシア語アルファベットが、エーゲ海島嶼、ギリシア本土、イタリア中部（エトルリア）に急速に広まった（紀元前七三〇〜七〇〇年）というから、口承文化として誕生した叙事詩は、文字としても記述されたであろう。(1) われわれがいま、かなり完全な形で読める古代ギリシアの叙事詩は、いうまでもなく、ホメーロスの『イーリアス』と『オデュッセイア』である。ほかにも、その当時、大量の叙事詩が記述されたと考えられているが、それらの多くはそのわずかな断片が残っているにすぎない。しかし、われわれは、考えなければならない。少なくとも、叙事詩的演劇の重要性を問題にした演劇人メイエルホリドとブレヒトに触れようとするならば、この時代の叙事詩の誕生が何を物語っているのかを。

私がやや妄想的に考えていることは、この二人の演劇が革命と深くかかわったように、おそらく、叙事詩は革命とかかわるということだ。つまり、紀元前八〇〇年ころ、叙事詩が成立する少し前に、ギリシアとその周辺の世界で革命のようなものが起きたのではないかということなのである。つまり、ホメーロスの叙事詩をくつろぎ、寿ぎながら享受していたギリシア人たちは、そのころ、どのようにかはまったくわからないけれども、何者かの支配から脱出することができたということなのである。残念ながら、その証拠はない。文書において、そのような記述が残されているわけではない。すべては推測である。だが、この証拠不在の推論は、『ギリシア文明史』の著者アンドレ・ボナールなど、多くのギリシア文献学者によって支持されている。(2)

叙事詩が成立し、記録される以前の数百年にわたるわれわれの知らない古代ギリシアについて、エーゲ海の島々とその周辺の地域一帯のギリシアの歴史について、われわれは暗黒時代とよんでいるということを思い起こしてほしい。この時代が歴史学的にそう記述されてきたのは、その時代が忌まわしい暗黒の時代であったというのではなく、その時代のギリシアについて、われわれは何も知らないということを意味しているのである。ならば、この暗黒時代はいつから始まったのか。それはおおよそ紀元前一二〇〇年から一一〇〇年ころ、ギリシアがトロイア戦争で勝利をおさめたとされる時期の、その直後のことである。つまり、ギリシアがトロイア戦争で勝利をおさめたとされる時期の直後から四〇〇年ほど、ギリシア文化は歴史上から姿を消したのであり、ギリシアにおける暗黒時代は続くのだ。その間に何があったのかわれわれは何も知らない(3)。そして、叙事詩が歌い上げ、語った世界は、トロイア戦争にかかわる物語だけではなく、一般的にテーバイ伝説とよばれる、オイディプスやアンティゴネーにかかわるさまざまな物語であった。トロイア戦争とほぼ同じころに、というか、それよりもほんの少し前に起こったとされるこれらの出来事は、ギリシア悲劇の中心的なテーマになったのであった。これらの出来事が起こったのは、暗黒時代の始まる少し前の、紀元前一二〇〇年ころとされているのである。この時代は、ミケーネ社会末期と言われている。トロイア戦争に勝利したとされるミケーネ社会のギリシアは、しかし、その直後に崩壊し、歴史から完全に姿を消す(4)。そして、ミケーネ社会崩壊期の栄光のギリシアは、トロイア戦争でのギリシア側の勝利を歌い上げたホメーロスの叙事詩とともに、それから約四〇〇年、あるいは五〇〇年後に、再び歴史のなかに姿を現すのである。

暗黒時代のギリシア地域の、あるいはイオニア地方(トルコのエーゲ海沿岸地域とその近隣の諸島)を含めたエーゲ海周辺のその当時の、暗黒時代の政治システム、あるいは権力構造、それらについてもわれわれは何も知らないのだが、しかし、その当時の、つまり暗黒時代のギリシアにも、世界秩序のようなものが存在していたことをわれわれは想定する必要があるのだし（それがどのようなものであるかをわれわれはまったく知らないにしても）、そして、現実には、歴史学者にも考古学者にも、まったく実態を明らかにできないその政治体制が転覆される過程のなかで、叙事詩が登場し[5]、その叙事詩がホメーロスらによって歌いあげられてから二〇〇年くらい後に、文字によって言語的に記録されたのである。ただ、確実なのは、政変と革命は叙事詩とともに起こったのだが、そうしたことの意味について考えようとするならば、その後、叙事詩の成立のさらに二〇〇年くらい後に、悲劇が誕生したことの意味についても考えなければならない。つまり、われわれがよく知っている古代ギリシアは、あるいはアテナイの民主政は、叙事詩革命の後に、新たな政治体制を具体的に作り上げていこうとする過程とともに出現してきたということなのである[6]。

こうした歴史的推移に目を向けながら、メイエルホリドとブレヒトにおける演劇と革命との関係、もしくはその挫折の意味をわれわれは考えなければならないのだ。

だが、悲劇とともに誕生する民主政のアテナイの時代の前に、もう一つの歴史的段階が存在することの意味についても考えなければならない。それは、イオニアの哲学者たちの思索と活動が展開されていた時代についてである。俗に「ソクラテス以前の哲学」と言われるイオニアの哲学は、叙事詩を構造化することによって、アテナイにおけるポリス形成のヴィジョンを構想する可能性をもたらしたのだ。それは、ほぼ紀元前六〇〇年ころから紀元前五〇〇年ころの話である。つまり、ギリシア悲劇の全盛期の五〇年から一〇〇年ほど前の話である。

よく知られているように、悲劇の誕生とともに成立したアテナイの民主政は、悲劇が終わるとともに再び消滅していく。そのプロセスを描いたのがアリストパネスのコメディアであるが、私が古代ギリシアについての概論的記述をここで展開してみせたのは、こうした推移を見事に反復しているのが、メイエルホリドの演劇活動の足跡なのであり、それとの関連のなかで、ブレヒトの演劇について語ることが可能ではないのかと考えているからである。

私のこのエッセイが試みようとしているのは、こうした事柄について、メイエルホリドとブレヒトの叙事詩的演劇を軸にして論証しようとすることであり、また、このような文脈のなかで、メイエルホリドとブレヒトの活動を構造化しようとすることなのである。つまり、ここで言う叙事詩的というブレヒト演劇のキーワードを軸に、メイエルホリドとその演劇について考えていくことによって、革命とその挫折と現代演劇との関係を、メイエルホリドの演劇の展開と結びつけて考えることができるのではないかと私は考えているのだ。

叙事詩的演劇とは何か

このことを考えようとするとき、ソヴィエト最初の戯曲とされるマヤコフスキー作『ミステリヤ・ブッフ』(一九一八)について、その成立と展開を考えることがきわめて意味のあることだと思われる。[7]
なぜなら、このソヴィエト最初の戯曲を、マヤコフスキー自身、「われわれの時代の英雄的で、叙事詩的で、風刺的な描写」と名づけているからだ。そして、メイエルホリドとブレヒトの接点について考えようとするならば、われわれはロシア革命直後に書かれたマヤコフスキーの戯曲が、叙事詩的と命名されたことの意味について考えなければならない。

だが、こうしたことを考える前に、マヤコフスキーが自らの作品を叙事詩的と名づけたときよりもはるかに後にではあるが、つまり、一九二九年ころ、ブレヒトが叙事詩的演劇というものを定義し、提案したときに、そしてまた、一九三〇年以降、ベンヤミンなど、そうした主張を支持したドイツの思想家たちが、叙事詩的演劇と言われるものがどのようなものであると考えていたのかについて、まずは簡単に概括しておこう(8)。

ベンヤミンは、ブレヒト演劇の本質について考察した「叙事的演劇とは何か(9)」（一九三九）において、いくつかのその特徴について語っているが、そのなかでまず、「くつろいだ公衆」について言及している。そしてこれが叙事詩的演劇の最初の前提条件になる。つまり、叙事詩的な演劇の観客は、ホメーロスの叙事詩を聞くように、くつろいでホメーロスが歌い奏でる英雄たちの物語のような演劇を楽しむのである。ベンヤミンは書く。

叙事的演劇という概念（これは、自己の芸術的実践の理論家でもあるブレヒトによって、かたちづくられた）は、まず、第一に、くつろいだ公衆を、ゆったりと劇の動きを追う公衆を、観客として予想している。たしかに公衆は、つねに集団として登場する点で、本とともに孤独である読者とはちがうし、そのうえ、まさに集団として、劇に即座に反応して意見を表明することを、迫られもするけれども――けれども、この意見の表明は、ブレヒトの考えによれば、考えぬかれたうえで、しかもくつろいでなされることがのぞましい。一言でいえば、公衆が局外者でなくなることを、ブレヒトはのぞむのだ[10]。

くつろいで、娯楽作品を享受することだけならば、それは容易い。だが、くつろいで考えることはそれほど容易ではない。ならば、緊張のなかで迫られるようにではなく、どのようにしたら、われわれは、くつろいだ状態で、われわれにとってきわめて重要なものとされる課題について考えることができるのか。その課題に応えることこそ、叙事詩的演劇の使命だとブレヒトは考えている、とベンヤミンは主張するのである。それを見ながら、余裕をもって思索することのできる観衆、そうした状況を実現しようとしつつ演劇作品を作ろうとするとき、それはどのようなものになるのか、このことをブレヒトは考えていた、とベンヤミンは述べているのだ。

そのとき、ブレヒトにはある確信があったのだ、とベンヤミンは考える。それが可能なのは、叙事詩的演劇が当事者、つまり大衆、プロレタリアートとその支持者たちに向けられているからだ、というのである。逆に言えば、当事者が、自らの抱える問題を解決するためには、何かに感情移入するのではなく、そのことについて冷静に考えなければならない、そのようにして事態は改善すると考えるべきだというのである。そのような展開の契機になるものこそ叙事詩的演劇なのだ、とベンヤミンとブレヒトは考えているのだ。

叙事的演劇は局外者でないひとびと〔当事者たち〕に向けられる。このひとびとは「理由なしには考えない」〔当事者なのだから、考えなければならない理由があるのだ〕つまりブレヒトは、大衆にピントをあわせているのだ。大衆による思考の使用は限界をもっているが、それというのも、大衆は理由なしには考えないからだろう。(11)

ある局面における演劇が叙事詩的な傾向を取ろうとするとき、それがどのようなイデオロギーに支えられていたのか、それはきわめて興味深いことだが、局外者でない人々が、そこで自らの問題について考えようとするときに、しかも、くつろいで考えようとするときに、それを当事者として考えなければならないという当然の理由をもっているために、その前提として、くつろいでいるなかでも、当事者たちがそのなかで革命の現実に、あるいはその夢に突き動かされているという現実があるとき、その現実の具体的事実の展開が問題になるし、その対象の記述は、叙事詩的にならざるをえないということのなかに、革命と叙事詩の関係が秘められているのだということを、われわれはベンヤミンの考察のなかに読み取るべきなのである。

やがてわれわれは、メイエルホリドとマヤコフスキーにおける、ロシア革命直後の、叙事詩的演劇の上演の意味について考察することになるのだが、その前に、ベンヤミンとブレヒトの誤解についても指摘しておかなければならない。つまり、劇的ということと叙事的ということの本質的な違いは何かということをめぐってのベンヤミンの錯誤についても指摘しておかなければならないということである。この錯誤は、一般に流通しているもので、そのことを指摘することなしに、叙事的演劇について語ることはできないと私は考えている。

ベンヤミンは、ブレヒトの戯曲『ガリレオの生涯』について触れつつ、その劇における緊張を、それは「終幕よりはむしろ個々の場面にかかわるから、劇は実に長い時間にわたることができる(12)」と書き、この点では、叙事詩的演劇はかつての神秘劇《ミステリヤ》の演劇的構造と同じであり、それと対極をなすものとして悲劇『オイディプス王』（ソフォクレス作、紀元前四二九年?）や『野鴨』（イプセン作、一八八四年）をあげるのである(13)。しかし、これらの主張を取り上げるにしても、ベンヤミンがギリシア悲劇やアリストテレスの演劇理論に対して下した判断には、大いなる誤りも含まれているということを認めないと、叙事詩的演劇への考察は実り豊かなものにはなりえない。

ベンヤミンは書く。

> ブレヒトはかれの演劇を叙事的とよんで、狭い意味での劇的演劇に対置する。劇的演劇の理論を定式化したのはアリストテレスだから、ブレヒトは叙事的演劇のドラマトゥルギーに、非アリストテレス的という名をあたえている。このことは、リーマンによる非ユークリッド幾何学の創始を思いださせるが、このアナロジーは無意味ではない。ここから、ブレヒトにとっての問題は、劇のあいまいな諸形式のあいだの競争関係などとは、おおよそ別のところにあることが、はっきりするだろう。リーマンは平行線の公理を取り去った。ブレヒト劇が取り去ったものは、アリストテレスのいわゆるカタルシス――すなわち、ヒーローの感動的な運命に感情移入することをつ

うじて、情緒を排出し、解消すること——である。[14]

ここには、叙事詩的演劇を構築していくときの理念における、劇的演劇に対する、つまり、アリストテレスの『詩学』の中で書かれた悲劇に関するさまざまな特徴についての完全な無理解がある。この錯誤を解かないかぎり、真の意味での叙事詩的演劇は到来しないであろう。

悲劇とカタルシスとの関係

ベンヤミンは、ギリシア悲劇について考察したアリストテレスの『詩学』を読んだことがなかったのだろうか。アリストテレスの『詩学』を読めば、アリストテレスが、彼の悲劇論『詩学』の根幹において、悲劇の本質を形作るカタルシスという理念を提示したとき、アリストテレスのカタルシスというその理念が、「ヒーローの感動的な運命に感情移入することをつうじて、情緒を排出し、解消する」などということとはまったく無縁のことであるということは明らかになるであろう。そもそも、アリストテレスは、感情移入などについては一切語っていない。そして、アテナイのギリシア悲劇そのものが、少なくとも、紀元前五世紀にアテナイにおいて上演されていたときに、その劇において感情移入が意味をもったことなどまったくないのである。

ここで言われている「ヒーローの感動的な運命に感情移入することをつうじて、情緒を排出し、解消する」などという演劇的現象ほど、ギリシア悲劇と無縁のものはないし、そしてそのようなことがギリシア悲劇の特徴であるなどということは、アリストテレスのテクストとして残されたもののどこにも書かれていないのである。もし、そうであるとすれば、そもそも悲劇など存在しなかったであろうし、民主政アテナイという栄光ある輝かしい共同体も存在しなかったであろう。あえて言えば、ドイツ人のなかの一部の無能な演劇人たちがそのように思っていたという歴史があるということだけである。

とはいえ、彼らの錯誤がどこにあるのかは特定しておかなければならない。つまり、叙事詩と悲劇がその様式的違いを鮮明にしてみせているのはなぜか、なぜ悲劇的演劇ではなく、叙事詩的演劇を目指さなければならないとブレヒトは考えたのか、そしてそのような構想を実現しようとする試みは、何を意味するのかをわれわれは理解していなければならないのだ。そのためには、アリストテレスが悲劇をどのように定義していたのかを確認しておかなくてはならない。アリストテレスは『詩学』において、悲劇とカタルシスとの関係を次のように書いている。

> 悲劇とは、一定の大きさをそなえ完結した高貴な行為、の再現《ミメーシス》であり、快い効果をあたえる言葉を使用し、しかも作品の部分部分によってそれぞれの媒体を別々に用い、叙述によってではなく、行為する人物たちによっておこなわれ、あわれみとおそれを通じて、そのような感情の浄化《カタルシス》を達成するものである。[15]

いったい、どのようなときにわれわれは「おそれとあわれみ」を同時に感じることがあるのだろうか。まずはそのことについて考えてほしい。実人生において、ある状態に身を置いたときに、あなたは「おそれとあわれみ」を同時に感じたことが実際にあっただろうか。ちなみに私は、そのようなことを経験したことは、生まれてからこのかた一度もない。だから、アリストテレスの悲劇論を読む者は、そのような経験をすることが、どのようなときにできるかどうかを考えてみるべきなのだ。そして、ギリシア悲劇である。たとえば、オイディプスの身に起こったことを目の当たりにして、われわれはオイディプスに感情移入することなどできるのだろうか。もちろん、できない。少なくとも、私にはできない。そして、そんな人に私は会ったことはない。われわれはオイディプスに感情移入するのではなく、オイディプスに起こっていること、いまわれわれの前で明らかになりつつあることをオイディプスとともに目の当たりにしながら、「おそれとあわれみ」を抱きながら、そのことの意味について、そしてそのような状況について、われわれはどのように判断し、そしてどのように行動していかなければならないのか、きわめて困難な場に追いやられつつ、思考の回路を極限へと運びながら、オイディプスの運命が何を意味するのかを考えなければならないのである。

ここで問題になっているのは、アテナイにおける民主政の成立と親族関係に関してであり、すでにこの問題は、『アンティゴネー』（紀元前四四一年）において、新たな政体と近親相姦とはどのような形で関連していくのかという争点として浮上していた。そのことを分析しようとしたのが、たとえば、ジュディス・バトラーであった[16]。たしかにこれは「くつろいだ公衆」によってなされる考察とは別のものだ。しかし、これはきわめて重要な考察の形態である。そして、そのような考察の形態が提起されるのが悲劇という活動の場なのである。

このようにして、紀元前一二八〇年ころに起こったとされるオイディプスの近親相姦の物語は、それから約八〇〇年以上も後の紀元前四二九年ころ、アテナイの民主政における親族関係のあり方を再考察するために再び呼び戻されたのだ。

ブレヒトの周辺で上演されていた堕落した演劇は、感情移入を軸に展開していたのかもしれない。しかし、そのことは、アリストテレスの『詩学』における悲劇の理念とは何の関係もないことなのだ。そのことを念頭において、悲劇的演劇ではなく、叙事詩的演劇という理念をわれわれは考えなければならないのである。

二　ロシア革命と叙事詩的演劇の出現

さて、われわれは、そろそろ演劇における叙事詩的なものの出現と革命との関係について具体的に考えていかなければならない。そして、そのことについて演劇関係者たちがどのようなことを考えていたのかについても調べないわけにはいかない。そうしたことを考えるために最も重要な作品の一つとされるのが、マヤコフスキーが書き、メイエルホリドが演出にかかわった『ミステリヤ・ブッフ』なのである。

マヤコフスキーの戯曲『ミステリヤ・ブッフ』の上演をめぐって

マヤコフスキーの戯曲『ミステリヤ・ブッフ』は、一九一八年のロシア革命一周年の記念日に上演されるために書かれた。その作品をメイエルホリドが演出することになった。というのも、一九一八年九月二七日、詩人マヤコフスキーは演出家メイエルホリドと人民教育委員のルナチャルスキー、そしてそのほかの関係者たちを幾人か呼んで、『ミステリヤ・ブッフ』を朗読したのだが、そのとき直ちに、その作品にメイエルホリドはただならぬ関心を示したからである。そしてすぐに、メイエルホリドは、革命前に演出した革命前最後の大作、レールモントフの『仮面舞踏会』を上演した帝室アレクサンドリンスキー劇場の俳優たちの前でこの戯曲を朗読してもらうように取り計らったのである。ルドニツキーによれば、その会が実現したときに、メイエルホリドは、その朗読会を始めるにさいして次のように語ったのだという。

「同志諸君、われわれはゲーテを知っている。われわれはプーシキンを知っている。ここに偉大なる現代の詩人ヴラジーミル・ヴラジーミロヴィチ・マヤコフスキーを紹介します。」

その後、マヤコフスキーは、楽屋の上座に掲げられていた聖像画《イコン》を睨みつけると、自分の書いた戯曲『ミステリヤ・ブッフ』を読み始めた。そして、プロローグの最後に差しかかったときすでに、アレクサンドリンスキー劇場の俳優たちのなかに不安と恐れと動揺が走った。

「今日、こんにち、
　埃にまみれた劇場の上に、

われわれの標語、モットーが輝きはじめる。

《すべてを新しいものに！》、
どうぞごゆっくり、驚かないでくださいね！

それではみなさん、開幕です。」

そして、話が大洪水とノアの方舟についての聖書の伝説に対する冒瀆的な記述に及んだとき、ある俳優は怯えながら十字を切った。マヤコフスキーは最後まで読み終えると、俳優たちを眺めた。みな黙っていた。誰一人、何もしゃべらなかった。沈黙の時間が流れた。そこでマヤコフスキーは、一九一八年一一月七日、ロシア革命一周年記念の日に、『ミステリヤ・ブッフ』を上演することに賛成しますか、と問いかけた。

そのとき、俳優の一人がつぶやいたことは、こんなことだった。

「上演までひと月しかないので無理です。時間がなさすぎます。しかも、このような詩形式で書かれたテクストを台詞としてこなすのは容易ではありません。」

それを聞いて、マヤコフスキーはアイロニカルに笑みを浮かべたという。こうして、アレクサンドリンスキー劇場での上演の話は立ち消えになったのだが、メイエルホリドはこの会合の帰り道、マヤコフスキーに次のように語りかけた。

「マヤコフスキー君、信じてほしい。われわれは『ミステリヤ・ブッフ』を絶対に上演する。自分たちで俳優を募り、どこでだかはわからないけど、絶対上演するよ。たとえば、チェニゼッリのサーカス小屋とかでね。サーカスはどうだい。マヤコフスキー君。」

それに対して、マヤコフスキーはこう答えたという。
「そのほうが、ずっといいですね。」(17)

実際には、サーカス小屋で『ミステリヤ・ブッフ』を上演するという構想は実現しなかったが、この二人の会話は、『ミステリヤ・ブッフ』が叙事詩的な演劇であること、そしてそれがどのような意味において叙事詩的演劇であるのかを示しているのである。アレクサンドリンスキー劇場の俳優たちが恐れをなしたのは、もちろん、聖書冒瀆的な内容に対してであったに違いないが、そればかりでなく、『ミステリヤ・ブッフ』の劇の形式が彼ら・彼女たちが考えている劇の形式とまったく違っていたからだ。つまり、叙事詩という形式が、古代ギリシアにおける暗黒時代の終わりを告げる革命の記録として残されたものであり、そのことがロシア革命の勝利とともにマヤコフスキーによって「われわれの時代の叙事詩的な描写」として書かれた『ミステリヤ・ブッフ』において反復されているのだということを、アレクサンドリンスキー劇場の俳優たちは本能的に感じ取ったに違いないということなのである。

『ミステリヤ・ブッフ』において、マヤコフスキーは、見世物小屋とサーカスというじつに民衆的な、つまり反貴族的な演劇の形式のなかで革命讃歌の演劇を作り出し、メイエルホリドに提供していたのだ。観客はベンヤミンのいうように、「くつろいだ公衆」としてマヤコフスキーとメイエルホリドによって作られた革命のための演劇を見たであろう。それを「当事者」として、くつろぎながら、しかも、自らが抱えている問題について思索しながら、舞台を見ていたのである。このようにして、ベンヤミンが「叙事的演劇とは何か」で言及していたことは、ロシア革命一周年記念日の一九一八年一一月七日、『ミステリヤ・ブッフ』の初日に、すでに実現されていたのであった[18]。

だが、繰り返すが、この作品『ミステリヤ・ブッフ』を上演することを、有能だとされるロシアの演劇人たち、つまり、かつての帝室アレクサンドリンスキー劇場の俳優たちは拒否したのであった。俳優たちがこの作品に出演することに抵抗したのは、直接的には、神を冒瀆するような内容に恐れをなしたからだろうが、これはロシア革命後のソヴィエト最初の演劇であると同時に、叙事詩的演劇であり、演劇における叙事詩的なものがじつは革命的状況に随伴して現れるということと関係しているのではないか、と私は考えているのである。そのことの内実について、私はこれから議論していきたい。

モンタージュ理論と叙事詩的演劇

さて、そうしたことを考えるためにも、われわれは戯曲の形式について分析していかなければならない。そしてまた、そのとき、この作品は、一九二三年の論文「アトラクションのモンタージュ」に始まるエイゼンシテインのモンタージュ理論とその実践に先駆ける形で、それを演劇的に実現したものでもあるのだということを指摘しておかなければならない[19]。のちに、つまり一九三九年に、ベンヤミンは「叙事的演劇とは何か」のなかで、エイゼンシテインのモンタージュ理論を後追いするような形で、次のように書いている[20]。

叙事的演劇は、映画フィルムの映像のように、ワン・ショットずつ進行する。その基本形式は、互いに判然と異なるシチュエーションとシチュエーションとの衝突による、ショックという形式である。歌や字幕や古ぼけた慣例などが、ひとつのシチュエーションを、他にたいしてきわだたせる。その結果として、公衆のイリュージョンをどちらかといえばそこなうような、インターヴァルが生まれ、感情移入しようとする公衆の気がまえをだいなしにする。(21)

一九三九年のベンヤミンのこの文章は、一九二三年の論文「アトラクションのモンタージュ」以降、さまざまな形で展開されたエイゼンシテインのモンタージュ理論を反復している。たとえば、エイゼンシテインは、一九二八年の論文「思いがけぬ接触」のなかの、かの名高い言明「連結のP、衝突のE」というフレーズによって、モンタージュの本質を簡潔に表現していた。Pとはプドフキンのことであり、Eはエイゼンシテインである。そして、エイゼンシテインのモンタージュの本質は、ショットとショットの衝突が生み出すものであり、そこから新たな世界が誕生するというものだ。だが、そのような世界生成の構造を最初に芸術的形式として実現したものこそ叙事詩なのであった。そして、叙事詩的な演劇を演出したメイエルホリドは、まさにそのモンタージュ的な演劇を作り出しつづけることによって、彼の演劇の弟子であるエイゼンシテインの映画理論に影響を与えていたのである。

だが、いずれにせよ、二〇世紀のこのような芸術的な動きの起源をたどるならば、ソヴィエトにおいてそれは、マヤコフスキーの『ミステリヤ・ブッフ』になるのであろう。つまり、叙事詩的演劇の起源としての『ミステリヤ・ブッフ』という問題系が出現してくるのであり、そのことが革命と叙事詩という問題をあらためて提起するのである。

革命と叙事詩の問題系へ向けて

単純な事実がある。『ミステリヤ・ブッフ』がかつてのロシアの名優たちによって恐れられたのは、それが革命をあったものとして、しかもそれを肯定的に叙述していたからだ。そして、このことこそがホメーロスがトロイア戦争をあったこととして、そしてこの戦争がギリシア軍の勝利に終わったこととして歌い上げられたことと関連していたからである。叙事詩は、事実の連なりとして語られなければならない。それは、かつてあったかどうかは定かではないが、かつてあった好ましい出来事として肯定的に歌い上げられるのである。

俺たちは褒めたたえる、
反乱や、
暴動や、
革命の日を。

『ミステリヤ・ブッフ』のプロローグにはこのように書かれている。革命がどのようなものであったのかが、革命の勝利の後で、さまざまな断片的なエピソードとして、かつてあったものとして歌い上げられていくのである。そして観客たちは、われわれの世界で何が起こったか、あるいは何が起こるべきかを知るのである。だが、それを観客たちが、くつろいだ状態で、さらに思索しながら知るようなことができるような演劇とはどのようなものか。それを演出家はどのようにして舞台作品として実現していったのか。これが、叙事詩的な演劇の出現を促したものとは何かということの問題性の核心なのである。

さて、『ミステリヤ・ブッフ』において、革命がどのような状況において起こったのか、またそのなかでどのような事態が展開していたかが演じられるのだが、そのことが叙事詩のような展開を示すとするならば、状況が、事態がどのように展開していったのかを俳優の演技によって、あるいは身振りによって示さなければならない。そのことをメイエルホリドはきわめてはっきりと意識していたということを示すエピソードを、『ミステリヤ・ブッフ』に参加した俳優の一人N・ゴルベンツェフが書き残している。少し長くなるが、その一部を引用する。

次のようなエピソードがまざまざと思い出される。第三幕の「地獄」のシーンの稽古のときであった。その舞台の始まりのところで警護《パトロール》に当たる二人の悪魔が、かなり心安らかに話し合っていた。台詞のやりとりはのんびりとしたものだった。

悪魔1　めしのことだけどよう、
坊主がいなくなったら地獄はお手上げだね、

悪魔2　ロシアから、まずいことに、坊主が追い出されちゃったじゃない。

悪魔1　あそこに見えるのは何だろう？

悪魔2　マストだ。

悪魔1　なんでマストなんだ？　なんのマストなんだろう？

汽船かなんかのマストじゃないのか？

たしかに、船だ！

船室の明かりが見えるぞ。

命が惜しくないらしいな！

見ろよ、雲間をよじ登ってくるぞ。

これは自分で悪魔の角の中に入り込もうとするようなもんだな。

このシーンの進み具合、テンポは、俳優たちの最初のやり方では、かなりゆったりとしたものであった。悪魔たちを演じた二人の学生によって、このシーンは、そんな風に理解されて演じられていたわけである。だが、メイエルホリドは、このシーンの悪魔たちに本物の悪魔を見ていたのだ。つまり、彼らは、〈悪魔のように激しく動き回り〉、〈小悪魔や鬼たち〉のように、散り散りにされたりしたのであった。

メイエルホリドは、二人の学生の悪魔たちがどのように彼らの台詞をそしゃくしているかを見、聞いていたが、突然、激怒して叫んだ。

「君たちは何をしているんだ?」憤然としてメイエルホリドは叫んだ。「君たちは何を演じているんだ? それが悪魔かい? 何ていうことだ、君たちには悪魔がどんなものか分からないのか? 悪魔たちはマストを見たんだ。汚い人たちの乗っている方舟のマストだ。分かるかい。雲間のマストだよ。あり得ないような異常な出来事、事件なんだよ。しかも、彼ら、悪魔たちは飢えで死にそうだったんだよ。そこに人間を乗せた方舟が、美味そうなご馳走がやってきたわけだ。そのとき、あんたが、パトロール隊の君たちの一人が、最初にそのマストに気づいたわけだよ。君は、たちまちのうちにはしゃぎ出すんだよ。《地獄》の喜びだね。《悪魔》の狂乱だね。そのとき、どうしなければならないか? 悪魔たちの踊りを踊るんだよ。君は喜びのあまりもう一人の悪魔の肩の上に飛び乗るのさ。そうしてから、そいつに驚愕的なマストを教えるんだね。分かったかい? さあ、やり直しだ。初めからこのシーン全部をだ。」

学生はもじもじためらいながら、《悪魔のダンス》を表現しようとしていた。そして、決然と飛び跳ねながら、もう一人の悪魔に駆け寄り、その肩に飛び乗ろうとしたがうまくいかなかった。

メイエルホリドは苦しげに呻いた。そして、メイエルホリド自身が、突然、飛び上がると、舞台に駆け上がり、上手くできないでいる悪魔を押しのけて、彼に代わって、そのシーンをつづけ始めた。一瞬にして舞台の様相はがらりと一変した。メイエルホリドの体は、本当に、地獄的なものに変容していく。[22]

この記述は、メイエルホリドの演劇が、マヤコフスキーの戯曲に応えるようにして、叙事詩的な演劇をどのように舞台の上で実現しようとしていたのか、そして、そのための演劇的な技法として、身振り《ゲストゥス》がどのように問題化されなければならないのか、それが実現されるために、やがてメイエルホリドが《ビオメハニカ》と名づけた演技術が、どのような必然性によって生み出されたのかを見事に立証している。

『ミステリヤ・ブッフ』は、その作者である詩人のマヤコフスキーによって叙事詩的なものと名づけられていた。それはロシア革命におけるプロレタリアートの勝利を描いたものだ。つまり、ホメーロスがトロイア戦争をギリシア側の勝利として描いたように、ロシア革命の成功のプロセスをややメタフォリカルにだが、叙事詩的に記述するものとして、描かれたものだ(23)。

それは、革命がどのように実現したかについての叙事詩的な記述を、ホメーロスの、たとえば『イーリアス』のように、いくつものエピソードの連なりとして記述していくものだった。このようにてわれわれは勝利した、それを、いまわれわれはこのように記述する。そのためには、ギリシア悲劇のように、それを構造化し、ある理念をヴィジョンとして提示するのでは足りない。劇的様式としてではなく、たとえば、オイディプスの運命を描くような形式としてではなく、あったことの肯定と賞賛を歌い上げるようにして、われわれはロシア革命とプロレタリアートの勝利をここで反復するのだ、とメイエルホリドたちは考えはじめていたのである。だからこそ、『ミステリヤ・ブッフ』は、エピソードの連なりとして、しかも、そのエピソードの衝突として、モンタージュ的に展開されていくのである。

しかしながら、はたして、本当に、くつろいだ公衆によって、叙事詩を読むように、その舞台が見られていたのか。ブレヒトが、あるいはベンヤミンが語ったような叙事詩的な演劇が、そこで本当に実現していたのか。つまり、上演と観客との関係が、叙事詩的演劇を、実際に実現させていたかどうかは微妙である。なぜなら、『ミステリヤ・ブッフ』の上演に立ち会ったことのある、のちの演劇学者A・フェヴラリスキーが、一九二一年五月一日に、この舞台（一九一八年の革命一周年記念に上演された舞台の再演）を見たときの印象を書きつつ、次のように証言しているからだ。

> そして、この上演では、勝利した民衆の圧倒的な歓喜が鳴り響いていた。《汚い人たち》[24]は、自らについて心穏やかに確信し、健康でたくましく、ふつうの労働者の一団として、自分たちを、観客の前に提示した。踏んだり蹴ったりのようにからかわれつづけている《きれいな》人たちと彼らに追従する人たち、《聖者》たち、そして時には悪魔たちも、その身振り、振る舞いによって、あるいはその恰好、衣装によって、風刺漫画《ロスタの窓》によく描かれていたような人物たち、民衆的な小屋掛け芝居のような見世物の登場人物たちを思い起こさせたのだった。……
>
> すでに、そのとき、『曙』[25]の抽象性、静止性は克服されていた。上演の欠陥は後景に退いた。戯曲の燃えるような言葉に舞い上がってしまい、メイ・デーにありがちな興奮状態のなかにいた俳優たちは、とんでもない高揚感のなかで演じていた。そして、観客たちも、同じような高揚感に包まれながら、その芝居を見ていた。このときの観客たちのほとんどは、労働者たちであった[26]。

これまで私は、マヤコフスキーとメイエルホリドによる『ミステリヤ・ブッフ』の上演が、叙事詩的演劇の始まりであるかのように書いてきた。しかし、このフェヴラリスキーの記述を読むかぎり、そこにはブレヒト的な意味での叙事詩的演劇の対極にある状況もあった。マヤコフスキーが「われわれの時代の叙事詩的な描写」と名づけた戯曲『ミステリヤ・ブッフ』の実際の上演は、ブレヒトやベンヤミンがいう意味での叙事詩的とは、とうてい言いがたい形で上演され、受容されていたということである。皮肉なことに、一九二一年のメイ・デーで再演された『ミステリヤ・ブッフ』(第二版)に関するフェヴラリスキーのこの記述によれば、ここにいるのは、ブレヒトやベンヤミンたちが言った、叙事詩的演劇の本質的な構造の出発点に位置しなければならない「くつろいだ公衆」ではなく、熱狂的にその舞台を見ている観客たちであり、そして世界を批評的に見ながら、それについてくつろいだ精神とともに考える、ということが前提とされている叙事詩的な演劇の観客でもないということになる。そしてまた、フェヴラリスキー自身が、高揚感のなかで陶酔的に演じている俳優たち、また、くつろいだ観客ではない熱狂的な観客、つまり、勝利した革命の主人公でもあるロシアの労働者たちとともに、マヤコフスキーとメイエルホリドによる『ミステリヤ・ブッフ』の上演に酔いしれているということのなかに、叙事詩的演劇の可能性とその挫折があったのではないのか。そして、にもかかわらず、その可能性は、まったくの無意味として存在していたわけではないのではないか。なぜならば、上演に酔いしれながらも、そこで演じられていることを、観客たちは歴史的事実のメタフォリックな再現として見ていたのであり、それを寿ぐ形で、さまざまなエピソードを見つつ、自分たちがいま経験しつつある歴史的瞬間を、彼ら彼女たちは、歓喜しつつ受容しているのだと考えられるからである。

三　叙事詩的演劇を超えるもの、あるいはその頽廃

けれども、フェヴラリスキーの証言が正しいとするならば、一九二〇年代の初めの『ミステリヤ・ブッフ』（第二版）の上演の現場において、叙事詩的演劇を実現しようとして、ブレヒトたちが構想しようとしていたものよりもはるかに奇怪な、信じられないような事態が展開していたのではないのかと疑ってみる必要がある。フェヴラリスキーは、その後も幾度も、一九二一年にも演じられていた『ミステリヤ・ブッフ』の上演を追いかけるように見た後で、その劇場で何が起こっていたのかについて書きつづっている。それは、もしかしたら叙事詩的な演劇を超えるもの、あるいは逆に、叙事詩的演劇の凋落を意味するような演劇的な現象であった。つまり、それから四〇年以上後の、一九六七年ころになされたこの彼の証言が虚偽発言でないとするならば、それはじつに恐るべきことである。

フェヴラリスキーは書いている。

第一幕の終わりが近づくにつれて、すでに観客席から満場の拍手が沸き上がっていた。出来事の展開が進むにつれて、戯曲の成功はいや増しに明らかになっていたのであった。この戯曲の最後に歌われる『インターナショナル』は（マヤコフスキーの新たなテクストとともに）、観客たちの熱狂的な喝采に包まれながら歌われたのである。芝居が終わったとき、観客たちは舞台の上に殺到

した。観客席は舞台とともにあると考えていたのだ。そして、彼らは、楽屋から俳優たちを、また、演出家たち、つまりメイエルホリドとベブートフを、さらにこの劇場で働いている人たちを舞台に引っぱり出してきた。彼らは、マヤコフスキーとメイエルホリドをつかんで、揺すりはじめさえしたのだった。あれから四〇年以上がたったいま、このような熱狂に包まれた芝居があったのだということを思い出すのはほとんど不可能である。(27)

このような形で、一九二〇年代の初め、革命後のロシアの観客に熱狂的に迎えられた『ミステリヤ・ブッフ』の上演の光景を、ブレヒトやベンヤミンが実際に上演に立ち会い、それを見ていたとしたら、それが、彼らが構想していた、あるいは構想することになる叙事詩的演劇のモデルになりうると考えたかどうかは疑わしい。つまり、マヤコフスキーが叙事詩的と名づけた戯曲『ミステリヤ・ブッフ』の上演は、戯曲の構造としては叙事詩的だが、実際には、プロレタリアートの熱狂的な感情移入に基礎づけられることによって、そこに共感の共同体を形成しつつ、賞賛され、絶賛されたものでもあったのだ。そのことを、そこにいたのちの演劇学者フェヴラリスキーも、その熱狂を興奮冷めやらぬ形で書きつづっているのである。はたして、ここにブレヒトやベンヤミンがいうような意味での「くつろいだ公衆」はいるのか、そして、「くつろいだ公衆」として、状況を冷静に判断しながら演劇を見る、つまり、世界の状況についてくつろいで考えるという叙事詩的な演劇において、観客に期待されていたことが出現していたのか、それはきわめて疑問であるということだ。

さらに興味深いことに、そこでは次のような事態が展開されていたという。フェヴラリスキーは書いている。

しかし、まさに、劇作家、詩人の革命的現実へのメッセージ、観客席に座っているソヴィエトの人々の熱狂的な賛同を迎え入れようとする彼らの生活への介入の仕方、こうしたものが、もう一つの観客層のなかに憎悪を生み出した。この国の中から、革命の敵はいまだ根絶されていなかったのである。彼らは、上演が始まるやいなや、ブルジョアジーやブルジョア・イデオロギーのさまざまな表現者たち、さらには、彼らのために《社会主義者》的なふりをしている彼らの手先に対して風刺的な表現をしているマヤコフスキーの舞台に、大声で、憤慨していることを表明しはじめた。おまけに、《協調主義者》の役者は、びっくりするほど機知にとんだ、きわめて有能な役者であった。《マヤコフスキー》的なプラカードのやり方〔つまり、ロスタの窓に描かれたポンチ絵の登場人物たちのような身振り〕で演じていたのは、当時まだ駆け出しの二〇歳の青年、イーゴリ・イリインスキーであった。《協調主義者》の怖気づいたような台詞まわし、彼が感じている継続的な痛みと甲高い鳴き声、彼の赤茶けたぼさぼさの乱れた髪の毛と髭、その滑稽なとんび合《かっ》羽《ぱ》とびくともしない傘、こうしたすべてのものがきわめて独特であり、的を射ていたので、ソヴィエト体制とそれに所属する人々の敵たちをさらに苛立たせたのであった。二つの勢力、革命派と反革命派の戦いが、舞台上だけでなく、観客席でも展開されていたのであった……。(28)

舞台で上演されていた革命に関する叙事詩的な演劇は、このように観客席でも展開されていたのであった。単に、革命に勝利したことに酔いしれ、熱狂的な拍手を送った革命の支持者たちは、しかし、反革命を希求する者たちの生き残りによってその熱狂を中断される。断片化された多くの革命のエピソードの提示と、別のエピソードへの移行の前のその中断という、舞台上の劇の展開における構造的な中断が、革命に敵対する人たちによって、観客席でも現実化され、再現されるのである。

物語のエピソード化と中断

このときすでに、革命に反対する人たち（たとえば白衛軍たち）の抵抗として展開されていた革命後の国内戦は、革命側の勝利で終わっていた。演劇史家のルドニツキーによれば、『ミステリヤ・ブッフ』の第二版の上演（一九二一年五月一日初日）は、この勝利を讃えるものでもあり、その勝利の喜びは、演出家の喜びと一体となっていたのだという。だが、メイエルホリドとブレヒトの演劇技法の類似性の意味について考えようとしているわれわれにとって興味深いのは、この『ミステリヤ・ブッフ』上演における物語の中断という構造であり、この劇が、無数のエピソードに分割されながら、また方舟伝説をめぐる架空の歴史をなぞりながら、そこに革命の幻想を、断片的なエピソードの連なりとして記述していたということである。そしてこのことが、物語のエピソード化と中断に根差した、のちのメイエルホリドの古典戯曲の改作の仕方や舞台構成の特徴をなす電撃的モンタージュの原型を作り上げていたということである。そのことをルドニツキーは次のように書いている。

戯曲を、個々のエピソードの連なりとして作り上げていくにあたって、マヤコフスキーは、すべてのエピソードを緊密に結びつけること、それらによって、ある芸術的な全体を組み立てていくことを忘れてはいなかった。しかしながら、同時に、出来事の展開の連続性へとは決して向かわなかったのである。その反対に、個々の《出し物》を提示しながら、そしてまた、それらを構成し、組み立てながら［これはのちに、エイゼンシテインが「アトラクションのモンタージュ」と名づけることになる方法である］、マヤコフスキーは、彼らの共通の確信によれば、時代の要求に応える舞台の形式を、メイエルホリドに提供していたのであった。つまり、『ミステリヤ・ブッフ』の第二版においては、サーカスと見世物小屋の要素が、最初の版よりずっと色濃くなっていたのである。(29)

中断の政治学とでも言うべき方法によって、無数の断片に分割されている叙事詩的な革命の物語を、エピソードの連なりとして、しかもそのエピソードを、サーカスや見世物小屋でのように観客に提示してみせようとした『ミステリヤ・ブッフ』の舞台は、観客に喜びを与えるとともに、思索へと誘いもするという叙事詩的演劇の理念を、そのような標語は使ってはいないが、実現していたのだと思われる。

だが、むしろ、ここではメイエルホリドによって目論まれていたことの意味こそが重要なのであって、アレクサンドリンスキー劇場の俳優たちとの作業が危ぶまれたときに、『ミステリヤ・ブッフ』をサーカス小屋ででもやろうかとメイエルホリドがマヤコフスキーにつぶやいたこと、こうして、演劇をくつろいだ公衆のもとへと送り届けようとしたこと、しかもそれが、革命の演劇であったということにこそわれわれは目を向けるべきなのである。そして、メイエルホリドの演出家としての出発点において、記念碑的な役割をはたしている作品が、ロシア象徴派を代表する詩人アレクサンドル・ブロークが書いた戯曲『見世物小屋』の上演(一九〇六)であったということを思い浮かべるならば、演劇を《聖なる殿堂》からスタジオへ、サーカス的な空間へ、あるいは見世物小屋に、さらには広場に、そして街路へと開放していくことによって、つねにではないが、くつろいだ公衆の前で、民衆的な演劇を作ろうとする理念がメイエルホリドにはあったのだということはたしかなのだ。

ブレヒトとベンヤミンによって展開された叙事詩的演劇の理念の提示とその実践が、メイエルホリドたちによって、その一〇年ほど前に、少なくともその一部がすでに実現されていたということは事実であるが、それが、イートンが言うように、後からやってきたブレヒト(一八九八年生まれ)やベンヤミン(一八九二年生まれ)が、メイエルホリド(一八七四年生まれ)の演劇実践に具体的に影響されていたことを意味するかどうかは私にはわからない。だが、こうした共通項を指摘するにしても、影響関係よりは、時代と状況の共通性を視野に入れて、この問題に再び立ち返らなければならないのかもしれない。[30] そのとき、ロシアでは革命が勝利したということ、そして、一九一八年のドイツ革命は敗北したということ、その大いなる違いは、ブレヒト、ベンヤミンにおける叙事詩的演劇とメイエルホリドの演劇との違いについて何をもたらしたのか、ということについても考えなければならないだろう。『ミステリヤ・ブッフ』(第二版)の上演は、成功裏のもとに、一九二一年五月一日から七月七日まで毎日続けられた。だが、メイエルホリドは、すでに一九二一年二月、人民教育委員会演劇部長を解任されていた。メイエルホリドが提唱していた「演劇の十月」の理念を唱道しつづけた新聞『演劇報知』も一九二一年八月に廃刊になった。それはアジテーションとプロパガンダの時代は終わり、建設の時代が始まったことを、統治者側が認識し始めたことを意味していた。同年八月七日、『見世物小屋』を書いたアレクサンドル・ブロークが死んだ。ブロークも一九一八年、革命讃歌の長編叙事詩『十二』を書いていた。

革命のための演劇とその歴史的位相

新しい世界の誕生を寿ぎ、それを過去の歴史に投影しながら歌い上げる叙事詩という形式は、ホメーロスによって、紀元前八世紀には確立していた。だが、古代ギリシアにおいて、新しい世界がポリスという民主政へと形成されていくためには、古代ギリシアの悲劇詩人たちが来るべきポリスのヴィジョンを次々と提示していく必要があったのである。それが展開されていたのが、紀元前五世紀の黄金時代のギリシアの姿であった。やがて、紀元前四三一年に始まるスパルタ連合軍とアテナイ連合軍との間の戦い、ペロポネソス戦争によって疲弊していくアテナイのなかで、アテナイの現実を描く人が出てきた。それが、コメディアの詩人アリストパネスであった。

メイエルホリドは、アイスキュロスやソフォクレス、あるいはエウリピデスなど、古代ギリシアの悲劇詩人のような、革命後のソヴィエト社会のヴィジョンを描く人の登場を希求していたが、そうした詩人たちはメイエルホリドの前には現れなかった。それゆえにメイエルホリドは、古典を改作し、それをコメディアとして、しかもそれを、叙事詩的演劇の手法を使って演じはじめたのである。だがそれは、ソヴィエト連邦の建設と防衛を最優先していたスターリンの思惑と逆行するものであった。そしてメイエルホリドの活動は、一九三〇年代になると封印されることになる。ちょうどそのころ、ドイツ革命の敗北の後に活動を始めたブレヒトは、革命のための演劇として、叙事詩的演劇を構想し、それを実践しようとしていたことが、イートンの本書を読むと理解されるのである。

革命に勝利した直後に、叙事詩的演劇『ミステリヤ・ブッフ』を書いたマヤコフスキーとそれを演出したメイエルホリドたちと、ドイツ革命の敗北の後に、叙事詩的な演劇を構想し、実践したブレヒト、それを支持したベンヤミンたちの間には大きな違いがあるのであろう。

その歴史的位相の本質的な違いと意味について考えるときが、まさにいま到来しているのではないだろうか。メイエルホリドとブレヒトという問題系は、革命の勝利と挫折、あるいは、革命が勝利した後の政権の変容、もしくは堕落のプロセスを考えるためのきわめて重要な示唆を与えるものだ。

註

（1）久保正彰『オデュッセイア——伝説と叙事詩』（岩波書店、一九八三年）、松本仁助『ギリシア叙事詩の誕生』（世界思想社、一九八九年）、川島重成『イーリアス——ギリシア英雄叙事詩の世界』（岩波書店、二〇一四年）参照。

（2）アンドレ・ボナール『ギリシア文明史』（岡道男・田中千春訳、人文書院、一九七三年）第一巻第一章「ギリシアの国のギリシア民族」などを参照。

（3）川島重成『イーリアス』（一二一 - 一六頁）参照。

（4）太田秀通『ミケーネ社会崩壊期の研究——古典古代論序説』（岩波書店、一九六八年）参照。

（5）ホメーロスはイオニア地方のいまのトルコ沿岸の島キオスの生まれといわれているが、このことは、ギリシアにおける革命と反乱、暗黒時代からの脱出が、イオニア地方で始まったことを示唆しており、さらに、イオニア地方における叙事詩の誕生は、イオニア哲学を参照しつつ叙事詩を構造化することによって可能になったギリシア悲劇の誕生から、アテナイのポリスの出現を促したものが、イオニア哲学（タレス、ピタゴラスなどの哲学）の隆盛と関係していることを思わせる。

（6）これら古代ギリシアの歴史に関する推測の多くは、ボナール『ギリシア文明史』（岡道男・田中千春訳、人文書院、一九七三年）によっている。

（7）マヤコフスキーの一九一八年の戯曲『ミステリヤ・ブッフ』を「ソヴィエトの最初の戯曲」と命名したのはフェヴラリスキーであるといわれている。

（8）ブレヒトが叙事詩的演劇という理念について考察を始め、その理念とともに作品を作り始めたのは、『リンドバーグの飛行』を書いた一九二九年ころとされている。また、ベンヤミンがブレヒトの叙事詩的演劇について考察した文章を最初に書いたのは一九三一年とされている。『ヴァルター・ベンヤミン著作集9　ブレヒト』（石黒英男編訳・解説、晶文社、一九七一年）の解説参照。なお、石黒英男は翻訳に際して、叙事詩的演劇を「叙事的演劇」としているので、論文タイトルなども含め、石黒氏の翻訳を使う場合、「叙事的演劇」という訳語のまま引用している。

（9）『ヴァルター・ベンヤミン著作集9　ブレヒト』所収。

（10）『ヴァルター・ベンヤミン著作集9　ブレヒト』、八‐九頁。

（11）『ヴァルター・ベンヤミン著作集9　ブレヒト』、九頁。

（12）『ヴァルター・ベンヤミン著作集9　ブレヒト』、一〇頁。

（13）ミステリヤは、聖母マリアやイエス・キリストのさまざまな事績のエピソードの連なりを街頭や教会、つまり教会を中心に街全体を舞台として使って演じられたもので、中世のカトリック教会を中心に頻繁に上演された。

ミステリヤは、現在はふつう聖史劇と訳される。
(14)『ヴァルター・ベンヤミン著作集9　ブレヒト』、一二－一三頁。
(15)アリストテレース『詩学』／ホラーティウス『詩論』松本仁助・岡道男訳、岩波文庫、一九九七年、三四頁。
(16)ジュディス・バトラー『アンティゴネーの主張――問い直される親族関係』（竹村和子訳、青土社、二〇〇二年）参照。ちなみに、ソフォクレスの『オイディプス王』が最初に上演されたのは、紀元前四二九年ころだとされている。
(17)*Рудницкий К.* Мейерхольд. М., 1981. С. 234.（K・ルドニツキー『メイエルホリド』モスクワ、イスクーストヴォ出版、一九八一年、二三四頁、未邦訳）。
(18)このあたりの経緯の事実関係については、ルドニツキー前掲書、および *Золотницкий Д.* Зори театрального Октября. Л., 1976.（D・ゾロトニツキー『演劇の十月の曙』レニングラード、イスクーストヴォ出版、一九七六年、未邦訳）による。彼らの語っていることが事実であるかどうかについて、私は確認・検証できていない。つまり、これからの私の記述は、これまでの言説と同じように、すべて仮想された事実をめぐる考察である。
(19)このエイゼンシテインの論文「アトラクションのモンタージュ」は、雑誌『芸術左翼戦線（*LEF*）』の創刊号に掲載された。日本語訳は複数ある。
(20)この原稿の初稿は一九三一年ころに書かれたとされている。その初稿原稿は『ヴァルター・ベンヤミン著作集9　ブレヒト』に翻訳・掲載されている。
(21)『ヴァルター・ベンヤミン著作集9　ブレヒト』、一七頁。
(22)*Голубенцев Н.* Из дневника актера // Встречи с Мейерхольдом. М., 1967. С. 170.（N・ゴルベンツェフ「俳優の日記から」、『メイエルホリドとの出会い』モスクワ、全ロシア演劇協会編、一九六七年、一七〇頁、未邦訳）。
(23)トロイア戦争がギリシア軍の勝利で終わったのかどうかは不明である。そもそもトロイア戦争の原因となったとされるパリスがメネラオスの妻ヘレネを誘惑したとされるメネラオスの宮殿の遺構すらスパルタには存在しないのだ。総大将アガメムノンの宝庫とミュケーナイの城塞の巨大な遺跡はアルゴス地方で見つかっているし、老将ネストールの宮殿の跡はピュロスで発掘されている。だが、メネラオスの宮殿は存在していない。それがいまだに見つかっていないということの意味は何か。このことを古代ギリシア文献学者たちは議論すべきではないか。川島重成はこのことを、ブレーゲンらに依拠しつつ、「史実としてのトロイア戦争は、われわれが『イーリアス』から印象づけられるギリシアとトロイア両軍が雌雄を決した輝かしい英雄的事跡とは、かなり様相を異にするもので、ミュケーナイ、トロイア双方ともその文明の末期において、いわばあえぎあえぎ遂行した戦争、比較的小規模な戦争であったに違いありません。トロイア戦争の原因そのものが、ミュケーナイ人諸王国の経済的疲弊にあったという推測もなされています。そして事実、勝者であったはずのミュケーナイ人の諸王宮も、わずか数十年後にはいわゆる「ドーリス人の侵入」によって、あえなく崩壊していったのです」と書いている（川島重成『イーリアス』、一三頁）。このような見解を参照しつつ、神話としてのトロイア戦争と史実としてのトロイア戦争、そしてギリシア悲劇に描かれたトロイア戦争を歴史的文脈のなかで構造的に分析し、叙事詩と演劇との関係について詳細に議論することが求められるが、それは別の機会に譲ることにする。

（24）この七組の汚い人たちが、『ミステリヤ・ブッフ』のいわゆる主人公たち、勝利したプロレタリアートたちである。彼ら彼女たちが地球を襲った大洪水から逃れようとして、方舟を作り、ブルジョアジーたち、七組のきれいな人々と一緒に、そして途中で、彼らを放逐するが、地獄、天国などを巡り、最後に約束の土地、つまり事物たちが乱舞する、われわれの住む革命が成就した地球に帰還するという展開が、この劇の物語であったということを思い出してほしい。

（25）ベルギーの詩人ヴェルハーレンの作。ここで問題にされているのは、一九二〇年にメイエルホリドの演出によって上演されたときの劇の形式についてである。

（26）*Февральский А.* В начале двадцатых годов и позже // Встречи с Мейерхольдом. М., 1967. С. 182–183.（A・フェヴラリスキー「二〇年代初めと、それ以降」、『メイエルホリドとの出会い』モスクワ、全ロシア演劇協会編、一九六七年、一八二－一八三頁、未邦訳）。

（27）*Февральский А.* В начале двадцатых годов и позже // Встречи с Мейерхольдом. М., 1967. С. 183.（A・フェヴラリ

スキー、前掲書、一八三頁、未邦訳）。

（28）*Февральский А.* В начале двадцатых годов и позже // Встречи с Мейерхольдом. М., 1967. С. 184.（A・フェヴラリスキー、前掲書、一八四頁、未邦訳）。

（29）*Рудницкий К.* Мейерхольд. М., 1981. С. 259–260.（K・ルドニツキー『メイエルホリド』、二五九 - 二六〇頁、未邦訳）。

（30）エルンスト・ブロッホのモンタージュ論『この時代の遺産』（池田浩士訳、ちくま学芸文庫、一九九四年）には、新しい世界のモンタージュ的な構造についての魅力的なエッセイが満ち溢れているが、一九二〇年代後半に書かれたこれらのエッセイのなかに、エイゼンシテインなどの理論に関する言及は一切ない。しかし、世界の断片化と異質なものの接合・衝突から新たなものが生まれる可能性があるのだという理念・信念が、この当時、世界的な現象として出現してきたということだけはたしかなものではないだろうか。

訳者あとがき

本書はKatherine Bliss Eaton, *Theater of Meyerhold and Brecht*, Westport; Greenwood Press, 1985の全訳である。キャサリン・ブリス・イートンは、ソヴィエト演劇と文化の研究者で、本書のほか、著書に*Daily Life in the Soviet Union*, 2004、編著に*Enemies of the People: The Destruction of Soviet Literary, Theater, and Film Arts in the 1930s*, 2002などがある。

『メイエルホリドとブレヒトの演劇』の原著は一九八五年にイギリスで出版された。これまで各国の演劇史研究の論文でたびたび参照、引用され、一九二〇‐三〇年代の文化史研究においては基礎文献の一つとなっている。日本では、本書の編訳者の一人である谷川が、当時『新日本文学』誌の編集長で、御茶の水書房の編集者でもあった久保覚氏からこの本の翻訳を依頼され、早い段階で全訳を行っていた。ところが、久保氏の急逝など諸事情が重なり、その訳稿は筐底に眠ったままになっていた。それ以来、長い年月を経て、二〇一〇年に早稲田大学演劇博物館「演劇映像学拠点」の主催でシンポジウム「メイエルホリドと越境の二〇世紀」（研究代表者、上田洋子）が開催されたことをきっかけに、本書の翻訳出版計画が再び持ち上がった。このタイミングでシンポジウムに参加していた伊藤にも声がかかり、最終的に谷川と伊藤の二人で翻訳を担当する形で今回の出版に至った。

本書の特徴は、タイトルの示す通り、二〇世紀を代表する二人の演劇人、フセヴォロド・メイエルホリドとベルトルト・ブレヒトの演劇実践を関係づけているところにある。いみじくも、イートンが序文で述べているように、一九二〇‐三〇年代、世界演劇において名を馳せていたのはブレヒトよりも圧倒的にメイエルホリドだった。ブレヒトに限らず、多くの演劇人たちが肯定・否定の違いはあれど、彼の影響を受けていたのである。ところが、周知のようにソ連時代にスターリンの粛清の嵐が吹き荒れ、メイエルホリドの名は歴史から抹殺され、その存在自体が無きものとされてしまった。一九五五年の名誉回復、そして一九六〇年代のメイエルホリド研究の第一次興隆を経て、彼は再び歴史に戻ってきたが、それでも依然として正当な評価を受けているとは言いがたい。イートンの狙いは第一に、ブレヒトの先駆者として位置づけることで、こうしたメイエルホリドの復権を試みることにあった。もちろん、このような問題意識はイートンがこの本を著した一九八五年時点のものであり、その後ソ連崩壊を経て、多くの情報が公開され、メイエルホリドの活動の実際は次第に明らかになってきている。しかし、日本に目を向けた場合、この問題意識は依然として有効であることは明らかだろう。

かたやブレヒトは、現代演劇はブレヒト抜きでは語れないと言われるほどに、第二次大戦後、世界中である種「熱狂的に」受け入れられた。「ブレヒトの時代」とでも言うべき現象である。戯曲《ドラマ》と上《シア》演《ター》両極での「叙事的演劇」、「異化効果」など、二〇世紀演劇のキーワードとなる手法を編み出したとされている彼の仕事は、一九六八年からは西ドイツでもシェイクスピアをしのぐ最多上演作家になり、日本でも一九六〇‐七〇年代に翻訳・紹介・上演が相次いだ。あるいは単なる作品の受容を超えた「ブレヒトなきブレヒト受容」と言われるような方法論的革新の契機として、一九七〇‐八〇年代には世界中で劇作家にも演出家にも、果てはピナ・バウシュの「タンツ・テアター」にも影響を与えた。八〇年代後半には逆に、「ブレヒト疲れ」という言葉が流行語になったほどだ。だが、イートンの主張に従えば、こうした世界演劇史においてブレヒトの「発明」として受け入れられてきた多くの試みが、それに先立つメイエルホリドの実践に確認できるのである。こうした歴史的に後発のブレヒトに対して、本書では、やや皮肉まじりに「《偉大な》借用者（“great” borrower）」という表現があてられている。見方によっては「剽窃」とも受け止められかねないこの表現が意味するところは、しかし、決してネガティヴなものではない。イートンは、アイデアの源泉を指摘しつつも、ブレヒトの業績をメイエルホリドの発明に還元するのではなく、その独自の展開におけるオリジナリティを論じ、二人の演劇人の創作の価値を伝える。両者の手法を具体的に参照し、紹介しながら論じるイートンの記述からは、たしかにブレヒトの実践における「メイエルホリド的要素」を確認できる。だが、その一方で〈借用（あるいは剽窃）／受容〉とその独自の展開は、伝統演劇に想を得て新しい演劇を構想したメイエルホリドにも見られる側面であり、そもそも歴史とはそのように更新されていくものである。こうした受容史は、例えば二〇世紀後半にメイエルホリドとブレヒトの方法を継承したロシア人演出家ユーリー・リュビーモフにもしばしば指摘され、また、日本の鈴木忠志が「本歌取り」と名づけるコラージュの方法も、あるいはハイナー・ミュラーが『画の描写』(一九八四)の註の中で「補筆彩色(Übermalung)/レイヤー」と呼んだ手法も同様だろう。

イートンの記述が興味深いのは、こうしたメイエルホリドとブレヒトの関係を、ロシア、ドイツ両国の文化交流史と言うべき人間関係の中に描き出そうとしているところである。これが本書のもう一つの特徴だろう。たしかにイートンは、メイエルホリドとブレヒトという具体的な名前に限定して論を展開している。さらに言えば、本書で言及されるブレヒトは「演出家ブレヒト」であり、劇作家としての彼の側面はあえて掘り下げられていない。しかし、こうした個別具体的な演出手法の比較、考察の先には、二〇世紀前半における重要な文化的コンテクストが拓かれている。この時代の交流史は一方では左翼人ネットワークがあり、また他方では亡命知識人らのネットワークがあり、きわめて広範で複雑だった。本書に登場するベンヤミン、ルナチャルスキー、アーシャ・ラツィス、トレチヤコフといった関係者たちは、そうした交流史において重要な役割を果たした人物たちで、メイエルホリドやブレヒトは、互いに直接的な言及は少なくても、こうしたネットワークの中でたしかに近接していたのである。

実際、一九二〇年代のドイツ・ロシア文化圏における相互交流は実に驚くべきものだった。例えば、メイエルホリドについては、次のような補足も可能だろう。メイエルホリド自身は、国外での上演がやや遅れたこともあり、とくにドイツでの受容に関しては、カーメルヌイ劇場の演出家タイーロフの後塵を拝した。しかしその一方で、イートンが指摘しているように、彼の演劇実践はドイツを代表する演劇人ピスカートア(彼もまた、国際革命演劇同盟(MORT)で活動しており、一九三一年から三六年にはモスクワに滞在していた）の思想、演出手法にも影響を与えていた。またメイエルホリド自身も、一九二〇年代後半から三〇年代にかけて構想していた未完の新劇場建設プロジェクトの設計において、ピスカートアの盟友でありバウハウス初代学長であったドイツ人建築家ヴァルター・グロピウスがピスカートアのために設計した「全体劇場」の影響を受けていたという指摘もある。あるいは、メイエルホリドが歌舞伎をはじめとする日本の演劇の影響を受けていたことはよく知られているが、革命前の時代から彼はそうした情報を主にドイツ語の書物から得ていた。革命後にも、一九二五年にはドイツ人演出家で演劇批評家のカール・ハーゲマンの東洋演劇に関する書籍『諸民族の演技』（ドイツ語の原書は一九一九年刊）が三巻本でロシア語へ翻訳出版されるが、その第二巻は日本演劇に関する内容で、メイエルホリドの近くにいた人間たちはこぞってこの本を読んでいた。

さらに言えば、近年、主にエリカ・フィッシャー＝リヒテ（邦訳『パフォーマンスの美学』論創社、二〇〇九年、『演劇学へのいざない』国書刊行会、二〇一三年）らの活動により再評価を受けているドイツ人演劇学者マックス・ヘルマン（一八六五‐一九四二）の「演劇学」創設の活動も同時代的にロシアに影響を与えていた。ロシアでは一九二〇年代にレニングラードの芸術史研究所演劇部門を中心として「演劇学派」が立ち上がるが、これはヘルマンの「戯曲ではなく上演」を分析対象とする「新しい学問としての演劇学」という思想をロシアなりに受容したものだった。このロシア演劇学の活動の中心にいたのが、アレクセイ・グヴォズジェフ（一八八七‐一九三九）という演劇史学者で、彼こそがしばしば激論を呼び起こしたメイエルホリドの演劇活動を理論的に支えた、演出家にとって最も信頼のできる批評家、理論家だった。

このように、二〇世紀前半において世界の演劇を牽引したドイツとロシア（ソ連）両国は互いに影響を与えあい、そうした文化的背景を背負いながらメイエルホリドとブレヒトは活動していたのである（そして、こうした文脈のなかに千田是也、佐野碩、土方与志、村山知義、そして小山内薫といった日本人たちが入り込んでくる）。それゆえ、イートンが述べるように、ブレヒトの「異化効果」という用語がロシア・フォルマリズムに由来するもので、それがセルゲイ・トレチヤコフを通じてブレヒトの演劇理論へと移入されたことなど、彼女の主張の多くが十分な説得力を持っている。ソ連崩壊後の私たちには、ソ連時代は「鉄のカーテン」があって、すべてが遮断されていたイメージが強いが、一九二〇年代、そして三〇年代においてもなお、情報や人的な交流が活発になされていたことをあらためて問い直すことは、この時代の世界の文化・芸術地図を正しく把握するために重要だろう。

四半世紀前の一九八五年の著作として、現在から見れば、本書は情報の不足や誤認、またそれに起因する論証の甘さなども指摘できる。とはいえ、トレチヤコフやアーシャ・ラツィス、ベンヤミンら、ロシア演劇に関するブレーンたちがブレヒトに提供した情報を丹念に追いながら、個々の作品や演出方法を例にとってブレヒトとメイエルホリドの新しさと面白さを示してくれる本書は、二〇世紀を代表する二人の演劇人の活動を、歴史的事実から読み解く格好の入門書ともなってくれるだろう。冒頭でも述べたように、メイエルホリドとブレヒトの接続を的確に捉えた本書は、現在でも各国の演劇研究で参照され続けている。その意味では時代を超えて読まれる価値が本書にはあり、基礎文献としての意義を十分に有している。

本書の構成は、第一章でブレヒトのメイエルホリド演劇との出会いに触れ、第二章と第三章でメイエルホリドの演劇について、第四章でそのブレヒトなりの受容を語り、最後の第五章で、メイエルホリドの先駆性をあらためて主張しながら、両者の時代的な革新性を指摘するに至る。これに加え、本書では、イートンの記述への補足として編訳者の谷川と伊藤に、演劇批評家の鴻英良氏を加えた三つの論考を添えた。

谷川道子「現代演劇へのパラダイム・チェンジ——メイエルホリドとブレヒトとベンヤミンの位相」は、一九二六年に上演されたメイエルホリドの『査察官』を基軸に、二人の演劇人にベンヤミンを介在させ、ブレヒトとベンヤミンの相関関係を、時代の変遷を押さえつつ解説している。伊藤愉「現実を解剖せよ——討論劇『子どもが欲しい』再考」は、ブレヒトと最も親しかった作家セルゲイ・トレチヤコフの戯曲『子どもが欲しい』を、メイエルホリドの上演計画とともに紹介している。鴻英良「叙事詩と革命、もしくは反乱——メイエルホリドとブレヒト」は、革命後、ソヴィエト最初の戯曲と言われるマヤコフスキー『ミステリヤ・ブッフ』を中心に、叙事詩における「革命を記述する」機能を読み解き、イートンとはまた異なる視点からメイエルホリドとブレヒトの連関を論じている。なお、鴻氏には、訳文に関しても細かいご指摘をいただいた。この場を借りて御礼申し上げる。

いずれの論考も、一九八五年の出版から現在にいたるまでに明らかになった事実などを補足情報として取り入れつつ、読者にとってイートンの本文を読むうえで補助線となることを意識して（しかし、それぞれの論者の立場を保ちつつ）記した。時代背景の事実、情報もそれぞれの論者が記述しているため、イートンが扱う時代の厚みと複雑さを少しでも味わっていただければ幸いである。

二〇世紀初頭の激動の時代を生きた二人の演劇人は、ともに演劇と社会との関係、演劇が社会に与える影響、あるいはある時代において演劇を行うことの意味を問い続けた。本書には、しばしば「民衆」あるいは「大衆」と訳しうる用語（people / public / masses）が登場する。しかし、これらの用語が意味するところは必ずしも明確ではない。それは、もちろんイートンの瑕疵ではない。メイエルホリドとブレヒトの時代、「大衆」、「民衆」そして「観客」という言葉は、さまざまな意味を帯びながら多様に用いられた。その意味が揺れ動くなかで演劇を行うことこそが、演劇と社会の関係を問うことでもあったと言えるだろう。そこに答えは当然ない。しかし問わずにはいられない状況に彼らは生きていた。私たち一人ひとりがいま現在も「大衆」、「民衆」であるならば、その存在自体を問うた演劇人たちの活動を私たちが再度読み直すことは、同じ問いをいまの私たちもまた投げかけられるということでもある。それゆえ、本書が、単なる時代考証の研究成果としてだけではなく、確かなアクチュアリティを持って、読者の方々に読まれることを願ってやまない。

なお、訳出に際しては、イートンが引用しているロシア語、ドイツ語の原文に当たれるものは、極力原文を参照し、イートンの文意が損なわれない範囲で、適宜原文の文脈をなるべく拾いあげるようにした。また情報の単純な誤り、頁数の誤表記などに関しては、とくに断りがない限り、訳出の際に訂正を施している。基本的に谷川がかつて訳してあった原稿を元に、あらためて伊藤と谷川で全面的に見直しを行った。ドイツ、ロシアそれぞれの国、言語における細かい事実確認等は谷川、伊藤がそれぞれの専門を担当しつつ、何度もやりとりを重ねたが、不備、不足もあるかもしれない。その責任は両者にある。お気づきの際はご指摘、ご教示いただければ幸いである。

最後に、本書の出版計画のきっかけとなったメイエルホリド・シンポジウムの企画を担われた上田洋子さん、煩雑な編集作業を引き受けてくださった竹中龍太さん、装幀をしていただいた宗利淳一さん、そしてなにより、本書の意義をご理解いただき、出版の機会を与えてくださった玉川大学出版部の森貴志さんと相馬さやかさんに心よりの感謝を申し上げます。

長い年月をかけてようやく本書の日本語訳を刊行できることとなったことは望外の喜びで、この先の若い世代、次の世代の読者の方々に末長く愛される本となりますよう。

谷川道子　伊藤愉

二〇一六年初夏

238
リュビーモフ(Lyubimov, Yury) 194, 195n, 240
ルカーチ(Lukács, Georg) 79n, 162, 163
ルビナー (Rubiner, Frida) 67n
ルナチャルスキー (Lunacharsky, Anatoly) 24, 30, 38, 53–58, 60, 77n, 79n, 80n, 157, 203, 218, 295
ルナチャルスカヤ=ロゼネリ(Lunacharskaya-Rozenel, Natalya) 56, 79n, 80n
ルドニツキー(Rudnitsky, Konstantin) 80n, 118n, 128, 295, 310, 316n, 318n
レッシング(Lessing, Gotthold Ephraim) 9, 228
レールモントフ(Lermontov, Mikhail) 93, 132, 295
ロイド(Lloyd, Harold) 104
ローヴォルト(Robert, Ernst) 66n
ロラン(Rolland, Romain) 218

[ワ行]

ワイルダー (Wilder, Harry) 27, 28
ワイルド(Wilde, Oscar) 70n

162
フルヴィッツ(Hurwicz, Angelika)　157
ブルック(Brook, Peter)　240
ブレーデル(Bredel, Willi)　79n
ブローク(Blok, Aleksandr)　26, 66n, 88, 89, 89n, 124n, 168, 312, 313
プロコフィエフ(Prokofiev, Sergei)　69n, 125n, 141
ブローン(Braun, Edward)　66n, 84, 124n, 193n, 274, 280n
ブロンネン(Bronnen, Arnold)　118n
フョードロフ(Fyodorov, Vasily)　67n
ベッヒャー (Becher, Johannes)　24, 31, 38
ベフテレフ(Bekhterev, Vladimir)　32, 34, 35, 68n, 69n, 106
ベーブトフ(Bebutov, Valery)　101, 115, 124n
ベールイ(Bely, Andrei)　23, 203, 204
ベンヤミン(Benjamin, Walter)　10, 31, 35–38, 41, 68n, 70n, 72n, 77n, 127–129, 145, 162, 177n, 179n, 201, 205, 207, 208–211, 213–217, 219, 221–228, 230, 232, 233, 235–239, 241, 242, 243n–246n, 262, 287–291, 297–299, 305, 306, 308, 312, 314, 315n, 316n
ボアール(Boal, Augusto)　232, 246n
ポゴージン(Pogodin, Nikolai)　42
ポズネル(Pozner, Vladimir)　75n
ボッティチェッリ(Botticelli, Sandro)　161
ホメーロス(Homer)　212, 283–285, 287, 300, 304, 313, 315n
ホリチャー (Holitscher, Arthur)　25

［マ行］
マリネッティ (Marinetti, Filippo Tommaso)　110, 111, 124n, 168
マルチネ(Martinet, Marcel)　111
マヤコフスキー (Mayakovsky, Vladimir)　10, 11, 17n, 23, 31, 32, 38, 39, 43, 68n, 69n, 77n, 86, 94, 115, 137, 139, 141, 142, 143, 147n, 203, 242, 253, 286, 287, 289, 294–297, 299, 303, 304, 306–309, 311, 314, 315n
マーロウ(Marlowe, Christopher)　83, 149–151, 154, 155, 159, 177n, 178n, 234
マン、トーマス(Mann, Thomas)　66n, 152, 158, 235
マン、ハインリヒ(Mann, Heinrich)　66n
ミホエルス(Mikhoels, Solomon)　30
ミーラウ(Mierau, Fritz)　18n, 49, 73n
ミュラー (Müller, Heiner)　227
梅蘭芳(メイ・ランファン)(Mei Lan-fang)　44, 45, 60, 76n, 167, 182n, 183n, 232
メーテルリンク(Maeterlinck, Maurice)　85, 90, 116
メムリンク(Memling, Hans)　161
モリエール(Molière, Jean Baptiste)　113, 160

［ヤ行］
ヤコブソン(Jakobson, Roman)　23, 64n

［ラ行］
ライヒ(Reich, Bernahrd)　26, 30, 35–38, 42, 59, 63, 70n, 74n, 75n, 83, 129, 145, 192, 209, 223, 229, 230, 236, 238
ライフ(Raikh, Zinaida)　58, 131, 147n, 268
ラツィス(Lacis, Asja / Anna)　30, 32–38, 43, 45, 57, 59, 68n–72n, 83, 106, 129, 177n, 179n, 208, 209, 215, 223, 224, 228–230, 234–236, 238, 242, 244n
ラドロフ(Radlov, Sergei)　56, 180n
リシツキー (Lissitzky, El)　119n, 259, 274
リーフェンシュタール(Riefenstahl, Leni)

ツックマイアー（Zuckmayer, Carl） 22, 23
ディアギレフ（Diaghilev, Sergei） 220
デイチ（Deich, Aleksandr） 80n
ディドロ（Diderot, Denis） 188
デッサウ（Dessau, Paul） 157
テレンチエフ（Terentiev, Igor） 43, 73n, 77n
ドゥードフ（Dudow, Slatan） 31, 32, 39, 68n, 72n
トマシェフスキー（Tomashevsky, Boris） 183n
トラー（Tollers, Ernst） 31, 121n
トルストイ、アレクセイ（Tolstoy, Aleksei） 121n
トレチヤコフ（Tretiakov, Sergei） 24, 28–31, 38–46, 48, 50, 52, 53, 58, 59, 72n–77n, 111, 119n, 124n, 136, 137, 162, 167–169, 184n, 229, 230, 232, 233, 238, 242, 247, 248–252, 257, 258, 260–273, 275, 279n, 280n

［ナ行］
ネーアー、カスパー（Neher, Caspar） 13, 112, 152, 153, 171, 173, 234
ネーアー、カローラ（Neher, Carola） 43
ネミロヴィチ=ダンチェンコ（Nemirovich-Danchenko, Vladimir） 10, 118n

［ハ行］
ハイマン（Hayman, Ronald） 181n
ハウプトマン（Hauptmann, Gerhart） 86, 159
パヴロフ（Pavlov, Ivan） 69n, 260, 278n
パケ（Paquet, Alfons） 81n
バーブ（Bab, Julius） 13, 18n, 178n
バラージュ（Balázs, Béla） 63, 64
バルテル（Barthel, Max） 25
ビアマン（Biberman, Herbert） 29
ピカソ（Picasso, Pablo） 102, 238
ピスカートア（Piscator, Erwin） 12, 13, 18n, 19n, 24, 27, 31, 57, 62, 68n, 73n, 81n, 112, 115, 121n, 187, 192
ピネロ（Pinero, Arthur Wing） 33
ヒルシュフェルト（Hirschfeld, Kurt） 174
ヒュートン（Houghton, Norris） 102, 191
ファイコー（Faiko, Aleksei） 56, 117
ファーベル（Faber, Erwin） 185n
ファルケンベルグ（Falckenberg, Otto） 70n, 71n, 100, 173
フィアテル（Viertel, Berthold） 13
フーヴァー（Hoover, Marjorie Lawson） 19n, 146n
フェヴラリスキー（Fevralsky, Aleksandr） 77n, 305–308, 315n, 317n, 318n
フエギ（Fuegi, John） 80n, 166, 180n, 185n
フェーリング（Fehling, Jürgen） 31
フォイヒトヴァンガー（Feuchtwanger, Lion） 36, 79n, 83, 149–151, 152, 155, 178n, 185n, 234
フォルカー（Völker, Klaus） 179n
フォン・アッペン（von Appen, Karl） 118n
フォン・ヴィーゼ（von Wiese, Benno） 120n
プシビシェフスキ（Przybyszewski, Stanislaw） 84, 94, 161
フックス（Fuchs, Georg） 100, 188, 197n
フッペルト（Huppert, Hugo） 31, 59
プドフキン（Pudovkin, Vsevolod） 22, 299
フーベ（Huber, Ernst） 250
フライサー（Fleisser, Marie-Luise） 18n, 156
フラナガン（Flanagan, Hallie） 121n, 122n
フランク（Frank, Rudolf） 70n
ブリーク（Brik, Osip） 43
ブリューゲル（Bruegel, Pieter） 132, 146n,

247
グロス(Grosz, George)　13
クローデル(Claudel, Paul-Louis-Charles)　115
ゲイ(Gay, John)　56
ケスティング(Kesting, Marianne)　78n
ゲーテ(Goethe, Johann Wolfgang von)　9, 160, 228, 295
ゴーゴリ(Gogol, Nikolai)　37, 78n, 113, 129–131, 133, 159, 201–204, 207, 243n
ゴッツィ（Gozzi, Carlo)　69n, 125n
コミサルジェフスカヤ(Komissarzhevskaya, Vera)　87, 88, 90–92, 94, 105, 161
コミサルジェフスキー（Komissarzhevsky Fyodor)　34
コリツォフ(Koltsov, Nikolai)259
コルシュ（Korsch, Karl)　248
コルヴィッツ(Kollwitz, Käthe)　66n

［サ行］

サプノフ(Sapunov, Nikolai)　85
サン=テグジュペリ(Saint-Exupéry)　247
シェイクスピア(Shakespeare, William)　93, 113, 115, 151, 177n, 234
ジェイムス(James, William)　106
ジェイムソン(Jameson, Fredric)　221, 226
シェスタコフ(Shestakov, Victor)　35
シェルバン(Serban, Andrei)　195, 196
シェーンタン(Schönthan, Franz von)　84
シクロフスキー（Shklovsky, Viktor)　16, 23, 42–44, 73n–75n
シャリャーピン(Shaliapin,Fyodor)　103
シュタインヴェーク(Steinweg, Reiner)　35, 70n
シュトラウス(Strauss, Richard)　33
シュトリットマッター（Strittmatter, Erwin)　176
シュニッツラー（Schnitzler, Arthur)　109
シューマッハー、エルンスト(Schumacher, Ernst)　75n, 76n, 80n
シューマッハー、レナーテ(Schumacher, Renate)　75n, 76n, 80n
ショスタコーヴィチ(Shostakovich, Dmitry)　180n
ショパン(Chopin, Fryderyk F.)　117
ショーレム(Scholem, Gershom)　209
ションディ（Szondi, Péter)　184n
シラー（von Schiller, Friedrich)　115, 228
ジンゲルマン(Zingerman, Boris)　89, 122n
スジェイキン(Sudeikin, Sergei)　85
スタニスラフスキー（Stanislavsky, Konstantin)　10, 26, 61–63, 81n, 84, 85, 103, 105, 118n, 130, 131, 164, 194, 218, 228, 232
スターリン(Stalin, Joseph)　12, 16, 52, 141, 192, 238, 314
ストリンドベリ(Strindberg, August)　184n, 211, 213
セリヴィンスキー（Selvinsky, Ilya)　30
ソフォクレス(Sophoklēs)　41, 220, 231, 290, 313, 316
ソロヴィヨフ、ヴラジーミル・ニコラエヴィチ(Solovyov, Vladimir Nikolaevich)　69n
ソログープ(Sologub, Fyodor)　33, 90, 190

［タ行］

タイーロフ(Tairov, Aleksandr)　12, 14, 18n, 19n, 24, 27, 31, 56, 67n, 72n, 190
タトリン(Tatlin, Vladimir)　102, 123n
ダンカン(Duncan, Isadora)　220
チェーホフ、アントン(Chekhov, Anton)　21n, 96, 103, 142, 218
チェーホフ、ミハイル(Chekhov, Mikhail)　130, 131
チャップリン(Chaplin, Charlie)　62, 108

人名索引

＊nは各章・稿末の註および傍註、メイエルホリドとブレヒトは除く

［ア行］
アイスキュロス(Aischylos)　196, 313
アイスラー（Eisler, Hanns)　24, 31
アインシュタイン(Einstein, Albert)　21, 66n, 240, 246n
アガンベン(Agamben, Giorgio)　220, 245n
アッピア(Appia, Adolphe)　190
アポリネール(Apollinaire, Guillaume)　94
アラゴン(Aragon, Louis)　247
アリストテレス(Aristotélēs)　168, 216, 223, 227, 228, 232, 251, 252, 290–294
アリストパネス(Aristophanēs)　115, 286, 313
アルテンベルグ(Altenberg, Peter)　92
アルペルス(Alpers, Boris)　88, 107, 172, 175, 175n, 178n
アレント(Arendt, Hannah)　215
アングレス(Angres, Dora)　79n, 80n
アンドレーエフ(Andreev, Leonid)　89, 100
イヴァーノフ(Ivanov, Viacheslav)　92
イェスナー（Jessner, Leopold)　31, 90, 163, 189, 190
イェリネク(Jelinek, Elfriede)　227
イェーリング(Ihering, Herbert)　70n, 81n, 145
イプセン(Ibsen, Henrik)　96, 290
イリインスキー（Ilyinsky, Igor)　309
インマーマン(Immermann, Karl)　92, 120n
ヴァイゲル(Weigel, Helene)　42, 123n, 146n, 163, 181n, 215
ヴァイル(Weill, Kurt)　56, 127, 156, 214, 215, 217
ヴァフタンゴフ(Vakhtangov, Evgenii)　26, 30, 31, 61, 62, 67n, 80n, 194
ウィレット(Willett, John)　16, 42, 60, 61, 75n, 182n
ヴォガーク(Vogak, Konstantin)　69n
エイゼンシテイン(Eisenstein, Sergei)　22, 24, 31, 44, 45, 69n, 122n, 167, 178n, 252, 264–266, 279n, 298, 299, 311, 316n, 318n
エウリピデス(Euripídēs)　313
エトキンド(Etkind, Efim)　19n, 74n, 75n, 177
エスリン(Esslin, Martin)　180n
エルドマン(Erdman, Nikolai)　56, 139
エレンブルグ(Ehrenburg, Ilya)　65n, 145, 148n
エルペンベック(Erpenbeck, Fritz)　79n
オースティン(Austin, John Langshaw)　221, 245n
オットー（Otto, Teo)　173
オフロプコフ(Okhlopkov, Nikolai)　29, 30, 42, 61, 62, 68n, 180n, 249

［カ行］
カバコフ(Kabakov, Ilya)　277n
ガーリン(Garin, Erast)　94, 95, 131, 148n
カルデロン・デ・ラ・バルカ(Calderón de la Barca, Pedro)　89, 92, 113, 211, 213
キルサーノフ(Kirsanov, Semyon)　43
ギルボー（Guilbeaux, Henri)　13, 14, 18n
クノップフ(Knopf, Jan)　43
グラトコフ(Gladkov, Aleksandr)　247
グリボエードフ(Griboedov, Aleksandr)　45, 113, 114, 145
クレイグ(Craig, Gordon)　104, 188–190,

［ま行］

事項索引

＊nは各章・稿末の註および傍註

著者

キャサリン・ブリス・イートン（Katherine Bliss Eaton）
ソヴィエト演劇と文化の研究者。ウィスコンシン大学マディソン校で比較文学研究により修士および博士号を取得。一九八四 - 九七年、テキサス州のタラント・カウンティ・カレッジで英語教授を務める。著書に本書のほか、*Daily Life in the Soviet Union*（2004）、編著に *Enemies of the People: The Destruction of Soviet Literary, Theater, and Film Arts in the 1930s*（2002）などがある。

編訳者・執筆者

谷川道子（たにがわ・みちこ）翻訳・論考執筆
一九四六年鹿児島県生まれ。東京外国語大学名誉教授。専門はドイツ現代演劇・表象文化研究。著書に『聖母と娼婦を超えて——ブレヒトと女たちの共生』（花伝社、一九八八年）、『ドイツ現代演劇の構図』（論創社、二〇〇五年）、『演劇の未来形』（東京外国語大学出版会、二〇一四年）。訳書にブレヒト『母アンナの子連れ従軍記』（光文社古典新訳文庫、二〇〇九年）、『アンティゴネ』（同、二〇一五年）などがある。

伊藤愉（いとう・まさる）翻訳・論考執筆
一九八二年京都市生まれ。一橋大学大学院言語社会研究科博士課程単位取得退学。専門はロシア演劇史。現在、日本学術振興会特別研究員。共訳書にエドワード・ブローン『メイエルホリド　演劇の革命』（浦雅春との共訳、水声社、二〇〇八年）、共著書に菅孝行編『佐野碩　人と仕事——1905 - 1966』（藤原書店、二〇一五年）などがある。

鴻英良（おおとり・ひでなが）論考執筆
一九四八年静岡県生まれ。演劇批評家。著書に『二十世紀劇場——歴史としての芸術と世界』（朝日新聞社、一九九八年）など。訳書にタルコフスキー『映像のポエジア——刻印された時間』（キネマ旬報社、一九八八年）、カントール『芸術家よ、くたばれ！』（作品社、一九九〇年）、『イリヤ・カバコフ自伝——60年代 - 70年代、非公式の芸術』（みすず書房、二〇〇七年）などがある。

メイエルホリドとブレヒトの演劇

二〇一六年一一月三〇日　初版第一刷発行

著者　キャサリン・ブリス・イートン

編訳者　谷川道子　伊藤愉

発行者　小原芳明

発行所　玉川大学出版部

〒一九四-八六一〇　東京都町田市玉川学園六-一-一

電話〇四二-七三九-八九三五　FAX〇四二-七三九-八九四〇

http://www.tamagawa.jp/up/

振替〇〇一八〇-七-二六六六五

装幀　宗利淳一

本文組版　大友哲郎

印刷・製本　株式会社加藤文明社

ISBN978-4-472-30309-8 C3074 / NDC771